奇士悲歌

余云叶 余云安 著

群众出版社
·北京·

图书在版编目（CIP）数据

奇士悲歌 / 余云叶，余云安著．—北京：群众出版社，2016.4
ISBN 978－7－5014－5504－1

Ⅰ．①奇…　Ⅱ．①余…②余…　Ⅲ．①长篇小说—中国—当代　Ⅳ．①I247.5

中国版本图书馆 CIP 数据核字（2016）第 049873 号

奇士悲歌

余云叶　余云安　著

出版发行：群众出版社
地　　址：北京市丰台区方庄芳星园三区 15 号楼
邮政编码：100078
经　　销：新华书店
印　　刷：北京兴华昌盛印刷有限公司

版　　次：2016 年 4 月第 1 版
印　　次：2016 年 4 月第 1 次
印　　张：13.25
开　　本：880 毫米×1230 毫米　1/32
字　　数：370 千字

书　　号：ISBN 978－7－5014－5504－1
定　　价：45.00 元

网　　址：www.qzcbs.com
电子邮箱：qzcbs@sohu.com

营销中心电话：010－83903254
读者服务部电话（门市）：010－83903257
警官读者俱乐部电话（网购、邮购）：010－83903253
文艺分社电话：010－83903973

余云安

生于1945年10月，浙江省天台县人，毕业于浙江大学中文系。1985年任中共天台县委党校副校长，1989年任天台县城关镇党委书记。1996年开始，任县人大常委会副主任，兼任赤城路建设指挥部总指挥。2002年，受天台县人民政府与广大民众之托，承担“济公故居”复建之任务，与指挥部众位同人一道历时三年终于建成。2006年11月退休。现任县慈善总会副会长，济公文化发展有限公司经理。曾在《浙江日报》《杭州大学学报》《台州日报》《中共浙江省委党校学报》等报刊发表作品数十篇。

余云叶

生于1949年10月，浙江省天台县人，毕业于台州师专中文系，进修于北京鲁迅文学院作家班。中学教书十余载，海军生活近七年。2002年以来，在北京任编辑、记者，现为中国社会主义文艺学会法治文艺中心创研室副主任。曾在《中国教育报》《工人日报》《龙门阵》《文艺报》《人民日报》等报刊发表文学作品约两百万字，多次在全国征文活动中获奖。

长篇小说《黑鸬鹚，白天鹅》获《文艺报》全国文学作品评比一等奖，《晚清第一相李鸿章》出版后，《文艺报》《中国文化报》《文学报》等发表评论文章，被专家、学者称为长篇历史小说中的精品力作。《大清第一廉吏于成龙》，获中国社会主义文艺学会第三届全国原创作品征文大奖赛二等奖。《中国出版传媒商报》《文艺报》《中国文化报》等发表有关文学评论，影响广泛。

目 录

奇士悲歌

引子

第一章

第二章

第三章

第四章

第五章

第六章

第七章

第八章

第九章

第十章

第十一章

第十二章

第十三章

第十四章

第十五章

第十六章

——…… 鲁材闹粮 ……——

奇士悲歌

代序

审美地解读历史事件与人物

包明德

历史在传承、解读和激活中，随着生活的发展和社会的进步，不断有旧的因素退出，又不断有新的因素加入。同时，历史总有没被发现的珍贵片段，总有一些沉默的人，总有没被开掘的价值。所有这些不是不存在，而是被忽略了、被淡忘了。余云叶、余云安先生的长篇历史小说《奇士悲歌》在当今新的文化与文学语境中，用新的感悟和新的视角，审美地解读了历史事件与历史人物，给读者带来鲜活的历史资讯，带来现实的启示。

《奇士悲歌》的故事性很强，很有可读性。作品说的是乾隆年间正直文人齐周华因仗义敢言、为民请命而遭酷刑惨死的故事。它以清朝雍正年间曾静、吕留良冤案以及乾隆年间诸多文字狱为背景，凸显了文字狱对健康文化的残害，对中华民族精神的窒闷。围绕这一主线，作品描写了众多鲜明的人物，展现了广阔的社会生活与自然景观，向读者描绘出一幅幅优美的风俗画。

文学的现代精神与文化精神，体现了人们对社会的发展、文明的进步的期望和憧憬，体现了对人的自由、人的尊严、人的发展的关注和追求。《奇士悲歌》正是基于这样的理念，对造成社会恶浊、人性异化的酷刑与文字狱进行了深刻的警思与鞭挞，充溢着很强的批判精神。

这部作品的故事源起于野史，又追溯到正史，智慧地处理了正史和野史、文学与历史、主观叙述与客观事实的关系，体现了一种灵动的历史观与文学观。

长篇历史小说《奇士悲歌》，之所以能体现出这样的文化品位，与作者的经历和追求有着紧密的联系。余云安、余云叶是堂兄弟。他们生长于人文积淀深厚的浙江省天台县，祖辈"余家"素有"书家"的美誉，兄弟俩自幼受到中国传统文化的熏陶，博览群书。余云安毕业于久负盛名的浙江大学中文系，曾任中共天台县委党校副校长、天台县城关镇党委书记、县人大常委会副主任。曾在《浙江日报》《杭州大学学报》《中共浙江省委党校学报》和《台州日报》等报刊，发表作品数十篇。文化修养高，文学功底深厚。余云叶于台州师专中文系毕业后，曾到北京鲁迅文学院作家班进修。他的阅历很丰富，当过农民、工人，在海军服役七年，又担任过十余年中学教师。1995年以后，还被聘为报刊编辑、记者。无论干什么、当什么，他始终对文学怀有崇仰和追求，在文化界交了很多朋友，在文学创作上取得了显著的成果。

他发表和出版文学作品达两百万字，多次获得省级以上征文奖励，尤其是他的长篇小说《黑鸬鹚，白天鹅》获《文艺报》全国文学作品评比一等奖。《晚清第一相李鸿章》出版后，《文艺报》《文学报》《中国文化报》等发表评论文章，被专家、学者誉为长篇历史小说中的精品力作。《大清第一廉吏于成龙》获中国社会主义文艺学会第三届全国原创作品征文大奖赛二等奖，《中国出版传媒商报》《文艺报》《中国文化报》等发表有关文学评论。

我们有理由期待，以作者的丰富阅历、知识结构、文学追求、人文理想，一定会创作出更高质量的文学作品。预祝作者取得更大的成功。

（作者系中国社会科学院研究生院文学系教授，原中国社会科学院文学研究所党委书记、副所长、学术委员，文学评论杂志社社长，《民族文学研究》主编，中国作家协会全委会委员）

引子

一、遗物中的惊人秘密

最近，我作为北京《中国文化周刊》杂志社特稿部主任，准备赴南方采访关于“济公传说”的大稿。“济公传说”是浙江省天台县申报的一项国家级非物质文化遗产。自从20世纪90年代初电视剧《济公》热播后，游本昌先生扮演的济公形象深入人心，那“鞋儿破，帽儿破，身上的袈裟破……走啊走，乐啊乐，哪里有不平哪有我”的歌声，常常萦绕耳旁，但很少有人知道天台县是济公的故乡。

就在我将赴南方前夕，突然年过九旬的爷爷生命垂危，我连忙赶回老家——黑龙江。爷爷临终时交给我一个物件，让我从中发现了一个惊

史小说。我立即电告杂志社领导，请了三个月的创作假，在浙江动笔。考虑到眼前浙江正值盛夏酷暑，我便在浙东避暑胜地——天台华顶森林公园——住了下来。

华顶峰海拔一千一百米，是天台山的最高处，华顶峰上有拜经台，传为中国佛教天台宗创立者智者大师拜经处。拜经台是观日出的好去处，晴光朗日，可东望沧海，北眺钱塘，西招括苍，南观雁荡，在此处观日，更胜泰山一筹。这里离东海仅一百公里之遥，只有泰山到黄海距离的四分之一，又有群山烘托，故日出时间更早，景象更壮观，有时还可看到"日月并出"的奇观。华顶峰还有太白读书堂，"书圣"王羲之写《黄庭经》和"独笔鹅"的墨池。这里与天台山著名景点"石梁飞瀑""铜壶滴漏"毗邻，我借晨练之机得以领略先祖齐周华笔下这些景点的雄奇瑰丽。

这段时间，我除了三餐和每天抽大半个小时爬山散步外，一天伏案十个小时。经过三个月的苦斗，到十月中旬，一摞厚厚的稿纸已经用完，算算大约有二十万字。

二、一代奇士齐周华

位于浙江东部的台州府，依山傍海。这山是莽莽苍苍、连绵数百里的天台山，它从仙霞岭一路绵延过来，横贯台州腹地；这水是滚滚奔流、汹涌澎湃、直泻东海的始风河。天台山脉素以"奇、险、清、幽"著称，山的奇绝险峻，岩的坚硬，铸就了山里人硬气刚烈的性格；而海的浩瀚无际，又开阔了台州人的眼界和胸怀。这两种自然特点糅合在一起，造就了台州多刚正不阿、壮怀激烈之士。唐代寒山子，不应刺史征召，遁隐深山；宋代济公打抱不平，救人济世；明代方孝孺拒绝高官厚禄诱惑，面对剐割酷刑和诛戮十族的威胁，掷笔抗旨，不肯为明成祖朱棣起草诏书。到了清代，台州府天台县又出了一个著名的文人奇士齐周华，他为了替朝廷钦犯——吕留良辩护，不顾县、府、省官府的层层阻拦，带疏仗剑直赴京师呈告，并给皇帝上《万言书》，与专制独裁、残暴腐朽的封建制度抗争，以致最后惨遭杀害，名震全国。故近代文学大师鲁迅先生有名句言“台州式的硬气”。

齐周华其骨如巍峨台山和五岳，顶天立地；其气如浩瀚东海，吞吐日月；其诗文如天台山石梁飞瀑，从天而降，吼声如雷，奇风横溢，令人夺魄销魂。如此奇人奇事奇诗奇文合于一身，实为全国罕见。

第一章

一、离奇古怪的梦

那是一个离奇古怪的梦。

他梦见自己骑着一匹瘦驴，像唐代的行吟诗人贾岛一样，来到号称“九朝古都”的西安。在陕西大地上，他经临潼探骊山秦始皇陵，到咸阳观汉高祖陵、韩信冢、汉武帝陵和杨贵妃墓。他边游边吟诗作文，心中充满了投身名山大川、名胜古迹的乐趣。

突然，一群豺狼虎豹从前后左右向他包围过来，他大叫：“朗朗乾坤，何以豺狼当道?”他声嘶力竭地喊“救命”，可没有一个人影出现。他想跳下驴，躲进路边一处小屋，猛然发现地上游动着一条蟒蛇。它眼睛绿莹莹，蛇芯咝咝响，吓得他连忙缩回脚。他站在驴背上，想纵身抓住旁边一棵大树的枝丫，却发现一只老雕在他头顶盘旋。它浑黄的眼睛瞪着，长长的利爪伸出，随时准备俯冲下来啄他的眼睛抓他而去。远处的狮子张开血盆大口，发出闷雷般惊心动魄的吼声。

他已无路可走，只好从背上取下弹弓。虽然他知道这小小的石子弹出来无异于给这些豺狼虎豹搔痒，但他不想坐以待毙，他要作出挣扎与反抗。然而，他刚伸出手，腰就被地上盘旋而上的蟒蛇紧紧绞缠住，如同绳捆索绑一般，使他丝毫动弹不得。顷刻间，他被豹子如鞭的尾巴扫下驴，狮子用利爪举起他，张开血盆大口欲将他吞食之际，却被豺狼虎豹齐上将他撕为五块……

这是齐周华十八岁那年，省学政来台州取士，他被录为郡秀才第一名时所做的一个梦。当时，他觉得这个梦十分荒唐：何以在繁华的大城市会有豺狼虎豹当道？他喊“救命”却无一人前来相救！

直到他年近古稀，因给皇帝上《万言书》，为吕留良鸣冤，抨击清朝专制残暴统治，犯“大逆罪”被逮到省城杭州，遭酷刑时方才觉悟。

二、五马分尸酷刑

乾隆三十二年（1767 年）腊月除夕。这天，整个省城杭州上空，都燃烧着一种可怕的噼啪作响的声音，数十万民众心头交织着一种恐怖的、不可名状的情绪。这情景同当年南宋王朝的巍峨宫殿被元兵纵火焚烧时十分相似。

为何出现这种状况？因为这里将执行一场数百年来罕见的酷刑：五马分尸。罪犯就是被乾隆皇帝亲自定为“大逆”死罪的齐周华。

杭州松木场刑场。

天刚蒙蒙亮，人们便从四面八方潮水般涌向刑场。成千上万的人都来争看这数百年一遇的新鲜刑罚，甚至连远在德清、安吉、余杭、嘉兴的人都闻讯赶来。据《杭州府志》记载：这一天，杭州许多主要街道，都出现了万人空巷的场面。

寒风凛冽，滴水成冰，乌云如铅，压得人们心头沉甸甸的。在马群中，几个经验丰富、视杀人如儿戏的刽子手，今天个个儿显得手忙脚乱。他们将绳子解了又结，结了又解，总是套不好绳子打不好结。也难怪他们笨手笨脚，因为他们从事刽子手职业几十年来，非但一回也没执行过今天这种古怪的刑罚，连一次也没看到过呢。他们觉得是老手遇到了新问题。

百姓对这种酷刑很不了解，纷纷打听：

为什么要用五马分尸？中国古代哪个朝代首先用这种酷刑？

在等待宣判的压抑难耐的时刻，面对众人的疑问，学识渊博的杭州府学王教授，给周围人讲起了“五马分尸”的历史。

“五马分尸是从古代车裂酷刑脱胎而来。车裂，就是把犯人的头和四肢分别绑在五辆车上，套上马匹，向着不同方向猛拉，以致把人的身体硬撕为五块。如果此刑不用车，直接用五匹马来拉，就叫作‘五马分尸’。此刑早在周代就已实行。为什么要用这种酷刑呢？因为春秋时诸侯混战，各国君主对那些杀君犯上的乱臣贼子加重处罚时就采用车裂的办法，以杀一儆百。战国时，秦孝公任用商鞅实行变法。孝公死后，太子即位，商鞅遭到敌对势力大肆攻击，结果被擒获，车裂于咸阳。”

“在所有死刑中，五马分尸属第几等？”有人问。

王教授回答：“是最重一等。据《隋书·刑法志》记载，北齐时死刑分为四等，最重用车裂；北周时，死刑分五等，第五等为车裂。隋朝立国后，高祖杨坚颁布新刑律，废除了这种酷刑。其后荒淫无道的隋炀帝又继续使用。唐代废弃隋朝苛政，不再使用此刑，此后历代很少使用此刑。历代采用的残酷死刑虽然仍有凌迟、剥皮等，但车裂基本上见不到了，可见，它比凌迟、剥皮更残酷！”

王教授引经据典，还讲了战国时一段关于车裂的史实。

“公元前694年，齐国准备车裂敌国重臣高渠弥。《东周列国志》曾描述过此事。齐襄公对被捆绑着的高渠弥说：‘你国国君已死，你还望活命吗?’高回答道：‘自知罪重，只求赐死。’襄公说；‘只与你一刀，便宜了你!’遂将其车裂。”

王教授长叹了一口气，说：“车裂之刑太残酷，搞得人人自危。早在春秋时，就发生了一场关于要不要实行车裂之刑的争论……”

他刚说到这里，突然像被蜈蚣咬了一口似的，不再说下去了，因为刺耳的军号声已经响起，宣判大会开始了。只见浙江巡抚熊学鹏在台上喋喋不休地数落着齐周华的滔天罪行，那半哑的声嘶力竭的嗓子，如小公鸡在啼叫，令人发笑。忽然，马蹄奔腾，尘土飞扬，大批铁甲八旗兵已将整个刑场里三层外三层围了个铁桶一般。他知道，这是怕阴谋分子图谋不轨劫法场。只见周围岗哨林立，如临大敌，大小官员四处密布。看到这种森严场面，王教授像吃了哑药般缄口不语了，因为他怕祸从口出。在当今严酷的文网中，一言不慎，就会招来杀身之祸呀!

其实，他想说的是周朝时关于车裂之刑讨论的故事。

周朝时，齐王决定在本国实行车裂之刑，群臣纷纷进谏劝阻，齐王却不肯听从。孔子后人子高来见齐王说：“车裂是无道之君的刑罚，而您却实行它，这都是您下属官吏们的过错啊!”

齐王诧异地问：“此话怎讲?”

子高回答道：“如今天下纷争，英雄豪杰都想选择有德行的君主前去投靠他，干一番轰轰烈烈的事业。您如果滥用酷刑，就会失去声望，英雄豪杰就不敢来了，本国人民将背叛您。这样下去，国家肯定会灭亡的。”齐王听后，毅然取消了车裂之刑，实行宽刑廉政、励精图治政策，很快齐国国力强大，成为春秋五霸之一。

轰隆隆的一声号炮响起，处决罪犯的时刻已经来临。

齐周华戴着大枷和脚镣，被架出囚车。走向归宿地的时候，他已作好受酷刑的思想准备。此刻，他想到了两种酷刑：凌迟（剐割）和绞刑。但当看到那肃杀的刑场中心刽子手旁没有各种各样的刀具，只有五匹高头大马时，他心里便明白了今天自己将被五马分尸。

这令他感到意外和惊奇，因为《大清刑律》虽然残酷，但规定死刑最高级别为凌迟，没有五马分尸这一条。这酷刑自唐宋和五代曾偶尔见之，至今已有八百年没有实行了，那么今天既是宋代以来，也是清朝立国以来的首例了。他没想到号称“圣君明主”的乾隆，居然会在法律之外，又重新拿出了这种最严酷的刑罚！居然成为八百年来实行此刑的第一个帝王！他心里冷笑了一声：看来你也是黔驴技穷了！

他抬头望了望天。乌云翻滚的昏暗天空，飘起了一朵又一朵雪花。这雪花真美！他想起关汉卿《窦娥冤》中“六月飞雪”的典故。受奇冤的邹衍、窦娥虽被屈杀，但老天同情他们，降下漫天大雪覆盖，使他们“质本洁来还洁去，休将污淖陷巨沟”！

就在他被捆绑上马匹之前，巡抚熊学鹏来到现场，对齐周华宣布：“根据以往惯例和皇上特谕，临刑前，你可以提自己的要求。”

这真是鳄鱼的眼泪！齐周华心里冷笑道。他想了想，爽朗地笑着说：“六龙驾驭，称为龙辇，是帝王出行的待遇。我现在有五马驾驭送终，是王侯将相的待遇。如此恩宠，心愿已足。若有来世，我将投胎做将帅，亲手埋葬残暴的清王朝!”

熊学鹏气急败坏，下令立即行刑。就在齐周华被五个刽子手抓住四肢托住腰举过头顶，放到五匹马中间，架上一个长方平台时，人们听见一声呼喊：“乾隆暴君!”

此话刚落，齐周华就被刽子手的硬木槌“嘭”的一声敲到嘴上，只见一口血水喷出，几颗门牙落到地上，但那张嘴仍在呼喊：“暴政必亡!”但紧接着便无声无息了，因为他的嘴立即被堵得严严实实。

齐周华的四肢和头颅被分别捆绑在五匹马牵拉出来的粗麻绳上。这绳没有用作其他死刑，是为他特制的。他目不转睛地看着天：大朵大朵的雪，像绞棉花一般下得更密了。他知道，地上早已铺上一层白白的厚毯，自己死后，下有白毯为床，上面又有厚厚的白被覆盖，自己这清白无比的身子，没有陷在污泥浊水中，还有什么可遗憾的呢？三十四岁带疏上京控告时，自己就做好了赴死的打算，结果只坐了五年牢捡回了一条命，如今又一个三十四年过去了，自己已多活了整整三十年。如今年已古稀，又留下一大堆著作，做了一些力所能及的好事，还有什么不满足的？再说，舍弃自己一人，换来千万人的觉醒，加速了残暴的清王朝的灭亡，自己这一生值了！

望着眼前的雪花，往事一桩桩一件件地在他的眼前浮现。他想起因拒绝剃发留尾巴遭残杀的爷爷，想起不舍得烧毁家里船只内迁跳海而死的奶奶，还有大批惨遭屠杀的千百万江南人民，他在心里大声呼喊：团结起来，万众一心，埋葬这残暴无道的清王朝！

一朵又一朵的雪花，飘到他的脸上，旋到他的额上。他不但不觉得寒冷，相反，还有一种温馨的感觉。眼前这些缀满天空、漫天飞舞的雪花，不正是当年自己在黄岩朱氏家所见的缀满橘树枝头，辉映满眼、满世界的洁白的橘花吗？

此刻，他想起了自己高中台州秀才第一名时，将彩球抛到自己怀里的妻子。他感到对妻子有一种强烈的内疚：丽莺，这一生是我害了你，让你受苦了！可是，我写休书给你，你为何不接受呢？你要是接受了我的做法回娘家去，你就可以逃过这一大劫难，可你为何不走呢？

“你不做土匪不做强盗，不杀人放火，你没犯罪。你是为老百姓争自由争民主，为挽救国家的前途而赴死，我愿意跟你走，哪怕千刀万剐也不后悔！”此刻，他仿佛又一次听到了这番话。丽莺，我的好妻子，感激你对我的理解和信任！

忽然，一段感人肺腑的歌声在他的心头响起，那是古代伟大诗人屈原曾经吟唱过的《橘颂》。吟诵着这首诗，齐周华的脸上露出了满足而开心的微笑……

轰隆隆的第三次号炮响起，行刑的最后时刻——午时三刻到了。五个刽子手和五个牧马人高扬鞭子尽力抽打着马。牧马人，是浙江巡抚熊学鹏特意安排的。因为他知道，在执行五马分尸酷刑时，牧马人的鞭子比职业刽子手更加到位、更加凶狠。这些牧马人半生以来（都是年约四十）千万次地甩动鞭子，把马鞭练得快如闪电、狠如尖锥，百发百中。

听，五支鞭子一甩，顿时炸出五串脆响的小鞭炮。紧接着，哗啦啦几声电闪雷鸣，那浓浓的血浆向四面八方乱喷乱射。

五个牧马人大吃一惊，一边口里喊着“造孽，真造孽呀!”，一边抱头鼠窜四处逃命，但身上、脸上早被喷射得斑斑点点，成了麻子。有一个人一边手舞足蹈，一边口里不停地高喊：“妖怪来了，快跑呀!”显然，这人已经疯了。而那五个刽子手，受严明纪律的约束不能四散逃跑，因此个个儿成了落汤鸡——被血水喷溅得满头满脑的血人!

围观的百姓见到几个满面血污、面目狰狞的鬼怪向他们冲来，纷纷吓得面如土色，潮水般地向后退，结果酿成了一场空前的灾难。

围观人群还没等弄清真相便遭严阵以待的清军屠戮，顷刻间做了刑场之鬼。千百人倒在血泊中痛苦地呻吟，生死未卜；还有千百人断胳膊断腿，哀叫啼哭。总之，整个刑场附近变成了一个充满血腥的屠宰场!

北风更烈，飞雪更紧。很快，这片满目凄惨狼藉的刑场，便被厚厚的洁白无瑕的毛毯覆盖得了无痕迹。

齐周华是何许人？他为何如此大胆写《万言书》呈递皇上？《万言书》中到底什么内容触犯了清廷，以致引起“龙颜大怒”，招致杀身大祸？这其中关系错综复杂，说来话长，还是让我们从头细叙。

三、喜中大红绣球

清康熙五十四年秋天，浙江东部的台州府驻地临海，迎来了一次空前盛会。这一天，气派庄严的府衙前人山人海，人头攒动，虽不是过节，却比那过年和闹元宵更为热闹。人们翘首以待，等待着一个重大消息——省学政宣布院考的结果。

这是六年一次的全府人才选拔。由于在台州七县数千名童生考试中只录取三名，尤其是第一名将作为最优秀的人才被选送到京城的国子监深造，而且由管伞省礼教的学政大人亲自选拔、宣布，因此更显得隆重。这种高规格只有省里三年一届的“乡试”可以比拟。

这次取士总共三名，本来用不着省学政亲自出马，只要知府出场就行。但学政大人知道，这是省里总督、巡抚交代的事情，自己必须加倍用心。他是探花出身，深知台州历代多硬气、刚烈之士。清军南下以来，对汉人实行残酷镇压。顺治之年，清廷颁布剃发令，实行“留头不留发，留发不留头”的残酷政策，激起人们的强烈反抗，而台州反抗更烈。而后政府颁布迁海令，曾使台州沿海居民流离失所，内地人民怨恨不已。这种积怨加剧了反抗，相继出现了多次大规模的武装起义。为了安定民心，收复汉人之心，省总督、巡抚秉承皇帝旨意，要学政亲自到台州取士。

“下面请省提督学政徐骥大人公布台州取士结果。”台州杨知府在台上一宣布，整个府衙前嘈杂的场面顿时安静下来，变得鸦雀无声。成千上万的人屏住了呼吸，都在等待着省学政大人宣布取士的一刻，尤其是站在一角的府学、县学秀才中的佼佼者，更是忐忑不安。这毕竟是难得的机会呀！一旦被选上，就是跳了一次小龙门。

此刻，天台县十八岁的秀才齐周华，心里也怦怦跳个不停。他是诗书人家，上代出过举人。他的老师学问渊博，是拔贡，做过府学教授。他六岁上学，九岁能吟诗作词，十四岁就中了秀才，并写得一手好字和漂亮文章。他知道目前在台州府秀才群里，他可以说是鹤立鸡群，是很有希望的，即便是得第一名也是有可能的。但当他看到自己周围那黑压压的数千名秀才，看到那三四十岁的中年秀才，甚至年过半百、两鬓如霜爷爷一辈的老秀才时，他的底气又不足了。他全神贯注地紧盯着高台上的学政大人，两耳如耸起的羊角般一字不漏地捕捉着台上传过来的字句。

名次从第三名往前推进。学政大人先宣布第三名：蒋连科。第二名：朱及第。最后他润了润喉咙，庄严地宣布：第一名——天台秀才齐周华！

顿时，整个人群沸腾了，轰动了。人们纷纷呼喊着、叨念着齐周华的名字，众秀才一齐把他抬起来，将他像夯土“打夯”般高高抛起。齐周华心里如巨浪翻滚，抑制不住内心无比的喜悦。

齐周华今天在府城临海出尽了风头。这一天，是他来到人世间十八年以来最风光、最自豪的日子。

在万众瞩目的光环里，在上千名秀才无比惊羡的目光中，在天台县令的陪伴下，他先是接受了台州知府杨汇大人的奖赏：湖笔、端砚和白银十两。更令他受宠若惊的是：朝廷派到浙江任省提督学政——与省巡抚平级的徐骥大人，亲自赠给他一本浙江历史名人宋濂的《宋学士文集》，并殷切地勉励他："固以功名远大之业望之也。"

他知道，宋濂，浙江浦江人，以文章闻名天下。曾主修《元史》，官至翰林学士承旨知制诰，深得明太祖朱元璋的宠信，是明初的重臣。

捧着学政徐大人的赠书，齐周华内心无比激动。他暗暗定下目标：要中举人、中进士，夺取三鼎甲，向翰林学士的远大目标挺进。为了实现这个目标，他当即向徐学政表示，不做拔贡去京城国子监深造，要凭自己的实力考取举人，摘取三鼎甲桂冠。因为他知道，翰林学士都是从三鼎甲和二甲进士佼佼者当中挑选出来的。

如果说省学政大人赠书并勉励令齐周华受宠若惊的话，那么更让齐周华意想不到、心花怒放的是，游街时，从抬阁上抛过来一个大红彩球。

明月初升时，庆祝活动开始了。台州人热烈欢迎省学政大人来台州取士，也庆贺齐周华和朱及第、蒋连科三人获得前三名的殊荣。庆祝晚会有唱莲子、扮抬阁、踩高跷等本地特色节目，还有扮相俊美、唱腔缠绵动人的嵊县越剧和台州乱弹等精彩的地方戏。

最具特色且引人注目的是台州乱弹。它诞生于明末清初，是散发着浓郁地方特色的一朵兰花。台上演的是《奇缘记》。唱腔以紧乱弹、慢乱弹、二唤为主干唱调，兼唱昆腔、高腔、徽戏、时调和滩簧等曲调，形成三腔合唱的台州式乱弹，并兼表演绝技。唱腔高亢激越，表演粗犷奔放。文戏武做，武戏文唱，文武兼备。尤其是耍牙、钢叉穿肚、抢背、抱瓶滑雪等绝技博得阵阵喝彩。对中国戏曲颇有研究的省学政徐大人目不转睛、饶有兴趣地看完这场戏，不禁拍案叫绝，喝彩道："台州乱弹，真是天下第一团!”

活动安排是仿照会试、殿试后赏新进士琼林宴骑骏马浏览京城的方式进行的。

齐周华等三名俊才，骑着高头大马，在衙役牵马前导下迤逦而行。齐周华今天格外引人注目，他位列第一，骑的是一匹高头大马。这马全身雪白，毛色油光铮亮，号称“千里雪”。加上他人生得英俊颀长，因此更显得俊逸潇洒，给人一种“诗仙”李白再世的感觉。他的风采引来众多青年男女艳羡的目光，更令那些精心打扮的靓丽女子为之倾倒。她们纷纷把一支支“爱之神箭”，流星般“嗖嗖”地射向自己的意中人，射向同一个靶心。然而春风得意的齐周华目光却一晃而过，从未停留。

东湖到了，齐周华正想策马而过，突然，徐徐而行的抬阁上一幅画面吸引了他。一个超凡脱俗的少女牵动了他的目光。那画面取的是古代刘晨、阮肇入天台山采药遇仙女结成连理的美丽传说。扮仙女的俏丽少女，身穿粉红色绸衣，站在模拟的波光闪烁的水面上，仿佛一朵出水芙蓉！她裙裾飘飘，脚下的水和大街旁那宽阔的烟波浩渺的湖水组合叠印在一起，如凌波仙子。她晶莹的脸与天上的明月相映衬，真像月里的嫦娥下凡。她体态轻盈，柔弱无骨，娇慵无力，仿佛弱不禁风，亏得旁边一个虎头虎脑的黑胖后生拦腰抱住，才使她没有跌倒。她明眸皓齿，顾盼生辉，尤其那一微笑就起两个酒窝的迷人姿态更叫人着迷。齐周华忽然觉得那少女是如此值得人怜惜和疼爱，他对那黑皮肤后生隐隐生出一种难以抑制的嫉妒，他知道自己已经喜欢上那少女了。

抬阁在一处热闹地方停了下来。齐周华目不转睛地盯着看，对那少女行注目礼足足有五分钟之久。他忘记了策马前行，直到后面两位同学催促，直到周围有人发出“状元郎痴了”的哄笑，才醒悟过来。正在此刻，他发现那少女黑葡萄般的眼睛朝他瞥了一眼，然后露出迷人的嫣然一笑。这一瞥，是充满钦佩的一瞥，是有着无限柔情的一瞥，就像那碧波盈盈的西湖水，荡漾在他的心头，泛起阵阵情感的涟漪。而那一笑，笑得那么灿烂，那么美丽，分明是七色彩虹映红了蓝天；那一瞥，如同一道耀眼的闪电，照亮了他。他不知所措了。那少女根本没有想到，自己不经意的一瞥，竟是她人生的一个重大转折点，她一生的命运将要同眼前这个全府第一名秀才今后那大起大落的人生紧紧地联系在一起了。

抬阁已缓缓而行，一股惆怅感袭上齐周华的心头。这少女是何方人氏？谁家姑娘？她许人了没有？一连串的问号在他心头盘旋。忽然，他眼前一亮，一个火红的球从对面不远处向他抛来，等他惊醒，那球已飘到他的胸前，他一把接住，原来是个大红绣球！

这绣球，是那抬阁上的红衣少女抛掷过来的。

他策马上前想询问姓名，少女却用白绸巾掩着脸，含情脉脉而去。

齐周华再也无心游览，活动一结束，他急速回到旅舍，迫不及待地拿出绣球看着、欣赏着。忽然，他发现里面竟然塞着一张纸条，上面写着一首词：

南高峰，北秀峰，一片湖光烟雾中，贺君获拔贡！妾意浓，郎意浓，抬阁车轻郎马骢，相逢橘花丛。

他知道这是套用北宋词人康与之的《长相思》，虽然模仿痕迹浓，但还比较贴切。一个少女能写诗作词，也算很不错了。这么一想，他对那抛绣球的少女产生了几分好感和思恋，他想去少女家，但不知少女是何处人氏，他埋怨那少女为何不留地址。

正当他为找不到那如月光般明媚的少女而烦闷时，黄岩同学朱及第前来邀请他去家乡游览。他无心前去，因为自从见到那少女后，他就为这个貌美才佳的女子所吸引，觉得是自己心目中最理想的女子。他很想前去见见她，探察一下她的实情，如果真的如意，他就跟父母说，早点儿下聘，免得让人家抢走。

朱及第好像看出了他的心思，对他说："看来你好像心里烦闷，正好跟我去散散心。"

"你那里有什么好风景可看？"齐周华问。

“黄岩蜜橘闻名全国呀！”朱及第不胜惊讶地反问，“你这大才子难道连这点也不知道？”

齐周华反唇相讥：“可惜吃黄岩蜜橘整整早了半年呢！”

“蜜橘还不能吃，难道赏赏橘花也不成？要知道，大片橘子开花时，很有诗意呢！”

“橘花又不是桂花，不会香。”

朱及第诡秘地笑了起来：“是吗，橘花真不香吗？我家的橘花很特别，香气扑鼻，你真的不想闻就算了，我也不必瞎操心了。”

齐周华正想回绝，忽然他心里“咯噔”了一下，似乎有根神经被触动了。他忽然想起那少女词中“相逢橘花丛”的句子，他知道，橘园台州府只有黄岩县有，要赏橘花必须去黄岩，于是便接受了朱生的邀请。

抱着探听那抛彩球少女消息之目的，他跟朱及第来到了黄岩。

朱及第家是一栋雅致的小楼，坐落于黄岩城关南官河边。背枕一座小黄土岭，右边临河，周围是婀娜多姿的竹树，整坡整片都是橘树。当朱及第叩开竹树环合的一座小竹楼时，齐周华不禁惊喜得目瞪口呆，原来蹦跳着前来开门的竟然就是那天傍晚在台州府给自己抛彩球的意中少女。

“这是你家谁呀？”

“是我母亲的丫鬟。”朱及第说，“你说可惜不？”

齐周华的心顿时往下一沉：丫鬟？唉，身份太低，如果娶为妻子，父母是不会同意的。再说，以后自己若有了大的功名也不般配。随后，他又释然了，觉得自己很可笑，既然她有才有貌，何必计较其他。

他正想着心事，不料忽然被一声“妈——大哥来客了”的声音所打断，这声音如黄鹂鸣般悦耳动听。直到此刻，齐周华才如梦方醒：自己被好友朱及第捉弄了，原来这少女是朱及第的小妹，这门亲事是同学亲手作伐。他很感动，不禁对好友一揖：“谢谢朱兄玉成！”

“怎么样，这里的橘花香不香？”朱及第问。

“香，香！”齐周华连声回答，“芳香扑鼻哩！”

“漂亮不漂亮?”

“隔墙花影动，疑是玉人来!”齐周华引用王实甫《西厢记》的曲调作答。

“那你中意吗?”

“中意，中意，一千个中意!”

“好，你这百分之五十是同意了，但还有百分之五十没同意哩。”朱及第认真地说。

齐周华吃了一惊：“还有谁从中阻挠作梗，难道是伯母?”

朱及第摇了摇头，哈哈大笑：“小妹一方还没同意呢。”

齐周华不禁长长地松了一口气，开心地笑了。

吃过点心，齐周华正欲问朱及第小妹丽莺彩球藏词的事，不料丽莺却不见了踪影。齐周华问朱及第，告知在橘园。齐周华想起“相逢橘花丛”的词句，便去了橘园。

一来到橘园，齐周华就被橘园迷人的风光吸引住了。只见大片大片翠绿的橘树在明媚的春光下，发出耀眼的光芒。橘树丛中那一簇簇小白花，在墨绿色橘树的映衬下，犹如点缀在天上的满天星斗。暖洋洋的春风，袅袅而来，拂在人的脸颊上，就像一只温柔的手在抚摸，惬意得叫人直想在橘园中睡一觉。小矮山上有一道流泉，在山石上叮叮咚咚欢快地流淌着，似有一把琴在弹奏着美妙的乐章。橘园里静静的，只有橘树枝头上小鸟的鸣唱撩拨着人的心弦。回头望去，那绿竹丛中雅致的小楼和苍翠的小山，构成了一幅绝妙的风景画。他不禁被这幅美景陶醉了，情不自禁地吟出一句诗：“绿树楼边合，青山廊外斜。”

他正流连于这世外桃源般的橘园景致，忽然他的双眼被一双温柔又带点儿清香的手蒙住了。他挽开蒙住自己眼睛的手，转身一看，却是调皮的脸色红扑扑的丽莺。他连忙伸出手想拉住那纤纤玉手，可那调皮的少女早已像黄莺一般飞走了。只见那穿着米黄色罗衫的妩媚身影，在绿翡翠般的橘园中忽隐忽现。他没去追，他知道抓不住那鬼精灵，于是来了个以静制动，藏身在靠近小精灵的橘树下守株待兔。

果然，那少女跑了一阵后，发现齐周华没来追赶，一股灰心失意的情绪笼罩了她：“难道周华哥不喜欢我？”她踏着百无聊赖的步子，慢吞吞地向小楼住地走来，忽然被齐周华轻舒猿臂毫不费力地抓住了。齐周华怕她溜掉，拦腰将她紧紧箍住。

“跑，看你还能跑到鳖洲去！”齐周华左手抱住她，右手将她身子转到自己的面前，“来，让我好好看看未婚妻的相貌。”

“羞死了，羞死人了。”丽莺两颊绯红，拼命想挣脱心上人的怀抱，可被齐周华紧紧箍住挣脱不出，于是用双手蒙住两眼和脸颊不让他看。

“好，不让我看就不看。我现在要问你一件事，那次在府里抬阁上抛过来的彩球是你的吗？”

“是……”她怯生生地回答。

“你中意我吗？”他挽开她蒙在脸上的手问，但他听不到回答。她把头勾得低低的，就像四月里熟透了的大麦。“你不回答，说明你不中意我，你抛彩球是闹着玩儿的吗？”

她连连摇头。

“你摇头是什么意思？”他问，“老实跟你说，我这次就是来相亲的，你要是同意，我就定下这门亲事；要是不同意，我立刻就走！”说着他松开手，装出马上要走的样子。

他听见一个蚊子般的声音：“周华哥，我……中意，你不要走！”说着，她的眼泪夺眶而出。

他松开的手重新将她环抱在身前，拿出绸手绢为她擦去泪水。“小莺，莫哭，莫哭，哥喜欢你，你要是同意，我明年正月就来娶你。”说着从旁边橘树上采了几朵橘花簪在她的两鬓，然后牵起她的纤纤玉手放在嘴边吻了又吻，说：“真香！”

谁知这一幕却被一个人看在眼里，这人就是被省学政取为台州第三名的临海的蒋连科。原来他听说齐周华被朱及第邀到黄岩，而那抛红绣球的少女就是朱及第之妹时，便气急败坏地赶来，果然朱及第母子欲将小丽莺许给齐周华。这下可惹恼了蒋连科，因为朱及第以前曾答应将小妹介绍给他。于是，他找朱及第评理。可朱及第说："不是我不答应，而是小妹不愿意，不信，你去问她自己。"

"女孩儿的婚事，父母兄长完全可以做主，用不着她本人同意!"

"不，这桩婚事是小妹自己看中的，我们不能棒打鸳鸯两分开，把他们活活拆散!"

蒋连科赶到橘园，正好看到这一幕。他不禁妒意大发，怒骂道："齐周华，你夺人之美，是盗贼行为!"

齐周华朗朗地说："蒋兄言重了，我想问你一句，你向丽莺小姐请过媒行过聘吗?"见蒋连科张口结舌回答不上，便道："俗话说，一家女子百家求，丽莺小姐既然尚未行聘，请问蒋兄，我来求亲何错之有?"

蒋连科发作不得，但仍恼怒地说："她哥原本答应过我的。"

"那你为何不趁热打铁早早定下这门亲事?要知道珍珠宝贝人人爱，恕小弟捷足先登了。"

听了这话，蒋连科气得脸色都发黄了，他恶狠狠地说："齐周华，你不要高兴得太早!孔圣人云：男女授受不亲。你今天的行为丢乖露丑，我可以以调戏少女控告你，拿掉你的拔贡和秀才，叫你凤凰落毛变成鸡!"

"哼，调戏良家女子，这是指非夫妻关系而言，倘是夫妻，何来'调戏'一词?若夫妻间不能牵手，怎能产生恋情?若丈夫不能调戏妻子，何来子女传宗接代?你也不想想，若你父母亲没有男女情爱，何来你这个小子在此哇啦哇啦大喊大叫?"齐周华狠狠地刺了一下比自己大七八岁的蒋连科，然后凛然地说："你要到上司那里去告状，我不阻拦，不过我奉劝你，不要做蠢事。"

蒋连科听到齐周华说出这种尖酸刻薄的话十分恼火，但又无可奈何。可他仍不死心，他想拿出最后一招儿——用财富打动丽莺小姐，赢得她的芳心。他家是闻名府城的富户，他要用财富俘虏丽莺小姐。

丽莺小姐刚才在蒋连科和齐周华争吵时已跑回家。于是，蒋连科急如星火地赶到小姐闺房，见门未关严，一把推开闯了进去。丽莺此刻正脱去外衣，准备关门休息，一见有男子闯入，吃了一惊。蒋连科对小姐说：“丽莺，你要慎重考虑婚事。你现在年纪轻轻，想不到以后过日子的艰难。齐周华家是个三代读书的穷人家，你嫁给他最多只能图个温饱。家里针线要你亲自操持，舂米磨面要你自己动手，哪里谈得上‘享福’二字？而我家上代是盐商，家财万贯。你嫁给我，有丫鬟使女供你使唤，有车马轿子让你乘坐，穿不尽的绫罗绸缎，吃不尽的山珍海味，享不尽的荣华富贵。若我功名通达，能中举人进士，更是大富大贵。”

丽莺本来就对瘦小如螳螂、门牙暴突的蒋连科看不顺眼，现在他不经同意擅自闯入闺房，更令她恼火，她气恼地说：“我不会嫁给你这小老头的！”

蒋连科知道丽莺嫌他年龄大，因为自己比丽莺大了十来岁，于是连忙说：“老郎爱妻甜如蜜呀！年龄大的男人会把妻子当女儿看待呢！”

丽莺大恼：“周华哥英俊潇洒，谁像你尖嘴猴腮，像只蚂蚱！”

“我虽人长得不如周华体面，但人不可貌相，海水不可斗量，今后前途未必比不上他！”

丽莺冷笑道：“你位居第三还大言不惭，周华哥年纪轻轻就为台州第一，前途无量！”

蒋连科大怒而去，心里暗暗发下狠誓：夺取大功名，找个才貌双全的女子，雪此耻辱！

四、文字狱的序幕

齐周华一回到天台县城关齐宅，就见宽阔的大门楼前宾客盈门。

“来了，来了，大才子来了！”不知谁眼尖喊了一句，马上鼓乐喧天，人们纷纷让出一条路，夹道欢迎这位为齐氏家族争得全府荣光的才子。

“哥哥，你啥时走，也把我带去，带到京师，我也要到京城国子监去读书！”十三岁的堂弟齐召南认真地说，引得众人伸出大拇指一起夸奖：“看来齐家要出两个大才子了，以后说不定我们齐宅要挂‘兄弟进士’的匾额呢！”

齐召南六岁即能解对句，九岁能颂《五经》，号称“神童”。听了众人的话，他口气很大地说：“进士算什么？我要学问天下第一，要进三鼎甲，做大官！”

有人逗他：“什么人的学问能称天下第一呢？”

“皇帝顾问、太子老师才可以称天下第一。”他说得头头是道。

“这样的人称作什么呢？”有个老秀才进一步考他。

齐召南胸有成竹地回答：“翰林学士呗！”说着轻蔑地横了那老秀才一眼，鼻子哼了一声，似乎在说：这么简单的问题都不知道，还想考我！

“儿呀，你哪时节动身去京城读书？”母亲急切地问，“你早点儿告诉我，我好早点儿给你准备。”

“我已经回绝了省学政的美意，不去京城国子监读书了。”齐周华踌躇满志，“我要直接考举人、进士！”

“周华，你此话当真？”教过他的拔贡老师——徐佰叙先生不禁骇然。

齐周华认真地点了点头。

“你这决定太草率了！”徐老先生首先批评他，“这样的机会六年只有一回呀！”

“你这样做，可能会后悔终生的。”另一个老师叶绍诗老先生也长叹了一声。

可齐周华却不以为然。他说：“进国子监读书，经过几年朝考合格，只能做个奉礼郎、县尉一类的小官；而考举人，中三鼎甲，或中二甲前几名，就能很容易地进翰林院。”

一席话说得两位老师心服口服。因为他俩虽都是拔贡，但官位从未超过知县哩！他俩转忧为喜，连连点头称赞：“目标远大，前途无量！”

实际上，齐周华不做拔贡去京城国子监深造的想法的确有点儿缺乏考虑。他说这句话时，并未意识到这是一个头脑发热的举动。俗话说，天上的大雁不如手里的麻雀；抓住眼前的东西才是明智的。因为以后的事，尤其是三年五载后的事，很难准确预测，它有太多的未知因素，有许许多多意想不到的事会发生。实际上，他这个草率的决定，将会改变他的一生；他没料到他人生的悲剧，从此拉开了帷幕。

1662 年，康熙那只老鹰首先发现了浙江湖州人庄廷珑的书有问题。这本书名叫《明书》，在这本书里，称清朝开国鼻祖努尔哈赤为建州都督。他被明朝封为都督是 1590 年之前的事，而他死于 1626 年。当时李自成攻破北京，崇祯皇帝吊死煤山。明朝灭亡于 1644 年，清兵进入明朝北大门山海关也在这一年。即使按努尔哈赤建立后金开始算，也在 1616 年，距离明朝灭亡还有二十八年时间。因此，编《明书》时这样称呼努尔哈赤并没有错，是尊重史实。但是，老鹰却看出了问题：为何此书不写清帝“天命”年号，而写“隆武”“永历”等南明王朝年号？对努尔哈赤不称帝而叫臣，这分明是藐视大清皇帝。于是，立即将庄案作“大逆罪”——谋反大罪处理，主犯庄廷珑被凌迟处死。本来要千刀万剐，但这狡猾的家伙已经平静地死去，这怎解皇帝心头之恨？于是掘开坟墓，劈开棺材倒出尸体，用刀剁得粉碎。这样做仍不解恨，又将庄廷珑家里人处以死刑，将那些为书作序、校阅、买书、卖书、刻字、印刷之人，以及地方官吏，或杀或流放到东北苦寒地带，给披甲人为奴。

到了 1713 年，康熙的鹰眼忽然盯上了又一个出书者戴名世。戴名世五十七岁中进士，任翰林院编修。他根本没想到自己会因十年前编的一部书而被千刀万剐。十年前，他刊刻了一本书，叫《南山集》，其中引用了不少方孝标的《滇黔纪闻》所载南明桂王时事。1644 年清兵入关，建都北京，明朝就灭亡了。可是戴名世竟敢在书中称明皇帝不成器的子孙为南明桂王，实在可恶！于是康熙下了一道圣旨，作“大逆罪”，戴名世被处死，与其相关的数百人都受到严处，方孝标已死也被戮尸。

第二章

一、乡试中榜上无名

清雍正二年（1724 年）农历八月，齐周华又一次来到了省城杭州，参加乡试大比。这一次他是憋足了劲儿来的。自从那年省学政来台州选才，他被拔为府庠生第一后，已经有过两届乡试机会。但对他来说都不顺利。第一次，因为考前贪口腹吃了几个桃子，结果肚子出了问题，上吐下泻，连第一场都没坚持住，便早早退出了考场。第二次乡试到来前夕，奶奶生了大病，并越来越重，最后竟撒手西去。等出了殡，离考试只有一天了，而天台离省城足足有四百里的路程，因此只好望“考”兴叹。

过了两届，他心里很焦急。他的两位同学——当年和他一起取为台州第二名和第三名的人，都已考上了举人，而自己仍是一介秀才，这不能不说是一种耻辱。这正应了一句古话：自古雄才多磨难。他暗暗下定决心，誓夺解元，至少也要拿个举人。

这次考试前夕，他吸取了上次考试的教训，很注意饮食卫生。因此，这次没发生考试期间拉肚子的意外。进场后，也很得心应手。这次试题为《事能君致其身》，这是《五经》里的一句话。做这种题目，对他来说简直如同探囊取物，是手到擒来的事。此刻，他想起了台州视察的省学政徐骥大人对自己的评价："胆力雄深，议论精卓，神味如史汉诸书。"他觉得浑身热血沸腾，于是以司马迁《史记》笔法，放胆议论。他先列举了历史上许多侍奉才干卓越的明君最后扬名显身的名人：姜子牙渭水应召，灭了无道的商纣王，为文王打出了周朝江山，拜帅封侯；诸葛亮躬耕陇庙，应刘皇叔三顾茅庐之邀出山，帮刘备得天下，成为历史名相；秦琼、尉迟恭一班勇将助李世民，使之取得"玄武门"之变的胜利，然后夺取天下，位列国公高位……紧接着，他的笔触又将文章推进了一层：事能君不一定能致其身，只有事明君才能致其身。他举了韩信的例子，说韩信跟随"力拔山兮气盖"的西楚霸王，只被委了个无足轻重的解粮官，施展不出"胸中自有雄兵百万"的统帅才能。韩信转投到雄才大略的刘邦麾下，却因受过"胯下之辱"及"与嫂私通"而不被重用。若不是萧何丞相月下追回，何能扬名显身？三国庞统满腹计谋，虽遇能君、明君刘备，却只做了个小小的县令……阐述了上述意思后，齐周华总结道：事能君不一定能显姓扬名，只有遇到非凡的明君英主，才能扬名显身，然而这类明君可谓凤毛麟角少之又少。结尾，又宕开一笔，写道：即使事明君能显姓扬名，然而结局往往不得善终，以致"扬名显姓"后，立即变成臭名昭著的罪人。

伍子胥为吴王立下汗马功劳，被封为相国，最后却被抛尸沉江，悬首城门。韩信功劳盖世，最后祸及灭门。汉武帝可谓雄才大略，却将只为李陵说过一句辩护话的著名史学家、文学家司马迁动以宫刑。而辅佐朱元璋成就霸业的开国功臣，除了早死的徐达、常遇春等少数人外，几乎都遭杀戮。甚至连朱元璋的侄子朱文正，积功至大都督，也为朱元璋所忌，被鞭死；朱元璋外侄李文忠，掌大都督府，因劝帝“少杀戮”忤旨被责，不久郁病而死……

文章还进一步推究明君不能善待功臣的原因。良将谋臣功高盖主，引起君主（包括明君）对统治权的忧虑。他们杰出的带兵治国才能，更引起君王的恐慌，怕取而代之。所以功臣要想善终，几乎是不可能的。所以，赵太祖“杯酒释兵权”这种对功臣有些忘恩负义的行为，就成了君王善待功臣的千古佳话。

文章最后还提出了解决办法：要想避免大肆杀戮功臣的悲剧，除非遇到尧舜禹那样以天下百姓为第一位的真正明君，因此必须取消帝王君主的“世袭制”，实行“禅让制”，把皇帝君主的位置让给既能给百姓造福又具有卓越才能的人。让那些无才无德的人滚蛋，让有才无德者靠边！

他洋洋洒洒写了六七千字。文章汪洋恣肆，评古论今，鞭辟入里，受到房官的好评、推荐，认为此类文章写出了埋藏在民众心底的话语，势如火山爆发，实为自古以来一流文章。其立论之鲜明深刻，论据之充实，文意之曲折跌宕，言辞之大胆泼辣，誉为清代以来考卷第一人亦不过分！

这场乡试题目很难，据一些考白了头的老秀才说：“这届题目是十几届考试中最难的题目。”各地秀才考得龇牙咧嘴，考得愁眉苦脸，考得唉声叹气，有的甚至只考了一场就落荒而逃。然而，齐周华却越考越兴奋，越考越有劲儿。他甚至觉得只有这样高难度的考题，才能发挥自己的水平，否则难以一展胸中才学！狭窄如牢笼甚至有些臭味飘来的考房号子，在他看来，已变得无比广大，如同无边无际的战场，在这里任凭英雄豪杰策着千里马驰骋挥杀。他觉得自己变成了调动千军万马的统帅，于是他将胸中才学尽情挥洒在考卷上……他像当年李太白起草惊吓番邦使者退去番兵数十万的《驳蛮书》，像三国时陈琳挥笔草《讨曹贼檄文》，也像王勃写《滕王阁序》。他的感觉好极了，觉得自己像喝了美酒，有一种飘飘欲仙的感觉。当他考完最后一场走出号子时，他长长地舒了一口气。

考试后，他和同学到西湖游了一回。他们在阮公墩看到有人设祠，供奉清初浙江名人黄宗羲和吕留良像。不少同学对这二位屡拒清廷征召的行为感到不解：“我们为考举人搞得兴师动众，而这二人真傻，居然不应朝廷‘博学鸿词’科，拒绝做大官！”

“这怎么叫傻？这是有骨气！”齐周华生气地驳斥。

“骨气多少银子一斤？狗屁不值！”有个同学反对齐周华的观点，“害得自己东躲西藏，几乎遭到残杀！”

“这样说，为了做官发财，就可以出卖老师、父母和朋友，做那些世代遭人唾骂的秦桧之流卖国求荣、认贼为父的事吗？”齐周华几乎骂了出来，“难道岳飞精忠报国也傻吗？”

看到齐周华眼睛瞪得如同牛眼一般大，红红的仿佛要喷火的样子，那个同学一声不吭了。

他们在灵隐寺门口看到一个打着“神相”旗号的看相先生，同学们纷纷上前请他预测考试命运。看相先生年约五十岁，论起此次考试，他将八人中接连淘汰了六个，说第七个王生可以列个副榜，其余六人纷纷大笑，都不相信。因为王生是八人中最差的一个，此人记性特别差，刚讲过的事转个圈就忘了。他头脑缺根弦，人家到了现代，他却总停留在几百年前的过去，因此有人给他起了个绰号，叫“头世人”。

“头世人，哦，得叫举人老爷。”有同学开起了玩笑，“快点儿请客，到饭馆办桌好菜请请我们。”同学的玩笑令“头世人”窘得无地自容，只反复地说：“莫取笑，莫取笑我……”

齐周华不相信看相的胡说，但在同学们的怂恿下还是看了一相。看相先生仔细看了看他的脸部，对他说：“你天庭饱满，印堂发光，满腹经纶，笔力超群。论才学，可点解元中‘三鼎甲’。”他忽停住不往下说了，等齐周华逼着他问他才说：“但你脑后有一硬骨凸出，因此，这次考试可能有点儿凶多吉少，恐怕——”

“狗嘴里吐不出象牙！”神相话音未落，就被齐周华骂得狗血喷头，他绝不相信自己的锦绣文章会榜上无名。如果连自己也考不上，却让

“头世人”考上，那考官真是有眼无珠了。此刻，他很生气。因为在放榜前说这话是大不吉利的，他冲上去想去砸那立在桌旁的未卜先知的“神相”招牌，却被同学们拉走了。看相先生两手抱膀而立，平静地说：“年轻人，老朽阅人无数，从不乱说，若以后不应验，再砸不迟！现在就砸，未免早了点儿吧！”

一个月后的一天，是乡试发榜的日子。齐周华家喜气洋洋，像过节一般热闹。全县同学都会聚到他家，因为他是全府名气最大、学问最好的秀才。家里准备了鞭炮，还叫来戏班，准备中举的消息一传到，立即鞭炮齐鸣、鼓乐大作，连做三夜开台戏庆祝。齐周华的父母甚至把给“报喜人”的一份沉甸甸的喜钱也准备好了。

齐周华望眼欲穿地等待着，等待着喜讯临门。然而等了一天又一天，一直等了五天，依然没看到“报喜人”进门的影子。他知道不妙了，但他依然不相信自己中不了举。到了第六天，他实在忍耐不住了，便雇了顶小轿，偷偷上府看榜文。

傍晚到了府里，没等住下旅店，齐周华便直接赶到府衙前看榜。他从头到尾看了一遍，没有；又从尾逐渐看到头，也没有。他一连看了五六遍，直到确信没有自己名字时，才泄了气。台州府总共中十八名，居然没有名列第一的自己！他感到震惊也感到无地自容。更令他感到意外的是，在本届中举榜文中，他居然真的发现了“头世人”的名字。他不禁惊呆了，愤怒了。他猛地一拳砸在“头世人”的名字上，一股殷红的鲜血顺着指缝渗了出来，但是他毫无知觉。“这是什么世道?”他骂了一句，突然晃动了一下身子，便慢慢地像中暑一般倒下了。

二、大批汉人在严令下遭殃

对于教私塾的齐先生来说，今天是个屈辱而灾难的日子。

明朝末年，战乱四起。浙江东部海游县的海边花鼓村，有个教私塾的齐老先生。他满腹经纶，授徒课业，安贫乐道，与世无争。课授之余，他在海边钓鱼，怡然自得。忽一日听说陕西闯王李自成率大军攻陷北京，明朝崇祯皇帝吊死煤山，不禁有房倒屋塌之感，挟鱼之筷惊得掉落桌下。

又一日，他又听说东北满族清军在明降将——山海关总兵吴三桂前导下，进入山海关，来势凶猛，长驱直入中原，并连下苏州、常州、嘉兴，大肆杀戮，有“嘉定三屠”“扬州十日”的惨剧，心中骇然。

1645 年的一天，花鼓村来了一队耀武扬威的士兵，个个儿头发怪怪的，彪形大汉脑后居然拖条女人式的长辫子，令人发笑。但村人还没笑出来，就吓得战战兢兢。因为领头的命令全体男子一律剃去头发，变成他们的模样。他们叫村里威信最高的齐老先生脱去明朝衣冠，剃去前半部分头发，后半部分削发垂辫，带头做个榜样。有人笑道：“这岂不是男变女，留条狗尾巴不成了哈巴狗了吗?”齐老先生不肯示范，被士兵扑倒在地，强行剃发束辫。他在反抗中脸和头被剃刀割伤，血流满面。他大骂“强盗”，并割掉了猪尾巴一样的辫子。“我是汉族人，生为汉族人，死为汉族鬼!”说着，他将一口血水喷在那清兵头目的脸上，立即被清兵劈为两段。妻子张氏昏倒在地。

那清兵头领宣布：“留头不留发，留发不留头!”

“来，剃头匠，村人的头由你来理!”清兵头目给理发匠下达命令。

“我只会理汉族人的头发，不会理这种怪头发，更不会编那种女人辫子!”

“你真的不会理？举起你的手让我看看。”小头目说。

理发匠不知小头目的用意，刚举起一只左手，不料清兵头目飞起一刀将其左手砍落在地，鲜血如杀猪般流下来。“你不会理发要手何用?”头目冷笑着说。

突然，一道白光闪过，清兵头目一只眼睛上早着了剃头匠的剃刀。鲜血从眼窝里直冒，像一个流血水的泉眼。剃头匠跨步上前，正想去夺清兵头目的马刀，马上被围上来的几个清兵乱刀劈死。

清顺治十八年（1661 年）腊月除夕，海游花鼓村一派过年的忙碌景象：

杀鸡宰猪声、叫卖年货声一齐响起。去三门湾猫头洋捕鱼的大小船只早早回到了花鼓村海边码头抛锚停泊，村庄里已有噼噼啪啪的鞭炮声响起。

突然，一阵紧急的震撼人心的铜锣声响起，逢危急情况才用的海螺号声也呜呜地在海边回响，原来是清朝官府来了紧急命令：凡沿海村庄居民，立即向内陆迁移五十里以上，把民房统统烧毁，不准片板入海。若有反抗，作私通郑成功贼寇论处，格杀勿论！

不一会儿，花鼓村海边的大小船只被清兵泼上桐油点着了。一个高大船工黑着脸匆匆赶来，冲上前砍倒连在一起的船索，起锚撑船。立刻有几个清兵如狼似虎地扑上来，将他打倒在地，用绳索捆起他就走，血从他嘴角不停地渗出。

整个港口烈焰冲天，映红了海水，映红了村庄。

“真是造孽呀！”张老奶奶双膝跪地，双手高竖着向上苍呼唤，“苍天哪，快救救我们这些可怜的百姓吧！”

“老太婆，快往内地搬家！”一个清兵用马鞭抽她，但张奶奶仍不起来，她哭喊着，“我哪儿也不去，死也要死在这里！”

“嘿，胆敢顽抗！不给你点儿厉害尝尝，你就不知道我们的厉害！”小头目一声令下，几个士兵如狼似虎地扑上来，将张奶奶捆在木柱上，用尖刀在她的锁骨上穿了个洞再用绳拴上。张奶奶痛得喊爹叫娘。于是整个村庄有一长串被拴锁骨和被捆绑上路的人，一路上，呻吟声、哭喊声、哀叹声不绝于耳。

上面讲到的那个不肯带头剃发的私塾老先生和不肯搬家的张奶奶，就是齐周华的爷爷和奶奶。

三、除掉文武两个重臣

1727 年，又一个乡试大比之年到来了，齐周华已经从上次失利的阴影中走了出来。上届乡试失败后，他在出外游览路过杭州时，特地找到那位设摊西湖阮公墩灵隐寺前的“神相”先生。他买了礼品，向他赔礼道歉，并虚心请教未卜先知的奥秘。“神相”解释说：“我并没有未卜先知的本领，但在看相前，就听到了你跟同窗学友的争论。你说话太大胆太直露，我就知道那场考试你凶多吉少。因为文如其人，你说话大胆，文章肯定也大胆泼辣毫无顾忌。事实上，一个硬直之士无论多么忠，都会招致上级和皇帝的痛恨，就连唐太宗李世民这样的一代明君都曾多次想杀掉忠直的宰相魏徵，更不要说其他皇帝了。最终操判卷录取大权的主考大人绝不会因录取你一个人而影响自己的仕途；如果录取你，要冒丢乌纱帽的危险，那他是坚决不干的。”

可以说，神相的话是很有见地的。事实上，齐周华的文章经房师推荐为第一到了主考大人手里后，立即被刷掉了。他的批语是：“此人口无遮拦，锋芒毕露，议论尖刻，俨然一按察御史。若录为举人，将比唐伯虎更危险，所到之处将祸事迭起。主考官必遭礼部甚至军机处贬斥，弄不好会大祸临头。”因此，齐周华就名落孙山了。

三年来，他专门和那些有名气的举人交流诗文，并将历届“解元”的卷子拿来精心研究，发现了其中的诀窍。因此，所写文章更加成熟稳重了。他要再次一搏，一举夺魁。

然而，他的愿望又一次落空了。不但是他，就连全省的秀才都失去了中举的希望；全省的举人也都失去了进京会试考取进士、夺三鼎甲的希望。因为皇帝下诏：停止浙江乡试、会试六年！这个惊雷般的消息，令齐周华一下子蒙了。令全省读书人夺取功名的希望化为泡影的原因是什么呢？原来它起源于两个震惊全国的文字案件。

第一桩叫《西征随笔》案。

雍正三年，浙江总督衙门前人山人海，鼓乐喧天。今天是总督抚远大将军年羹尧的生日，送礼拜见的官员从四面八方络绎不绝地涌来。在众多贺礼中，有一件贺礼引起了年总督极大的兴趣，这是处州司马送来的。这礼物由透明的珊瑚组成一只报晓的金鸡，里面映出“宇宙第一伟人”的字样。看到这别致的礼物，年总督捋捋八字胡得意地笑了。他在康熙末年即任四川总督，平定叛乱，立了大功；雍正即位后，他作为抚远大将军率大军五十万，平定了青海罗卜藏丹津，被人们誉为“宇宙第一伟人”。他不但功劳盖世，而且又是皇亲国戚，其妹是雍正帝的宠妃。年总督拿起这份贺礼，心里洋溢着一种不可一世的气概，立即召来处州司马，以“才能出众”把他提升为浙江按察使。年羹尧又给本省一名没有给他送礼的按察使，一位清正廉明的好官，加了条“无胆无识，办事不力”的罪名，连降数级，调到偏僻落后的处州府当了推官。

那个被连降三级的蔡按察使心中愤愤不平，于是写了状纸进京告状。

年羹尧得到这个消息，干脆又以“贪污库银”的罪名，将蔡一撸到底，将他变为一个平头百姓。“妈的，敢扫我的兴，跟我作对！”年总督破口大骂起来，“我念你是个百姓拥护的好官才没着意为难你，否则加你个‘侵吞巨额库银’的罪名，将你逮送到刑部坐牢，或是充军苦寒的黑龙江，叫你吃尽苦头！”

此刻的年羹尧真可谓一手遮天，他能叫一个默默无闻的人一步登天，也可叫威风凛凛的二品大员顷刻间变为阶下囚。因为当今皇上——雍正的皇帝位，还是靠他全力支持才得到的，没有他和大臣隆科多的全力支持，就没有当今的雍正皇帝。

“不要说告到吏部，告到军机处，就是告到皇帝那儿我也不怕！也难损我一根毫毛！”他哈哈大笑起来。此刻，他根本不知道自己已经离死期不远了。他不知道祸福相依的道理，福之极致便是祸。他所恃的二条，第一是功高盖世，实际上功高震主，这是很容易招致君王猜忌的。历代君王不知杀戮过多少功高盖主的武将文臣！因为这些功臣不杀，他的皇位就坐不稳，君王夜里就睡不踏实，只有除掉这些人，他们的江山才能稳固。

他所倚仗的第二条，也是最核心的一条，认为自己是当今皇上的心腹，是皇上最大的恩人。你雍正没有我作靠山，你能当上皇帝吗？这的确是事实。因为雍正的宝位不是按康熙的旨意传下来的，而是靠阴谋夺取的。年总督以为自己是皇上的心腹，皇帝只会感恩宠信于他，不会对他产生怀疑。其实，他的想法又错了，他不懂“杀人灭口”这句古话的深刻含义。因为你参与了皇帝的核心机密，尤其是当这机密是见不得人的阴谋时，你就更加危险了，皇帝必然要杀人灭口，以消灭罪证。不然，一旦这一秘密被暴露于世人面前，王公贵族、文臣武将都将虎视眈眈，那他的皇位就不知有多少人要来争夺了！

年羹尧所倚仗的第三条，自己的妹妹是皇帝的宠妃，自己与皇帝是至亲，皇上会念及亲情。事实上他又想错了，君王最大的考虑是皇位的稳固，对于女人是不太看重的。有了皇位，什么年轻漂亮、娇媚动人的女人不能到手呢？有了第一、第二两条顾忌，年羹尧可以说是死定了。只不过皇上在等待机会，等待一个合理杀人的借口。如果年羹尧功成隐退，严守秘密，不犯事儿，那么或许能活得长一点儿。可他骄横跋扈，目中无人，于是以蔡按察使告状为导火索，年羹尧被罗织出九十二条大罪，从杭州逮至京师治罪，令其自尽。

事情并未到此为止。当年羹尧被逮往京师时，浙江新巡抚搜查年宅，发现了一本手抄书札《西征随笔》。这本书是浙江杭州人汪景祺所写。他是年羹尧的幕僚，汪到年军中时，正值年羹尧率领大军前往青海征讨叛军和硕特部首领罗卜藏丹津。这对仕途不顺利、屡试不中、直到五十三岁通过要人引荐，才当上“宇宙第一伟人”年总督幕僚的他来说，简直是一次千载难逢的机会。汪景祺感到施展才华的机会到了，因此行军途中，把每日见闻记录汇辑成《西征随笔》。书中有诗句“皇帝挥毫不值钱”，讥皇帝对功臣信口雌黄、忽褒忽贬；书中又非议“雍正”年号。此书送京后，雍正皇帝气得咬牙切齿，御笔亲批：荒唐狂乱至极，可惜见之太晚，切勿使之漏网，以留传以后。

汪景祺立即被以大逆不道罪凌迟处死。

杀汪后，皇帝仍不解气，下令将汪的人头悬挂于北京菜市口城墙上，以警示世人。

紧接着，雍正四年，又出了试题案。

这年，礼部侍郎查嗣庭受皇上隆恩任江西乡试大主考。他风风光光地去了江西南昌，然而，他做梦也没有想到，自己出的一道试题会要了他的性命。

查嗣庭，系浙江海宁人。其家是名门望族，大哥查慎行，进士。二哥查嗣瑮，进士，官至侍讲学士。查嗣庭排行第三，中进士后，由内阁学士升礼部侍郎，接着任江西乡试大主考。

查嗣庭的仕途太顺利了，升迁得太快了，四十来岁的人居然升到如此高位，真是前途无量，往后弄不好还要当尚书进军机处呢。他引起一个同科进士海宁李同知的嫉妒。这位老兄中进士后，只做到同知一级官。一次，查嗣庭回故乡探望，浙江巡抚摆宴为他洗尘，李同知趁同窗来浙之机想要查嗣庭在巡抚面前推荐自己，想要杭州知府的肥缺。因为这位同学要求太高，查嗣庭知道他不是当省会知府的料，便没有出面推荐。而且因为有公事急着回京，也没有赴李同知专门为他办的宴会，于是就招致了这位年兄的忌恨："哼，一点儿同学面子也不讲！"

这位同学在密切地关注着查嗣庭的动静。他调查他家的情况，像猫头鹰般死死地盯着这个飞黄腾达的同学，当他得知查嗣庭外放任江西乡试大主考后心中不免一惊。他怕查任主考后，当总督、升尚书，青云直上。他拿到查嗣庭所出的乡试考题后，先是为其学识之渊博，题目之高妙而叹服，但当他用鸡蛋挑骨头的尖刻劲儿反复看时，他忽然看到了其中的毛病，或者说可乘之机，顿时心中升起一股狼见到绵羊时的快意。

夜已经很深了，但他毫无睡意。他支走书童，撤去卧室外的警卫，甚至支走刚刚从一个举人手里夺来，他近来异常宠爱与之如胶似漆的小妾——一个色艺俱佳的女戏子。气得女戏子坐到他的膝盖上，扯着他的胡子，倒在他的怀里。他不为所动，竟吹胡子瞪眼睛地将她赶跑。因为他牢记"事不密则废"的古训，他剪去油灯的灯花，把灯挑得亮亮的；拿出文房四宝，磨出浓浓的墨。我要给当今皇上写折子，如果皇上重视，来搜查嗣庭的住所，那这个不近人情的东西就完了。因为文人的文字里还能查不出漏洞和毛病？不愁没有，只怕不找！如果找，几乎每个文人都会有的。这么一想，他感到一阵恐惧：等我写好这份奏章，立即清查自己的书籍，把有嫌疑的东西全部清理掉！鸡叫三遍时，他终于写好了给皇上的奏章，其中的意思就是讲查嗣庭任江西乡试主考时所出题目为《维民所止》，初看起来这题好像是摘录圣贤《诗经》中“邦畿千里，维民所止”的一句话，其实用心极其险恶！若拿去首尾“维、止”二字，我们不难看出其狼子野心：这是“雍正”去头——说得直露一点儿，是将“雍正”斩首呀……

李同知认真地看了两遍，把它封好，写上“逆案举报”字样，打上火漆印，然后派两名干练差役，快马直送京师军机处。

很快，查嗣庭被逮往京城，下在刑部大牢。雍正下令搜查其京师住所，抄出日记两本及与科场有关的书札文字，正如李同知所预料的那样，果然在其日记中发现了不少严重的问题。

一是对康熙用人大加批评，更可恶的是日记中的皇帝祭祀等好日子，不是记“大风”“狂雨”，就是记“热河大水”“飞蝗蔽天”。雍正帝大怒，立即命将查嗣庭家中片纸只字一律封捆，由浙江巡抚李卫送京。结果从字里行间及考试题目中找到罪状七十条，于是以“千古恶逆之首领之名”按大逆治罪。此时查嗣庭遭刑讯逼供已死于狱中，正准备下敛，雍正命不许下敛，将其尸体千刀万剐，弃于京郊马粪堆中。其子、孙被斩，其妻、女流放。查嗣庭至死也不明白，为什么圣上会对他下如此狠手？实际上，杀他是雍正皇帝诛杀大臣隆科多的前奏。

当初，隆科多任理藩院尚书，兼步年统领，掌握京师警卫武力，在康熙宫中侍疾。他跟年羹尧一起帮雍正夺取了皇位，传位雍正的遗命，即由他宣布。雍正即位后，隆科多被官封吏部尚书、太保。他也因与年羹尧共同参与雍正夺取皇位的阴谋，为雍正皇帝所猜忌。雍正杀掉年羹尧后，也在磨刀霍霍准备杀隆科多了。但是，隆科多与飞扬跋扈不可一世的年大总督不同，他本身没有什么把柄在雍正手里，如果硬要诛杀就要落得杀戮功臣的臭名，引起大臣们的非议和胆寒。于是雍正想出了挖墙角，从后背或侧翼包抄围攻的办法。查嗣庭试题案，正好给他提供了攻击隆科多的炮弹，因为查嗣庭是受隆科多推荐升迁礼部侍郎出任江西省乡试主考的。查嗣庭既然犯了大逆死罪，推荐人岂能逃脱干系？当查被戮尸，隆科多便因推荐“大逆罪官”被判永远监禁（实为让自己夺取皇位的阴谋永不泄露），不久便死于禁所。

查嗣庭被逮京师打入大狱时，李同知心里得意极了，他知道很快自己也会官运亨通，起码得升一级当个知府。果然没几天，他就如愿以偿，被召到省城，任命为湖州知府。但当他搬了家眷，知府的椅子还没坐热——只做了短短七天知府时，就因“贪赃枉法”被撤职充军。当省巡抚向他宣布决定时，他恨声不绝地说：“我要告你这个狗官，要叫你像查嗣庭一样死在我手里!”可是巡抚笑笑说：“你莫要像疯狗一样乱咬，老实告诉你，这是皇上的旨意。”说着，拿出一张御笔亲批的条子：给李某一根骨头啃，做几天知府以示表彰，然后留条狗命。李同知一下子瘫倒在地。

十月初，皇上下诏：浙江出了汪景祺和查嗣庭这样的士林败类，玷辱科名，着令停浙江乡试、会试六年。看到这张通告时，齐周华重新燃起的功名之心，像熊熊大火突然遭大雨浇淋一般一下子熄灭了。

四、两场天壤之别的送别场面

雍正皇帝已经好几天没有笑容了，他心里感到特别烦躁。生活严肃刻板、阴沉得像冰块的雍正皇帝，这几天接连召来几个年轻美貌的嫔妃侍候自己。他想用男女情欲冲淡自己的烦恼，然而却不能。这会儿，他想起千娇百媚的年妃。以往，每当他烦闷时，都有美貌动人、善解人意、体贴入微的年妃为自己化解，可是自从杀了年妃的哥哥大将军年羹尧后，年妃就像一朵艳丽无比的芙蓉花突然遭到风雪吹打一般凋谢了。她整天没有一丝笑容，眼睛没有一点儿活力，就像泥塑木雕。虽说宫中不缺美貌女子，但如此娇媚聪慧，如此善解人意，琴棋书画件件皆能，吹拉弹唱无所不精的精灵儿却是凤毛麟角。召来侍寝的嫔妃接连换了好几个也不能合他的心意，丝毫不能减轻他的烦恼，气得他接连杖杀了几个。

他是为钱名世的事而烦恼。不久前，他编织罪名，除掉年羹尧和隆科多这两个权势熏天、威胁自己皇位的大臣，株连了一批武将文臣，将压在心头的两块巨石搬掉了，他心里不禁长长地舒了一口气。然而，汉族读书人的反清排清思想，却依然如地下暗河般汩汩地运行着。汪景祺、查嗣庭，杀了不少人，株连了一大批，但仍是斩不尽、杀不绝。钱名世就是其中的一个典型。此人系江苏人，先皇康熙帝年间一甲第三名探花，官授翰林院侍讲学士。这人与年无朋党关系（有此关系的人早已诛杀），只是抄年府时发现他送给年的几首诗。

雍正二年，年征讨青海叛军得胜回京，钱名世赋诗两首相赠，表彰年的功劳。第一首中，有这样两句“分陕旌旗周召伯，从天鼓角汉将军”，把年比作周代辅佐武王灭商的召伯和为汉立下汗马功劳的名将卫青、霍去病。第二首诗中写道：“钟鼎名勒山河誓，番藏宜刊第二碑。”皇子允禵调兵进藏，康熙为其立平藏碑，钱名世认为，年大将军平定青海叛乱，应再立一碑。

这两首诗被发现后，雍正大为恼火。经九卿拟议，认为钱名世“献诗年贼，备极谄媚，又将平藏之功归年，并要立碑，甚属悖逆”。最后议定：革职交刑部从重治罪。

雍正皇为啥选中钱名世开刀？因为钱是康熙四十二年的探花，有“江左才子”的美名。他才华横溢，是当代文人的代表。对这样的人，不能一杀了之，杀了难以服众；但处理轻了，不能震慑广大文人。经苦思冥想，最后，雍正终于想出一条妙计。他下诏曰：

钱名世颂扬奸恶，言辞荒唐错误，自取罪责，但其所犯尚不至死。他既能以文词谄媚奸恶，为名教所不容，朕即以文词为国法，着即革去职衔，发回原籍，联书‘文化罪人’四字，令地方官制匾额，张挂其所居之宅……

与此同时，雍正皇还下令：凡举人、进士出身的京官，一律作一首诗批判钱名世。

于是，大学士、尚书、侍郎、翰林院编修纷纷写诗。最后得诗三百八十首，刊载成《名教罪人》一书，由罪人钱名世自己出款刊刻，分发全国各省各学堂。

詹事陈万策一听到皇上的旨意，感到跳龙门的机会到了。他禁不住一阵狂喜，立即闭门造车，经一日一夜，冥思苦想出一首别出心裁、充满奇想的好诗。他要让这首诗受到皇上青睐，成为飞黄腾达的敲门砖，把自己这一直没有实权的官变为有职有权的官，或如翰林院掌院学士那种誉满天下的高官。

不久，当雍正皇帝看到那不同凡响的两句诗时，果然眉开眼笑，拍案叫绝了。

皇上下达写诗批判钱名世的旨意后，可难坏了翰林院同僚侍讲吴孝登。一连几夜，他辗转反侧不能入睡，他想起同事三载二人的情谊。钱探花虽比自己早来两年，位置比自己高，但一直如兄长如老师般关心自己，自己跟钱学士学了很多东西。钱学士还是自己的救命恩人呢！他清楚地记得，有一次自己写的一道奏章中，写了“清明回家祭祖扫墓”一句，亏得钱学士纠正过来，把“清明”二字换成“仲春”，否则，若被人弹劾“清明”是歌颂明朝；把明朝列清朝之后，可见“复明（朝）之心不死”，那后果不堪设想，不但拼搏半生得到的翰林学士高位毁于一旦，恐怕也要像查嗣庭那样死无葬身之地了。

此刻，吴学士不但想起钱先生对自己的恩情，还想起钱学士对朝廷和皇上作出的贡献。他曾受命选编《唐宋词精华》，他常随先皇和当今皇上出巡，凡朝廷重要文稿多出于其手。由于文章写得花团锦簇，奥秘无穷，还曾当过太子和年妃的老师……如果自己写文章咒骂同僚，攻击对自己恩深义重的老师，拿枪把他刺得鲜血淋漓，这不是禽兽行为吗？不，我绝不能在他倒霉时落井下石，在他心口上再刺一刀！这样就太无耻了！

他一连拖了好多天，直到交卷的最后日子到了，他仍没写出像样的批判诗。他知道，不写，是绝对不行的；那就是“欺君之罪”，弄不好会招致杀头甚至灭门大祸。于是只好硬着头皮，勉强凑了一首交差。

过了几天，皇上召开《名教罪人诗歌集》评判大会。

雍正皇帝首先拈出一首朱批圈点为“绝妙”的诗，叫作者本人——詹事陈万策来读。陈詹事用满含愤恨和嘲讽的口吻，抑扬顿挫地读了出来：“名世已同——名世罪，亮工不异——亮工奸！”

他把“罪”“奸”二字读得很重，仿佛钱名世真的犯了十恶不赦的弥天大罪，比南宋杀害抗金民族英雄岳飞的千古大奸贼秦桧还坏。他读时咬牙切齿，双脚在地上直跺，仿佛一匹凶狠的狼猛扑上去，紧紧地咬住了猎物。

钱名世表字“亮工”，此诗把钱的名和字嵌入其中，构思可谓新颖奇特，雍正皇帝评论道：“这是一首不同凡响的诗！它不但有高超的文学水平，更体现了对大清朝廷对皇上的极端忠诚，对奸贼的无比愤慨！”

说完，他立即拿起御笔，大笔一挥，拟了一道圣旨，将毫无实权、鸟不拉屎的四品詹事陈万策连升三级，加翰林掌院学士衔，并出任其家乡——江苏省巡抚，成为威风八面的封疆大吏，令文武百官目瞪口呆，也令陈万策受宠若惊。他叩头谢恩如捣蒜。

雍正皇帝演完了第一场戏，接着演第二场。他点名叫出翰林院侍讲吴孝登，拿出吴写有诗句的折子，“啪”的一声从高高的龙椅上掼了下来，把脸一沉：“你读！”

吴学士战战兢兢地读了自己敷衍了事写的诗句：

年党一起气焰高，搅得山河乱糟糟；
歌颂年党真糊涂，锦绣文章填泥淖。

话音刚落，雍正皇帝阴冷的低吼声如闷雷一般传了过来：“钱名世难道仅仅是脑袋糊涂吗？这种东西还算是锦绣文章，真是荒唐至极！”

说完，大笔一挥，批了四个字：革职充军。

第二天，在军机大臣、吏部尚书的亲自安排下，在京郊的十里长亭，一幅对比鲜明的送别场面出现了。

新任巡抚陈万策蟒袍玉带，骑着高头大马，威风凛凛，神采飞扬。妻子封二品诰命夫人，坐着八人抬的大轿，文武百官齐来相送。随着三声号炮响，陈巡抚启程了。只见旌旗飘扬，鼓号喧天，一顶顶彩旗如朵朵艳丽的喇叭花在大地上有序地开放，一阵阵美妙的音乐如同仙乐在空中袅袅地弥漫扩散。送行的人眉眼里闪出一种光亮，那是恭敬、羡慕或是佩服的神态。

而在南面那个凉亭里，却是一幅凄惨的场面。原本风风光光的翰林侍讲吴孝登，却颈上戴枷，双手上铐，胡子拉碴，散乱的头发在怒号的秋风中飘拂。

出发的时刻到了。凄切的哭声响成一片，人人脸上笼罩着痛苦的神色，甚至死亡的悲哀。吴翰林的妻子——一个如花似玉的女子，搂着丈夫不肯松手："你此去山高路远，无人在身旁照顾，叫我如何放心……你此一去，不知何年何月才能相见?"

"听说黑龙江天寒地冻，充军到那里的人，很少有人活到刑满回来。"吴学士悲哀地诀别道，"你年纪尚轻，只有三十来岁，你还是改嫁他人吧。"

"你……你……"她只说出几个字，便突然昏倒在地。

文武百官个个儿心里如打翻了五味瓶，酸甜苦辣一齐涌上心头。

五、悬挂"文化罪人"的大匾

出外游览来到苏南的齐周华，游了苏州、无锡、常州，正准备去镇江、扬州，忽听说离常州城咫尺之遥的武进县是当今大才子——探花、翰林院侍讲学士钱名世的故乡。他兴致勃勃地赶到武进，一头扑进那个叫鸣凤的集镇。

这是一个热闹的集镇，也是一个风景旖旎的地方。

没想到他这一来，却看到了令自己胸口堵得慌的无限凄凉的一幕。

“请问钱探花家往哪走?”他在集上问一个白胡子老大爷，“他常年在京城，恐怕三年五载也回不了一次家吧?”

老大爷瞪起一双鱼眼，仔细打量了齐周华的穿着打扮，一副拒人于千里之外的样子。发现他不是本地人，不禁警惕地问：“你去他家做啥?打听他回不回家想干啥?”

“他是全国闻名的大才子，他的名字如雷贯耳，我想去探访他的故居。”齐周华怀着景仰的心情说，然后无比遗憾地叹了一口气，“今生今世要是能亲眼见到钱学士，亲耳聆听他的教诲，那该是多么幸运啊!”

白胡子老大爷像是受到了感染，态度变得温和起来，他用手指了指西南方向，告诉他：“顺大路走几里路，很快就可到他的故居。”然后压低声音：“你要是真想见他，现在去就能见到。”

“真的吗?我真的能见到他?你不会骗我吧?”见到客人两眼放光、急切难耐的样子，老大爷那原本不苟言笑的面孔一下子变得和蔼可亲了：“能见到，真的能见到，只要你心诚——不过‘探花府第’的匾额，你大概是看不到了。”

听说可以见到钱探花，齐周华大喜过望，他没在意这古怪老头态度的变化，立即往前赶。走了四五里，果然见到一处前面临湖、其余三面竹树环合、面积很大的漂亮宅第。

他兴冲冲地奔到钱宅门口，突然，他呆住了——惊得张口结舌。原来，在高高的门楼上，悬挂着一个大匾额，上面用黑体书写着“文化罪人”四个触目惊心的大字!昔日的探花郎、大才子、大名鼎鼎的翰林学士，为何转眼间便成了“文化罪人”?他不懂，更不理解。

“这莫非又是一场文字狱?”齐周华心头升起一团疑云。要知道，在当今清朝统治的社会，文字狱接连不断哩!

齐周华在门口徘徊，他想进去问个究竟，但没看到人。

“你探头探脑在这里干啥?”齐周华正沿着围墙走到一个后门，突然听到一个严厉而骄横的声音，他转身一看，原来是一个猫头鹰一般的当官模样的人。

“您是?”

那人立即回答:“我是武进县尉。”

“请问这里是钱名世学士的故居吗?”

“这里没有什么钱学士，”县尉生硬地说，“他已经变成‘文化罪人’了!”

“他是闻名全国的大才子呀，为什么竟变成‘文化罪人’了呢?”

“你是什么人？是他的学生还是朋友?”县尉用审问的语气问。

“我哪有这么高的学问，能成为他的学生和朋友。”

县尉松了一口气，解释道:“钱名世因为作诗歌颂大奸贼年羹尧，已被皇上革职发配回原籍。”然后又补充道:“他是有罪之人，由地方官监视，不能会见客人，除非是来听他检讨悔过的。”

是皇上下旨革职的？齐周华吃了一惊，他知道通过正常渠道拜访是难以做到了，于是灵机一动，连忙说:“那我就听听他的检讨、忏悔，接受一次深刻的教育，同时带份材料回去，路上也好进行宣传。请你行个方便。”说着，他取出二两银子:“小小意思不成敬意，望笑纳。”

县尉同意了。齐周华跨进大门口，走进第一个大天井，是一个用大块光滑方石铺地的大客厅，显然这是当初的接官厅。现在这个厅还可以算作接官厅——不过不是接待官本人，而是接待那些京城军机大臣、六部九卿大官和江苏总督、巡抚、布政使、按察使等地方官员对钱名世的批判诗词、文章。客厅左首摆着本省各地府台一级官员的批判诗文，右首是知县及九品以上官员的声讨诗文，最下方甚至还有本县举人、秀才对钱的谴责文章。不少文章狗屁不通，有的只是扣帽子、打棒子或进行恶意攻击。一见到有人进来，一个头发雪白、佝偻着背、年纪似乎六七十岁的老头连忙从厢房里出来，像和尚念经般作自我介绍:“我是文化罪人钱名世，我为大奸贼年羹尧歌功颂德罪恶累累、罄竹难书……读书人务必不要向我学习……”

老头滔滔不绝像背书般说下去，可是齐周华却听不到他说些什么了。他痛苦地走出客厅，向里面走去。里面是一个大天井，中间有个荷花池，池上有九曲桥。从桥上可以望见翘角飞檐，从中可以想见当初探花府第的繁华。时已初冬，荷花是不见了踪影，但水里的金鱼却嬉戏着、追逐着，自由自在地畅游着。过了荷花池，走进一个大天井，有一座造型别致的假山，四周都是树木，浓荫蔽日，萧瑟的秋风阵阵而起。黄叶纷纷飘落，天井里、假山上尽是落叶，但无人打扫。当初辉煌的探花府第、学士故居，如今居然没人管理，没人打扫，没有用人，没有杂役，一片荒芜凄凉的景象，真令人不可想象！

从假山后门出去，他看到有个头发花白的老婆婆和一个后生，两人扛着一桶尿，往不远处的一块平地走去。走在前面的细脚伶仃的老妇似乎不堪重负，走路跌跌撞撞，好像随时都会跌倒。齐周华连忙紧跑几步赶上前，从老婆婆肩上接过竹杠，替她抬了起来。

“唉，小弟，谢谢你。”老婆婆感激地说。

一会儿，这桶肥料抬到了地头。那后生拿起粪勺往地上的菜畦里泼洒，看他那力不从心的样子，像从来都没干过农活一样。

“大嫂，您年纪大了，怎么不叫用人或丫头抬呀？”齐周华不解地问。

“我现在哪有什么丫头用人呀！家里遭了大难，先生成了罪人，亲戚朋友避之唯恐不及，都像鸟兽一般散尽了。”

“这么说，您就是师母了！”齐周华惊得连忙作揖行礼，“那么这位小哥是——”

“是犬子，他去年中了举人，正准备参加今科会试，谁料想他爹出了事，他受到牵连也从京师回来了。”

啊，探花夫人，翰林学士家的诰命夫人，一个小脚老太太，竟要自己抬粪种庄稼，真是不可思议！齐周华不禁张大了嘴巴。

“师母，你们为啥要自己种菜？难道连一点儿俸禄也没有吗？”齐周华愕然。

“唉，别提了。”老婆婆忧伤地说，“先生犯了罪，俸禄没有了，每月只发一点儿生活费，都不够他一个人糊口。我和儿子、儿媳都没有了生活来源，不种点儿庄稼怎能活命？”

“您儿媳妇呢？”齐周华问。

“她见我们家这种情况，就走了。”老婆婆用手牵起衣角，擦拭眼角溢出的泪花。

“老师在京师这么多年，难道没有积蓄？”齐周华疑惑了。

“翰林院是清水衙门，比不上知府一类地方官油水多，本来就没多少积蓄。出事后，那本分发到全国各地学堂的叫《文化罪人》的书，更是要了我们的命，因为刊刻的费用全部要我们出。这一下，不但原有积蓄全无，我们还借了许多债。”

“亲朋好友能帮衬你们吗？”

“遭大难的人是没有什么亲戚朋友的。”老婆婆心酸地说，清秀而憔悴的脸上掠过一丝痛苦的表情。“所缺费用是我们变卖了家具和田地，好不容易才凑起来的，借的债是用这幢探花府第抵押来的。”老婆婆说到这里，已经满脸是泪。

齐周华听了心里无比悲伤，继而又义愤填膺地说：“仅仅为年总督写了两首歌功颂德的诗，当今皇上就待他如此无情。年羹尧当初立了大功，这总督和抚远大将军不就是你雍正皇帝加封的吗？如果钱学士写首诗应遭如此惩罚，那么你雍正皇帝又该当何种处罚？应该引咎退位，至少也应下诏向天下百姓检讨自己的错误！”

他的话还未说完，就被吓得面如土色的钱师母一把捂住了嘴：“切莫乱讲！乱讲，对你对我们都没好处。”

看到这种情形，齐周华只给自己留了点儿回家的路费，把二十两整银都给了钱师母，感动得钱师母欲倒身下拜，慌得齐周华连忙上前搀扶住：“师母，这万万使不得！”最后还是师母命钱公子作了三个揖作谢方才罢休。

黄昏时分，齐周华走了。秋风呼啸，黄叶纷飞，在苍茫的暮色中，他看到一个白发老人——身穿白衣，后背印着“文化罪人”的黑字，拿着一把大扫把，佝偻着身子，在探花府第前面那空旷寂寥的门前，一下接一下地吃力地扫那满地的枯枝败叶。有好几次，他刚把枯叶扫到一起，又被那捣蛋的秋风吹得满地飞舞，他只得重新去扫，把它们又扫到一起。从师母口里，他得知钱学士年纪还不到五十，可是头发却全白了，背也驼了，脸上皱纹纵横，如同一个经受了万千苦难的老人。老人扫着扫着便停了下来，不时地抬起右手擦眼睛。钱学士是在擦被风吹起扬到他眼里的灰尘，还是在拭从心里涌出的悲苦的泪水？想到当年的大才子晚景如此凄凉，齐周华的眼泪不禁夺眶而出……

六、恩师被斩令他断念

如果说钱探花的文字狱案对齐周华求功名之心是个重大打击的话，那么他的恩师——浙江学政徐大人之死，使他求功名之心已冷如死灰了。

浙江学政徐骥，就是当初来台州取士，把齐周华录为第一名的人。从那以后，齐周华一直把他视为恩师。十年来，他虽然功名不顺，但功名之心难死，恩师那“纵有千难万险，功名之心不可动摇”的教诲一直在他的耳旁回响。即使不久前，在江苏武进看到钱探花那凄凉的一幕，他对功名利禄看得淡薄了，对仕途有些灰心失意了，但功名之心仍像野草一般，“野火烧不尽，春风吹又生”。一听到某人中了举人、进士，同学或朋友做了官，功名之心又重新在他的心头燃烧起来。因此，当朝廷复准浙江人可参加乡试、会试的通告下达后，齐周华那遭到沉重打击和严重伤害的功名之心又一次复活了：我要再搏击一次，力争考上举人，最好能夺取解元、进士，以慰恩师对我的殷切期望。

自从那次取为台州第一名秀才后，他曾无数次想去省城拜访徐大人。但是，自己没有中举人中进士，没有实现恩师的期望，有什么脸面去拜访呢？因此，当恢复乡试的好消息传来，一些同乡秀才相约去省城参加乡试时，他又一次踏上了考举人的行程。

这次，他提早一个月就到了杭州，他要在杭州拜会徐学政的得意门生——上届高中的沈解元。此番，他准备背水一战，不考取举人决不罢休！为了饮食起居有人照顾，他接受了家中的安排，带来了妻子和书童，虽然这会增加很多开支，但他不心疼。

正当他紧锣密鼓地迎接乡试时，忽然有一天，他听到浙江学政换人的消息。他原以为徐学政这样出类拔萃的人物是要升迁了，但接着传来的消息很不好，说是他被逮起来了。这令他吃了一惊：到底是什么原因呢？他无从打听消息，巡抚衙门深似海，普通百姓怎能进去？正当他坐立不安，心里急得如野马狂奔时，又传来一个更惊心动魄的消息：说是徐学政因讽刺朝廷，被判死罪，某月某日在杭州松木场公判斩首。

当时齐周华正端起饭碗吃中饭，听到这个消息，饭碗“当啷”一声跌到地上摔了个粉碎。他顾不上回答妻子的话，立即拔脚往外跑，他一口气跑到沈解元家才弄清了原委。

“徐大人此番出事，就是为了一首诗。说起来，这次他被判死罪的理由，是十分荒唐可笑的。”沈解元悲愤地说，“不久前的一天，徐学政在省学政衙门办公室处理公事。忽然，阵阵清风使靠近窗口桌上的一本唐诗哗哗地翻动起来。正忙于批阅重要公文的徐学政，一边吟诵一句诗，一边上前合上书，用镇纸压上。就是这么一句诗，恰巧被从窗口经过的一个同衙门官员听见并汇报上去，便遭了殃。”

“这诗是咒骂皇帝老儿和清朝的吗？”齐周华瞪大眼睛问。

“没有，丝毫没有！”沈解元道。接着他用手一招，压低了声音：“过来，我写给你看。这句诗是：清风不识字，何必乱翻书——说是讽刺清朝朝廷，用心险恶！”

“这有什么呀？”齐周华愤慨得大声嚷了起来，“就说了这么一句话也要杀头呀！这是什么世道！”

他的话被沈解元严厉地制止了：“不要大喊大叫，否则后果不堪设想！”

从沈解元家出来，齐周华的心里说不出的难受，他说不出是激动、悲伤还是愤怒！

处斩徐学政的日子到了。这天上午，齐周华背着个大包裹早早来到松木场，这里已是人山人海。远处搭起一个高台，因被围观的人挤得水泄难通，他只好放弃了挤到台前的努力，远远地站着看。

大约九点光景，远处来了几辆囚车。一干人犯从囚车下来被逐个押到台上。右边一个高个子、脖戴大枷手被束缚，双脚被铁镣锁着的人，就是徐学政。

一群人走马灯般上台发言，齐周华听不清讲的是什么内容，无非是揭发和批判徐的累累罪行。宣判后，徐学政等一干人犯被押往离此大约两里路的刑场，许多胆大者跟到刑场围观。

这是个乌云笼罩的阴沉沉的天。

齐周华站在离刑场约百米的小坡上观看。午时三刻，三声号炮响过，行刑的时刻到了。他看到几个凶狠如狼的刽子手喝令徐学政跪下，他不肯跪，直直地立着。当刽子手从刀鞘里拔出明晃晃的刀时，只听徐学政口里猛地喊出一句话："冤枉啊苍天！清朝不清——"话音刚落，那头便被一刀劈飞了，一股鲜血从那空洞中水箭般喷射出来。与此同时，一个陪斩妇女——后来据说是他的夫人，便啊呀一声晕倒在地。

围观者都唉声叹气着走光了，血腥的刑场上，如洪荒古墓般死寂。平时在松竹林中不时鸣啭的鸟雀，如今都没有了声音，只有几只黑黑的老乌鸦哇哇地大叫着，在上空盘旋，并不时俯冲下来，准备撕咬刚刚被斩首、带着浓浓血腥味的人肉。几只野狗也来凑热闹，准备先下手为强。齐周华连忙从胸口摸出几个小丸，往地上扔去。野狗闻到香味，用爪一把抓起便吃，不一会儿便倒地蹬腿呜呼哀哉！齐周华又拾起几块小石头，气愤地接连朝那秃老鸦打去，一块石头打中了一只三番五次俯冲下来的老鸦，吓得它哇的一声，再也不敢冲下来了。

黄昏来临，暮色沉沉。齐周华准备收尸。他朝四周看了看，没发现人，于是吹了声口哨，忽然从林木深处急急驶来一辆遮篷马车。马车一到身边，齐周华马上从车上抱下一领稻草藁荐和一床棉被。他和马夫正准备上前收尸，忽见一棵大树旁有个人贼头贼脑地探头张望。他火了，以为是奸细，立即追上前，劈头就发了一通火："人杀了，难道连尸首也不让收?！你要升官发财，尽管去报告，我不怕！我明人不做暗事，我是台州秀才齐周华！"

那人从树林里出来了，看上去不像是官府的人。"别——别误会。"那戴着青衣小帽，年方十八九岁的少年男子连忙分辩说："我，我是徐学政的书童。徐学政一听到有人告发，马上就叫我回临安老家了。我知道，他是怕我受牵连。"

"你现在来做什么?"齐周华不放心地盘问。

"我也是来收尸的。"书童悄声说，"徐学政待我们下人就像儿女一样，我不能没良心，在这危难时刻只顾自己。"

齐周华松了一口气。要真的是奸细，那恩师的尸首就收不成了。这下好了，正缺一帮手。赶车的老大爷是个胆小怕事的人，因为害怕不敢下车。"我家里有一大堆人跟我吃饭，要是被人知道，把我抓走，就完了。"所以老大爷坚决不肯帮忙，只是躲在老远的马车里等着。

齐周华和书童二人，给徐大人先裹上被，又用藁荐卷了，然后急急地抬到停在百米以外、藏在松林里的马车上。

此刻，还有两双眼睛紧紧地盯着这收尸的一幕。这是真正官府派来的奸细：一个是管监狱的典狱官——监狱长，一个是省按察司衙门里的九品经略。

"收尸的人要走了。"典狱官说，"要不要将此人抓住?"

"你去抓吧，这功劳留给你。"经略平静地说。

"你不想升官吗?"

"我想升官，但不想做千人骂万人咒的事。要是这人是贪官、瘟官，我就去举报；可徐学政是万民称颂的好官，他死得很冤，我要是昧着良心做事，是要遭天打雷劈的。"

"我也是这么想的，我本来打算，如果没人收尸的话，我就雇一个人给他一笔钱，将尸收了，为百姓做件好事。”

“如果有人追查怎么办?”

“我们就说，往东南方向走了。”

马车载着徐学政的尸体，在暮色的掩护下，顶着秋风秋雨，往西边的山地丘陵匆匆而去。齐周华知道，此一去，关山迢迢，路程数千里，来去至少要半个月。

风雨弥漫，赶车的老大爷蜷缩着身子，缩着脖子，不时地喊冷。齐周华变戏法般从包裹里拿出一瓶酒，递给赶车老头：“大爷，喝几口暖暖身子，趁夜里静多赶些路，要在天亮前出金华府地界，否则就难办了。”

大爷接过酒，咕咚咚喝了半瓶，然后扬起鞭，噼啪甩了几鞭，马儿立刻嘚嘚地跑了起来。

齐周华的妻子朱丽莺，在旅店里左等右等不见他回来，急得要命，直到傍晚，旅店伙计给她送来一封信，拆开一看，只有一句话：你马上收拾行李回家，我为恩师收尸去远方了。

朱丽莺脸色发白。她知道，再过三天就是乡试开考的日子。丈夫肯定是赶不回来参考了。这么一耽搁，又得等待三年。

马车在浙赣古道上冒着风雨奔驰。借着车头马灯照过来的摇曳的灯光，齐周华看到从藁荐里渗出的缕缕血迹，求取功名之心顿时化为尘土，他在心里作出最后的决定：我今生今世再也不参加科举考试了，哪怕被荐为“博学鸿词”科也坚决不去了。清朝朝廷对读书人如此寡恩刻薄，文字狱如此之烈如此之毒，真令人寒心！说了句“清风不识字”，就招致杀头大祸，这样的朝廷比虎狼都凶恶，还能为它效力吗？在这种世道中，时时处处都有杀头、充军变罪人的危险，那么中举人、进士，即使状元及第还有何意义？

第三章

一、接来信总督大惊

当春水泛滥奔腾的季节来临时，在湖南郴州永兴县往西的马路上，奔驰着一匹瘦马。一个书生模样的后生，一反人们通常的行路习惯，夜行晓宿，马不停蹄地往前赶路。

他飞过耒阳，驰过衡阳，然后绕道邵阳，斜插沅陵，通过湘西土家族地盘时，那匹瘦马累倒了，他换了一匹马，继续赶路进入湖北恩施土家族地区。他在此生了一场病，未等身体康复，又策马进入四川奉节，到达陕西安康，休息了一天，便又往西安方向疾驰。

这后生名叫张熙，肩负一项特殊使命。他受老师曾静委派去西安川陕总督衙门投递一封无比重要的书信。

此刻，远在湖南永兴县深山谷里的曾静，在掐指数着张熙的行程，心急如焚，望眼欲穿地等待着远方的音讯。

曾静是位穷秀才，因屡试不第，开馆授徒。他久闻浙江鸿儒吕留良大名。清廷举“博学鸿词”，留良誓死拒荐，后索性剪发为僧，著书立说。其大儿子吕葆中，康熙年间一举高中榜眼，受官府和世人看重。曾静十分敬佩吕留良，一年前曾派学生张熙到浙江嘉兴府石门吕家访求遗书，与吕留良二儿子吕毅中、学生严鸿逵及严的学生沈在宽结交为朋友。他从学生带回的吕留良书中，发现了“华夷之辨更大于君臣之伦”那振聋发聩的主张，不禁拍案叫绝，对一直寻不到根源、找不到答案的事恍然大悟。

对啊，番邦外族对中国的残酷统治，正是我们汉族人不幸的根源，也是我曾静屡试不第、一生郁郁不得志的根本原因！如果汉族人做皇帝，他必然关心汉人知识分子，以汉人为中心。而如今满族人做皇帝，推行八旗制度，八旗各级衙门与府县并存，并高高凌驾其上作威作福。八旗子弟享有各种特权，总人口占全国不到百分之一的满族人却控制着中央各级要津，中央六部、省、道、府每级机构，满汉官员各一，由满族人说了算。只要是八旗子弟，草包饭桶都能做官，而我们汉人即使满腹经纶学富五车也是枉然，只能老死穷乡僻壤。我曾静的一生不正证明了这一点吗？想到此，他暗下决心：我们汉人应站稳华夏立场，要同清朝作斗争，绝不能效忠于外族政权！

自从那次学生从浙江回来后，他的心头如拨开迷雾见到青天，豁然开朗起来。他作出一个重大决策，他要干一件大事：远去陕西，向一位高官投书。若事能成，自己此生还能有出头之日；纵使不成，能青史留名，也不枉读书一生了！

他准备孤注一掷，他借了一笔钱，买了一匹马，还卖了两间住房中的一间作为盘缠。因自己年老体弱，便托得意门生张熙去办这件大事。

雍正六年（1726 年），农历四月的一个傍晚，一位疲惫不堪、满面尘土的书生，来到戒备森严的西安川陕总督衙门，要求见岳钟琪总督。他，就是张熙。他正想走进衙门，不承想被怒喝声拦阻于门外。

“你是什么人？几品官？到此有何公事？”门口侍卫威风凛凛地盘问，一副拒人于千里之外的样子。他打量了一下来人，呵斥道，“总督大人是随便能见的吗？”

“请问要几品官才能面见总督？”

“起码得是知府以上的官。”侍卫不容置疑地说。想了想，又补充了一句：“当然，如果是朝廷军机处、六部九卿衙门的人，或是全国其他总督、巡府衙门的，也能晋见。”

糟糕，这么高的条件，我如何进去呢？张熙在寻思办法，忽然眉头一皱，想出一个主意。“除了你说的以外，其他人一律不准见吗？”他问。

“对，不能进，坚决不能进！别在这里咋呼了，快走！不然，我可要拿棍揍你了！”

“这么说，岳总督的老家亲戚也不能见吗？”张熙说，“我是从成都来的，有紧急事要禀告总督。”

“你真是从成都来的？”侍卫口气缓和了不少，但仍有些不相信，“你是他什么亲戚？”

“他是我舅舅，能晋见吗？”

“啊，能能能，小祖宗，你怎么不早说呢，这不是捉弄我，存心要我难堪嘛！”侍卫殷勤地手忙脚乱地把戟交给另一侍卫，讨好地说，“我马上带你进去。”

川陕总督岳钟琪，在总督衙门接到了一封信，信封上写着：呈天吏元帅岳钟琪阁下收。

他拆阅来信，匆匆浏览一遍，便吓得大惊失色，魂不附体。他虽身经百战，在战场上冲锋陷阵从不害怕，但此刻却哆嗦不已。他拿过青铜水烟壶，接连抽了好几管，才好不容易恢复了常态，硬把一颗狂跳不已的心按捺下来。他连忙吩咐管家，把那名张秀才领去安歇，酒肉款待。

匆匆用过晚饭，岳总督把这封书信带来书房，独自一人连夜想对策。

这是一封策反信——策动他起兵抗击清朝的书信，书略云：岳钟琪天吏元帅阁下：

您先祖全国兵马大元帅岳飞王爷，是千年同歌、万民共颂的民族英雄。他指挥的岳家军所向披靡威震四海，其英名盖日月，浩气贯长虹。您继承先祖遗风，率大军平西藏叛乱，破青海顽敌，攻准噶尔，为祖国立下不朽功勋，实乃汉大将军卫青再世也。

当今，正是国难当头、民族危亡的严重关头。山海关总兵吴三桂冲冠一怒为红颜，为争妓女陈圆圆不惜引狼入室卖国求荣，致使满族建都燕京，奴役中华。清兵下江南，嘉定三屠，扬州十日，尸体遍野，血流成河，天怨人怒。颁“剃发令”，强迫汉人依满族习俗留野兽尾巴，实行“留发不留头”的残酷政策；发“迁海令”，烧毁沿海民居船只，迫使民众流离失所，背井离乡，激起百姓强烈反抗。

当今皇帝雍正，以阴谋手段夺得帝位，害父逼母，杀兄屠弟，贪财好杀，酗酒淫色，诛忠任佞，实乃十恶不赦之奸人。为此类民族和朝廷服务，为如此无道昏君效力，无异于白布落染缸、纵身入粪池，必将遗臭万年！

历代功勋卓著之臣皆无好下场，雍正更是诛杀功臣的商纣王式的暴君。您的前任川陕总督、抚远大将军年羹尧，总督松潘军务，策应康熙帝大军平乱；在西藏，亲率三军，破罗卜藏丹津于青海，威名赫赫，更兼为雍正夺取帝位立下不世之功。可是，战事平，走狗烹，脱下戎装才一年，便被罗织九十二条大罪，汗马功劳，付之东流；高官显爵，化为烟尘。妹贵为帝妃，亦饮泣吞声无可奈何，最后年督竟被毒死狱中。尚书兼步军统领隆科多，握警卫京师大权，雍正继位诏书是他亲口宣读。功高盖世，亲为帝舅。然而雍正皇位一稳，即遭“永远”禁锢，忧愤死于禁所。其他文臣武将，今日座上宾明日阶下囚者何止千百！如此无亲无戚无情无义不认恩情功劳的冷酷之人，天下少有！

雍正当政以来，寒暑颠倒，五谷难收；旱涝并袭，飞蝗遍地；积尸截路，鬼哭狼嚎。天灾人祸，百姓难以活命。

曾静在历数清朝朝廷和雍正的罪状后，最后恳请：“岳元帅您如今手握重兵，身居高位，当顺应天意民心，发扬先祖岳元帅之遗风，起兵反清，为祖宗报仇，替汉人雪耻，解国家于倒悬，拯救华夏亿万民众于水火之中！”

信之末尾，曾静还用夸张的笔调，对岳钟琪起兵反清的前景表示极大的乐观：“岳元帅若能举抗清大旗，大江南北必然纷起响应，义军所到之处将摧枯拉朽，如此，则岳家霸业可成，万民可救矣！……”

岳钟琪总督握着这封信，比握着一块炭火还要烫手，比抓着一条毒蛇还要害怕。在战马嘶鸣炮声隆隆刀光剑影中冲锋陷阵的他，此刻，看着这封信，不知不觉中满头大汗，汗水湿透了衣衫。

夜已经很深了，但他仍毫无睡意。他知道，今晚必须作出决断，否则，拖到明天就被动了。他把身子泡在冷水中。四月的水依然很冷，冷得他有点儿打哆嗦，他边洗澡边想对策。举义旗，成霸业，当皇帝，虽说人人都想，前景诱人，但现实吗？它虽像肥皂泡一般美丽，但不现实！明末名将郑成功，以金门、厦门为根据地，连年出击广东、江苏、浙江等地。永历十三年，与南明兵部尚书张煌言（苍水）合兵，进入长江，围攻南京，张又率一军进芜湖，乘胜攻下四府一州二十四县，然最后仍是战败，被迫撤退。郑成功收复台湾后，仍据守台湾，与其子虽日夜思图光复，但终无大的建树。郑成功一死，其子不久独木难支亦降清。康熙十二年，三藩之乱，吴三桂自称天下都招讨兵马大元帅，继称周王，率数十万大兵，出云南，攻陷四川、湖南；耿精忠反叛，出福建，攻入浙江、江西；尚之信也在广东起兵响应。与此同时，广西、陕西等地方督抚也相继反叛。此时，反清烈火烧红半个中国，但仍被相继扑灭。如今，清朝经顺治、康熙、雍正三朝八十多年的苦心经营，大局已定，江山已稳。即使自己有反清做皇帝之心，凭川陕几十万军队，怎能抵抗全国百万精兵的围剿？若起兵造反，结果只能是以卵击石，自取灭亡。湖南酸腐秀才劝我举兵反清，实在是把我往死路上引！况且清廷待我不薄，我虽非满人，却任川陕总督加兵部尚书衔，拜宁远大将军，官至一品。以汉人而握重兵，就我一人，地位比先祖岳飞元帅更为显赫，我今生心愿已足。对我，满族高官均虎视眈眈，早有人发出不满，要削我兵权，只任巡抚。朝廷那只鹰眼，也死死地盯着我，虽对我信任，但不让我去京城任步军统领或兵部尚书要职。这说明对我亦存戒心，我若轻举妄动，必然祸及灭门。想到此，他立即命差役去馆舍拘捕张熙。

岳总督想，这么重大的事，必然有主谋指使，如不查个水落石出，皇上问起来一问三不知，加上皇上对大臣向来猜忌，弄不好，自己还有性命危险哩！

为避免嫌疑，第二天一早，他立即会请陕西巡抚西琳和按察使同审张熙。西琳在校场练兵未来，硕色过来一同审问。

不一会儿，张熙被五花大绑，押至总督衙门花厅审讯室。看张熙却不惊不惧，嘴角竟有几丝嘲讽意味。

两旁武弁差役齐声吆喝。岳钟琪令张熙跪下，但他昂首挺立。岳总督一拍惊堂木，厉声喝道："你这混账东西，敢到本督处献书劝我造反，真是胆大包天！这是诛九族的大罪，你知道吗？但我看你一介书生，年纪又轻，哪有这般大胆，究竟是何人指使叫你投递反书的？你须从实招来，免受刑罚之苦！"

张熙面不改色地说："将军跟清人是世仇，您难道不想报仇？"岳钟琪惊奇道："这话从何说起？"

张熙朗声道："将军姓岳，是大宋忠武王岳飞元帅的后代，现在清朝皇帝的祖先是金人，岳元帅当年被与金人勾结的大奸臣秦桧害死，堪称千古奇冤。现在将军手握重兵，正是替先祖岳王报仇的好机会。请你及早回头，上继祖先厚德，下应百姓希望，干一番轰轰烈烈的事业，亦不辜负一生之抱负。"

岳钟琪大喝道："休得胡说！我朝深恩厚泽，如春风化细雨，哪个不心悦诚服？独你这反贼，敢来乱说，如今别的不必啰唆，你必须供出是何人指使，何处巢穴！"

张熙讥笑说："扬州十日，嘉定三屠，清朝血腥残杀汉人数十万，血流成河，尸骨遍野，这是人人皆知的事实。可是岳总督却视作深恩厚泽，真是滑天下之大稽！我自读书以来，深明大义，内华夏而外夷蛮，这是孔圣人的遗训。如果硬要问我何人指使，便是孔夫子；何处巢穴，便是山东曲阜！"

岳钟琪大恼道："你不受刑，怎肯实招？"喝左右拖下用刑。早有三四个武弁一起上前，掀翻张熙，取过刑杖，狠命往他屁股上噼里啪啦地打了起来，顿时皮开肉绽，血水飞溅。张熙只连连喊叫："孔夫子，孔老先生……"但任凭狠打，没有一句实话招供。

岳总督大怒，命左右加上夹棍，这一夹，比刑杖更厉害，真是痛心彻肺，不可名状。张熙大叫："我招，我招。"

兵役将夹棍放宽，张熙道："不是孔夫子指使，而是宋朝忠武王岳飞指使。"

岳总督气得连拍惊堂木，大喝："快夹——给我狠狠夹！"兵役重新将夹棍收紧，只听张熙哼了一声，昏厥堂上。兵役忙用冷水泼醒，岳总督喝问："你实招不实招？"

奄奄一息的张熙，微微睁开眼睛，紧咬牙关，决绝地说："投书的是张熙，指使的也是张熙，你要杀便杀，要剐就剐，不须多言！我张熙倒要流芳百世，恐怕你岳钟琪就要遗臭万年了！"

众官员面面相觑，目瞪口呆。

岳钟琪束手无策，暗想：我越用刑，他越倔强，这个蠢汉王八羔子，真是吃了秤砣——铁了心啦！于是只好退堂，令将张熙关进密室。

二、"同乡"面前吐露机密

过了两夜，忽然有一个湖南口音的青年男子走进张熙的囚室，问守卒道："哪个是张先生？"守卒便导引他与张熙照面。张熙根本不认识他，可那人开口道："张兄，久违了！"张熙很惊奇，那人却说道："小弟与张兄是同乡，只与张兄会过一次，所以不大相识。"

张熙问他姓名，那人答道："此处非讲话之所，只听说张兄受了创伤，特请了骨伤科医生前来医治，等张兄伤愈再细谈。"说完，叫医生进来，替他诊治，外敷内补，很快痊愈。那人又早晚问候，张熙很是感激，一面道谢，一面问他来历。

"我叫尤桐，中举后，因家庭困难，早早谋差糊口。我现任岳总督师爷。"那人道，"请医诊治，也是奉总督大人差遣。"

张熙惊得瞪大眼睛，疑惑地问："总督与我是仇人，何故为我医治创伤？"

尤桐起身东张西望，见左右无人，便将嘴贴近张熙耳旁说道："前日总督退堂，召我入内，私对我说：'你们湖南人，真是好汉，任凭严刑拷打，决不吐露一字机密。'我当时还以为总督不怀好意，疑我与张兄是同乡，故意试探，便回答道：'这种人心怀不轨，有什么好的？'谁知总督勃然变色道：'他的言语，倒是天经地义，十分有理，只是他行动未免太冒失，哪有堂堂皇皇来投反叛密书的？所以我只好把他严刑审问，以瞒住众人耳目，才好与他暗中商量。'随后，又央求我请医生诊治。我当时虽然答应下来，心里始终不相信，所以第二日没来此处。不承想到了夜里，总督又召我到密室，暗问我请医生消息，又问到张兄伤势如何。我又回答说：'此事关系重大，还请总督三思，以后若是传出去，恐怕对您不利。况且当今皇上密探很多，总应十分谨慎方妥。'不料总督听了我的话，伤心失望地说：'我以为你与他同乡，即使不论国家公事，也须顾点儿同乡情谊，谁知却胆小如鼠，看来你同乡那么好的一篇圣贤文章，从此将要埋没了！'说着，又取出张兄所投的密书，给我看阅，说道：'书中句句金玉良言，不可轻视！'我把书信看完，缴还总督，随口答道：'据书中意思，无非请总督举兵，这恐怕很难成功。'谁知这一句话惹恼了总督，他顿时怒容满面道：'我与你多年交情，也应知我岳某为人一二，为什么推三阻四？'我回答说：'据总督意思，打算怎样?'总督严肃地说:'我曾经多次想举兵反清，只可惜无人帮助。俗话说，独木难成林，所以只好忍耐未行动。若是能邀请到写信人助我一臂之力，何患大事不成?你先将张先生医治好，待我前去谢罪，问出写书人姓名，前去聘请他当参谋才好。'总督说完，叫我严守秘密。我见总督诚意颇深，并因与张兄是同乡，所以前来问候。"

听了这番话，张熙半信半疑，便说:"总督如果真有此心，我即使死也值得，但恐怕总督口是心非。"

尤桐便接口道:"当今皇上也很猜忌总督，或许总督确有苦衷。"说完，告辞而去。

隔了一夜，尤桐竟然与岳总督同到张熙密室。岳总督态度谦虚恭敬得不得了，连声说:"恕罪，恕罪!"又从袖里拿出上等人参两支，给张熙调养，并说:"本来打算设宴给先生请罪压惊，但怕耳目太多，不便声张，还请先生原谅!"岳总督还问冷问热，拉起家常，谈了好久，也不问那写信人姓名，便作别而去。

以后，或是尤桐一个人来，或是岳总督同来，吐露肺腑之言，极其真诚。张熙感其情意，不知不觉便将受老师曾静之托前来投书的事说了出来。

岳钟琪当即飞奏朝廷，并将此案移交湖南巡抚王国栋，拿问曾静。雍正皇帝立即派刑部侍郎杭奕禄与正白旗副都统海兰，到湖南会同审讯。

此刻，远在湖南深山的迂腐老秀才曾静，正焦急地等待着学生的消息。他隔三差五地到县城去探听有无川陕大军反叛的消息。其实，他犯了一个致命的错误，劝人造反要仔细分析人家造反的动机和条件，否则便是乱弹琴。造反这种掉脑袋的事，只有危险当前，被逼无路可走才会举兵;或是成功的把握很大，一起兵便能登上皇帝宝座，那才会去尝试。李自成因明末土地高度集中，赋税徭役空前繁重，人民倾家荡产，加上陕北连年旱灾，人民生活陷入绝境，活不下去，才举旗造反。郑成功因父母降清被杀，故而举兵反清;吴三桂遭削藩，有被夺权、杀身之祸，才起兵叛乱。假如当年岳飞元帅被秦桧以“莫须有”罪名屈杀风波亭，冤屈难申，你劝其子孙处策反，成功的希望就很大。因为你即使不去策动，其子孙已怨愤冲天，一有火星，那积蓄的干柴一点就着。而岳总督此刻，面前不但毫无危险可言，而且高官厚禄，威势赫赫，何必要冒杀头的危险呢？倘若岳钟琪此刻面临被夺权的危险，或如年羹尧那样面临死亡威胁，说不定也会像吴三桂那样狗急跳墙，孤注一掷！这是其一。

其二，造反要有充分条件。换句话说，要有成功的把握。这好比一个赤手空拳的人，面对几十人甚至上百人，实力悬殊，毫无取胜希望，明知以卵击石，通常是不会冒险的，否则，便是头脑发昏的狂人！而此时的岳钟琪虽握几十万重兵，若得不到沿途热烈响应，要想从川陕反进京城，夺取皇位，是根本不可能的。大军一出川陕，沿途立刻就会遭多支大军的围追堵截，还没到京城，就会完蛋。即使少量部队能到京城外围，也是强弩之末，无济于事。事实上，清廷虽叫岳握重兵，但没把京城防卫的最高指挥权交给他，没叫他当直隶总督，扼守要津。这本身就是对握重兵汉人的防范——处心积虑的防范。叫岳当川陕总督，也就是在川陕筑起第一道防线，把防守西藏、青海、甘肃、宁夏一带叛兵的重任交给他，说得难听一点儿，就是叫他做看门狗——看守第一道大门的凶狗，即使这凶狗变成疯狗要咬人——反清，还有云、贵、湘、鄂、豫、晋、蒙古第二道防线的阻击拦截，还有河北和京师的第三道、第四道重兵防线，离全国心脏还远着呢，根本威胁不到京城。凭川陕之地，最多只能拥兵自重，做个临时之王，但面临全国的围剿，是很难立足的，最终临时政权也是短命的。

以上情况，作为大将的岳钟琪了如指掌。因此，他在头脑冷静下来后，立即作出抉择：策反是诛灭九族的事，事不宜迟，应立即向皇上报告，否则后果不堪设想。他在向皇上用驿马飞速密报的同时，又派人迅速秘密前往湖南永兴请来曾静。

三、穷酸腐儒的黄粱美梦

心急如焚、度日如年的曾静，一天下午，正在永兴山村的高岗上远眺，忽见走来几个官差模样的人。他们在当地一个土人的向导下，来到曾静的三间草房前。

曾静一见，连忙随后跟回。

“您是曾静老先生吗?”官差头领，一个参将模样的人上前施了一礼，和蔼地对曾静说，“我是川陕总督衙门的参将，有重要事情要对先生讲。”

“是是是。”曾静喜悦万分，忙不迭地回答，马上把他带到楼上书房。楼梯很朽旧，摇摇晃晃的，参将差点儿跌下去。说是书房，只有一桌一椅，一张破床，几本旧书而已。

参将从公文包里取出一封书信，信封上写着：请速交湖南永兴县曾静先生亲收。信中很简洁，只有短短几句话：望曾先生速起程赴西安川陕总督衙门，有要事相商。大清川陕总督领兵部尚书衔岳钟琪。

看到岳钟琪总督的亲笔签名和川陕总督衙门那火红的大印，曾静激动得老泪纵横，浑身发抖。要是眼前站着的是岳总督，他一定会山呼万岁，磕头如捣蒜呢。他手足无措，连声说：“请坐，请上座，容我泡茶，做饭，招待诸位。”说着，就用衣袖擦椅抹凳，热情招呼客人入座。

“老先生，不必麻烦了。饭，我们到县城再吃，您赶快把书籍、信件等收拾一下就起程吧。”

曾静想想也是，不然，这么多贵客怎么招待?别的不说，就连床和被铺也没有哩!

曾静跑到外间收拾衣裤。忽然他站住了，因为他想起自从上次买马备盘缠送学生张熙起身后，自己身上连像样一点儿的长衫也没有呢。

“各位官长请苦住一宿，容我做件新长衫。”他很不好意思地说。

“老先生，别忙了。”参将手一招，一个家丁连忙从一只箱子里拿出几套内外新衣，包括新鞋和新袜。最让他眼睛冒光的，竟然还有一件色彩斑斓的官服——七品官服。他穿上官服，受宠若惊，心花怒放。

“先请您做笔贴式，以后再论功行赏。”参将交代，“你去和亲友交代一下，就说去一个在四川做官的学生家……”他连连点头称是。

此刻，他忽想起经常骂他“饭桶”“没出息”，不久前被屠户引诱，已经离他而去的老伴，于是，连忙屁颠儿屁颠儿地跑到屠户家，对那吃得胖乎乎、脸上油光水滑的老伴得意扬扬地说：“你这头发长、见识短的臭婆娘！你常说‘读书顶屁用！’，现在睁开你的眼好好看看，站在你面前的是什么人！嘿，看花眼了吧！老实告诉你，是堂堂七品县令！你骂我是草包是饭桶，现在，你仔细看看，我是草包，是饭桶吗？你骂我一副‘穷酸相’，现在，我做了县官，还穷酸吗？我多次对你说，我曾静不会贫穷一生，总有出头之日，可你不听偏要离开！我现在富贵了，想带你跟我去享福，但做不到了，因为泼水难收，你出嫁了，我不能重新把你娶回呀！”

一席话，刺得如今屠户之妻哑口无言，眼泪倒咽。待曾静一走，便与屠户大吵了一顿：“都是被你这短命鬼所害！要不是受你引诱，我如今可以做县令夫人享福了，怎会受这番窝囊气！”说着，定要丈夫也去考举人、进士，也做个县令，让自己风光风光，弄得那大字不识一箩筐的屠户，把平时那神气活现的头颅低垂到裤裆下，久久抬不起来。

皓月当空，马车辘辘。清风轻拂，蛙鼓齐鸣。坐在软软的舒适的马车上，看着不时闪过的村庄、灯火，听着自然界赐予的天籁之音，曾静全身麻酥酥的。他觉得今天的事情就像梦境一般，没想到自己的一封书信竟能唤起川陕大总督的响应！我的笔力千钧，比当年一封书信退去十万雄兵的大才子邱迟还要厉害！简直可以同那个“笔落惊风雨，诗成泣鬼神”，一封蛮书吓退数十万番兵的李太白相比了。他心里一得意，便摇头晃脑地吟出一首诗：

一封书信发湖南，唤起大军数十万；
谁道秀才难造反，指点江心唤新颜。

“这迂腐的老头，死到临头还不知道哩！”参将心里冷笑道。

忽然，曾静听到一支洞箫的声音，传到耳边。那箫吹的是《凉州曲》：

渭城朝雨浥轻尘，客舍青青柳色新，
劝君更尽一杯酒，西出阳关无故人。

箫声哀婉凄凉，这箫声不禁勾起曾静对往事的一连串回忆。

曾静十九岁就考上了秀才，当时他心高气傲，一心想连科及第，等功名成就再娶媳妇。谁料命运不好，以后连考四届，到了三十多岁，还未能中举，只得草草找了个老姑娘结婚。然而，小孩儿出世，父母相继病故，日子越来越困难。自己教书糊口，妻子为别人做乳娘。一次，大儿子生重病，没钱去县城医治，只好眼睁睁看着他在怀中咽气。因为缺柴少米，妻子好几次哭哭啼啼跑回娘家，小儿子好几次饿得哇哇直哭。现在好了，一切都好了，荣华富贵不是都来了吗？王百万还准备将最漂亮的女儿嫁给我哩！看起来还是读书好啊！于是，他又张口吟诵道：

书中自有黄金屋，书中自有颜如玉；
书中自有骏马软车骨辘辘，书中自有官袍玉带威风足。

在摇摇晃晃的行车中，他心满意足地进入了甜蜜的梦乡……

四、嫁祸大儒吕留良

接到川陕总督岳钟琪用驿马飞奏的曾静的策反信，雍正皇帝如当头打下一个霹雳，顿时惊呆了。他做梦也没想到统治中国已有八九十年的大清，各种反清势力早已销声匿迹的今天，居然还会出现策动造反的事，真是不可思议！尤其是当看到曾静这封策反信中对自己恶毒攻击的言辞时，他顿时冷汗直冒。他越看越愤怒，越看越激动，越看越胆寒，他把面前的茶杯接连摔掉三个。他拿信的手在发抖，身子在摇晃，他的面部在抽搐，恨不得立即将罪犯碎尸万段！

“穷乡僻壤的一介寒儒，为何竟会如此胆大包天，做这种诛灭九族的事？他的幕后指使者是谁？”在冷静下来之后，雍正认真考虑对策。他知道，对他阴谋夺取皇位的攻击并非空穴来风，民间早已传得沸沸扬扬。看起来，光杀掉张熙、曾静不能解决问题，必须从源头上着手，从组织上、思想上彻底查清，要用高级的平和手段诱使曾静师生招供。于是，他立即提笔飞檄岳钟琪，指示审讯方略。

当曾静来到西安川陕总督衙门，看到学生张熙已身戴枷锁铁链，被投入令人毛骨悚然的大牢时，不禁魂飞魄散，“哧溜”一声坐到地上，吓得尿屎也拉在裤裆里。他知道东窗事发，此番是死无葬身之地了。他知道清朝文字狱的厉害，只要对清朝、对皇帝稍有言语不敬，或对明朝稍有同情，就会被处以极刑，何况自己对皇帝大肆攻击、谩骂，给皇帝列了十大罪状！

“曾秀才，快点儿交代吧。”岳总督杀气腾腾地开始了审讯。

曾秀才把眼一闭：“我犯有诛九族的大罪，快将我处死吧！”

“没那么便宜，皇上不会叫你一下子就死的，就是死也要叫你尝够七七四十九种酷刑的滋味，慢慢叫你死。”

曾静不禁全身战栗起来。

“曾先生，你若好好交代，只要说出幕后指使，我可以保证你不死。若交代得好，还真的可以给你一个官做。”岳钟琪好言劝慰。他知道曾静很重要，只有撬开他的嘴才有办法，因为皇上给他的旨意是：“彻底追查曾静污源，交代到谁就拘捕谁!”

“真的吗？你此话不是骗我吧?”曾静抬起头，疑惑地问。

岳总督点点头，然后取出雍正皇帝手谕：曾静师生只要交代得好，可从轻发落，另作妥善安排。

“我交代，我交代。”他连声不迭地说。他首先交代了去年派学生张熙去浙江嘉兴府石门吕留良家访求遗书的事，继而又交代了如何筹备派学生去西安策反的事。于是湖南巡抚王国栋、布政使、按察使，统统被革职查办，湖南省级官员大换班。接着，又查到雍正兄弟允禩和太监在发配途中喊冤的言论，雍正觉得此案牵涉到异党斗争，于是大肆清查。

“曾秀才，你为何要反对当今皇上呢？你反清思想从什么地方来的?”岳钟琪令人摆上几碟精致的小菜，再烫一壶上好米酒招待曾静，继续深挖。

受宠若惊的曾静终于说出了策反的思想根源：“我一生最崇敬的是当今大儒——浙江的吕留良先生。他所写的书里有一句振聋发聩、让人终生难忘的话，就是‘华夷之辨’更大于‘君臣之伦’。即做人首先要分清当政者是汉族人还是少数民族人，然后才能讲君臣之间的伦理关系；如果是夷族人当政，不但不必服从它，还应鄙视它、推翻它!”曾静为了彻底洗清自己的罪责，决定将根源全部归于吕留良。他觉得，吕先生人已死，你总不能再加诛杀；他那中榜眼做大官的儿子吕葆中也已亡故，你总不能夺他官职夺他权再作处理吧。“我一介寒儒，独居深山，根本无圣人史册可以借鉴，一切议论皆以吕留良为宗师。”他像竹筒倒豆子，把全部情况都倒了出来。

“你说的话有依据吗？没有依据属诬告，要反坐的。”

“有根据，他家里三层楼的中层，藏有日记，日记里记着许多事。”此刻，他记起了当年到吕留良家中拜师学习时所见到的情形。

浙江嘉兴府石门尚阳堡，有幢三层楼房，叫“天盖楼”。吕留良住在中层，取意“上不戴天，下不着地”，暗喻不靠清朝的天与地。吕先生在中层设学教学生，有空就以游戏笔墨作日记来讽刺当朝。这日记藏在密室，不曾给人看，吕葆中素知曾静心术不正，不许他上楼。一日先生出外，日记被其偷看。

了解了需要的情况后，岳总督呈文上奏，并将曾静、张熙二要犯解往京师听候处理。

雍正立即命浙江总督李卫搜查吕留良和学生严鸿逵及再传弟子沈在宽等人家中的书籍，并将案内有关人员押解京城。

五、雍正针对下反书案出奇招

曾静策动川陕总督岳钟琪举兵反清一案，轰动京师。六部九卿一致议决：将曾静、张熙照“大逆”谋反刑律，满门抄斩，并将吕留良有反清言论之书籍收缴销毁。

什么叫九卿？在此不妨略作介绍。明清有大小九卿之别，大九卿为礼、户、吏、兵、刑、工六部尚书，都察院都御史、大理寺卿、通政司使；小九卿，无定指，一般指太常寺卿、太仆寺卿、光禄寺卿、詹事、宗人府丞、鸿胪寺卿、国子监祭酒、顺天府尹、左右春坊庶子。九卿究竟指哪几种官，无明文规定。清代谕旨中常以六部九卿并称，一般不将六部尚书算在九卿之内。概括一句话，六部九卿，就是中央的各大机构和京城长官。

接到这个报告，雍正皇帝紧皱眉头，长叹了一口气：这帮官员个个儿目光短浅，居然一叶障目，看不清问题实质。曾静只是一个山村秀才，是迂腐无知之人，他的诽谤，只是误听了流言。只打一个曾静，影响太小；况且为这个无名鼠辈兴师动众，有失皇家身份。既然曾静招出他策反是受吕留良影响，那为何不狠治吕氏呢？难道就因为他已死去四十多年，打死老虎没多大意义了吗？不，绝对意义重大！思想上的叛逆比具体行动更加危险！清除潜藏数十年的反清思想，比杀一两个曾静、张熙重要得多！在这起案件中，核心的案犯是吕留良！

为何这么说呢？其一，吕留良本生祖父，娶南城郡主，成为明朝嘉靖皇帝的乘龙快婿，官居淮府仪宾，其父又为明朝官员。从出身上来讲，其家必然极端仇视和反对清王朝。

其二，吕留良坚持反动立场，顽固不化。清军南下，吕留良散尽万贯家财结客，聚众抗击清朝，图谋复兴明朝。事败后，才像毒蛇般潜伏下来。清廷选拔人才，吕氏誓死拒荐。第一次，浙江督抚以“博学鸿词”科推荐吕留良，可他誓死不从；第二次，嘉兴郡守再次以“天下山林隐逸”高士举荐，吕留良竟然剃发为僧躲进深山，可见其反清立场何等顽固！他还造楼三层，名为“天盖楼”，自己住在中层，取“上不戴清朝的天，下不踏清朝的地”之意，其誓死反清的狼子野心昭然若揭！

其三，吕鼓吹邪说，结社讲学，批点时文，著书立说，反对清朝，流毒甚广。吕氏邪说最核心内容是大肆鼓吹什么“夷夏之防大于君臣之伦”，拒不承认清朝在中国的正统地位。在所著书籍中，大肆诽谤清朝，凡述及明代史事，均写明朝年号；但入清后，则一概不写年号，仅记干支，如称明朝都城，或为“旧京”或为“京师”，而称清朝都城北京则为“燕”。其对大清的刻骨仇恨暴露无遗！他还在诗中发出“鸡狗猪羊马复牛，算来件件压心头。此曹更以儒为赋，吾道原无食可谋”的疯狂喊叫，在长诗《钱墓松歌》中，把清朝和元朝类比，发出“其中虽有数十年，天荒地塌非人间”的恶毒诅咒！

其四，吕留良党徒众多，影响巨大。他俨然成为一方社盟宗主，加之其子吕葆中于康熙朝夺得“榜眼”名动天下，因此读书人依附如蚁。一有号召，名流群集，会者常达数千人。以致地方官也为其声势所折服，惊惧其党徒众多，不得不着意周旋，如历任府县官员直至省巡抚总督，也往往于到任之时循其旧例，亲自登门吕府赠送祠堂匾额予以表彰。

由此可见，吕留良其祖与明朝是一家，其人仇清反清，尤其是其谬论邪说更如瘟疫之菌到处蔓延，若不批倒批臭肃清流毒，危害匪浅！至于将曾静师生留下，将比杀头作用更大。

经过一番深思熟虑，雍正皇帝决定“出奇料理”此案。他要抓住儒生心目中一代大儒吕留良这个具有代表性的靶子大做文章。于是，他提笔在部议上批示道：杀鸡焉用牛刀，此议不妥。接着下旨：狠批逆贼吕留良，彻底肃清其流毒！留下曾静之流作反面教材，把其供词合编成书，去各地巡回现身说法，教育民众，肃清吕贼流毒！

面对这石破天惊的做法，六部九卿官员个个面面相觑、呆若木鸡。于是雍正在乾清门召集诸大臣，当面下旨：你们所奏也是有道理的。但朕不诛曾静一类人，实在是另有隐衷，并非博宽大之名……直到此时，众大臣方才醒悟过来：皇上对曾静案的处理高屋建瓴，堪为奇招、高招、绝招！这种以思想钳制代替武力镇压的手段，真是前无古人！

雍正七年（1729 年）正月，两路钦差带领着两队人马，威风凛凛地从京师出发，作观风整俗的巡回演讲。

此刻的曾静和张熙已经不是朝廷的钦犯了，他们是特赦成员。他们骑着高头大马，穿着官服顶戴巡回演说，宣扬《大义觉迷录》，颂扬皇上圣德。

《大义觉迷录》可称为“天下奇书”。它由两大部分构成：一是罪犯曾静、张熙的口供；二是雍正自己写的两篇长篇上谕。这上谕是针对曾静有关“雍正是失德暴君”和“华夷之分大于君臣之义”的说法进行辩驳。前者，是雍正皇帝对自己被指责的十大罪状逐条驳斥，为自己鸣冤叫屈；后者，针锋相对地提出了“君臣之义为五伦之首”的主张。这两篇上谕是《大义觉迷录》的重要内容，贵为皇帝却为自己鸣冤辩罪，剖示心迹，告谕臣民，这种历史上罕见的行动使此书堪称“天下第一奇书”。

这两队人马，分东西二路。东路，曾静跟着钦差刑部左侍郎杭奕禄，沿着江苏—浙江—江西—湖南一线宣讲。西路，张熙跟在钦差——户部尚书史贻直的队伍里，在陕西等地宣讲。他们的任务是巡回演讲，现身说法，宣传《大义觉迷录》，颂扬皇上圣德。

第四章

一、朝廷布下的天罗地网

雍正七年十月八日，这一天，对于浙江嘉兴府石门（今崇福镇）著名的吕氏家族来说，是遭受灭顶之灾的日子。

这天深夜，吕氏府第著名大儒吕留良的子孙们已经进入梦乡，正在做着一个个金色的美梦。他们谁也没有料到，一场空前的浩劫已经降临到吕府，一桩清代最大、最残酷、历时最长的文字狱，就要拿吕家开刀了。

因为，雍正皇帝已经亲自秘密下旨给亲信——浙江总督李卫：严查吕氏后人，将其全部拘捕进京，勿使一人漏网。若吕留良子孙有隐匿以致漏网，唯你是问！于是，吕宅四周便布下了天罗地网。

于是，省总督、学政、臬台，亲自率领着嘉兴府台、县令和大队人马兵分数路，人无声，马衔枚，悄无声息地从四面八方向吕氏府第包抄过来。深夜十点，已把这座昔日引来无数人仰慕的“榜眼府第”围困得如铁桶一般。霎时，火把齐起，照得如同白昼。

“皇上有令，查抄吕宅，不可放走一人一马！违者，以窝藏谋反之罪论处！”浙江省总督兼巡抚李卫一声令下，立即开始了严格搜查。于是，逢人便捉。宅主人吕留良次子吕毅中，首先被一副四十斤重的大铁枷枷了，脚镣镣了，穿着单衣薄衫，从宅里押了出来。

“我家犯了什么大罪？你们凭什么查抄我们‘榜眼府第’?!”莫名其妙的吕毅中气愤地质问。

“你家犯了大逆谋反罪！”省管刑狱的臬台厉声喝道，“你父亲吕留良煽动人造反！”

“这……从何说起?”吕毅中吃惊得说话也结巴了，“我父亲已经去世四十五年，这罪名岂不是莫须有！”

“别啰唆，到时自然见分晓！”臬台命士卒将吕毅中推上囚车。

吕留良大儿子——清康熙年间“榜眼”吕葆中的诰命夫人，一个年近古稀的白发老人，也被绑出门外。

到了早晨，吕宅所有人，吕毅中家姑表亲戚，连同吕留良的学生——湖州吴兴严鸿逵和严的学生沈在宽，以及来此求教者，共二百零一口，一齐被绳索捆绑成粽子一般押至吕府前宽阔的露天场地。一时间，涕泣声、呻吟声、哀叹声和幼小孩童的惊哭声，在秋风秋雨中凄凉地弥漫着。

昔日以吕府为荣的石门镇人，听说“榜眼府第”被抄的消息，个个儿惊得张口结舌、目瞪口呆。

查抄还在继续。

“再仔细搜查一遍，勿使一人漏网！”浙江总督李卫再次下令，“把吕府所有藏书统统抄走，勿使漏过一张纸片！”

省臬台按花名册一个接一个清点核对吕府人数。

“老不死，人数对吗？小孩儿的人数对吗？”嘉兴府台用鞭子抽了一下那被捆绑成粽子一般的年已花甲的老管家，厉声喝问。老管家用眼睛搜索了一遍，连忙说：“对对对，齐了齐了。”其实他心里知道还差一名十三岁的小姑娘吕小鹿。他正为寻不到小鹿而担心。

诰命夫人徐氏，望着如昼的灯火中那黑压压的吕氏一族人，心中长叹一声：完了，我们吕氏一门全完了！想不到我们吕氏一族，自先祖北宋名相吕蒙正开创大业以来，世代诗书人家，今番却遭到如此浩劫！看这次省、府、县官府大动干戈的架势，只怕我们吕氏家族要被斩草除根哩！忽然，她心中蓦地一动：在这犯人堆里，好像没有小孙女吕小鹿的影子。

这下，她记起来了。小鹿昨天一早跟一个远房亲戚凌四爷，去余杭深山看打猎去了。那凌四爷说好今晚将小鹿送回吕府吃晚饭，可直到现在还没回来，大概是让什么事给耽搁了吧。此刻的徐夫人说不出是高兴、悲伤还是担心。她真希望小鹿在路上耽搁的时间更长，最好是等天亮后再回来，那样就能知道这里发生的事，就可以躲过这场劫难了！若孙女能从这张严密的罗网中漏出，我们吕家就能后继有人，东山再起就有了希望。但是，这十三岁的小女孩儿，生活还不能独立，即使逃出，以后在官府四处缉捕的恶劣环境中，没有亲人，没有朋友，没有熟人，怎能生活下去？她眼睛望着儿媳妇严氏，严氏也是一脸焦急。她想探询一下带小鹿的用人花氏，花氏却面无表情。但到天亮时，徐夫人的希望之火便被一个突如其来的消息浇灭了。天亮时，有个当官模样的人来到吕府门前的露天场地，向府台报告：“查找的吕小鹿已经投河自尽。”

听到这个消息，徐夫人眼冒金花，只叫了一声“我可怜的小孙女”便晕了过去。

实际上，当官府大队兵马包围吕府时，小鹿和凌四爷正坐着船飞蛾扑火般急急地往吕府赶。本来，他们是准备赶回吕府吃晚饭的，谁知，凌四爷一家人很热情，要把所打的猎物——一只鹿、一只雉鸡、三只山毛兔，还有一头大野猪，全部送给吕府。因为要送这么多东西走几十里山路，便耽搁了一些时间。特别是船过水路关口时，被一个头目硬是卡住了，敲诈勒索，说是要交一笔关税。他们没钱交，结果猎物全部被扣押。最后，好说歹说，把那七彩雉鸡和三只山毛兔送给关长，总算勉强放行。就这样，时间耽搁了老半天，因此，等靠近石门已经是夜里将近十点钟了。

此时，大队人马正好开始查抄吕府宅第。凌四爷驾驶的小船正准备靠近石门码头，突然，他感觉到情况有些不妙。远远望去，前方吕府宅第灯笼火把一片通明，人马杂沓，人声鼎沸，还隐隐有哭声。凌四爷心中一惊：不好，吕府好像出事了！这么一想，他随即将船往后倒退数十米，刚退到河港的一座石拱桥下面，忽听有个县官模样的人，在码头上大声对官兵吩咐：“严格盘查来往船只，发现可疑之人，立即逮捕，绝不能让任何一个吕府的人漏网！”

凌四爷大惊，他连忙吩咐船舱里的吕小鹿：“你家出事了！你快逃难吧！”

“什么船在石桥下？快出来接受检查！”岸上一位官长厉声吆喝，见到凌四爷的小船从桥下慢悠悠地驶出，官长疑惑地问，“你的船到石门干啥？”

“我们去嘉兴府卖野味。”凌四爷强压住怦怦的心跳，撒了个谎。

官兵一检查船舱，果然见到有几种大野味。但官长仍有些怀疑：“为啥夜里行船？”

“为了一早赶到府里卖个好价钱呀！”凌四爷怕引起官府怀疑，干脆假戏真做，将船驶往嘉兴府。

一艘由石门苟知县负责的巡逻船，往石拱桥方向驶来。

这苟知县一肚子坏水。在吕氏家族风光时，总要来拍马屁捞点儿资本和油水，如今吕府出事了，他又想在吕府搞点儿名堂，讨上司欢心，以便升迁。他原想参加查抄吕府，以便在那些书籍中发现问题，搜集暗藏的炮弹。可惜，查抄吕府由省、府负责，他沾不上边，被分配到河港上巡逻。当靠近石拱桥时，他忽然见到似乎有个人影，从石拱桥下往河岸芦苇丛中一闪，立即下令停船靠岸搜捕。船一靠岸，他立即跳下船，在离茂密的芦苇丛仅一两米的地方站住了。他正想用双手拨开那丛芦苇，猛听得有声音在身后急切地喊：“别动！那里有蛇！”

他忽地一惊，连忙把手缩回，回头一看，原来是杭州府学青年教授余博士。他也是随省学政来的，被分配和苟知县一个组。

“苟县令，刚才在搜那芦苇丛时，我的手被毒蛇咬伤了！”余博士伸出一个缠着绷带的食指给苟知县看，接着拿起一把锋利的刀，当机立断一刀将食指削去一节，“你要当心前面芦苇丛中的毒蛇！”

苟知县见到余博士手指鲜血淋漓，顿时吓得脸色发白、心惊肉跳。他少年时，有个秋天割芦苇，曾被毒蛇咬了一口差点儿送命，于是对毒蛇心有余悸。但他仍有点儿不甘心，他战战兢兢地探头一看，果然见到那芦苇丛中隐隐有条黑黑的大蛇，那蛇似乎还在伸缩爬行，吓得他连忙退走。

实际上这是根粗黑的绳子，是余博士故意放进去的。亏得这根黑绳，否则后果不堪设想。因为那茂密的芦苇丛中确实隐藏着一个惊人的秘密——一个大活人，这人就是吕葆中的小孙女——吕小鹿。她年龄只有十三岁，别小看这小不点儿，六年后，她将在中国京城的皇宫里，掀起一个举世瞩目的惊人事件！

余博士放走吕小鹿时，叫小鹿脱下鞋和外衣，将绣花鞋放在河边，将粉红外衣抛到河里，制造了一个投河自尽的假象，以绝后患。他知道，不这样做，官府必定要按图索骥继续追查，小女孩儿的出逃就增加了危险。至于官府“活要见人，死要见尸”的要求，大运河不时漂起的死尸，会让他们满足的。

二、刚出虎口又陷强盗窝

吕小鹿逃出虎口后，不敢朝大路走，只往小路奔，然后顺京杭运河一直逃到余杭。她按余博士的指点，在余杭找到一个余博士的熟人，只说自己被恶知县强抢作妾，蒙余博士解救，请求支援。于是她换了衣服，得了盘费，并得到熟人相送。她女扮男装，沿德清、安吉一直往西边安徽方向走，再经安徽的广德、宣城，来到芜湖，接着顺长江水道，不出数日来到安庆，然后过洪铺桥来到梅城、潜山。经数月奔波，腊月二十，她终于来到安徽名山天柱山。

安徽天柱山是余博士指点给吕小鹿的目的地，他叫小鹿藏身天柱山，再找山上吏住持。

当她找到牛马城，打听吏住持时，不承想被山上两个强盗抓住，搜去了身上的盘缠。

“这小子是奸细密探，快拉出去砍了！”山上一个长着牛头的喽啰头目喝令。于是，她被绑在柱上剥了上衣。

“嗬，好白嫩的肉，做成人肉馒头一定鲜美！”那头目听手下喽啰一说，觉得有理，立即选了一把锋利的刀，向她一步步逼来。

三、雍正杀吕氏一门

曾静、张熙，这两个策动岳钟琪总督起兵反清，把雍正皇帝骂得狗血喷头的勇士，仅半年时间，就成了为雍正歌功颂德的宣传员，雍正是怎样把他们改造过来的呢？

雍正对曾静的改造，可谓绞尽脑汁。他用了几个奇招，就将曾静治得服服帖帖。

第一招，恩威并施，警示罪犯。曾静谋反，自知死罪难逃，他早有思想准备，一旦事情败露，就拼一死。曾静穿的衣服，衣领内绣了一行字：“义士曾静先生死于此地。”初遭逮捕，他谩骂执法官员，咆哮公堂，如一头猛兽，想用拒捕、蔑视审讯等办法，激怒办案官动以重刑，以求速死，以便“青史留名”。雍正特派两拨官员先后赴湖南办案。副都统海兰先行，动之以威，给曾静以酷刑，让他遍体鳞伤，吃尽苦头，但偏不让他死。接着，又派出更高级的中央大员刑部侍郎杭奕禄，施之以恩，明白告诉曾静：只要老实交代，不但能活命，而且还可以过上比较好的日子。雍正曾给杭奕禄面授机宜："拘曾静到案，审讯要晓之以理，逐事开导，动以天良，除其心中糊涂之处。"

第二招，解送到京，沿途观览。雍正六年（1728 年）十二月，雍正下令将曾静押解来京，特地嘱咐："沿途着意宽慰，不可令其受苦。"曾静在给岳钟琪的策反信中写道："清朝统治八十多年来，中国大地到处水旱之灾。百姓生活在水深火热之中，真是天怨人怒，鬼哭狼嚎。"雍正指示杭奕禄、海兰二钦差亲自押送曾静等罪犯，从湖南往湖北、河南、直隶到北京。沿途慢慢走，一路参观乡镇、城市，游览风景区，看大清统治下的富庶繁荣景象。一路好饭好菜，待如宾客，使之受宠若惊。用了三十多天，沿途的景致风物使久居深山穷谷、从未出过远门的曾静眼界大开，犹如井底之蛙看到大千世界，思想上震动很大。

第三招，优待宽容，促其反省。曾静到京，雍正没将他下刑部大牢，而是令特设禁闭幽馆，四面宁静，风景宜人，是个读书的好环境。并好饭好菜款待，鲜衣美服替换。一次，曾静中暑，身体不适，雍正即命良医调治。曾静年已五十，还从未享受到如此好的生活，因此，心生感激。雍正还下令，释放曾静相依为命的白发老母和年幼儿子，动员家属做他工作。这么一来，果然消除了曾静思想上的抗拒抵触情绪。

第四招，皇恩浩荡，赐读机密，重读反书，思过检讨。雍正特赐曾静阅读连知府一级官员也无权读到的总督、巡抚给皇上的奏折，皇帝的朱批谕旨。对照曾静自己所写之书，以及查抄的吕留良、严鸿逵等人的文集、日记、诗册、手稿，深刻反思，写出体会。如将岳钟琪等官员要求严惩曾静逆案的奏折和皇上批示宽大处理曾静的谕旨，赐给曾静看，要他写出自己的体会；阅读山西总督奏报山西百姓踊跃捐献军需物资的折子和山东总督所奏千年铁树开花的折子，让他写出体会；将皇上朱批、发往全国各省督抚大吏谕旨数百件宣示曾静，了解皇上如何日理万机、励精图治，让他写出体会；将《大礼记注》宣示曾静，知道皇上怎样操办先皇康熙的葬礼，尽心孝道的事实，让他对照自己的言行写出体会；选出刑部秋审各地死囚案卷，皇上批示从宽等事实，让曾静写出体会；将吕留良案卷宗及上谕发给曾静看，由曾静写出读后批判口供……

经过半年的思想改造，已脱胎换骨的曾静痛哭流涕，声泪俱下地说："昔日我是禽兽，现在换了人胎。"

雍正七年十月初，曾静案经整整一年审理结案。

内阁九卿遵旨题奏：曾静谋反大逆不道，即使千刀万剐，株连九族，也不足以抵偿其罪恶。臣等审讯之下，无不切齿痛恨愤怒，都愿吃他肉剥他皮，臣等据《大清刑律》议作如下处理：将曾静凌迟处死。曾静之祖父、父、子、孙、兄弟及伯叔父、兄弟之子，男十六岁以上，依律立即斩首；男十五岁以下，以及母、女、妻、妾、姐、妹、子之妻妾，解送刑部，发配给功臣之家为奴隶；抄没曾静所有财产，上交国库。

然而，十月初七日，雍正的结案谕旨却宣布：曾静留下不杀。

上谕如惊天霹雳，使众大臣都惊呆了，雍正向众大臣解释宽恕曾静的理由，有两点：

其一，张熙投反书，严刑拷打，罪犯坚不吐露真情。亏得岳总督不惜蒙羞冒风险，与逆贼张熙盟神设誓，才套得真情，其结盟虽是假意，但已成事实。神明面前有誓言，如杀了曾静、张熙，将置岳爱卿于何地？难道让岳爱卿永远蒙受失信负诺的名声吗？为了岳爱卿，不杀曾静、张熙。

其二，没有曾静，暴露不了吕留良的大恶。在这方面，曾静还是有功的。曾静严格地说不是主犯，只是吕留良的从犯，算不上首恶元凶，又老实彻底坦白，为什么不可以从宽呢？

雍正不但不杀曾静，在他到各地巡回宣讲结束后，还恩准曾静、张熙告假一年，回老家买田造宅。如今的曾静当了七品官，进出骑马坐轿，还有用人伺候。顿顿吃的虽不能说山珍海味，但鱼肉不断，跟过去他缺衣少食的贫困生活有天壤之别。此时的曾静是满面春风，扬扬得意。他打心眼儿里感激当今皇上的不杀和再造之恩，他情不自禁地喊出了“雍正万岁！”的口号。

雍正皇帝在定下对曾静的处理方案后，便将对吕留良的处理交大臣讨论，刑部决定严处吕氏：吕留良及长子吕葆中已死，开棺戮尸；吕留良第九子判斩立决。十六岁以上男子一律斩首，妻、女发配为奴，所著书籍一律收缴销毁。

雍正帝将部议公之于众，下达圣旨发出通告。其意略云：……为了使吕留良案件处理得更为公正合理，现将部议公之于众。全国各生员、监生、贡生、举人等读书人，均可各抒己见，畅所欲言。各级官府不得阻拦，也可直陈刑部……

通告下达多日，全国各地鸦雀无声，因为稍有政治头脑的读书人，早已从部议的严厉口吻和腾腾的杀气中嗅出了雍正皇帝的险恶用心：造成全国一致认为该杀吕留良的舆论；准备引蛇出洞，将潜伏的力量一起铲除。因而，人们对吕案的处理结果噤若寒蝉。

四、为吕氏疾呼鸣冤

一艘小船在浙江舟山往宁波的海面上破浪前进。天台秀才齐周华是在游历普陀山时，看到朝廷榜文的。看到刑部对吕氏的处理决定后，他不禁大为震惊，义愤填膺。

怎么首事人曾静昧着良心把谋反责任推到死人身上，对于这种无耻之徒朝廷偏留着不杀，还风风光光地到处演说，却要向已经逝世多年的一代鸿儒吕留良开刀？这真是天大的笑话！这岂不是黑白颠倒、是非混淆、荒唐至极吗？吕氏父子已死四十多年，现在还要开棺戮尸，这岂不是惨无人道、断子绝孙的做法？吕先生所著书籍早已印行全国，流传甚广，岂能全部销毁？吕毅中虽有过错，但构不成罪，却要处斩，这简直是乱弹琴！现在既然皇上有旨号召全国读书人各抒己见、畅所欲言，我要拿起笔，为正义说话！但是凭我一个人力量太单薄，影响太小，我要联合众人，集体呈文。

他首先想到的是，当初徐学政取士时，同时被录为台州前三名的两位同学：黄岩朱及第，自己的大舅子，早已中了举人；临海蒋连科，更是仕途顺利，已经中了进士，当了知县。若能得到他俩的支持，再联合一些其他的读书人，就有威力了。想到此，他立即动身，心急火燎地往台州赶。因为时近傍晚，轮渡没有了，他就雇了只小舢板。

八月半，正是大潮汛季节，海潮澎湃，巨浪翻卷，小舢板在风浪中颠簸。

“风浪太大，太危险了，先生还是在前面码头上停靠下来，到上面小岛宿一夜，明天再走吧？”艄公不肯往前走了。“继续往前赶，恐怕会把我们这两条老命都葬送在海里的。”

“大叔，我给您双倍渡钱，请您今夜送我过去。”他恳求道，“要是渡船坏了，由我负责赔。”

可艄公根本不为所动。“我不能拿性命开玩笑。”艄公冷冷地说，“要是性命没了，哪怕十倍渡钱又有啥用？”他已经把船撑进一个风浪小得多的港湾，准备停靠。

“大叔，求您行行好，今夜送我过海，因为我要赶回台州去救人。”

“啥？救人？救啥人？”正准备跳下船的艄公，马上用撑杆顶住石岸，支起耳朵问。

“您听说过浙江大儒吕留良和他中榜眼的儿子吕葆中吗？”

“哦，就是那个圣人吕留良吗？我听中了秀才的父亲经常提起他。他怎么啦？好像听说已经死了吧？”

“早就去世了。”齐周华激动地说，“可是现在竟然有人要挖他的坟墓，把他的尸体掘出来用刀砍。同时，还要把他家十六岁以上的男人都杀头，其余人都充军三千里呢！”

“啊，有这种事？真是造孽！”艄公连念几声阿弥陀佛，“罪过，罪过，那是为啥事呢？”

“有人谋反，说是受他指使。”

“真是乱讲话，人死了还能指使？”老艄公愤愤不平了。

“我就是赶回去救他一家的。准备联合许多读书人去救。”

“啊，是这么回事！那我拼上这条老命也要去救。”老艄公掉转船头便撑。

月光朗照。老艄公咬紧牙关，撑着小船在波峰浪谷间穿行。它时而被抛上波峰，时而跌入浪谷。

“那船上两个人不要命了吗？是颠了还是疯了？”小岛上的人惊骇地说。

第二天早晨，一个落汤鸡般的人站在宁波港的码头上。

他拿出包袱，想换套衣服，可是包袱里的衣服全湿透了。他只好把衣裳脱下来，挤了挤水，重新穿上。然后雇了辆马车，匆匆往台州府赶。他，就是齐周华。

他直接来到黄岩。这里是大舅子朱及第的家乡，又是同学蒋连科做官的地方。

午饭后，他敲开了黄岩知县蒋连科的卧室。他知道，这位老兄有午睡的习惯。

“旅行家齐霞客，你何时回来的？”蒋连科常喊齐周华为齐霞客，“听说你去游佛国普陀山了。”

齐周华没有回答，反问道：“老兄，最近朝廷出的大事你知道吗？”

“什么大事？”蒋知县明知故问。

“就是曾静、吕留良的事。”齐周华讥讽道，“你难道两耳不闻窗外事，一心只读圣贤书？”

“略有所闻，略有所闻。”蒋知县打着哈哈，“你又想搞什么名堂？”

齐周华不想拐弯抹角，便单刀直入：“关于吕留良的处理，我反对刑部的决议。我想请你这个名士做龙头，写奏疏给刑部，为吕留良先生辩白。”

“啊，老弟，你疯了，你活得不耐烦了？”蒋知县连连摆手，把那头摇得像拨浪鼓。“这件事，我是不会出头的。你想想，泰山倒下来，我们这些凡人能顶得住吗？我一个小小的知县能抗得住吗？你，你还是另请高明吧。”

“你不做龙头，就做龙尾巴，我写好奏疏，你在后面签个字总可以吧？”

“这个龙尾巴我也不会做。”蒋知县坚决地说，然后岔开了话题。“来来来，莫谈国事，在外玩得好吧？闲话少说，我们还是一起喝几杯吧。”

齐周华“嘭”的一声甩上门，气冲冲地走了。

他想叫大舅子朱及第一起联名上书也没有成功。

他一跟朱及第说起这件事，朱及第就劝他：“安分些吧，不要去走钢丝了——你写这种奏疏是很危险的。弄不好，不但毁了你自己，连我妹子也跟着你倒大霉哩！”

此时，他才知道，那些有了功名头衔，做了官的读书人是不能指望的。因为他们有名誉地位和财产的牵累，他们害怕失去这些光彩照人的东西。于是，他转向另一面寻找支持，他准备串联众多秀才，叫他们一一在自己给省学政的奏疏上签名画押。

他赶到县学、府学门前，把刑部对吕留良的处置决议一说，同情和附和他意见的人确实不少。但当他真的拿出写给省里的奏疏，叫他们签字画押时，有的说家里有急事，有的装肚痛头痛，还有的装上厕所，还有的说自己不能决定要跟家人商量。总之，众人都像躲避瘟疫一样逃走了。此时此刻，他方才明白，不顾危险见义勇为的人，世上是很少的——实在太少了。

沧海横流方显英雄本色，大难当头才见义士真情。同学、朋友和熟人的推辞逃避，更激起他的一腔豪情热血。他拿着这封奏疏，去县和府，叫其转呈上级，却接连碰壁：县官不理，府台不睬。他火了。此时他知道，这奏疏要想由县、府、省官府转呈京师是不可能的了，他们都怕担责任，只有直陈刑部才有希望！他下定了决心。他没想到，自己的这一做法竟在全国掀起轩然大波。

五、弱女终逃罗网

话说那天柱山牛马城小头目牛头，正拿起明晃晃的牛耳尖刀，准备宰杀吕小鹿，将她的肉做成人肉馒头时，忽听得这少年郎颤抖着叫道："吏大师，吏大师，你在哪里？快来救我呀！"

"你跟吏大师认识？"凶恶的牛头停下手中的尖刀，诧异地问，口气霎时缓和了许多。

"何止是认识！他是我舅舅。"小鹿撒了个谎。

"哎呀呀，我的小祖宗！你怎么不早说？真险！"他一把丢了牛耳尖刀，惊慌地吩咐手下，"快，快去给吏大师通报！"说罢，立即松绑，叫她洗漱换衣，然后拿出酒肉款待。

不一会儿，吕小鹿在一个小和尚的指引下，经飞来阁、象鼻石、秘窗口，来到天柱山的心脏——神秘谷。此谷是一条长四百多米的幽谷，两侧皆是陡峭的石壁。谷底是犬牙交错的怪石和由怪石垒成的天然洞穴，如楼台层叠，似九曲回廊。主洞有三座，名为逍遥宫、迷宫和音乐宫。

越过"泥鳅背"，就进入了第一洞群逍遥宫。里面黑漆漆的，只能匍匐前行，七弯八拐，令人生畏，而且凉气袭人，即使夏天在洞内小休，也得穿上丝绵衣。第二洞群，主洞宽敞高大，两个耳洞称为东、西宫。东宫有天井，比较明亮，可容百余人。泉水叮咚，如敲铜磬。因年代久远，滴水穿石成井，其水清澈如镜。小鹿在井旁洗了洗脸，然后兴冲冲地往一线光亮处寻路，但无论怎么走，总有绝壁挡住去路，如同误入迷津。小和尚笑着指点说："此处循光明而走，却是山穷水尽，死路一条；只有向黑暗处探路，方能柳暗花明，绝处逢生。"依言而行，经过一个长长的洞穴，果然豁然开朗。此时，他们来到了第三个洞群。它由四五个洞穴组成。进入左洞，忽听见有琴声悠扬。那琴声，经过数个连环洞穴的层层回音，产生的奇音妙韵，仿佛来自天籁。小鹿虽然生于诗书之家，常有丝竹绕耳，但从来没听过如此高妙的琴声，不禁问小和尚："如此高超的琴声，不知何人所弹？"

小和尚笑而不语，摇摇手，叫她不要说话。小鹿知道吏大师的住处已经到了。此时，又响起了洞箫的哀婉曲调。

"吏大师，您的外甥已经带到。"小和尚领着小鹿走进一个宽敞方正的石室，报告说。小鹿看到石室里摆着许多张石桌石凳。

"何方小童，到此何事？为何冒充我的外甥？"住持双眉紧皱，停止了吹箫。

吕小鹿连忙跪地叩拜："实不相瞒，奴家是浙江杭州府学教授余博士介绍来的。"

吏大师不禁一惊："你是女孩儿，怎么会认识余博士？"

小鹿看向吏大师旁边的小和尚，似有难言之隐。

"小姑娘，他是我贴心之人，有话但说无妨。"

"我叫吕小鹿，是浙江嘉兴府石门吕葆中的孙女。"

"吕葆中，就是那个名闻全国的吕榜眼？"吏大师惊问，"这么说，你是江南思想家、著名学者吕留良先生的后人？"见小鹿点点头，吏大师的目光变得慈祥起来。他关切地问："你爷爷、奶奶还健在吗？父母都好吗？"

吏大师话刚出口，小姑娘顿时泪流满面、语声哽咽："爷爷死去已多年，家里已于数月前被抄家。奶奶、父母等全家人都已被逮捕打入大牢。"

吏大师大惊失色："有这等事！为何？"

"听说湖南秀才曾静鼓动川陕总督岳钟琪造反，是受我曾祖父学说的影响哩！"

曾静鼓动人造反之事，吏住持不久前刚听说，不承想那个曾静却把谋反的责任一股脑推到吕留良身上。这个贪生怕死的秀才，既要造清朝的反，为何又要将责任推到死人身上呢？

“推到死人身上，死无对证。”曾静说，“再说，人已死了，官府还能怎样处罚呢？”

“难道人死了，就再也不好处罚了吗？”雍正冷笑着说，“可以掘坟剖棺戮尸！”

吏大师似乎听见曾静和雍正的这番对话，他的眼睛顿时湿润了。他牵起长衫衣角擦了擦湿漉漉的双眼，问：“你到此有何事？”

“请您收下我，我要拜师学艺，报仇雪恨！”

“学武很苦，而且你的仇家地位如此显赫，报仇无异于以卵击石，要丢性命的。”吏大师摇摇头。

“粉身碎骨全不怕，要留正气在人间！”她坚定不移地说。

吏大师赞许地点了点头。

谁知他们的这番话，正好给跟随小鹿上山的一个绰号叫“飞天蜈蚣”的人听见了。此人听到这番话，高兴得摇头晃脑：“若把这惊人秘密报告官府，必定能获重赏，升官发财有望。”此时他正伏在壁洞内，他刚飞出洞，谁知笛声响起，他一下子扑倒在地。

从此，天柱山的百花崖、青龙背、万景台、天狮峰、鹰嘴石、拜岳台、千丈崖、奇谷天梯、铜锣尖、神猫逼鼠和天柱山最高峰——如同一柱擎天的天柱峰，有了师徒二人教学拳、剑、棒的身影。一天，练武结束，在往神秘谷走时，吕小鹿突然问：“师父，您的姓好古怪，《百家姓》里好像没有这个姓吧。您到底姓啥？”

吏大师没有正面回答她，只是含蓄地说：“在当今社会，只要不是满汉八旗出身的人，总是要加点儿伪装的，否则，很难安全。”

“这么说，师父是姓史了。”聪明的小鹿果然猜中了，她见师父不语，又接着说道，“师父，那您——您是史阁部的后人？”

原来，这吏大师正是明朝末年任南京兵部尚书、加大学士衔的史可法的后人。当年清军下江南，史阁部受命督师扬州。清皇叔、摄政王多尔衮写信诱降，他断然拒绝。史可法赶到扬州，马上派人四处调兵，可是各镇将领都拥兵观望，拒不听命，只有总兵刘肇基率领两千人来到扬州救援。

史可法见兵力太弱，无法迎击清军，就命令刘将部队开入城内，紧闭城门死守。他身披铠甲，手持宝剑，亲自和刘肇基登城指挥抗敌。

“师父，史阁部是我们吕家和亿万汉族人心目中的英雄。我年纪小，只知他不屈而死，不了解他的事迹，请您说说他抗清的故事，好吗?”

史（吏）大师点点头，打开了话匣。

清军统帅多铎很敬重史可法的为人，几次写信劝他投降，可史可法连信封也不打开就扔到一边。多铎见劝降无效，就下令用大炮猛轰扬州城，城内军民伤亡很大。

“总兵刘肇基曾向我曾祖献策说：‘城内地高，城外地低，可以掘开淮河，将水灌入敌军阵地，不怕敌军不退。’”史大师回忆道，“先祖觉得此法是能制服敌军，但会伤害百姓，就说：‘那样做，敌人未必能全军覆灭，可淮南一带州县百姓就要遭殃了！我怎能忍心这样做呢！’”

“因为双方军事力量悬殊，又孤立无援，曾祖决心与扬州城共存亡。他叮嘱部将史德威说：‘我死之后，把我埋在太祖皇帝墓侧，如果实在不行，就把我埋在扬州城外的梅花岭吧！’坚守了七天，城墙被炮火轰塌，清军从城墙缺口像潮水般涌进城里，明军没一人投降。”

史可法自杀未成，被清军俘获。清军统帅多铎一见史可法来到，快步上前行礼，客气地说：“我再三拜请，都被先生叱回。今天先生对旧朝忠义已尽，就请替我大清收拾江南，不愁没有厚报。”

“多铎劝降曾祖，许以高官厚禄，可曾祖史公声色俱厉地说：‘我身为大明朝的重臣，岂能苟且偷生，作万世罪人！头可断，身不可屈！’结果曾祖被杀。就义前，他对多铎说：‘我死而无怨，只有一事相求。扬州城的百姓，请千万不要杀害。’”

“清军听从史阁部的话了吗?”吕小鹿不禁问。

“多铎根本没听曾祖史公的劝告，对城中百姓大开杀戒。十天之内，就杀死了几十万人，城内尸积如山，血流成河。昔日繁华的扬州城，几乎变成一片废墟，一座死城。这就是明末清初历史上震惊全国的‘扬州十日’。我祖父看到这个血腥场面，怕遭诛杀，连夜带我逃走。”

叙述完曾祖父史可法的故事，史大师恨声不绝地说：“清军杀死曾祖，我不怨恨，因为曾祖不投降归顺。在这件事上，我只怨恨明末皇帝的昏庸。按理说，福王朱由崧在南京即位后，拥有淮河下游和长江以南广大地区，掌握着五十万大军，实力还是相当雄厚的。可是，他一心一意要报君父之仇，不但不设法抵御长驱南下的清军，还认贼为父，派使臣携带黄金、白银和绸缎，到北京酬谢清军入关杀‘贼寇’的李自成，又从海上运大米和白银，奖赏引清军入关的总兵吴三桂。如此腐败的朝廷岂能不灭亡?!”说到此，史大师扬起一剑，斩去一块顽石，愤怒地说：“我怨恨清朝，在破扬州城后，对百姓的大肆杀戮！如此残酷无道，天人共怒！”

他目不转睛地望着莲花洞上那块浑圆的奇石。这石头高达数丈，占地一亩多方圆。最为奇特的是从中裂开，石分两半，名叫霹雳石，当地人俗称“雷打石”。看着眼前的雷打石，似乎想到了当今清王朝对待读书人的态度。除了对清王朝俯首帖耳外，稍有抵触即加斩除。当今雍正王朝更是阴险狠毒，说句“清风不识字”，就作为污蔑清朝罪杀头；人死已经四五十年了，还要追查罪责，将其“剥棺戮尸”。真是残酷之极！他眼里冒着怒火。

从此，吕小鹿隐在天柱山跟史大师学武。她白天练武，黄昏跟着史大师学吹笛、吹箫。吹着吹着，就吹出了韵味。当三年满时，她不但刀剑功夫十分了得，而且身轻如燕，还能在吹奏箫笛时吹出一把柳叶飞刀。

六、泾渭分明的两篇檄文

吕留良案起后，刑部发文，号召全国秀才、监生独抒已见，福建钝秀才诸葛际盛，觉得自己升官发财、飞黄腾达的时机到了。他用的是落井下石的手段。我若第一个写文章讨伐吕留良，引起全国注意，刑部、吏部必然喜欢，皇上也会龙心大悦。那样，我被举荐“博学鸿词”科就有了希望，若点了翰林，前途将不可限量！当知府、学政，入内阁当侍郎、尚书，甚至入值军机处当宰辅也有希望，因为宰相大多由翰林学士提拔。这么一想，他立即起草了一篇檄文：《讨逆贼吕留良檄》。其意略云：

我大清王朝，平乱治世，开创伟业，盛德厚恩，世所罕见。当今皇上，武功文治，辉映日月，虽秦皇汉武，唐宗宋祖，一代天骄成吉思汗，亦只能望其项背。可浙江嘉兴府石门吕留良却瞎了眼睛视而不见。其人号称大儒，实为犯上作乱之奸贼！明朝灭亡，吕贼如丧考妣，散尽万贯家财暗中结客，图谋复辟。事败后，隐匿家居教授生徒，如毒蛇冬眠，复明反清之心不死。圣祖海量，不计前罪，数举“博学鸿词”，却誓死拒荐，后竟剪发为僧，名号“浊清”，包藏祸心。所盖楼房取名“天盖楼”，自已居中层，发誓“上不戴清朝之天，下不踏清朝之地”。更为阴险可恶的是，宣扬“华夷之辨大于君臣之伦”的邪说，激烈反对历代奉为圣人的朱熹经典理学，大肆煽动民众反清情绪，其狼子野心昭然若揭。我大清统治以来，先皇康熙帝曾赐其子吕葆中隆恩——榜眼及第，官封翰林学士。然逆贼吕留良不思肝脑涂地以报效朝廷，却在《日记》中狺狺狂吠，大肆攻击圣祖，实为无君无父忘恩负义之小人！综上所述，吕留良欺君反国、蔑圣诬典，惑众负恩，结党、造反、阴谋、奸毒，实乃十恶不赦之徒！而其子孙窝藏毒孽，罪责难逃！应掘其坟，劈其棺，焚其尸，诛其子孙，毁其书籍，彻底肃清其流毒，将其打倒在地，再踏上一只脚叫其永世不得翻身，方解全国士人心头大恨……

福建省提督学政和巡抚、总督，得此檄文高兴万分，立即用八百里驿马快递到刑部。刑部又禀告吏部，吏部又将此檄文通告全国。而诸葛际盛果然由此发迹，由一名秀才，立即成为拔贡，并举“博学鸿词”科，立即提调进京，成为刑部主事。

在湖北省通山县作幕宾的唐孙镐，是在除夕之夜看到这篇檄文的。一看到诸葛际盛这篇东西，号称“绍兴才子”的唐孙镐不禁怒火中烧，立即连夜起草，于大年初一便写好檄文《唐孙镐讨诸葛际盛檄文》，直赴省城，呈交湖北省提督学政。檄文曰：浙江绍兴府会稽县唐孙镐，为小人之丑态毕露，士林之公愤难禁，冒死以救将丧斯文事。

闽奸诸葛际盛，天良丧尽，乱作谤书，上蔽圣听，下欺士林，几令斯文扫地。动以唐宋相比，则失实矣。夫唐宋之世，上有唐太宗、宋太祖之贤君，下有魏徵、寇准、范仲淹、包拯之名臣。全国赞誉，吏治之清明达到顶点。如今不然，皇上说好，臣亦说好；皇上说坏，臣亦说坏。此就是比不上唐宗宋祖之处也。即如吕留良著书一案，圣主遍询国人，以求合适责罚，谁料诸葛际盛蛇蝎为心，豺狼成性，未奉上诏，擅作檄文，饰奸为忠，希图荣达。孙镐披阅，不禁发指。若此类小人得志，我辈死无葬身之地矣；故不得不披肝沥胆，剖心泣血，向上呈诉。

诸葛际盛檄文道："吕留良私造《日记》，诬蔑皇上圣德。"若际盛果见其书，为何不在圣旨降之前，揭露其奸，以申明大义，却在事发之后而狂吠，小人之丑恶毕露。其檄又道："吕留良子孙窝藏毒孽。"留良所著之书，满屋充栋，做子孙的，怎能在千卷之中吹毛求疵而灭其踪迹？更为可笑的是，檄文中对吕氏住房之指责。际盛道：吕留良盖三层之楼，身居中层，是取意"上不戴清朝之天，下不踏清朝之地"，把其作为反清之依据。据说，诸葛际盛在向省学政上书时，居留之处亦为三层之楼，而他亦住中层，如此说来，际盛亦是抗清反清之逆贼也！

际盛檄文又历数我朝盛德，驳斥吕留良诬蔑之词。夫太宗、太祖之功业，半在吕留良之生前；圣祖与皇上之大勋，半在吕留良之死后。举其生前死后之事诘问之，这确实为千古之怪谈！诸葛际盛诬吕留良为十恶不赦之人，此言大错。诸葛际盛难道不见吕留良所著《四书讲义》吗？此书阐扬圣道精辟周详，海内之人无不尊奉之，即使圣人复出，亦不能改换。可惜皇上日理万机，没空翻阅此书；若圣上早阅留良《四书讲义》等书，必为之击节叹赏。左右官吏，又因圣怒不解，不敢冒昧进呈，致使吕留良所藏之《日记》戏笔未早暴露。最危险的是，官员之议未定，自诸葛际盛吠声一叫，就有一二敢言之臣为之气阻。万一皇上误信其言，以为百姓都说吕留良可杀，部议公正，那就坏事了。眼见焚书毁版，即在目前；株族灭尸，谅难宽恕。伤心啊！古圣贤的要议，全付于昆冈烈火之中；数十年枯骨，飞扬于白日青天之下。吕氏所居之尚阳堡内，朝朝闻幼儿之啼哭；天盖楼顶，夜夜听幽魂之涕零。读书明理之士，无不为之痛心；孔孟在天之灵，也必为之流泪。可怜八十余年皇恩，几毁于奸贼之手！当今大臣，难道都不能救吗？当救的，这是最佳的时机。还要等到何时呢？赶快行动吧！如果不能救，请将我写的檄文上呈御览，并将我解赴京师，愿与诸葛际盛在皇上面前对质，即使油锅鼎沸，我甘愿解衣受烹。诸葛际盛亲读留良其书，亲受其益，却借杀其满门以求自己升迁之私欲，岂不是衣冠中之禽兽吗？望圣主格外施恩，赦吕氏满门之罪，焚其日记邪说，留其余书；斩诸葛际盛之头以悬示天下，上自公卿，下至黎民，岂不拍手称快哉！

唐孙镐深知上此檄文的危险性，表示了赴死的决心：

写此檄，遭法网之灾十之有九，然而同无耻之诸葛际盛并生阳世，不如与儒雅吕氏父子同归阴曹地府也。啊，唐朝魏徵已亡，朝廷已无刚直之臣！民间复生畜生，若后人讥笑我朝皆贪生怕死之人，犹有临死不惧的唐孙镐在。

檄呈省学政后，孙镐作信告别家人亲友，自动投监。湖北学政将孙之檄文上奏朝廷。按察使司等皇上旨意，却毫无音讯。不久，报告唐孙镐已病死于牢中。

据人目击，唐孙镐死前，有几袋沙运进监狱。

一天，众秀才来学政衙门，询问唐孙镐死因。湖北按察使司一听到这个消息，立即赶到学政衙门宣读《大清刑律》。忽然，有个武昌秀才大声质问：“律法杀人不可隐瞒。如今，唐孙镐无缘无故死于牢中却不追究，难道朝廷怕他大胆向上反映情况吗？还是他的言论迂腐荒唐?!”按察使大惊发怒：“快将这疯子关进监狱!”不久，以“聚众为盗”之罪，将其处死。

浙江台州齐周华听到这个消息，不禁痛哭流涕。我要为他报仇雪恨！唐孙镐只告到省里，结果被湖北省官员一手遮天；我要直陈皇上，看他们怎么遮掩?!

第五章

一、杭州城平地起惊雷

齐周华足不出户，一日一夜，埋头写他的奏疏。他拟的题目是：《救晚村（留良）先生悖逆凶悍疏》。这样的题目鲜明、触目，能引起阅疏人的重视，他心里想。

“台州府秀才齐周华，为遵旨复议以抒个人见解事”，他开笔写道，“圣朝的君王，不因个人的好恶为好恶，而必以天下的是非为是非。”接下来他为吕氏辩护：“浙江嘉兴府吕留良先生，生于明朝，延至我大清。学富五车，著作等身，因其著作能阐发圣贤精髓，被后学尊为程朱理学大师。而其大儿吕葆中继父亲遗风，康熙年间一举榜眼及第，被世人引为楷模。故浙江历任官员一走马上任，就褒奖吕氏，以敦促尊儒重教之风气。现任总督、被皇上誉为‘公正刚直’的李绂大人，也曾亲自给吕氏赠匾，并来吕宅祭奠吕公。因此，纵使吕氏日记中有尊明抗清之语，也属忠臣之义举，清先皇未加丝毫责罚，就是明证。其子吕葆中，先皇年间高中榜眼，入选翰林，享受天朝隆恩，必感激涕零，不至做有逆大清之言行举止，即使有也属无心为之。况且微尘秽土难掩日月之光华，一语讥贬何损圣祖参天大树之毫末？吕留良因死后之空言，早为先皇所赦免，独清明之当朝，海量之皇上，难道不能宽免吕氏一门之罪吗？”

这是一个大雷雨之夜。滚滚的惊雷在他的头顶炸响，可怖的黄白色的闪电，如同刀剑在他眼前闪烁。暴风骤雨，如鞭一般抽打得小阁楼不停战栗。透过不时掠过的闪电，他感到夜空黑洞洞的，如同一个无底深渊，又像一张宽大无边的黑色大网般可怖。有雷声给我壮胆，有闪电为我开路，我不怕！齐周华心里这样说着，又提笔继续挥写下去：

今闻朝中大臣议定：“将吕留良、吕葆中父子开棺戮尸，其子吕毅中等十六岁以上男子，斩立决。其余一干人充军三千里，所著书籍尽行追毁。皇上曾云：朕慎重刑罚，凡诛奸锄叛，必合乎人心之大公。现吕留良罪不至于极刑，若按部议恐失天下人心，令人不寒而栗，亦有损皇上仁慈之美名！剖棺戮尸，系商纣王一类无道昏君的亡国丑行，岂是圣朝明君所为？部议用此极刑暴行，是想陷皇上以暴君之恶名也。此等用心险恶之奸贼，应革职充军以慰天下民心。”

此刻，齐周华从吕留良想到了曾静，那个贪生怕死、嫁祸于人，现在到全国四处游说以保全性命求取富贵荣华的小丑，一想起他就切齿痛恨。这种败类绝不能放过他，让他逍遥法外：

跳梁小丑曾静，始附吕氏以沽名钓誉，继陷吕氏以推卸罪责，欺死人不能辩白，捕风捉影，靠舌底生花以逃生，此人良心绝灭，不齿人类。实乃无君无父无师无友之小人，应于严惩！

最后，他向皇帝求情：

既皇上仁慈放曾静生路，那么吕毅中等一干人，更应照此案例宽大处理。可令其改过自新，结状一道尽行释放回家。至于日记中有怪诞言论，可速令烧毁，以免污后人视听。浙江省因吕案而遭降革者，其行为实为维护圣上尊儒重教和仁慈之英名，请免罪重新启用……

鸡叫三遍时，他已写好奏疏，他叫醒妻子烧饭，说吃过要去省城。他正匆匆收拾行李，忽然，听见几声咳嗽，他知道是父亲起来了。还没等他去父亲卧室，父亲已经来到他的寝室。

“听说你要写奏疏给皇上为吕留良告状鸣冤?”父亲面无表情地问，见他不言语，不禁情绪激动起来，“你知道其中的凶险吗？弄不好，要大祸临头的!”

“直抒己见，可直陈刑部，各级官府不得阻拦，这是当今皇上的旨意，怎会有大祸?”

父亲大摇其头：“你真是太天真幼稚了!”于是，他给儿子谈起康熙朝两大著名的文字狱大案：庄廷龙《明史》案和戴名世《南山集》案。

庄廷龙是浙江湖州的富户，自从双目失明后，发愤要以“左丘失明，著有《国语》”为鉴，写一部《明史》。他从乡邻、明代大学士朱国祯手中购得稿本《列朝诸臣传》，召集文人学士加以修订，并续修天启、崇祯两朝事，名为《明书辑略》。书成后，廷龙死，由其父将书稿署上庄廷龙之名刊印出来，后被贪赃枉法的革职知县吴之荣告发，指责该书以私修明史为名，指斥清朝。书中将清朝开基立业的德祖和太祖称为王某孙某、建州都督而直书其名。清廷于是认为此属大逆之罪。案发后，廷龙被戮尸焚骨，其父被捕死于京狱，亦遭戮尸；其家年十五以上男子均斩，妻妇发配盛京为奴。为此书作序者礼部侍郎李令晰被凌迟处死；书中列名参阅的十八人，有十四人被凌迟处死。其余刻匠、书商、藏书者，均被斩杀。涉案人犯两千多人，被杀上千人。

此案名士被杀者二百二十一人。庄廷龙是富人，卷首罗列许多名士，是想借以抬高身价。其实，其中大多数人并未参加编纂，却也惨遭杀戮。为了彻底根除江南文人、学者心中对已经灭亡的明朝故国之思念和反清思想，清廷还利用此案大做文章，采取多种高压手段，加紧对持有反清情绪的文人进行迫害。如名士顾炎武、孙夏峰都曾因此被迫受审，而对隐居著述、屡拒清廷征召的大儒黄宗羲也先后四次悬赏缉捕。

父亲沉痛地说着这段历史，见儿子无动于衷没有放弃上京的打算，于是又讲起触目惊心的戴名世《南山集》案。“此案牵涉的范围更广，其状也更惨了。”他父亲说得确实不假。

此案发生在康熙五十年（1711 年）。戴名世为安徽桐城人，早年曾留心明史，在自己的《南山集》中，则将清初文人方孝标著作《纯斋文集》《滇黔纪闻》中有关南明王朝的纪事多加采用。因此，文集中不仅直称清朝三帝年号，还记述了明末弘光、隆武、永历数皇帝的事迹。《南山集》书成后，由汪灏、方苞作序刊行，并藏书版于方苞处。戴名世五十七岁中进士，任清翰林院编修。三年后，因《南山集》的事，被左都御史赵申乔告发，指斥书中“颠倒是非，语多狂悖，逞一时之私见，为不经之乱道”。案发后，康熙帝大怒，判戴名世大逆罪，处斩；戴的子孙多人被斩杀；方孝标戮尸，方氏后代多人坐死。平日与戴名世有交往的尚书、侍郎，有三十二人被降职；方苞、汪灏、尤云锷、方正玉等名士学者，原判绞刑，后被改判放逐、贬谪。此案被牵连治罪的达三百余人。

但父亲所说的这番话似乎并没有使儿子打消上京控告的念头。儿子听完就说：“那都是康熙朝的老皇历了，那些人书中有反清诗文，我奏疏中却没这些东西！再说，现在皇上号召全国读书人畅所欲言，我响应号召，不会有事的。”

“你把奏疏给我看看。”齐周华的父亲是拔贡，精通文墨。

他仔细地看着儿子写的奏疏，越看越眉头紧皱，越看越脸色发白。他呼吸急促，咳嗽得更加厉害了。他语无伦次地说：“你……你……你这是索命的奏疏，是一股祸水！你……知道皇上的号召……是陷阱，是牢笼吗？明知是这样还要往里钻，明知是油锅还要往里跳，这岂不是饭桶和傻子吗？”说着，他决绝地以命令的口气说：“你——你不能呈这奏疏！要是执迷不悟非要去，我就跟你一刀两断，断绝父子关系，免得以后受牵连。”

“我进京上奏疏，不会犯大逆死罪的，株连不到家中其他人，最多只能毁掉我自已。为正义为百姓疾呼，我死而无怨！”他狼吞虎咽地吃了碗米饭，背起行李决绝地走出了齐家大院。

“苍天哪！我们齐家要败在这个祸害精身上啦！”齐老先生看着儿子远去的背影，不禁高举双手，仰头大呼。他只声嘶力竭地喊出一句，便扑倒在地。

齐周华呆住了，他的脚步停住了。他连忙跑回家，但当他看到妻子和用人七手八脚拿一碗热气腾腾的姜汤将父亲灌醒，送回卧室后，又匆匆起程了。就在他背上行李，走下数级石阶，将要拐过宅前那巍巍古樟向西门而去时，突然，有两个人追上来一把抱住了他的身子和大腿，不让他上车。他一看，一个是妻子，一个是儿子。

“周华哥——我的夫君，你不能走啊，你这一走山高路险，凶多吉少呀！”披头散发的妻子紧抱着他的膝盖，不让他走。

他蹲下身子，一手揽住妻子的腰，一手温柔地掠去妻子披散在脸上的青丝，亲热而又坚决地说：“丽莺，我的好妻子，人活在世上不能光为自已着想。现在吕大师家中大难临头，上百个人的生命危在旦夕，我能眼睁睁地看着见死不救吗？”他亲切地吻了吻妻子的玉容：“起来，不要哭哭啼啼，要坚强一点儿为我送行！”

“爸爸，我不让你走，爷爷奶奶要我不放你走。”八岁的儿子哭着死死地抱住父亲的小腿不让走。

“好孩子，爸爸是去省城办事，办完事给你带很多好吃好玩的东西，你不喜欢吗？”他哄着孩子，“你要是不放我走，你就吃不到好东西，我也不能给你买玩具了。”天真的孩子听说爸爸上京师给他买好吃好玩的东西，果然松开了手。他将孩子抱起来，亲了亲，便塞到妻子的怀里：“要是我有个三长两短，托你把孩子抚养成人。”

妻子含着眼泪点了点头。

他匆匆而行。“早去早回——”娇妻那亲切的叮咛，在静寂的小山岗上袅袅地送到齐周华的耳旁。齐周华回头一望，只见那瀑布般的黑发在秋风中不停地飘拂着。

丽莺看到周华越走越远，最后化为一个点，隐入晨雾中，她不禁泪流满面。她知道，丈夫此一去，千山万水险阻重重，凶多吉少，很可能是回不来了。

“风萧萧兮易水寒，壮士一去兮不复返。”齐周华登上高高的关岭头，回头望了望天台故乡那鲜红如血的枫林，望了望那由西向东蜿蜒奔流的始丰河，然后向着关岭北面那连绵重叠的山峦，向着那迷蒙的远方，大踏步地走去……

时令已是深秋，天气已有深深的凉意，但浙江学政衙门的王训导却满头冒汗，面无人色，因为他今天接到了齐周华的《救村（留良）先生悖逆凶悍疏》。他哀叹自己倒霉，只因学政大臣帅念祖去外地巡察，才让自己碰到这等棘手的事！他知道，这是一道惹祸的奏疏。当今皇上阴险毒辣，这道奏疏一旦被捅上去，将会一石激起千层浪，引起轩然大波。浙江学政衙门就会被置于风口浪尖，招来大麻烦；作为直接负责此疏呈递的自己，后果更将不堪设想！轻则降职丢乌纱帽，重则说不定会带来牢狱之灾甚至杀身之祸。想到这里，他差点儿吓得晕过去。现在最好的办法是劝说齐周华收回这篇奏疏，以免给自己惹出大麻烦，他想。他准备重锤敲击促其猛醒：“齐学兄，你这是干什么？你是吃了豹子胆啦！你想找死吗？”

齐周华诧异道：“怎么是找死？你别危言耸听！我不明白，皇上不是下特诏让天下学子畅所欲言吗？”

王训导反问：“皇上叫写你就写吗？”

齐周华认真地说：“君无戏言，皇上岂能说话不算数？”

王训导用推心置腹的口吻说：“我说齐学兄，你真是太善良太天真了，当今世道谁不说假话？谁不骗人？不骗人能混下去吗？你难道至今还不明白皇上下诏书的真实意图吗？他正是怕天下人心不服，才故意……”

齐周华仍是不为所动：“我不管这些！他既然让学子独抒已见，我就要畅所欲言，说出真话，我心里就是不服！”

王训导冷笑道：“你不服又能怎样？天下不服的有识之士多了，也没见到第二个像你这样的人站出来。”

齐周华愤愤道："唉，这也正是中国读书人的可悲之处。逆境一来，个个儿像缩头乌龟，一味明哲保身苟且偷生，挺身而出、见义勇为的男子汉实在是太少了！"

"所以，齐学兄，听我一句话，你也睁只眼闭只眼，算了吧。"

"不！正因如此，更得有人站出来说话！不怕死的人，在中国还没有死绝！"齐周华决绝地说。

王训导再也不想苦口婆心地劝说了，他十分干脆地问："你难道没有想到，你这样做会有杀身大祸吗？"

"哈哈，王兄，去年我在天台桐柏山'琼台夜月'景点，夜遇一老道，他说我是东方木星，既为木，则不斫不成器，你难道不记得哲人荀子在《性恶》篇里说：'二人斫木而为器'吗？"

"哎呀，现在什么时候了，你还顾得上讲这个，真是个十足的书呆子！"王训导哭笑不得。他虽心里冒火，但仍想做最后的努力："听我一句劝，还是收回这个奏疏吧。"

齐周华再也忍不住了，冒火道："老兄，这个绝难从命！你劝我干什么都可以，唯独不能收回这个救吕氏一门性命的奏疏！"

王训导知道再说已无济于事，不禁勃然变色道："既然这样，我也不想再多费口舌，我也明确地告诉你，这奏疏我是决不会替你呈送京师的！你不是胆量很足吗？那你就自己上京呈递吧！"

"嘿，你以为我不敢去吗？我原是为省笔盘缠才托你们呈递，既然如此，我也不指望你们这些胆小鬼了！"说罢，收起桌上的奏疏，急匆匆地走出学政衙门。他在杭州向朋友借了点儿盘缠，立刻匆匆上路了。

二、客船卖剑结识朋友

一艘长途客轮，在扬州往北的京杭大运河上昼夜不停地行驶着。

人到中年的金陵客江焕文，在船上遇到了一个怪人。这人秀才打扮，自从江焕文从扬州上船以来，一连十多天，秀才经常一个人坐在船头，沉默寡言，好像有很重的心事。更奇怪的是，每逢三餐开饭时节，他总要避开众人，一直等到饭厅人去席空，再一个人去。有一次，江焕文吃过晚饭，偷偷去饭厅打探其中的秘密，看那人到底搞些啥名堂。是一个人去吃好东西，还是另有隐情？一看，江焕文居然看到这样令人心酸的一幕。此人只吃饭厅里最差、最便宜的东西：两个红薯，一碗免费的白菜汤。仅花一个铜板。

这令江焕文很是疑惑，这怪人到底是干啥的呢？若说他是要饭的，却秀才打扮，细皮白肉，穿着干干净净；说他是梁上君子，可说话做事斯文有礼，绝无贼头贼脑、眼珠滴溜溜飞转的神态。总之，他不像坏人。看他背一柄宝剑，很像一个侠客，却不见大碗饮酒、大块吃肉的豪放与潇洒。更奇怪的是，从昨天以来，此人一连两天，怀抱一柄长长的宝剑，放在众人吃饭的饭厅，剑尖挑着一张出售宝剑的告示，那书法甚是俊秀飘逸。

现有祖传宝剑一柄，价值千金。因盘费短缺，愿以九百两银子出售，望诸位客人光顾玉成。

浙东秀才华阳子谨启

一开始，船上客人纷纷围上观看，后听说要千金之巨，个个儿伸长舌头不敢问津。此时恼了一个山西客商，他不禁询问：“什么样的名剑售价如此之巨？”

“此剑名胜邪剑，系春秋时期铸剑师干将师兄欧冶子所铸，此乃欧大师为越王勾践所铸五剑中的一柄。”那自称华阳子的三十来岁的男子侃侃而谈。“此剑削铁如泥，砍岩石如划豆腐。”说着他一把拔出宝剑，只见霞光万道，耀人眼目。

“你说这是为越王所铸的五把宝剑中的一柄，请问其余四剑叫何名？”一名举人首先发难。

“五剑按铸剑时间先后，分别称为湛卢、巨阙、胜邪、鱼肠、纯钧。我这是第三把剑。”

举人点头称是，无话可说。

“秀士，你对春秋名剑铸炼好像了解得很清楚，请问欧冶子与师弟干将曾为楚王铸三剑，又称什么剑？”一名进士冷笑着加入了考试行列。

“如果我没记错，应该是龙渊、泰阿、工布三剑。”怪人从容不迫地回答。

“你说的楚王，是楚国哪代国君？”进士步步紧逼。

“是楚昭王。”

进士顿时惊愕、语塞。他没想到此人对古代历史了解得如此清楚。

华阳子“舌战群儒”引起了一个白眉老者的兴趣。此君当初曾任翰林院侍讲学士之职，学富五车。因一次编书时不慎将朝廷一个重要节日如实记下“大风雪”天气而惹祸，被革职回家。此番前往徐州探望故友，他准备进一步考考卖剑人。

“当初奉命到吴国，请欧冶子和干将铸三剑的人，叫什么名字，哪国人？剑铸好后，此位使者说过什么话？”白眉翰林连珠炮般一连蹦出三个问题。

“此人名叫风胡子，楚国人。”卖剑人华阳子面不改色，娓娓道来。“当他拿到铸成的三柄利剑后，说过这么几句话：黄帝、神农、赫胥之时，以锋利的石头为兵器；大禹时以铜为兵器；当今，以铁为兵器，锋利无比了。”

“这番话语是你自己杜撰，还是有历史记载？”白眉老先生再次追问。

“有史书《越绝书·宝剑记外传》为依据。”

白眉翰林抚掌大笑：“奇士，不知你得过什么功名？是何出身？是进士，还是解元？”

“老先生，实不相瞒，我只中过秀才——曾被学政拔为浙江台州府第一名秀才。”华阳子老实承认，“以后几届乡试却屡试不第”。

老翰林摇头叹息："有此才学，应'博学鸿词'科尚不为过，奈何科场不顺？"继而问，"你为何出售祖传名剑？"

卖剑人默然无语。众人被巨价所吓，三天来一直无人问津。

白天的一幕被金陵旅客江焕文看在眼里，晚上当卖剑人在船尾唉声叹气时，金陵客来到他的身边。

"秀士，请问您何方人氏？尊姓大名？为何要卖祖传名剑？"年约四十的金陵客相问。

"我名叫齐周华，浙东台州府人。"齐周华打开了话匣，"我是为一件大事——为浙江一位鸿儒满门的安危而上京师的。"然后他反问："您听说过湖南秀才策动川陕总督岳钟琪反清的事吗？"

"听说过。为这事，朝廷在全国张贴通告，闹得沸沸扬扬的。"

"刑部的议决太严酷，我反对这种处罚，因此写了一份奏疏为吕氏辩护，为他们抱不平。可是县里、府里甚至省里各级官府都不敢为我签署意见向上转呈，我只好独自一人徒步仗剑进京直呈，因为走时仓促，盘费不够，故——"

"您能把奏疏给我看看吗？"齐周华看到此人态度十分诚恳，马上回自己铺位取来奏疏。

金陵客借着暗淡的路灯浏览着奏疏。才看几行，他不禁霍地站了起来，瞪大了眼睛："你胆子真大，是吃了豹子胆吗？自朝廷出布告征求全国读书人意见以来，整个江苏省听说还没有一个人敢站出来说话呢！"

金陵客将奏疏匆匆浏览了一遍后，心情沉重地问："您想过上京师呈疏的严重后果吗？"

"大不了是个死，为天下不平事疾呼呐喊，纵死无悔！"

"壮士真是千古奇士！失敬，失敬！"他连忙邀请齐周华到自己舱间，摆出四碟精致小菜和一只南京板鸭，拿出一瓶特酿名酒，还喊出一个亭亭玉立的俊俏少女，斟酒把盏。

"这是小女，请勿见外，尽管痛饮。"

此时，客船已经过了山东省的微山湖，在独山湖上航行。月光如银如水，照得舱间异常亮堂。深秋的夜晚，虽然凉飕飕的，但肚饱酒酣的齐周华却感到浑身热乎乎的。金陵客江焕文叫小女拿出一个褡裢，把其中的银子全部倒出来，数了数总共八十两。他将全部银两又装进褡裢交给齐周华，诚恳地说："齐壮士，为了您惊天地、泣鬼神的义举，我愿意倾力相助，可惜我目前身上只有这么多，望笑纳。"

齐周华顿时惊得目瞪口呆。萍水相逢，就将这么一大笔银子相赠，这真是倾囊相助呀！如此慷慨，如此深情厚谊，叫我如何接受？他连连摆手："使不得，千万使不得！"

"你若认我为朋友，就将银子收下，不然，我可要生气啦！"

这真是雪中送炭哪！齐周华望着窗外那碧绿得深黑的湖水，心中无比激动。他忽然吟出一句诗："独山湖水深千尺，不及江兄待我情！"但他想，我和他素昧平生，怎好意思接受如此重礼？忽然，他灵机一动，想到了一个主意。他从背上取下宝剑，双手捧上："江兄，既然如此，我以宝剑相质押。"

江焕文连连摆手："与君萍水相逢，怎可因这少量资助，就以千金宝剑相赠？这实在不敢当！"

齐周华动情地说："我此次上京师，前途艰险，生死未卜，不敢辜负君的高谊，望受之以安我心。"

但江焕文连连摇头，坚辞不受。

双方僵持着，但这局面很快被少女江燕打破了。

"爹爹，你要是嫌齐先生所赠宝剑太贵重，把我相抵押不就持平了吗？"女儿似真非真地说。

江焕文乐得哈哈大笑，逗她道："你值千金吗？"

"我是你的独生宝贝女儿呀，怎么不值千金？"女儿江燕调皮地说："你不是常喊我千金小姐吗？"

"把你抵押给齐先生去做啥呀？"父亲进一步逗女儿。

"做侍女当助手，做什么都行呀！"女儿天真烂漫地说。

"做他妻妾呢？"父亲逼问。

女儿顿时绯红了双颊，如同一朵俏丽的芙蓉花。她嗔怪地瞪了父亲一眼，一下子扑到父亲的怀里。“爹爹，你这么说叫女儿多难为情！”然后把嘴贴近父亲耳旁，用一只手将嘴拦成喇叭筒，轻轻地说，“我……愿意！”

“你不怕他把你这个小不点儿吞掉吗？”江焕文吓唬道。

女儿瞪圆了一双好看的凤眼：“嘿，你甭吓唬我，他疼我宠我还来不及呢，怎么舍得吞掉我？”她像小鹿接近老虎般，一步一步、小心翼翼地走近齐周华，然后拉起他的手，小鸟依人地说：“齐壮士，您说我的话对吗？”

看到她那天真无邪的举动，齐周华不禁“扑哧”一声笑了。

“你真愿意跟齐先生去？你一个人出远门，没有父母陪伴，不怕吗？”

“跟着齐壮士，我什么也不怕！”她用无限敬佩的脉脉含情的目光注视着齐周华，斩钉截铁地说。

江焕文眼前一亮：“齐壮士，既然她愿意，你就把她带去做妾，一路上也好有个照应。”

“对嘛，我会做饭，会缝衣服，会作诗填词解你烦闷，还会武术做你保镖，一路上用处可大哩！”说着小姑娘拿起宝剑，“你不信？我到外面亮几招剑术给你瞧。”

但齐周华制止了她。他感动地对江焕文说：“江兄，小姐年少美貌如春天的花朵一般艳丽娇嫩，不愁没有官宦之家和英俊才子前来娶她。我年大且穷困，哪有福分得到她。再说此一去，山高路险，生死未卜，怎可害了小姐！”齐周华捧起宝剑，来到江焕文面前，郑重地说：“此番进京，万里迢迢，宝剑沉重，又不能当钱使用，带在身上只能增加累赘，望兄代为保管。”说着，他把宝剑强纳入江焕文怀中。“您要是再不接受，我只好把您馈赠的银子退回了。”

江焕文顿时无语。“这样说，我就无话可说了。”他接过宝剑，把它紧紧地抱住，郑重地说，“我暂时为你保存，待你京师办完事，回南方时再到此取回。今以三年为期，若错过这个期限，以后可到金陵青溪西畔‘江氏故宅’相访。”

“好!”齐周华答应了。

夜，静悄悄的。月色如银，只听得客船哗哗的击水声。齐周华走出舱房，抬头望，启明星已升到了半空。天已经黎明。此刻的客船已经过了独山湖，轻快地行驶在南阳湖的水面上。

吃早饭时，客轮已经停靠在济宁码头。江焕文父女要下船上岸了，他们要去孔子故里曲阜去探访亲戚。

父女俩站在高高的码头上，跟北去的浙江奇士齐周华告别。江焕文一只手抱着宝剑，一只手在空中挥舞着：“再见——再见——一路顺风!”

“再见，”齐周华也拱手作揖，“祝好人一生平安!”

“再见，多保重!”眼含泪水的江燕，摘下火红的头巾，一边挥舞着，一边用带着哭腔的声音呼喊着，“快去快回……”那声音一波三折，柔情无限，引得齐周华也是热泪盈眶。

秋风萧索，江面上波翻浪涌。岸上不知是谁吹起了悲凉的洞箫。“人生自古谁无死，留取丹心照汗青!”齐周华吟诵着那悲壮动人的诗句，擦去了涌出眼眶的泪水，暗暗下定了决心。

江兄，小姑娘，哪怕坐牢、杀头，也决不辜负你们的深情厚谊!齐周华口里喃喃地说。

三、骷髅高挂城头

得到刑部“五天后再给你答复”的保证后，齐周华不禁开心地笑了。这还是他大闹了一场才争取到的哩。

那天，当他怀揣奏疏来到刑部衙门，要求见郎中以上的大官时，门口的值班老头看他不是坐着绿呢大轿来的，而是徒步走来的，不禁瞪起恶狠狠的三角眼不让他进。“去去去，你是几品官？什么出身？有什么重大事情？”那值班老头用审问的口气，趾高气扬地发出一连串的问话。

“无官无品的秀才，就不能进去呈文吗?”

“哈哈，秀才?你还是等上三年零六个月，再来看看能不能让你见见。”三角眼不屑一顾地说，“这里县官、进士多如牛毛，一根竹竿倒下去能砸到六七个县官哩，还能轮到你这种无品无官的?你睁大眼睛看看，我们这里是堂堂刑部衙门，不是山村小庙连青蛙、蚂蚁什么东西都可以进的!”

“你这是什么话?我看你也不是什么好东西，只是一只跳蚤!”

三角眼火了，立即招来两个兵士将齐周华双手反剪过来：“立刻以咆哮公堂、扰乱刑部衙门罪将你送进大牢!”

“救命啊，救命啊!刑部公差打人啦!”阵阵喊声唤来了一个官阶不低的中年官员。只见他双手反背在身后，踱着方步来到门口，喝道：“何人在此大声喧哗?”

“大人，我是遵照皇上旨意和朝廷通告，向刑部呈递一个重要奏疏的。”齐周华立即禀告，“可那个值班的却说我是蚂蚱，不准我呈递。”

“放开他!”中年官员目光一刺，吓得三角眼和兵士立即放开齐周华，“你把奏疏呈上。”

就这样，他才将奏疏交给一名郎中。

要等待五天时间，齐周华决定游览一下古都，领略一下京师风貌。

首先，他参观了读书人的圣殿——国子监。这里是会试殿试放榜的地方，也是最高教育学府。他得一位太学生的帮助，走进里面。只见清清的池水环绕大殿而流，池周围护着汉白玉栏杆，环境高雅清幽。若那年做拔贡来京城，我也可以在这里读书，现在起码也是一名举人了，说不定也能中进士哩。他心里想。他顺着湖上游廊，来到古树名木中的状元碑林。这里有几十块状元碑，他一块一块仔细地看着碑上的名字。忽然，他站在一块状元碑下百感交集。这是十多年前的一位状元郎，算起来，如今也不过四十出头，可是却因文字狱被充军黑龙江。想当初这位状元郎帽插正宫娘娘亲手编织的状元花，骑着高头大白马赴琼林宴，一日看尽京城花，何等荣耀风光，可如今却在北国冰天雪地中瑟缩着身子受饥寒交迫的煎熬。这真是个冷酷加残酷的朝代！

接着，他观看了全国民众心目中的三处圣地——皇宫、太庙和天坛。这三处由于是皇帝处理国家政事、朝拜祖宗和祭祀苍天的地方，因此都不能进去。他在最神圣的皇宫前，只看到大前门、天安门，天安门前的金水桥。天安门前戒备森严，因此他只能透过天安门的大门洞，隐隐约约看到那长得没有尽头宽无边际的庭廊。而天坛，也只能从远处看到圆形的坛台。

从天坛朝西走，齐周华想去看看护城河。走着走着，他便走到了一处名叫菜市口的地方。突然，他的脚步猛地停住了，他的眼睛顿时瞪得滚圆。因为他看到，在那高大城门的旗杆上，高挂着一颗人头骷髅。如血的残阳斜照在那骷髅上，龇牙咧嘴，更显出狰狞面目。冷风呜呜地吹，就像那不死的灵魂发出的哀鸣。这人头是谁？为何挂在这里？他问当地人，当地人用手一指：“喏，那边有块石碑上记着这事的来龙去脉。”他走到城门口，果然见到一块大石碑上刻着醒目的字：

> 汪景祺，系大逆谋反奸贼年羹尧死党。著《西征随笔》恶毒讥刺清圣祖皇帝，并撰《功臣不可为论》，替年贼鸣冤叫屈。雍正四年，被皇上下旨处以极刑。为警示后人，特将其悬首示众。
>
> 大清国刑部

啊，这就是浙江钱塘（杭州）人汪景祺的头！这就是和那个任乡试主考的查嗣庭同年被杀，然后由此停浙江人乡试、会试六年的汪景祺！雍正四年被斩，至今已整整四年，可头还挂在城门上示众。这么残忍无道简直如同商纣王式的暴君，还称什么“圣祖”？这么昏暗的社会，还称什么“清朝”？清朝朝廷想用此种血腥手段对付有排清思想的汉族读书人，杀鸡儆猴，威胁全国百姓，其结果只能引起有正义感的民众的强烈反抗！不知为什么，此刻的齐周华不仅没有颤抖惧怕的感觉，相反，有一股强烈的抗死的豪气生出。

寒风呼啸，城楼上的马蹄铁叮当作响，好似为汪景祺唱起辛酸凄凉的挽歌，又好像是为残酷的清朝皇朝和皇帝敲响的丧钟。

齐周华在京师游览的最后一站是八达岭长城。站在长城最高处远望，雄伟的长城如一条巨龙，在祖国的江河大地上蜿蜒。俯视燕山下，原本宏伟神圣的清朝皇宫龟缩在地面，一动不动，失去了往常的威风和神气。暮色苍茫，阴云四合，寒风夹带着大片大片的雪花，下雨似的朝人身上直扑过来。“北风卷地百草折，胡天八月即飞雪。”南方农历九月还是小阳春，可京师却已是大雪纷飞了。雪越下越猛，越下越大。不一会儿，他便成了一个雪人，而周围都变成了白茫茫的世界。匆匆往下走的他，有一刻差点儿从城上溜下来，惊得他一身冷汗。“这该死的雪，该死的寒风!”浑身瑟瑟发抖、嘴唇冻得乌青的齐周华，不禁狠狠地诅咒。

然而，他根本没想到，登长城遇大风雪，正好是他今后五载岁月的象征。接下去，一场让他脱皮、碎骨、不堪回首的真正的大风雪，马上就要向他凶狠地扑来。

四、递奏疏为吕氏鸣冤

在国子监读书的齐召南，近日正沉浸在满腔喜悦中，洋溢着一股“长风破浪会有时，直挂云帆济沧海”的万丈豪情。是的，他完全有理由高兴和自豪，凭着自己的天资、勤奋和坚忍不拔的毅力，他在这个全国最高学府很快崭露头角，成绩名列前茅，成为一颗灿烂夺目的启明星，国子监博士时常把他的名字挂在嘴边，号召学子们以他为榜样，就连国子监最高领导——祭酒，也对他赞赏有加。他还得到最高的物质奖励——五十两白银。他眼前升起一朵五彩祥云。此时，在他的眼里，举人、进士已难以满足他的欲望，他要问津“三鼎甲”，进翰林院，或是得到本省督抚的举荐，直接应试“博学鸿词”科，一跃千里，直接点翰林。他相信凭自己在国子监中名列前茅的成绩，得到总督、巡抚举荐是能够实现的，他相信自己是前途无量的。

然而，一直心情开朗、笑声不断的齐召南，却突然像挨了一闷棍似的变得沉默寡言提心吊胆。这天傍晚，他从国子监回到住地，突然听到刑部一位同乡告诉他堂兄齐周华来京呈递为吕留良鸣冤的奏疏的消息，顿时吓得魂飞魄散，又气得咬牙切齿。在他眼里，齐周华是个坏自己前程的闯祸坏、丧门星，他恨不能把那个可恶的疏稿撕个粉碎，并当面抽他几个嘴巴。

一连数天，他读书无情绪，饭菜无滋味，夜里睡觉常常被噩梦惊醒。他甚至到关帝庙去烧香许愿，求神明保佑，让那闯祸的奏疏掉入鱼池里化了，跌到火炉中烧了，或是让一阵大风刮跑了，让硕鼠拖去筑了鼠窝。

他生怕堂兄齐周华到国子监来找自己。若是如此，出了事，自己就成了与堂兄穿一条裤子的人，纵使有一百张嘴也难以说清了。因此，他特地买了点儿礼品送给在门口负责传达信息的两个门房（轮流值班），再三嘱咐他们："近阶段，凡是浙江天台老家来的亲戚或是老乡来找，就说自己外出不在国子监。"他决心要避掉这股祸水。

半个月过去了，当他听说齐周华已回南方时才松了一口气。但当听说刑部将堂兄那奏疏批回浙江学政衙门处理时，心中不禁又紧张了起来。在之后长达一两年的日子里，他整天提心吊胆，生怕受到株连被赶出国子监这个全国最高学府。真要那样，自己这一生就毁了，就难见江东父老了，他就准备自杀了却一生。

不久，他得到消息：堂兄被打入杭州死牢。他的一颗心又悬了起来，但浙江督、抚并没有难为他的意思，在一次来京公干中，总督还来国子监，在祭酒官衙中特地约见了他，勉励他继续努力，为家乡父老争光。于是，他心里也就逐渐安定了下来。不久，他结束了国子监的学业，等待直上青云的机会。从此，他暗暗发誓：从今往后，绝不与齐周华交往，话不说，面不见，各走各的道。

五、因奏疏齐周华被锁拿

刑部梁侍郎拆阅《救晚村（留良）先生悖逆凶悍疏》后，不禁大吃一惊。

自从朝廷发出通告，全国秀才、监生等读书人可以对吕留良案件“独抒己见”以来，至今全国还没有一个人吃了豹子胆敢到刑部来投奏疏。因为众人都知道，京师是虎穴龙潭，到此来是要冒巨大风险的，可是浙东秀才齐周华却吃了豹子胆，真的闯到京师来投状子了。这状子到处充满火药味，这小子不但称逆贼吕留良为先生，千方百计为其辩护开脱，而且攻击刑部对吕案议决是商纣王一类暴君所行的无道之行。更厉害的是，要皇上将经办此案的刑部尚书等一应官员“革职充军以慰天下”。这简直是疯了！按说凭此一条，便可将其打入刑部大牢！可是这次非比往常，得慎重行事。他捻了捻八字胡：这次是皇帝下达旨意，刑部直接布告天下，可以“独抒己见”，遇地方官府阻挠，可直送刑部。现在，此人系全国第一个来京师直陈奏疏的，若把他逮起来，定会招致全国读书人的怨怒和谩骂，同时等于拂了皇上的旨意，把圣上“清正贤明”的名声抹杀了。谁都知道，当今皇上阴险狠毒，招数出奇，令人难以预料，不知对此事又会怎样出奇料理。以往多少棘手的案件，到了他手里都会迎刃而解。因处理问题果断、快速，就有了“快一刀”的美誉。可是这回，拿着这个奏疏，“快一刀”觉得像少年时代偷打别家板栗，用手抢抓板栗般扎手生痛。他左思右想，绞尽脑汁，仍是拿不定主意。在这种非常时期敏感时刻，必须小心谨慎，否则革职充军随时可能发生，弄不好连杀头的噩运也会临头。我不能轻易地毁了自己的大好前程！此刻，他想起去世不久的礼部尚书张伯行。此人是个老滑头，江南人对他的口碑是“勤上本，懒结案”，没有百分之百把握的事，他就一拖二推三看，等风向明朗了再去慢慢处理。这样的人竟被皇上称为“操守天下第一”。想到此，他决定也采取张伯行的做法。先推——把责任推给别人！于是，立即用驿马快递将此案批回浙江学政衙门处理。

浙江学政：

浙江台州府秀才齐周华，为吕留良案作独抒己见奏疏。现特将该疏转至你处，着迅速办理，并把处理结果上报刑部。

齐周华此刻也无心在外久留，便坐船经京杭大运河，不多日子便回到了浙江。令齐周华啼笑皆非的是，省学政却演出了一幕卑鄙的丑剧。多年后，齐周华一直后悔，自己从京师回来后直接回了故乡天台。当时自己完全可以不回家，去别的偏远省份。那样的话，自己被捕的一幕就不会让妻子看见，也不会发生妻子受辱的场面，大概也不会发生之后夫妻间的一连串矛盾了。实际上，他早已料到上头官府不会善罢甘休，自己也早就写过“恶劫难逃”四个字贴在门楣上，可为何不出走呢？

那一天，他游览了本县“石梁飞瀑”和“铜壶滴漏”两个著名风景点，刚回到家里，他当初那位一起被省学政取为前三名的同学——临海的蒋连科，就坐着一顶暖轿，带着一班衙役，来到天台齐宅捉拿他了。这位同学仕途顺畅，官运亨通，连中举人进士，当了知县。此时，已经提升为台州府推官，执掌刑狱。

当蒋推官在齐宅楼前下马，宣读了省按察使拘捕齐周华的命令后，就吩咐衙役将齐周华用枷锁了。

此时，齐周华的妻子朱丽莺哭着从宅里跑出来，将衣服等日用品交给蒋推官：“念在你们是同学的情分上，请你为他说句话，生活上照顾一下。”

“这个自然，不需吩咐。”蒋推官说完这句话，忽然想起以前朱氏瞧不起自己的事，准备趁此机会刺她一下，便冷笑着对朱氏道，“你以前说齐周华前途无量，现在怎么样？他这次犯了重罪，今生今世的仕途恐怕到头了！看样子，你当初还是嫁我好，对吗？”

朱氏一听，顿时脸色发白，气塞胸中。她看着戴枷戴铐的丈夫，不禁大叫一声“周华误我”便昏厥了过去。慌得蒋推官连忙将朱氏抱在怀中，解开胸前纽扣，一边用手搓揉她的胸脯，一面连忙吩咐拿热姜汤来灌。

齐周华听见妻子大叫，回过头来一看，正好看到妻子倒在蒋推官怀抱中亲昵的一幕。他感伤地转过头去，走了。女人都是水性杨花，贪图富贵，如今我和蒋连科一个天上一个地狱，蒋连科过去很想娶丽莺为妻，现在未尝不想娶她为妾，以报往日一箭之仇。这个女人当然要投入他的怀抱了。此刻，他心里非常痛苦，痛苦得滴血。但仔细一想，又开朗了许多：“覆巢之下岂有完卵？”古话说得不错，为吕氏鸣不平，我不顾安危连性命也敢舍弃，还不能舍老婆？

话虽如此说，但齐周华对眼前的这一幕仍心存芥蒂，在心里播下愤愤不平的种子。如果齐周华此行一去不复返，那么这颗种子也会随之消失而消亡；但若还有生命留在世上，这芥蒂就会越聚越大，播下的不平的种子将会发芽，生长，开出恶之花了。

齐周华被解杭城的头夜，被关押在台州府狱。

齐周华没想到夜深人静时，蒋推官一身便服独自来到监里探望他，并告诉他脱身之计：“你只要承认自己是疯子，此案就可以很快了结。”

“谢谢你的美意！”齐周华不无讽刺地说，然后情绪激动得几乎喊叫起来，“我一点儿也不痴！叫我认痴者，倒是真痴了！”

蒋推官一脸尴尬，无可奈何地摇头而去。

第六章

一、面对酷刑却吟出诗句

负责审讯齐周华的省按察使绰号“鬼见愁”，是个著名酷吏。往常犯人进来，再死硬的人，他只要用一两招，最多三招，犯人都竹筒倒豆子，一下子倒个精光。可是面前这个死硬分子，用尽种种酷刑，仍不吐露一点儿真情，弄得他愁眉苦脸，一筹莫展。

他原想不用酷刑的，是那人硬逼着他这样做。

他首先给齐周华用常规刑罚：夹棍。他对齐周华说：“快招出幕后指使吧，免得我用酷刑。要知道，我的绰号叫‘鬼见愁’呢！”

齐周华尽管皮开肉绽，鲜血淋漓，却仍咬着牙说：“鬼见你发愁，可我是人，何必要怕你？只有鬼怕人，没有人怕鬼！”

于是，按察使就不客气了，软硬兼施。

第一次用了软刑：荆铺。就是荆棘铺地，将齐周华剥光衣裳，令其光身睡在上面，搞得尖刺钻体，痛不欲生。但齐周华仍不吐口供。

第二次用了硬刑：坠石。将齐周华绑吊在横梁上，头朝下倒挂，头发上坠着石块。可齐周华说：“你太狠毒了，我死后要向阎罗王诉冤。若有幸选我为判官，让阎王绝不放过你！定要将你下油锅，上刀山，磨人粉！”按察使听后不禁毛骨悚然，吩咐差役将他放下。

第三次又用软刑：旱鸭凫水。用钢丝刷刷脚底心，又疼又痒，受不了，胳膊腿一齐动，很像旱鸭凫水。用了此法，效果立竿见影，犯人会笑出声来，但齐周华没说一句话，没喊一声痛。

第四次又变为硬刑：仙人献果。此种残酷刑罚，是唐朝武则天时期著名酷吏索元礼发明，手段奇特：犯人颈加大枷，让其跪地双手捧枷，如托盘之状。再在面前的枷板上放一摞砖或重物，犯人往往难受得无法支撑。但此法放在齐周华身上没有成功。因为还没往重枷上放“果”——砖块，犯人就把枷直直地放在地上，害得“水果”放不上去。

“谁是你的同党？谁是你的幕后指使？再不交代，就砍你的头！”一把冰凉的刀架到齐周华的脖子上。

“头经刀割头方贵，尸不泥封尸亦香！我读圣贤书，就要行圣贤事！”

一名酷吏把烧红的铁夹在齐周华的腋下。顿时，皮肉嗞嗞作响，青烟袅袅冒起，一股刺鼻焦煳味袭来。“你何苦如此摧残自己，去维护吕留良和有些人的名声呢？”

“难道叫我像疯狗一样乱咬？你再用如此酷刑，我可要咬你了！”齐周华鄙夷地看了那烙铁一眼，对酷吏吼道，“为什么不把烙铁烧得再烫些？赶快接着烧，别让它凉了！”

狱卒惊得张口结舌，连忙抛下烙铁便走。

按察使吩咐再用一种恶刑：火熏。齐周华被倒扣在木稻桶下，用青松毛火烧烟熏。齐周华咳嗽得如打机关枪，眼睛里如有千万只小虫在爬，在蹦在跳，痒得要命。他两手掌紧紧捂住双眼。烟熏了一天一夜，最后连咳嗽声也听不到了。狱官以为被熏死了，连忙掀开稻桶查看，竟然未死。齐周华慢慢睁开红肿得如桃子般只剩下一丝缝隙的眼睛，张口冷笑着说道："为什么不多加把火？为什么让这烟熄灭了呢？"

狱官被搞得筋疲力尽，狼狈不堪，就像热天陆地上的鱼。

按察使无奈之下，使出了最后一招酷刑：请君入瓮。这种酷刑是武则天时期的酷吏周兴发明。此法先将瓮烧红，再把罪人放置其中。像烤活麻雀般烤得人生不如死，只得交代。相传当年酷吏周兴被人告发犯谋反大罪，叫酷吏来俊臣负责审理。周兴不招，来俊臣只用了一招——按周兴发明的酷刑请君入瓮如法炮制，周兴立即乖乖地招了。

当按察使和学政一起观看这出猢狲戏时，齐周华连他们观看的机会都没给，因为还没开始就结束了。当烧红的大瓮滚出，准备将其强行按捺其中时，齐周华立即将头往硬硬的大瓮上咚的一声撞去……

他被几个狱卒死死拉住了。因为即使他们的刑罚动得再凶，但有一条原则，就是不能将他搞死。一搞死，问题就大了，上司怪罪下来，不但会丢掉乌纱帽，说不定还得坐牢呢！

众酷吏面面相觑，束手无策。"这人死都不怕，连性命也可以不要，还有什么方法可以治他呢？"按察使连连点头，对学政说："再说真逼急了，这小子也会狗急跳墙乱咬一气，万一将我们也咬在里面，那就糟了！"

大年初一的早晨，天寒地冻。监吏引着秦学政和一帮官员来到监狱。狱卒一打开牢门，只见齐周华面部朝下，毫无动静。监吏大吃一惊："难道自杀了？"连忙上前一看，却发现他已经奄奄一息。

"快抢救，不要让他死掉！"听到省学政吩咐，监狱长们顿时七手八脚地忙碌起来。

"他交代了没有？"学政紧皱眉头，问那班审讯官。

但桌上一叠纸干干净净的没有一个字。忽然有人发现在墙壁上写着几行大大的毛笔字，原来是一首诗：

应诏陈情不畏劳，长途跋涉赴西曹。
天颜有喜谁能近，赤日无私只自高。
可恨浮云笼砥柱，更愁狂雨杂风刀。
孤身原为纲常重，甘抛功名葬野蒿。

秦学政顿时呆若木鸡。“此人真是块花岗岩！”他无可奈何地叹息。

四天四夜的遭遇，如同到阴曹地府中走了一遭。这天清晨，齐周华慢慢地苏醒过来。他只觉得浑身百骨断裂，皮肉脱节，疼痛难忍。此时，他记起了，自己是在人间活地狱——省按察使司衙门，遭到严刑拷打。

忽然，他感到皮开肉绽、滚烫如火、疼痛钻心的身体，有一股沁人心脾的清凉在四周扩散，渴得冒烟的喉咙流进了一种十分爽口的汁液。他用力睁开肿得只剩下一条缝的双眼打量着。这时，他意外地发现有个胡子拉碴、面黄肌瘦、左眼皮上有一圆形大疤的青年男子，将他横放在膝盖上，抱住他的头，在给他喂汤汁、敷药。

“好了，醒过来了！”那大胡子见他醒来，松了一口气。看到齐周华疑惑的目光，便解释道：“你发烧了三天三夜，整夜说胡话，好吓人！”齐周华受尽酷刑，奄奄一息，亏得此人喂汤敷药细心调理，方才保住性命。

“恩公，多亏您相救，否则，我这条命就到阎罗王那里报到了。我觉得已经到过鬼门关了。”齐周华有气无力地说，“请问您从哪里来？为何也在牢里？”

“齐先生，我来自天台和仙居交界的地方。我的小名叫无娘，就是说，我一生下来，娘就饿死了。”圆疤眼伤心地说。可一提起他为何坐牢，他不禁愤愤不平：“我是为一只笔筒坐牢的。”

“啥，一只笔筒？”齐周华惊讶了，“是你偷了笔筒？”

“那笔筒不是偷的，是我自家的——是爷爷留下来的。”无娘解释道，“因为那只笔筒上写着明朝嘉靖皇帝的年号，被人告发，说我私藏这笔筒，就是梦想跟清朝朝廷和清朝皇帝唱对台戏，于是就将我捉拿打入监牢。”无娘叹了一口气，“进来后，动刑罚要我招出这笔筒的来历。我没乱咬，说是爷爷留下的。因爷爷已死，他们不能再追根究底，就一直将我关在监牢里。”

有这种事？齐周华气愤得想坐起身子，但“哎呀”了一声，又重新倒下了。“这清朝搞得草木皆兵！”齐周华看着无娘，估计他有三十五六岁的样子，于是问：“你孩子大概有十几岁了吧？”

“没——没有，我……还没娶亲呢，现在只有二十岁哩！”无娘不好意思地笑了。齐周华大吃一惊，抱歉地笑了笑：“看，我又乱说了。”

“不不不——我现在这副模样，说四十岁也不过分哩！”无娘也笑了笑，“这就像您现在的样子，可以说你五十多岁了呢，其实，你恐怕只有三十多岁吧，这叫作灾难催人老呗！”

齐周华点了点头，为自己也为这位难友而悲哀。“请问恩公尊姓大名，日后若能出去，也好报救命之恩。”

但此人急急地将他制止住：“您不要再叫我恩公了，实际上您才是我真正的恩人，没有您，我早就葬身尸堆了。”看到齐周华一脸的莫名其妙，他就讲起了自己的一段童年往事。

“我六七岁那年春天，台州发生大饥荒，百姓吃田榴树皮、野菜蒿苣，还吃一种东西，形状像芋，味苦，名叫三十六桶——采来后，要用水冲洗三十六桶才能吃，所以才叫这个名字。县里在县城救灾，四处饥民蜂拥到城里求食，结果发生了瘟疫，死人接连不断。家家户户念经拜佛祈祷，鼓声咚咚锵响个不停。路上到处是尸体，庙宇旁边、房檐、古树下，凡是能够遮身的地方，都堆满了尸体。老鹰和野狗争着吞吃，弄得遍地是人肉。”

他的情绪似乎被当初那沉重可怕的阴影所笼罩，变得压抑，讲不下去了。他沉默了好一会儿，情绪才慢慢恢复正常，他又重新陷入了思绪："当时，我们全家饿死了四个人：父亲、奶奶、哥哥和姐姐，只剩下我和爷爷。我们从天台跟仙居交界的黄坦老家流浪到天台，谁料爷爷因一路受了暑气和死尸腐臭气，中了瘟疫，一到天台县城就死了。我哭着喊着，不知怎么办才好，后来靠你们家舍棺施粥，我才安葬了爷爷，才没有饿死……"他动情地说，眼里不禁溢出了泪花："齐先生，您是我的救命恩人哪！您不但救了我和爷爷，救了许多乡亲，还听说是您写了奏疏给省里，才解救了台州大饥荒，挽救了成千上万的百姓啊！"

齐周华记起来了。那年他和父亲施棺供粥，门庭若市，但灾民太多，杯水车薪无济于事，于是他们向官府求救。当时正好浙江巡抚来台州巡查。他特地写了《救台州灾荒万民疏》，洋洋数千言，徒步一百数十里，赶到台州府衙泣请求助：

> 台州府山多田少，土脊民穷。春遇水灾，麦被水淹；夏秋遭大旱，水稻及旱地作物全部枯死，颗粒无收。于是饥荒遍地，民众摘尽木叶充饥，大批人离乡求食，雨淋日晒受尽辛酸，个个皮黄肚胀，酿成瘟疫，无药可治，尸满沟渠。老鹰飞下饱食，犬食其余，凄惨景象，石人为之下泪……

省巡抚接到奏疏，立即下令台州开仓平粜，救济施药，瘟疫得到控制，民众稍安。到了冬天，又发棉衣千件，帮难民渡过难关。

此次饥荒，齐周华与父亲倡议乡人，有钱出钱，有力出力，共掩埋尸体一百余具。乡下刻石立碑，以颂扬齐周华父子义举。

从此以后，无娘将齐周华视作长辈尊敬，无微不至地照顾他。齐周华也与无娘结为忘年之交，直到三年后，无娘在狱中变为疯子被车拉走。这时，他才打听到无娘的真名叫陈昌。

二、使巧计救才女

南京江焕文先生自与齐周华分别后，望眼欲穿地等待着江南朋友齐周华的到来。有一天，突然南京知府衙门有几个差役扑到他家，要将卧病在床的江焕文拘到衙门审问。

“有什么事可以问我，我代替父亲前去。”听江燕这么一说，再加收了五两白花花银子的孝敬，差役果然顺水推舟，将她木枷枷身，押到衙门。

原来是齐周华上京控告事发。江苏省学政听说江焕文赠银给齐周华，浙江又审不出齐周华的后台和同党，故此想从江焕文下手，侧面突破，给齐周华背后一枪，以达到一箭双雕之目的。学政曾看中了清溪畔一处风景秀丽的地方，想买下建一幢庄园式的别墅。因为此地一是离自己任职学政衙门近；二是近溪畔，可俯望滔滔长江；三是靠近狮子山和瀚海寺，确实是难得的风水宝地。可是一询问那地方主人江焕文，却不肯出售。因此学政就很不高兴：别人巴结我馈赠我还来不及，可你却如此不识相！他原想借手中权势硬是霸占，但想到江焕文是有文、武举人双重功名的人，名望高——因侍母至孝，被金陵人称为“金陵孝子”；再加上江家过去亦是名门望族，其先祖是南朝著名文学家江淹，所以觉得棘手。当他获悉江焕文与当今要犯——那个带疏仗剑进京告状的浙江秀才齐周华有瓜葛后，不禁心花怒放，认为千载难逢的报复机会到了。一将他扳成齐周华幕后指使或同党，江焕文必然投入大牢，清溪畔那块风水宝地不费吹灰之力就到手了。同时，还可借此机会，取得皇上的信赖，求得升迁——升为总督，或调入京师任侍郎、尚书等令人瞩目的位置。

话说江燕小姐被带到知府衙门，早就等在堂上的苟学政一见戴枷犯人，立即将惊堂木一拍，吹胡子瞪眼地吆喝起来：“大胆刁民江焕文，你知罪吗?”见下面没人回答，更加暴躁如雷：“你资助银两给浙江要犯齐周华上京告状，还说没罪?快拉下去先打四十大板，看你还嘴硬!”不掌刑狱的学政此回因刑部批文，借金陵知府衙门审讯，府衙一大帮差役供他调度，所以一上来就摆起了威风。

“案情未审就动刑，我要先告你利用职权，滥施刑罚!”江燕声如脆笛莺燕，伶牙俐齿，“再说，皇上有旨叫天下读书人可以各抒己见，直陈刑部，各级官府不得阻拦。齐周华先生遵旨而行，何罪之有?”

苟学政呆住了。这不仅是因为被审讯之人有胆有识将他驳得哑口无言，而且还是个女子的声音，他不禁诧异了：“怎么是个女的，江焕文呢?”

“江焕文生病躺在床上，他女儿江燕代父前来。”差役回答。

“真是乱弹琴，你们这些饭桶，看我怎么收拾你们!”

派去拘人的差役见苟大人发怒，吓得慌了手脚，连忙俯伏在地叩头如捣蒜：“大人息怒，我们立即把这小姑娘送回，将江焕文从床上拘来!

苟学政一改刚才凶神恶煞的面目，摆了摆手说：“算了，既然弄错了，就算了。”

“谢大人。”二差役连忙躬身称谢，心里都暗暗感到奇怪。以严酷著称的学政，今天怎么这么好说话?很快他们就明白了其中的奥妙，原来，学政被眼前这个小姑娘迷住了。只见他目不转睛地盯着少女：她一张瓜子脸清秀妩媚，头上乌黑的青丝轻拢着一条月白的手帕，更衬托出她姿容的俏丽和妖娆；黑黑大大的眼珠，如同两颗黑葡萄；尤其那声音美妙动听，如同飞珠溅玉，叮当作响，掷地能作金石声。真是一个赵飞燕！学政心中赞叹着，不禁看呆了。两旁衙役都抿着嘴暗暗发笑。

“有什么事快问吧。没有，我就要回去了!”少女不耐烦地说。她柳眉倒竖，即使愠怒，也如女侠客般俏丽抢眼。她含笑时如出水芙蓉，愠怒时如一丛带刺的玫瑰。总之，是浓妆淡抹总相宜的西施美女。

正当学政发呆时，坐在一旁的况知府接口了。

“小姑娘休得无礼！要知道你面前是堂堂的学政大人。”况知府用揶揄的口吻说，“看你这伶牙俐齿的样子，大概是个女才子吧?”

“对，你说得没错，要是让我与学政同科考试，我肯定位列前茅。”江燕用讥笑的口吻说。

“别吹牛!”况知府道，“现在一言为定，让你以枷为题，十步之内必须作出一首词。若作不出来——”他冷笑了几声，严肃地说，“你必须嫁给学政大人；若作得好，就立即赦免你，放你回家。”况知府转而把征求的目光转向学政：“大人，您看如何?”

学政量此女无此才能，便点点头，爽快地说：“此论甚妙!”

“此话当真?”江燕问。

“一言既出，驷马难追!”学政大方地表态。他以为知府在成全他眼前这桩美好姻缘，谁想知府却素知女子的才名，是救女子出陷阱。

江燕心中暗喜。她略一思索，赋出《黄莺儿》一首：

奴命木星临（枷用木头制作），霎时间上下分（由两块木板组成），松杉裁就为圆领（套脖颈上），交颈怎生?画眉不成，眼睛儿盼不见弓鞋影（戴着枷，自然不能“交颈”而眠，且手无法“画眉”，眼睛也看不见鞋尖），为多情，心仪壮士，特赠与路银。

学政大惊，况知府拍掌大笑。此女不愧为才女，把刑具之枷加以诗化和艺术化，描绘得形象、生动，同时表现出内心的坦然和性情的幽默。“好一个才思敏捷的姑娘!”知府赞叹道。接着，他似乎心不在焉地说：“从艺术角度来看，若将第二句‘心仪壮士’改为‘可怜飘零’，可能效果会更佳。”

心有灵犀一点通，聪明的江燕听到知府的点拨，知道他有心开脱自己，于是，在打开刑具拿笔写出此词时，就将“心仪壮士”换成了“可怜飘零”，这样，就将赠银原因，由爱慕壮士变成了可怜寒士。

况知府下令释放江小姐。

“不能放，案情丝毫未审，怎可放她回去?”学政不满地说。

“我的学政大人，你刚才自己表的态，若出尔反尔，既有损你的名声，百姓也会骂我官官相护哩!”况知府收敛了笑容，正色道，“再说，我要是失信于民，今后怎么当金陵知府?”

一席话冠冕堂皇，说得学政哑口无言。此时学政才意识到况知府是有意帮助那姑娘，自己已落入况某人事先设计好的圈套，于是十分气愤:“我要告你失职和私放罪犯之罪!”

“好，那我就将今天之情呈报省里或京师吏部，请上司裁决。”他知道，若将学政夺地抢女之丑行向上反映，学政占不到丝毫便宜。

学政无奈地眨眨眼，眼睁睁地看着那水灵聪明的小美人走出府衙，他气得咬牙切齿。从此，他对况知府怀恨在心，准备以后寻找机会收拾他。另外，他对江燕更爱慕更思念了。他绞尽脑汁在想计策，想早点儿将江燕搞到手。

第七章

一、得知满门蒙难吕小鹿发下狠誓

雍正十一年（1733 年）大年初一，这是吕小鹿一年中难得的休息日。吕小鹿出了幽暗深邃的神秘谷，匆匆下山，准备到潜山县城，打听一下家里被逮亲人的消息，顺便买条好看的红色头巾。可她刚走到飞来阁，忽然听到一阵哀怨的笛声。她一惊，知道师父呼唤她，连忙赶回神秘谷，只见师父神态严峻，满目含悲。

“师父，有啥事?”她急切地问。

“刚刚得到京师的消息：雍正皇帝于 12 月 12 日下达圣旨，将你曾祖父、祖父剖棺戳尸悬头示众，寸骨不留，将骨粉倒进茅坑酿粪。你叔祖父吕毅中和你家十六岁以上男子均已遭难。妇辈充军到边远的黑龙江，给下层穷军人做奴隶。你家房产也都已拍卖充公。”

吕小鹿如五雷轰顶，全身一震，头脑一片空白。好不容易转过神来，她只悲哀地叫了一声：“我的天哪！”便一时气绝，晕倒在地。

慌得史大师连忙吩咐手下小童给她灌姜汤。

过了好一会儿，小鹿才苏醒过来。她哭得昏天黑地，哭得花容失色，哭了好久，直到喉咙发干，眼睛红肿。最后，她一边抽泣着，一边咬牙切齿地说：“不报此仇，誓不为人！我要为家人报仇！为普天下蒙冤被杀的读书人报仇！为史师父的曾祖史阁部报仇！为上海、扬州惨遭清军屠杀的几十万百姓报仇！”

史大师以为她身体虚弱，需要休息几天，便吩咐牧羊庵的尼姑背她去将息，谁知小鹿坚决不肯。她在日月泉重新梳洗后，立刻哀求师父：“我没事了，请您早点儿教我‘吹笛飞五刀’绝招吧！”

师父爱怜地摸了摸她的头，发觉滚烫，连忙拿出葫芦倒出几粒金丹叫她吃了，然后亲切地对她说：“俗话讲，留得青山在，不怕没柴烧，报仇固然重要，但只有保护好身体，才能去做想做的事，否则就难以实现。你先把身体将息好，我再教你。若小命难保，还能报仇雪恨吗？”他拿掉她手中练武的笛子，温柔地说：“好孩子，听话。”

她眼含热泪，顺从地点了点头。

夜里，她读着面前那份京城消息。12 月 12 日，雍正皇帝下达圣旨：……今据各省学臣奏称，所属生监各县结状，皆说吕留良父子之罪，罄竹难书，应作大逆不道谋反罪论处，并无一人有异词。普天之士公论如此，则国法岂容宽恕？吕留良、吕葆中，都剖棺戮尸枭示，并倒入污池。吕毅中，立即斩首。其孙、玄孙辈本应斩首无赦，朕以人数众多，心有不忍，着从宽处置。除十六岁以上男子立即斩首外，其余免死，发遣黑龙江宁古塔给披甲人为奴。其家产令浙江地方官吏全部变卖充公。

吕小鹿看着雍正圣旨中所说的“朕以人数众多，心有不忍，着从宽处置”一行字，冷笑着从牙缝里挤出一句话：“真是鳄鱼的眼泪！”

二、九死中逃过一劫

获知雍正皇帝严厉处罚吕留良一案的消息后，齐周华简直惊呆了。他好几餐不能下咽。人死几十年了仍不放过，还要挖开坟墓劈开棺材将尸骨千刀万断剁得粉碎，甚至丢弃到粪池里酿粪，这雍正真是个大暴君！他诛杀自己的亲兄弟，诛杀把他拥立为皇帝的最亲信的大臣和亲舅舅，现在，又对已死之人劈棺砍尸，这太残忍了，简直禽兽不如！其做法，比之那无道的商纣王，比那焚书坑儒的秦始皇，简直有过之而无不及！真可称千古暴君！你以为用这种惨无人道的高压政策，就可以压服普天下的读书人，压服广大老百姓吗？不，绝不能！你的高压政策，只能吓倒那些胆小怕事的软骨头，却吓不倒富有正义感的义士！你这种残酷政策，只能更激起广大读书人、广大人民的反抗情绪！

尽管两顿饭没吃，但他一点儿也不觉得饿。他觉得有一股烈火从体内涌出，如同熔岩下面的火山，越来越旺，要喷发而出。对吕留良父子死后遭如此劫难，他感到无比辛酸，无比痛楚。他辗转反侧，夜不能寐。于是，他爬起来，就着监狱中那盏昏暗如鬼灯的灯火，用供他坦白交代的纸笔，伏案疾书。

他写的是《祭吕留良父子文》：

……浙江嘉兴府大儒吕留良，学富五车，著作等身；文名操守，天下闻名。朝廷征“博学鸿词”科，隐遁山林，并不惜削发出家，誓死拒荐。其操守，可与隐居首阳山不食周粟而死的高人义士伯夷叔齐媲美。其学说，深入人心，令士人望风披靡，类似“亚圣”孟子。其子吕葆中，出于蓝而胜于蓝，榜眼及第，名震士林。官吏军民，敬重倾心。奈何一朝惊变，大祸降临，剖棺戳尸，令士人悲泣涕零！

啊，冤枉啊，悲痛啊！我想点炷香祭奠，可叹手中无香；我想给你们敬杯酒，怎奈搞不到一滴酒；我想到你们坟头哭泣，可我却足不能出户；我想给你们烧点纸钱，让你们在阴间享用，顺利地渡过奈何桥和鬼门关，可我难以弄到一张纸钱！这一切，皆因我陷入死牢，身不由己之故啊！于是，只好写一篇短小的祭文（若非供我自首交代的纸笔，就连这点也难以做到）以表达对你们诚挚的祭奠！

愿你们在黄泉路上再不要遇到恶鬼！

浙江台州府秀才　齐周华遥祭

他写着写着，不禁悲愤难抑，泪流满面。他写好正要藏起来，却突然发现监狱长一声不响，幽灵般地站在了他的后面。

于是，他的祭文被没收了。

浙江巡抚熊学鹏接到狱吏交上来的齐周华所写的祭文，大为吃惊，立即向刑部呈上一个报告。其中称："浙江天台县秀才齐周华，竭力推崇粉饰逆犯吕留良，将其比为春秋时代的高人义士伯夷叔齐，比作提出'民贵君轻'、主张行仁政的'亚圣'孟子，可见其希图煽动人心，是存心反清的死硬分子。特报告刑部，请将齐周华明正法典。"

刑部接到这份东西，很是恼火。因为以前齐周华所写的为吕留良鸣不平的奏疏被刑部扣押了，根本没奏闻皇上。现在浙江这奏折不是要刑部难堪吗？于是将巡抚疏驳回，并责问：你们当初为何不把齐周华一事向皇上报告，反而呈送我们刑部？

看到刑部明显有怪罪之意，巡抚一气之下，就懒得管了，于是便将齐周华由省臬司狱移到杭州府狱。

雍正十一年夏，杭州府狱来了一位神秘的客人。这客人姓吴，是浙江台州府镇台，是主管一府军事的长官。他找监吏，说有人要叫齐周华先生写副对联。监吏见此人没有银子孝敬，便一口拒绝："此人是犯了死罪的重刑犯，哪能放出监外写对联？再说，写对联要用宣纸、笔墨，要到官署方能写。我们若是为罪犯提供了这些方便，让上级知晓，怪罪下来，我可吃不消！”

吴镇台冷笑道：“老兄，你这是嫌我没给你见面礼对吧？老实告诉你，我有胆量送，只怕你没有胆量接呢！”

狱吏眯缝着一只眼，心不在焉地问：“老弟，此话怎讲？”

吴镇台从精致的公文包里拿出一张签有“郝玉麟”手书的字条，狱吏看了一下眨眨眼睛。他不认识此人，于是不耐烦地说：“写这字条的人是谁呀？是管刑狱的杭州府同知，还是杭州知府？是管全省刑狱的臬台，还是主管全省的巡抚大人？除了这些大官，我一概不能同意！”你以为镇台就了不起了，就可以对我发号施令了，没门！你要知道这里是省城，不是你那个台州！何况县官还不如现管呢！狱吏心里嘀咕道。

“真的？”吴镇台猫逗老鼠玩耍似的问，见狱吏毫不通融，立刻从包里取出二十两银子递上。狱吏一见到银子像苍蝇见到血一般，马上双手紧抓，放入抽屉里。镇台将一张精美的名刺往狱吏面前一照，说：“你睁大眼睛好好看看！”狱吏伸长脖子，只见上面赫然写着：郝玉麟，领兵部尚书衔、浙闽总督……

“我的妈呀，您怎么不早说呀！”狱吏惊得面如土色，赶忙将银子取出还给吴镇台。然后立即将吴镇台带到办公室，不但上了高级龙井茶请他品，还拿出桂花糕等各色点心招待。他点头哈腰地说：“吴镇台，请您稍等片刻，容我把他找来。不过丑话说在前头，这齐周华又死硬又高傲，像块大石头，他能不能写对联我可保证不了！”

“这个你不必操心，你只要把他叫来，由我自己跟他说。”吴镇台不耐烦道，“快去！”

“好，请您耐心等一下。”说完匆匆而去，一面派人去叫齐周华，给他卸去手铐脚镣，一面又派副狱吏骑马立即报告杭州知府。他知道，郝总督那张条子是不可能留在他这里的，没有上级批文，以后追查起来，将会吃不消。

齐周华被邀请至狱吏书房。

吴镇台立即起身相迎，并递上一杯龙井茶："齐先生，请先喝杯茶润润喉咙。"他必须完成郝总督交给的任务。他知道齐周华这人书生气很重，讲义气，吃软不吃硬，如果用命令口气，必然要谈崩。在办公室喝茶时，他就盘算好怎样说话："齐先生，您的大名和高义吴某早有所闻，可惜以前未曾谋面，今日是受郝总督之托，来向先生求墨宝的。"然后，他解释道："郝总督巡历天台山，在华顶寺为和尚题匾，总督慕先生楹联和书法艺术精湛高超，特派吴某前来索求。"

看到主管台州六县军事的吴镇台一脸的真诚，听说如雷贯耳的浙闽总督郝玉麟特地派人前来求对联和字，齐周华内心十分感动。他脑子不笨，他知道自己的对联和书法虽然在台州有点儿名气，但与省城那些名家相比，还有不小差距。堂堂浙闽总督找个人写对联和字不是什么难事，何必要派人来找我？看样子，总督大人大概是听到台州民众的反映，是怜惜和同情我，特地伸出援助之手。想到这里，便对吴镇台道："感谢郝督军和吴镇台的厚爱，只怕齐某的对联和字不好，有污二位清目。"

说罢，他对着郝总督所写的"仰之弥高"的匾额，略一思索，便挽袖提笔，凝神敛气，用行书写下一副对联：

物外有人闲始见
山中可乐老方知

"想不到这齐周华还大有来头呢！"杭州府狱从此放松了对他的监管。对他不时进行的拷打审问取消了，对他生活上的虐待停止了；在牢中，他不用再戴那能致人重伤和死命的大枷和沉重的脚镣；生了病，也能得到及时的治疗。从而使他逃过了死于狱中的厄运。不久，狱禁进一步放宽，将齐周华押回天台县衙关押。

三、如愿入选雍正妃子

吕小鹿下山了。走到山脚，她蓦地回首，只见那高高耸立、雪白晶莹如同冰封雪裹的天柱山奇峰上空，笼罩着一大片乌云，那乌云正向山峰逼近，似乎要覆盖它，包裹它，将它吞噬。她不禁悲从心中来，她为那冰清玉洁的绝世美人，将要遭受蹂躏而心痛欲绝。她眼里溢满了泪水。

雍正十三年（1735 年）五月，北京城紫竹院门口照墙上贴着一张皇榜。这是一张在全国选美女充实后宫为妃嫔宫女的榜文。其文略云：

> ……三年一届的选美已经来临，这是关系国家兴亡、社稷安危的大事。自通告公布之日起，全国各地不分民族和贵贱，可通过自荐、他人推荐、官府举荐三结合方式，将历史清白、年轻美貌、聪明贤淑、知书达理并会琴棋书画吹拉弹唱的出类拔萃的女子选拔上来。各级官府不得欺瞒，若有违反，严惩不贷。具体要求如下（共十条）……

这时，在看榜文的人中，有个年近四十的男子。只见他看了榜文后自言自语道：“我家小妹，榜文上规定的十大条件，样样符合，真称得上是十全十美、千里挑一的姑娘。如果真按上面条件选美，她是当之无愧。但是，我们家没有地位，没有银子，此番来了也是枉然。”说着，摇摇头，长叹了一口气。

这话恰好给一位在院旁遛鸟、年过花甲、体态发福的老者听到了，忙说：“你这后生的话差矣！皇上选美，不考虑地位高低，也不计较贫富贵贱，只要条件符合就行。”

那年近四十的后生似乎很不相信地说：“古代王昭君，有倾国倾城之貌，但因为没有银子贿赂画师毛延寿，结果不是落选了吗？”

遛鸟的老头坚定地说：“古代是古代，现代是现代。当今皇上清正廉明，不会再发生古代王昭君那种悲剧的！”

看到那后生仍很不相信地直摇头，老头生气了：“只要真的符合皇榜所列条件，老夫为你推荐！”原来，这位老者是位王爷。他问：“你家谁应征？何方人氏？”

“是我家小妹无影。”后生答，“河南洛阳人氏。”

“明天下午，你把小妹带到我家让我瞧瞧。”王爷吩咐说，并给了他一张名刺。

第二天下午，后生果然带女子如约来到王爷家。

王爷一看，高兴得合不拢嘴。只见这姑娘身材颀长，亭亭玉立，美丽动人。面若桃花，体态婀娜，走起路来，如微风中摇曳的凤尾竹。更兼琴棋书画，无所不能。喜得王爷手舞足蹈，连连赞叹：“真是昭君再世，月里嫦娥下凡哩！”然后似乎羡慕地说：“我若有这么个孙女、外孙女，就有福气了！”

“王爷，您老人家若不嫌弃，就请准许我做您的外孙女好吗？”无影姑娘说着真的行了三跪九叩之礼，喜得王爷心花怒放。连忙吩咐丫鬟拿出几套鲜艳华贵的衣服和珊瑚翡翠等，将无影姑娘打扮起来。这一打扮更令她光彩照人，恍若神仙妃子。

王爷为无影报了名，很快就被招为才人。

令雍正做梦也没有想到的是，这位姑娘竟然是吕留良的玄孙女，当年榜眼吕葆中的孙女吕小鹿。

坐在去皇帝后宫的轿子上，小鹿想着怎样报仇雪恨的事。此刻，她忽记起自己动身前夕，师父史大师曾经和她有过一次认真严肃的交谈。

“我武艺高强，会飞檐走壁，现在终于可以报仇雪恨了。”她喜形于色地说。

“女人最厉害的武器是柔媚——以柔克刚，这是克敌制胜的法宝。否则，光凭武功，很难达到目的。要知道，皇宫里有多少大内高手啊！”

史大师告诫道，“否则，即使能刺死或刺伤他，你自己也有性命之忧。”

“只要报了仇，我死而无怨。”小鹿斩钉截铁地说。

“不行！仇要报，人也要完整无损安全地逃出来。”师父爱怜地说，“否则，我不放你走！没有你，我活着还有什么意思呢?”听了这话，她依偎在他身旁，脉脉含情地说，“史大哥，谢谢您教我一身武艺，也谢谢您对我的关心。”说着，她又悲伤起来：“看样子，今生今世是难以报答您的大恩了，但愿来生再报答你。”说着，她不禁哭出声来，“若不是去龙潭虎穴报血海深仇，我真想把姑娘最珍贵的东西献给你。”她极力克制住心头的离愁别恨，叮嘱道：“我走后，你要找个好女子照顾你。”

望着渐渐远去的华丽的轿子，想着她那柔情无限、关怀备至的话语，史大师的眼睛湿润了。他的心里在默默地流泪。他知道吕小鹿此行是去老虎身边，是去阴毒残酷的蟒蛇身边，此一去将永不复返了。这样的好姑娘，以后再也难寻了——即使踏破铁鞋也难以找到了。他突然觉得自己应该与这姑娘同命运、共患难，这个想法一冒头，他就决定在京师住下来。

不久，忐忑不安的他以哥哥的身份去皇宫，见了一次吕小鹿。他发现她很得宠，心里暗暗欢喜，可小鹿却告诫他：“您以后再不要来探望了。有事，我会通过王爷给你传信的，以免引起宫里人怀疑。”

四、两个黑影拦住钦差去路

雍正十二年一个深秋的傍晚，一顶八人抬的绿呢大轿，在一队侍卫的严密保护下，从天台县衙往北门外七八里的中国佛教名刹国清寺行去。里面坐着钦差大人留公宝。留钦差是来天台督理整修国清寺的。国清寺大雄宝殿因年久失修，一角坍塌。浙江巡抚奏请朝廷，皇上准浙江省拨国库银两大修，并派出钦差留公宝来台督理。

国清山门，古木参天。暮色苍茫，林静人稀。只有那蛙鼓鸟鸣更显这隋代古刹的幽静。轿子刚刚抬到寺前的石拱桥，猛然有两个黑影从古木青藤下闪出，慌得几名侍卫一齐刀剑出鞘，厉声喝道："何方贼寇，胆敢劫持钦差!"

众侍卫团团围住那两个黑影。正想拥上擒拿，却见两人跪地高呼："钦差大人，民女有奇冤!"

上前一看，原来是一个青年妇女带着个十一二岁的小孩，头顶状子拦路喊冤。

钦差叫女子抬头。见她容貌清秀，泪流满面。孩子瘦弱，两眼含悲，跪在地上战战兢兢。心中顿生怜悯，便接受了状子。

不到几个月，国清寺整修一新，留钦差回京复旨，将齐周华的案情禀告皇上。皇上下旨交刑部调查处理。经调查，认为齐周华遵旨直抒己见，虽为逆吕极力辩解，但与吕非亲非故，无违抗、反对大清言语，若杀之，恐塞天下学子直陈朝廷之路，故裁定：免除死罪，永禁杭城终身。

五、雍正被斩首

在众多新选美人中，雍正皇帝很快就发现了鹤立鸡群才貌双全的无影姑娘。此人不但容貌美丽，天姿国色，而且气质不凡。她聪明伶俐，琴棋书画样样精通，吟诗作画才思敏捷。更令人刮目相看的是，她能识大体顾大局，胸襟开阔。

这是皇上最近从一件事中体会到的。

前几日，雍正皇帝偶感风寒，身体欠佳。他找了吕无影美人来御花园弹琴消遣。听着那《高山流水》的迷人旋律，从她那纤纤玉指下流淌出来，看着她婀娜多姿、神采飞扬的表情，忽然觉得自己的病已好了大半。接着，就闭着眼睛，竖起耳朵静静地聆听着，欣赏着《汉宫秋月》的古曲。这是一支宫中妃嫔怨春的曲调，看到才人热泪盈眶的模样，他不禁动了恻隐之心，于是立即赐给她一个“贵嫔”的称号，并趁她跪地谢恩之际，将她一把揽入怀中。看着这倾国倾城之貌，听着她柔媚无比的莺歌燕语，雍正欲火难耐，一把将她抱到御花园旁边的寝宫里，准备成其好事。

可让他万万没想到的是，这个宫中美人个个梦寐以求的机会，却被新美人推开了。皇上很是恼火，怒气冲冲地说：“你嫌我年近花甲，老了?”

“能得到天子的宠爱，是全国任何一个女子最大的荣幸，有谁会说不愿意?”

雍正怒火稍减：“那你为何不愿意?”

“奴家非是不愿意自己，而是不愿意皇上……”

“此话怎讲?”雍正有点儿莫名其妙。

“皇上日理万机，龙体健康最为要紧。奴家若是贪一时之宠幸，图自身之荣华富贵，而危害了皇上龙体，那实在是奴家之大罪。皇上是天下百姓之皇上，不是奴家一人之皇上，我不能唯利是图，只顾自己!”她言辞恳切地说，“皇上近日龙体欠安，等过几天精神健壮些也不迟。再说，民女已经入宫，只要您身体好了，哪一天不行呢?”

一番话，不但令雍正皇帝转怒为喜，而且令他刮目相看：“你真是个不同寻常的姑娘!”

“寻常姑娘到不了皇宫，更难以得到天子的青睐。”她半开了个玩笑，然后庄重地说，“请皇上近日暂且过几天清心寡欲的日子，我猜测，皇上近日龙体欠佳，大概和宠幸美人多了有关吧?”她仰着脸，一脸真诚：“就算是民女求万岁了。”

雍正不作声了。这话点到了他病的症结上了。自从大批美人来京后，自己每夜一个，年近花甲的人怎禁得住如此折腾？直搞得身心交瘁，以致大白天浑身像散了架，神思恍惚。再这样下去，自己的老命都要弹三弦。没有了身体，哪有江山的稳固、事业的千秋？这么一想，他不禁冒出一身冷汗。这女子真不简单呢！没人敢拒绝的事，她偏拒绝。

更了不起的是，满朝文武，满宫妃嫔，没有一人敢说的话，她都敢说。真是一个胆大心细、胸怀宽广的奇女子，一个温柔体贴的好姑娘！

“你叫什么名字？”雍正不禁仔细询问，他准备在头脑里刻下这个不同凡响的贵嫔。

“吕无影。”

“你姓吕，名无影？”雍正沉吟了一下，心中忽然闪过一道电光，他突然问，“这么说，你是犯了大逆罪的浙江嘉兴府石门的吕留良的后代了？”

吕小鹿心里一惊：“难道他识破了我的庐山真面目？”但嘴上马上回答道：“天下姓吕，五百年前本是一家嘛！”她停了一下，然后冷笑道，“我若是吕留良后代，那皇上的面子往哪儿搁呀？您钦点的全国大案，竟让人漏网，岂不令人笑掉大牙？”

雍正哑口无言，接着疑心重重地问：“姑娘何处人氏？”

“河南洛阳人氏，祖上就是三国时名扬天下的大将吕布。”

“姑娘学过武艺吗？”雍正又一次考她。因为他从那次准备行房事被她推开的一刹那，习过武的他感觉到她会武功。

“虎将之后，岂能不会武？”她从容地说，“若不是会点儿拳脚，从河南到京师千山万水，路上早就出危险了。我就不能将姑娘最宝贵的东西留给皇上了。”

这次谈话以后，雍正虽然多次见到她，但一次也没有要她侍寝。吕小鹿内心不禁焦急起来。一次也不让我侍寝，我如何下手报仇雪恨？到底是什么原因呢？她在琢磨。仔细想了一遍进宫后的情况，知道自己没有什么可疑的破绽，她便决定以静制动，等待时机。于是，每天早晚，人们又能听见她那悠扬的琴声和清脆的笛音，以及她那如百灵鸟鸣啭的美妙歌喉。

其实这段时间雍正未进吕氏的宫室，有两个方面的原因。一者是台湾出了苗民造反大事，他忙于应付。苗民造反首领为朱元帅，此人出身穷苦，以养鸭为生。因官府贪污残暴，遂率众在台南起义。他们以“反清复明”相号召，称“大明重兴元帅”，各地纷起响应。几年前，官府曾派兵征讨，但清军在诸罗的赤山遭伏击，惨败。此后造反大军发展到三十万，占领整个台湾。他们自立为中兴王，年号永和。还设立国师、太师、国公等官爵，其势如同当年的郑成功。为了消灭这支造反大军，清朝不得不调动闽浙赣粤数省兵力和长江水师，合力作战，终于剿平造反军队，擒拿了叛军头领。与此同时，雍正派人暗中监视吕贵嫔的行动，看她有什么可疑之处。

当雍正忙完了平叛大事后，得知吕贵嫔仍然同以前一样无忧无虑时，心中那仅有的一丝顾虑消解得无影无踪。他知道自己生性多疑，这次是自己过虑了，于是决定临幸吕贵嫔。

当他办完公事，从太和殿来到储秀宫，通过长长的走廊，满怀喜悦地向吕贵嫔的寝室走去时，他根本没想到，今晚是他人生中最凶险的一个夜晚，他走了一条不归路。

吕贵嫔闻讯，早已笑盈盈地迎出宫外。她心里比脸上笑得更加灿烂：这条阴险狠毒的大毒蛇，今晚，你的死期到了！

心花怒放的吕妃在叩拜行礼后，连忙上前搀抱住雍正。“皇上，您为何这么长时间不来我宫里，怕是把我忘在九霄云外了吧?”吕贵嫔嗔怪道，“您让我等得好苦好苦!”她叹了口气：“我现在才真正懂得古人所说的‘望穿秋水’一词的分量了。”

“我这不是来了嘛。”雍正看着光彩照人的吕妃，迫不及待地要进寝宫，却被吕妃温柔的话语挡住了。

“我先为皇上弹支曲子消除一下疲劳吧。”吕妃命宫女在小花园里推出摇椅，服侍皇上躺下。

中秋圆月的清辉，流霜一般飞向花园里的荷塘，池里明星萤萤，树木藤萝更显得婀娜多姿。顿时，《春江花月夜》的优美旋律响了起来。吕妃边弹边唱：

江天一色无芳尘，皎皎空中孤月轮。

江畔何人初见月，江月何年初照人。
人生代代无穷已，江月年年望相似。
不知江月待何人，但见长江送流水。

雍正听着这纯净得似乎纤尘不染的古筝曲，看着眼前清纯迷人的吕妃，忽然觉得这吕妃就像月亮的清辉一般纯洁无瑕，他近阶段以来堆积在身体中的疲倦、劳累等杂质，仿佛被眼前这纤尘不染的月光和古曲过滤得无影无踪，他重浊如污泥的头脑变得清清亮亮了。当听到“江水流春去欲尽，江潭落月复西斜。不知乘月几人归，落月摇情满江树”时，雍正皇帝心中蓦地生出人生迟暮、及时行乐的念头。

吕妃弹唱了一会儿，又放下琴，脱去长衣外套，轻歌曼舞起来。她胸前只围一个小兜肚，遮住那高耸的乳峰，下身穿一条雪白透明的真丝短裙，其余部位都是裸露的。那如荷藕般的粉臂，那粉颈粉肩粉胸，那雪白细腻的肚子和当中那浑圆的肚脐，那白瓷般晃眼的大腿，刺得他眼花缭乱。随着她尽情地旋转歌舞，雍正眼前只见有两只鸽子在放飞，有一个小而圆的酒盅在旋转晃动，那被轻云薄雾笼罩的女性最美丽最神秘的三角区忽隐忽现。雍正的欲望越来越膨胀。一支舞蹈完毕，美丽非凡、风情万种的吕妃燕子般呢喃了一声：“臣妾身上有高级的夜光杯酒盅，请皇上尽情品尝臣妾这杯美酒吧。”雍正再也坚持不住了，立即冲上前，一把将美人拥入怀中，并低头俯身在那美丽的玛瑙杯中忘情地吮吸了一阵，然后迫不及待地说：“今夜我身体好了，你可以让我好好享受享受了吧！”

吕妃兴奋地说：“贱妃求之不得。”说着，也紧紧贴进雍正的怀里，任他亲吻抚摸，并用手去摸雍正下身那硬鼓起的东西。这更令雍正浑身膨胀，欲火如焚。待到雍正躺到她身上，还未将她的门打开，就江河奔泻了。

“万岁，您怎么这么性急呀！您莫非不想让我怀上龙胎吗？”说着，她竟嘤嘤嗡嗡地哭了起来。

“莫哭，莫哭。”雍正好言抚慰一番，然后马上命宫女去太医院拿来一枚高级春宫药和半支特级高丽参。用过后，他再次和吕妃鸾凤颠倒起来。刚才连她的门口也未进去，他很不甘心。这样才貌双全、能文能武、温柔大方的姑娘，此生是很难遇到了，于是，他又一次向她发起冲锋。他反复冲锋了三四次都没有成功，不禁焦急地骂道：“你这死姑娘，难道是木头不知道配合吗?”

这一声骂，果然将身底下的姑娘骂醒悟了。此刻，吕妃真想反抗沉沉地压在自己身上的男子。凭自己一身武艺，这男人根本占不到自己一点儿便宜，得不到任何实质性的进展，以后若能出宫，还可以把最宝贵的处女身献给自己最心爱的男人史师父。但这样一来，报仇的计划很可能要泡汤。小不忍则乱大谋，她郑重地告诫自己。要取眼前这个掌握百万大军、统治全国的皇帝的性命非同儿戏，要想不作牺牲是不可能的！于是，在她温柔的引导下，雍正终于慢慢如愿以偿地进入她的温柔乡里。

“我要，我要皇上的雨露恩泽……”她一边呻吟着，一边恳求着。最后，皇上果然又一次河水泛滥了。

经过几次喷泻的雍正精疲力竭，像被打中“三寸”或全身脱节的蛇一般奄奄一息，呼呼入睡。此时，吕妃动手了。她一把抓住雍正的阴囊，用她那只能捏碎石弹子的手，一下又一下将它牢牢地攥在自己的手心里捏着。

雍正痛得惊醒了过来。“爱妃，你干吗开玩笑捏我的命根子?”他有气无力地说。

“谁跟你开玩笑?”她咬紧牙关，“我今夜要你死!”

雍正顿时惊出一身冷汗：“你这恶毒的女人是谁？为何……要下此狠手?”

“好，我告诉你，好让你死得明白。”吕妃边捏边说，“这第一第二下，首先是为我那遭你诛戮、制造特大文字狱的吕留良一家报仇！这第三第四下，是为遭文字狱被诛杀充军的人们雪恨！这接下来三下，是为你们清朝朝廷在扬州、上海屠杀的数十万百姓报仇雪恨！这第八第九下……”话未说完，雍正已经咽气了。

于是，吕妃拿出笛子吹了起来。

不一会儿，她身背行囊手执御赐的可以自由出入宫中的御牌，从御花园后门顺贞门出宫。刚到宫门，立即遭到禁军的阻拦：“你为何深夜出宫?”

“皇宫有人要谋反。皇上派我紧急召集内阁、军机处和兵部、吏部大臣来朝，商量对策。”她拿出可自由出入皇宫的御牌，“你若不放行，出了大祸，你能负得了那天大的责任吗?”

禁军无可奈何，只好将信将疑地放行。

正当吕小鹿冲到神武门下时，突然，警示皇宫发生特大事件的鼓号声惊天动地地响了起来。霎时，整座皇宫灯火通明。吕小鹿知道，若不立即出宫，自己将被千军万马围困，死无葬身之地。她立即亮出御赐“出入牌”，对守门参将说道：“将军，宫内有叛军谋反，情况危急，请速放我出宫传达圣旨!”

“深更半夜，此门不得放任何人出入，这是警卫京师最高长官步军统领的命令。”禁卫军领不屑地看了一眼御牌，“这牌是白天出入用的，黑夜不能用。再说，现在皇宫响起鼓号，表明有惊天大事，此时此刻，更不能放人出宫!”

她一下子亮出一把宝剑——青虹剑。“你看看这是什么剑？这是皇帝的佩剑。你不放我出宫，天大的责任和后果你负得了吗?”她声色俱厉地呵斥。

但参将不为所动。“我只听步军统领的命令。没有他的命令，任何人不得出入宫禁之地!”说着，一戟刺来。

“大胆！你违旨抗命，死到临头!”她一剑砍去，只听“当啷”一声，那戟头被削去，只剩下半截戟身；复刺一剑，将没有防备的侍卫将军一只手臂刺伤。

将军大怒，一声号令，七八个侍卫从四面八方向小鹿围过来。

她从容不迫地取出背上一支竹笛。笛声一响，枚枚钢针呼啸着飞向众侍卫，霎时四五个侍卫哇哇直叫，因为他们的眼睛、面门上早被钉上了神针，落荒而逃。另外几个被她左劈右刺，负伤而退，就在她用剑逼住守门兵士咽喉，要他打开城门时，后面一人大喊："不得开门，休放走了刺客！"

小鹿一看情势不妙，哪来的二人如同驾驭长风而来：一为长须白袍，身材长大；一为身材瘦小，脸如瘦猴。她知道，他们就是保驾雍正皇帝外出，须臾不离其身（只在皇上就寝时在宫外守候）的大内高手"长髯客"和"瘦猴子"。她不敢停步，剑刺死守门卫士，然后施展爬天柱峰绝技，飞越上神武门城墙。她取出竹笛，吹奏起来。随着悠扬的笛声响起，上前围攻的兵士纷纷退避。她顺城门下坡道准备扬长而去，谁知又被两名高手挡住去路。

"快束手就擒，否则叫你立即死于刀剑之下！"长须客怒喝。"老匹夫，休夸口逞能！"小鹿挺剑与长须客斗了起来，斗了数十回合，猴王见长须客一时拿不下女子，连忙一挥朴刀上前帮忙，想二夹一将其捉拿或刺伤。她跳出圈子，一扬手，"嗖嗖"两把柳叶飞镖直取长须客脑门。

但长须客早有防备，侧身伸手，将二镖轻松地收于手中，复回身打向小鹿。就在小鹿躲避那两镖时，两把刀剑同时砍向小鹿。

小鹿心中大惊：不好，此番我要断臂伤命了！

正当吕小鹿被两个大内高手夹击遭到危险时，突然，她听得一声威严的吼声："不得欺侮女子！两打一算什么大内高手？"一个持两支短戟的男子喝叫，"我来对付长须客。"

小鹿知道有人相助，听声音仿佛是师父史大师，顿时精神大振，斗志倍增。她一剑挑去猴王之剑，复补一剑，将对方宝剑削去半截，再一剑斜刺。猴王见来势凶猛，丢掉半截宝剑转身遁逃。那长须客在双戟男子的连环进击下，只有招架之力，没有还手之力。他惊讶于这名男子武功之高强，他走遍全国，还从来没有遇到过敌手，谁知今日却遇上克星。他不禁问："来人何方人氏？姓甚名谁？请通名。"

"我是大明史阁部后人。"

长须客一听，知道遇到江湖上隐约传说的那个神秘的武林高手了。面对此人两支神出鬼没之戟，他觉得有无数条金龙在脑门盘旋，有千百支利箭射向自己的咽喉，心中一慌，肩头上早着了一戟，转身想逃，史大师扬手击掌，只听轰隆一个雷声将他击倒，从高墙上跌落于地。

史大师带着吕小鹿下了神武门，顺着早已准备好的几根竹木，飞越过五十多米宽的护城河，在皎洁的月光下，向城外飞奔。

此刻，神武门大开。吊桥刚刚紧急放下，一队铁甲骑兵在一个侍卫将军的率领下，急急地追了出来。只听铁蹄嘚嘚如暴风骤雨，人声鼎沸若大海波涛。

紫禁城内已乱成了一锅粥。

六、为缉凶布下天罗地网

雍正十三年（1735年）农历八月二十三日晚，满族权臣、首辅大学士鄂尔泰因贵州苗民叛乱未平，格外惦念。回到宅中，毫无情绪地吃了一顿饭，忽见宫中太监惊慌失措地奔到宅中，气喘吁吁地报称：“皇上突然大病，请大人立刻进宫！”

鄂尔泰觉得奇怪：皇上今日还同往日一样临朝听政，与各亲王和首辅大臣在宫中议事，整整大半日才命退朝，怎么不到半日工夫就得了大病呢？其中必有蹊跷。他连忙动身，马来不及备鞍，慌慌张张骑上就走。驰入宫前下了马，快步入内。只见皇上龙床旁人数不多，皇后已是花容失色，泪流满面。鄂尔泰走近龙床，揭开御帐，不瞧犹可，略略一瞧，不觉“哎呀”一声，自口而出。正在惊讶，庄亲王、果亲王亦到，近睹御容，都吓了一大跳。庄亲王道：“快把御帐放下，准备后事。”

原来，雍正皇帝的人头已经不翼而飞，不知去向。在场的亲王、军机大臣、大学士个个儿魂飞魄散，目瞪口呆。

皇后呜咽着说：“好好的一个人，为什么突然死了，而且死得这么凄惨？须把宫中侍女内监，一个个拷打讯问，务必查出死因！”

还是首辅大学士鄂尔泰顾全大局，他从容镇定地说：“侍女宫监未必如此大胆。此事暂且放后一步，现在最要紧的是确立继位皇帝。”

庄亲王接口说：“这话很对，乾清宫‘正大光明’的匾额后留有锦匣，内藏皇上密谕，应立即遵旨行事。”于是立即率掌印太监到乾清宫取下密匣，当即开读：“皇四子弘历为皇太子，继朕即帝位。”

当时皇子弘历已入宫奔丧，随即奉了遗诏，命庄亲王允禄、果亲王允礼、大学士鄂尔泰、张廷玉辅政。经四人臣商量，议定明年改年号为乾隆。

雍正皇帝突然死亡的原因，当时隐瞒得很紧，不让走漏半丝风声。甚至下达严旨：谁走漏风声，作谋反罪立即处死！据雍正心腹汉族大臣、大学士张廷玉，在自写年谱中记载：二十三日前，他还见到皇帝临朝听政与大臣议事，没有任何异常。当夜十时左右再奉召入见，雍正已经身亡，这怎不令人惊骇万分呢？鄂尔泰、张廷玉都是资历深、阅历广的柱石大臣，可在雍正去世的那段日子里，不光他俩，朝廷内外大臣个个儿惊慌失措，惶惶如丧家之犬。种种迹象表明：雍正之死绝非寻常！

雍正之死，扑朔迷离，后人有种种猜测：一是被人刺杀；二是丹药中毒；三是中风病死。

因为雍正死时，身旁无一人送终，真实原因不得而知。只是雍正皇帝之后，清朝历代皇帝都有一条规定：凡妃嫔陪侍皇上就寝，须脱光衬衣，外面罩上长袍，由宫中太监背进皇帝寝宫，再将外罩长袍拿掉，裸体入侍。据清代宫人传说，这不是皇上专门图肉欲的快乐，而是为了防备刺客。当时曾有宫人暗中作诗一首道：

重重寒气逼楼台，深锁宫门唤不开；
宝剑举囊红线女，禁城一啸御风来。

根据此诗的深意，好像是传指雍正死于被女子行刺。

清晨，在满族军机大臣鄂尔泰和汉族军机大臣张廷玉的主持下，乾隆速速登基。与此同时，追缉一男一女两凶犯的铁甲骑兵，正秘密地向东南西北各个方向迅速运动。一张大网向周边省，向全国迅速撒开。追缉的主要方向，一是往北去的张家口和内蒙古包头。因为那是三国名将吕布的老家。二是向浙江的道路，无论陆路还是京杭大运河，一律严查，遇有可疑之人，立即拘捕，格杀勿论。三是安徽的天柱山。在上山路上重卡设防。其他，还封锁了往北去的辽宁沈阳，往西去的山西，往东的河北、河南、山东，尤其是在河北边境，与河南、山东交界之处，特别严加把守。此次抓捕，共分三道防线。第一道防线，在北京城周围严守，不让凶犯出京师范围；第二道防线，在河北省周围严守，不让凶犯出河北、天津；第三道防线，在辽宁、内蒙古、山西、河南、山东交界之处严守，务必将凶犯擒获，消灭于边界处。

然而，清廷兴师动众，一直追捕了一年，凶犯仍毫无踪影。乾隆皇帝因倾全国之力始终找不到父亲的头颅，只好拿黄金重铸了一个父亲头颅的模型，将父亲安葬。

其实，当初这张网还不够严密。当时有一中一少两个男子骑着马，一刻不停地向天津飞奔，等清朝朝廷第二天傍晚把这张大网撒开，他俩已经到达塘沽码头，登上去大连的轮船。然后转远洋客轮，在黄海经数天航程，到达朝鲜的木浦，再经朝鲜海峡，往日本九州岛方向去了。

在日本九州鹿儿岛南方小城——以温泉出名的指宿，有一对中青年夫妻。女的相当年轻，每逢中国的清明节，七月半或春节，这对夫妻总要拿出一个人头骷髅，供在数个长生牌位前祭奠，只听那女子喃喃地祷告："先祖吕留良、吕葆中、吕毅中大人，叔叔、哥哥们，还有在文字狱中惨遭清王朝杀害的死难者们，我今天已为你们报了仇，请你们在九泉之下安息吧！"

第八章

一、曾静突然被逮捕进京

乾隆即位后，大赦天下。在对新疆准噶尔用兵中，因“日久无功”被雍正皇帝削其职位、“交兵部拘禁”的原川陕总督岳钟琪被赦出狱；遭文字狱株连的汪景祺、查嗣庭家属也遇赦回籍。

十月中旬的一个傍晚，湖南永兴马田镇的一幢新屋里，红烛高照，鼓乐喧天。原来，这是曾静正在老家新屋里，庆祝自己的六十大寿。此时，他已将家从一个偏僻山村，移到这个仅次于县城的老家大镇落户。

屋里高朋满座，笑声不绝。他此刻已是郴州府志的总纂修官，七品官阶。他与学生张熙兴高采烈，都为新皇帝乾隆登基而喜形于色。曾静看到大赦天下罪犯的布告后，以手加额庆贺道："从此以后，我们可以远离噩梦、逃脱苦海，无忧无虑地过此一生了！"曾静当即订下一个宏伟计划：著书立说，将以前做观风整俗使成员时，游历江苏、浙江、湖南、湖北、河南、直隶和京城所见所闻写成一部书。另外，把乾隆皇大赦天下、万民称颂的情景也编入书内。

"好，为老师的宏伟计划早日实现，干杯！"张熙举起美酒，高兴地与曾静碰杯，"愿老师写出传世名作！"

"我老朽无能了。我的宏愿还得靠你助一臂之力方能实现哩！"曾静端起酒，向张熙敬上一杯。他对这个门生很是器重。因为他到川陕总督府投反书时，在严刑拷打面前，威武不屈，若非他有不怕死的精神，一动刑便招供，自己早已成了刀下之鬼，早已满门抄斩。这次传递反书能死里逃生，因祸得福，做官又发财，还全亏了这个得意学生哩！

"老师差遣，我定当竭尽全力，赴汤蹈火在所不辞！"张熙接过酒一饮而尽，还是当年曾静派去川陕总督衙门，临走时那句掷地有声的话语。

曾静哈哈大笑道："傻学生，现在写书又不是上回那次，根本用不着赴汤蹈火冒风险了。"

明烛高照，美酒飘香。"来来来，喝酒，干杯！"看到曾静老先生跌跌撞撞的样子，他几年前回家造屋买田时所娶的年纪只有二十多岁的小妾，连忙上前架住他，将他的一只手搭在自己的肩上，亲昵而爱怜地劝道："老爷，老爷，您醉了，不要再喝了，再喝会伤身子——"

"不——不，我没醉，我高兴，我要喝！"他对张熙说，"让我们再干一杯！"

"好，陪老师再干一杯！"张熙举起一大杯酒正准备一饮而尽，也被他那年轻美貌的妻子一把夺了去。

"相公，您不要命了！您已经喝了五大杯了，再喝就要出事啦。"他的新夫人竭力劝阻，"再说我们还要回家呢！"这位新夫人也是张熙回家买田置产时娶的。他家四个兄弟，张熙最小，原本家里穷得叮当响，三个哥哥，只有老二一人娶了媳妇，若不是传反书做观风整俗使成员，给了个八品顶戴，恐怕再过五年八年还娶不上媳妇呢。

此刻，县学教谕出场了：“现在全体起立，为曾老先生六十大寿干杯！祝老人家福如东海寿比南山！”

正当教谕举起酒杯，全体客人一齐起立时，突然听到外面闯进一拨人马，其中一人高声喝叫：“圣旨下，曾静、张熙接旨——”

曾静满心欢喜，莫非新皇帝为我加官晋爵，升我为同知或者破格提拔为知府吗？这么一想，他立即跪地接旨、叩头谢恩：“谢主隆恩！”

其实，新皇帝乾隆的旨意是：

着湖广总督、湖南巡抚，速将谋反的大逆罪犯曾静、张熙一行锁拿进京。

曾静话未说完，早见几个差役如狼似虎般扑过来，将他和张熙扑倒在地，用大枷枷了，脚镣镣了。

“你们干什么？别误会！”曾静大喊大叫，但根本没人理睬他。他们被押了出来。屋外，火光照耀如同白昼。早见数辆高高的黑色囚车停在那里，乍一看，如同两具棺材。

“新皇登基不是贴出布告大赦天下吗？我们早已被先皇赦免，为何现在反要治罪？”张熙愤怒地争辩，“这叫什么大赦，这岂不是大杀吗？”张熙自知此番重新被逮必定凶多吉少，因此拼着一死高声辩论。但只听“啪”的一声，他就说不出话来了，因为他的颌骨被击伤了。

曾静小妾和张熙妻子吓得魂不附体，跌倒在地。不一会儿，她们也被枷号上了囚车。曾静小妾在被押上囚车时，一个劲儿地哭喊着：“我不是自己情愿的，是被他用权力霸占的。”

此时的曾静真是后悔不迭，后悔没早点儿听学生张熙的话。当初拿到官府拨给的造屋置田的一笔款时，张熙曾劝他不要置田造屋，待人身自由后，就逃到人迹罕至的世外桃源隐居起来。可自己没听他的话，致有今日一祸！这都是贪图荣华富贵的心给害的呀！

二、新皇大赦死囚出牢笼

从死刑改为“永禁杭城”的判决，齐周华心中并没有感到多大喜悦。因为“永禁杭城”，即“永远监禁，永远枷号，永远墩门”。就意味着自己下半辈子将与监狱做终身伴侣了。这样一来，自己名义上虽活着，实际上却已经死掉了——是个活死人！而且镣铐加身，受尽苦楚和折磨。这好比拿一把钝锯，时时刻刻不停地锯着你，真比死好不了多少，甚至比死还残酷，还叫人难受！真不如一刀结果了好！这雍正皇帝也真够残酷阴险的！他在心里骂着皇帝。

在这生不如死的环境中，他曾想一死了之，但做不到。因为这种囚禁“无期徒刑”的重犯的监狱，是用特殊材料建造的。撞墙，墙是软绵绵的富有弹性，无论怎么撞也撞不死，伤不了；想吃砒霜，没人提供；上吊，无绳。而且大枷脚镣加身，让你难以动作；监视极严，连寻死的机会都找不到。想到自己将以“活死人”了其一生，他心头呜咽，涕泗横流。

雍正十三年（1735 年）八月的一天，齐周华突然看到狱卒、监狱长等一帮监管人员，丧魂落魄，如丧考妣，继而听到这些人的哭声。一打听，才知道是老皇帝雍正突然死了。此刻，随着全狱上下举哀的鞭炮声和啼哭声钻入云霄，一缕希望也在齐周华心头忽地萌生：说不定新皇登基，我也可以由“无期”减为有期，或许能减为三年五年哩！但随即这种想法便烟消云散了。因为他知道，自己的案件是先皇在世时御批钦定的永难翻身的铁案！要想翻案，简直是狂人说梦痴心妄想！

很快，乾隆皇帝登基，果然大赦天下。判十年以下徒刑的，大都遇赦回家；判二十年以上无期徒刑的，都减为十年以下；甚至因犯杀人等死罪，等候秋天处决的犯人，也分别减为无期徒刑或有期徒刑。但齐周华不但没被减刑或赦免，相反，又由大台县狱解往省臬司监狱。此刻，他才意识到：大赦的是刑事犯，而对他这种属思想领域犯罪，与吕留良谋反大逆案紧密牵连的政治大案，新皇的恩典再浩荡，也难以吹到自己身上了。想到此，他登时心如死灰：看样子，今生今世，我只有把牢底坐穿了！说不定还有性命危险呢！

就在齐周华悲观失望之际，有个官员正在为搭救他做努力。他就是浙闽总督郝玉麟——那位曾派人到杭州邀他写对联的好人。他向新皇奏上一本，另外，天台许宅举人，在太学读书名闻天下的许乐文，又通过自己的老师、国子监祭酒也上了一本，道齐周华案有冤情。

乾隆接到两个奏本，十分重视。谕旨刑部，调“永远监禁”“永远枷号”“永远墩门”三卷档案，亲自览阅，并严旨访查齐周华进京和上疏中，有关衙门官员阻挠隐匿情由。最后，查明齐周华与吕留良非亲非故又非老乡，是响应先皇号召“直抒己见”，又因县、府、省等各级衙门推诿、阻挠和不受理，而带疏进京上告。疏中虽有为吕氏粉饰、开脱之言辞，但未有反清言行，且对先皇恭敬赞扬。为了不致“阻了言路，上达圣听，塞了士子之心”，下旨将齐周华特赦回家。

当走出深牢大狱时，齐周华的眼睛霎时花了，脑子一片空白。他简直不相信这个消息，以为耳朵出了毛病，直到管监狱的人一个个都向他祝贺，要他快走时，他才重新恢复了知觉。

五年暗无天日的监牢生活，见不到一缕阳光，吹不到一丝微风，他几乎变成了木头人和痴子。他的头发像山上茅草般长长的，像鸡窝般又乱又脏又臭；他脸色苍白，感觉木钝钝的。而此刻，明媚的阳光，照在他消瘦、单薄、皮包骨头的身上，清风舒畅地吹着他身上的每个毛孔。看到那蓝蓝的天，一缕一片似猫似狗似羊似牛似奔马的白白的云彩，他的意识顿时复活了。

“我自由了吗？可以回家了吗？”他跨出监狱高墙大门时，仍不相信地问。

“对，你自由了，可以回家了！新皇已特赦了你的罪。”大牢门口握着利刃的兵士亲切地对他说，“祝贺你获得自由！”

此刻，他还得知：那个将罪责推给吕留良的曾静和传递反书的学生张熙，已被新皇处斩。

他长长地舒了一口气。抬头看着那蓝天、白云，看着苍穹上高高朗照、光芒四射的太阳，他感到很陌生，也感到很亲切。是的，他已经整整五年没有看到如此圆如此大如此灿烂夺目的太阳了。他突然心里一阵冲动，情不自禁地高举双手，振臂高呼：“英明的新皇，伟大的新皇乾隆万岁!”

他从那一大包行李中取出零星的几个小物件，随即将那沉重的鼓鼓囊囊的行李全部投进大牢门口一侧的垃圾堆，点上火。继而又将身上那破旧肮脏的棉衣也脱下抛进垃圾堆前的一条河港里。他身穿轻巧的衣服，带着一身轻松，往西湖方向快步走去。是的，他要以游西湖、感受湖光山色的行动，来庆祝自己的出狱和新生!

他从断桥开始，沿白堤、苏堤往南走。碧波盈盈，柳丝拂面，暖风吹拂得人像喝多了美酒般醉醺醺的。黄鹂鸣啭得人心里痒痒的甜丝丝的，林荫间筛下的闪烁不定的金色光影，如美梦般让人遐想。口渴了，他便在虎跑喝了几口泉水，这泉清洌甘甜，犹如仙品。最后，他站在六和塔上，望着那滚滚东去的钱塘江，放声长吟：“青山遮不住，毕竟东流去——”

忽然，他仿佛听到几个声音：那是家中儿女呼喊自己的声音，是妻子呼唤的声音。于是，他急急地坐船过了钱塘江，然后取捷径，沿当年李白、孟浩然等几十位诗人走过的著名的“唐诗之路”，朝神秘的天台山华顶方向进发。

农历十月，浙东天台县正是小阳春季节。这天，天台城关齐宅齐周华妻子朱氏一早起来，走到庭院中，忽见喜鹊叽叽喳喳叫个不停。

“妈，一早喜鹊叫，准有喜事到。”女儿杏花开心地说。

“我们罪犯之家有什么喜事？只要不再有祸事临头，就千好万好，烧高香了。”朱氏忧心忡忡地说，“上次你爸被捕那天早晨，不是也喜鹊喳喳叫吗?”话虽这么说，但朱氏心里真是希望能有喜事临门，因为自丈夫坐牢五年来，家中的气氛太令人压抑了！

就这样，她们满怀着希望，从早晨等到中午，没有什么喜事；从下午等到日将衔山，依然没有什么喜事发生。就在傍晚来临，正准备关闭宅院大门时，忽然见一个蓬头垢面、胡子拉碴、眼窝深陷、形销骨立的老头，一瘸一拐地来到大门口。

“你这叫花子，刚才不是给过你饭和米了吗？怎么一时半刻又返回来讨？”朱氏唠唠叨叨地说。当她看到面前这人固执地不走，似乎很面熟，仔细打量，发现像丈夫齐周华时，不禁呆住了。

“你……你是周华？”朱氏用手搓了搓眼睛，似乎还不相信。

“唔，我是齐周华。”齐周华明白地告诉朱氏，“你难道连我也认不出来了吗？”

朱氏的身子像遭到雷击一般，突然颤抖了一下，接着连忙颠着小脚奔过来，一下子抱住齐周华，咿咿呜呜地哭了起来。是啊，五年的辛酸，五年的屈辱，五年的受人歧视，此时此刻都一齐涌上她的心头，她怎能不激动呢？她哭了一阵，最后，仿佛不相信似的问：“你被释放了吗？自由了吗？”

齐周华使劲地点了点头，然后长长地叹了口气，说：“还是乾隆皇帝好，一登基就把我大赦了！”说着，流露出一股感激之情。

齐周华夫妻俩就这样“执手相看泪眼”。忽然，旁边响起一个稚嫩的声音：“妈妈，这人是谁呀？”

“来，快叫爸爸。”醒悟过来的朱氏连忙拉过七八岁的女儿。齐周华被逮走时，这孩子还只有两三岁，正牙牙学语呢，谁料想现在已经像小鸟般飞奔了。

但小女儿没叫。因为眼前这人太陌生了，一点儿印象也没有，而且样子可怕得像传说中的强盗土匪。齐周华将她拉到身边，刚抱起她，谁知却被女儿的小手噼里啪啦一顿好打：“谁要你这猢狲精抱？”她瞪大眼睛，惊恐地又哭又闹。

这么一说，齐周华就知道自己今天的尊容了：胡子拉碴，头发像山精，真如一只猢狲。

“不许胡闹，他是你爸爸。”尽管朱氏一再解释，但女儿还是坚决哭着闹着用双脚蹬着不让抱。

齐周华无可奈何地放下孩子，直摇头叹气。

初夏的江南夜晚，是多情的，撩拨人情思的，也是极具魅力的。

侧耳倾听，不远处的山上，两只麂在呦呦鸣叫，一唱一和，好像在洞房中倾吐衷曲。蛙鼓一阵紧似一阵，好像在为麂的婚礼打鼓助兴。还有许多不知名的小虫，轻轻地细细地拉起小琴，声音美妙得醉人心弦。银白的月光从窗户斜照进来，把朱丽莺滚圆雪白的手臂显露在被外。在这令人兴奋令人沉醉的初夏夜晚，朱氏有一种莫名的渴望——想与丈夫亲热的渴望。

丈夫出狱已有不短的时间了，夜里睡觉时，丈夫总是在另一头睡，没和自己共枕。她知道丈夫受了五年的牢狱之灾，身体虚了，因此，每天总是做好吃的东西，如鳗、鳖等给他吃，给他补身子。成天不叫他干活，免得他劳累。夜里也不与丈夫同枕，免得夫妻亲热丈夫伤身。可是今天夜里不同，因为明天一早，丈夫就要出外旅游了，说是游览名胜后，把见闻写成诗文带回来。这一去，不是半月一月，而是半年甚至一年都见不到了。

丈夫洗了澡来到寝室，又睡到床的另一头。“哥，到这里来。”听到妻子的召唤，齐周华睡到妻子身边。

“你明天要走了，今晚我们来亲热亲热吧。”妻子说道，眼里闪烁着异样的光芒。她把自己丰满细腻的胴体往丈夫身上贴；将鼓起的乳房往丈夫胸脯靠；并张开双臂搂住丈夫的脖子，风情万种地说：“哥，你只有一个儿子，我想再给你生一个。”

受到撩拨和鼓舞的齐周华便和妻子亲热起来。然而，无论他怎么努力，都无济于事。因为下体始终软塌塌的，膨胀不起来。他急得满头大汗，她气得一把将他推开，带着不满和怨恨的情绪说：“怎么啦？你是生病了还是怎么了?”她一把放开环抱丈夫脖子的双臂，气恼地低声嚷道:“真是窝囊废……快睡那头去吧!”

齐周华感到很难受——如同被人平白无故地打了一顿，又不能还手一般难受。他感到无地自容，于是用充满委屈的口吻，结结巴巴地诉说道:“你为啥要责怪我?我不是生病，而是没有精力了。是那该死的‘永禁杭城’的判决，是那暗无天日的五年牢狱生活，是那残酷的刑罚，把我全身的精力都抽干了——干得只剩下一具躯壳了!”说着，竟像那三岁孩童一般嘤嘤嗡嗡地哭了起来。

丽莺重新张开双臂，一把将丈夫紧紧抱住，温柔地亲了亲他的额头，并用右手拍着丈夫皮包骨头的背部。她的手顺着丈夫的脸、肩膀、脊背和大腿一路摸索着，她感觉得出丈夫的整个身子瘦骨嶙峋。她心疼又抱歉地说:“对不起，我错怪你了。”然后安慰道:“莫哭，莫心酸，慢慢会好起来、壮健起来的。”说完，她像温柔的小猫般紧贴在他的怀里。慢慢地，两人一起睡着了。

三、深尝世路险反觉石梁平

一天，齐周华游览天台八景和雁荡山回来，刚踏进家门，捧起饭碗吃饭，突然拥进一帮同学，纷纷嚷道:“周华大哥，快救救我们吧!”

朱氏吃了一惊，不知又有什么祸事临门。一问，原来是新建的城隍庙要写一副柱联。这几个秀才接受了请托后，一连数天苦思冥想，眼看明天就要做开台戏了，仍想不出满意的佳句，正急得如热锅上的蚂蚁，一听说齐周华回来了，立即奔到这里搬救兵。

“他刚到家，浑身脚酸手软，需要好好休息。”朱氏极力推托，“再说，他又伤了一只脚。”

“好大嫂，您就把大哥借给我们救救急吧。”说着，早抬过一副用竹子做的滑竿，把齐周华拉上便抬。

因为悬赏十两银子，城关各保都派出了写联的好手。他们纷纷拿出自己最满意的作品。城关镇长、大绅士的儿子——去年高中举人的陆名扬，此番志在必得。他家境富裕，并不在乎这十两银子，他在乎名声，他要夺得“城关第一才子”的美名。他经过深思熟虑，已经想好了一副妙联，他准备让别人先上场，再将自己精心创作的得意对联抛出作压轴之作。因为他知道当今城关已无一人是他的敌手，这些人是他的手下败将，是无名鼠辈。

接连三人写出了三副对联，陆名扬扫了一眼，不禁哑然失笑：“这种臭东西还好意思拿来比赛！”

忽然，他看到一帮人，用滑竿抬进一个骨瘦如柴、脸色苍白如蜡，像从鬼门关刚回来的人。

“这人是谁?”陆名扬心中正起疑问，忽听到簇拥着滑竿进来的人中，有人对着拥护的人群连声吆喝，“让开，让开，让齐周华先生过去!”

听到这无比熟悉的名字，陆名扬吃了一惊：这就是齐周华——就是当年那个取为台州府第一名秀才的齐周华？就是那个带疏仗剑徒步进京为吕留良告状的奇士？这人定是不同凡响！但他随即又镇定下来：他是秀才，我是举人，功名比他高出一大截！再说，凭他眼前这副气息奄奄、半死不活的样子，哪怕苏东坡、解缙再世也无济于事，因为即使才高八斗的天才，也难抗疾病和衰老哩！

齐周华下了滑竿，来到庙旁侧室。他抬起头，看了一下庙宇和天空。天上黑云浓重，低低地压着大地，压着庙宇；阴沉的天空中，呼呼的北风卷着大朵大朵的雪花直往下落。

“我要一壶热热的糯米酒。”听到齐周华吩咐，早有人飞奔去庙旁的酒店里提来一壶，并切来一盘熟牛肉。齐周华就着牛肉，一连喝了数杯滚热的天台糯米酒，然后，挽起长衫，提起湖笔，挥写出上联：雪逞风威，白占田园能几日？

陆名扬看到这上联，不禁吃了一惊：这真是令人胆寒的奇联！但他随即又释然了，因为这是副绝联。这真是自讨苦吃！不知他下联如何下笔？谁知齐周华略一思索，又写出下联：云旗雨箭，黑漫天地不多时！

众人拍手叫好，陆名扬举人见到这副对联，立即乘人不注意，一声不响地夹杂在人群中溜走了。

春暖花开的时节，齐周华身体基本康复，只留下狱中动刑时被夹棍夹伤、走路有点儿跛的残疾。想到五年来郁禁牢狱中不自由的生活，想到此刻自由了，该多享受享受这自由自在的生活，于是棉衣棉裤一脱，立即上了家乡名胜——天台华顶山的石梁飞瀑。

石梁飞瀑，他以前也来看过，但不觉得像现在这么美丽，这么壮观。你看它如一匹雪白的杭州织锦挂下来，如同一道硕大无朋的门帘，隔断了人们的视线，仿佛里面藏着无穷无尽的宝藏。那瀑布从半空泻下，如一头狂怒的雄狮直扑而下，顿时响起滚滚的惊雷。他不禁诗兴大发，高吟道：

青崖断处龙交舌，银汉奔来狮吼风。
只道梦游兜率界，谁知身在石梁东。

他正看得入迷，突然听到瀑布上方横空的天然石梁旁，有一大群人忽而高声呐喊，忽而鸦雀无声。由于瀑布声太大盖过了人声，他听不到那些人在喊些什么。他感到奇怪，立即跑了几十步，来到石梁桥头。原来，这帮人正在比谁胆大，其试金石就是走石梁桥。

走石梁桥确实要冒极大风险，需要极大勇气。这横空石桥一是高约数十丈，两旁没有任何依靠和凭借，下面是岩石和滚滚的瀑布；二是宽窄不过一市尺，而且成鲫鱼背，看起来如天桥架在半空。更让人胆寒的是石梁那头没有出路，走过去还得返回来，所以极少有人会冒这么大的风险。当地民谚道："石梁桥头一脚脱（掉下），奉化桥下拾脚骨。"意思是说，有人从石梁桥掉下去，必须到数百里外的宁波奉化溪，方能拾回尸骨，可见石梁桥之险。

几个自以为胆大的人相继作了尝试，都没有成功，只走了几步就迷途知返了。试走者没出发前，大伙儿高高兴兴热热闹闹欢声如雷，可等到正式走时，大伙又敛声屏气不发一言，以免走者分心掉入桥下跌成烂柿。忽而热闹忽而静寂，就源于此。有一个胆子最大的人拍了几下胸脯，居然真的走过了那空中长虹，可是却怎么也不敢往回走了。因为他浑身发软，双腿打战，面色发白，汗冒如雨，再也没有勇气往回走了。于是一个数十年响当当的勇士，在死亡的威胁面前，如同小孩子，哭哭啼啼："我啊，鬼迷心窍，今日假充大胆走石梁……谁知道……有去难回，人生只过一半，就要遭殃……今日我的性命，顷刻要向阎罗王交差。从今往后……白发亲娘痛断肠，我要撇下宝贝儿郎和美娇娘！啊哟哟……想起来真是后悔呀！"

几十个人看着那哭泣的同伴，焦急万分，却爱莫能助，束手无策。

"我走前就警告过他：'走过石梁不算慧（能），倒死石梁没人害'，可他偏不听，要逞能！"一个年约三十岁的女子泪流满面地埋怨道，显然那男的是她的丈夫，"现在该怎么办？怎么办才好？"她急得两脚直蹿。

有人出了个主意：借根长绳抛给过了桥的那个人，再将绳系那人腰上，然后趴在石梁上，由桥这头的人把他拖回来。很好的主意，但一旦实施，就出了严重的毛病。因为那头没有空地，绳抛过去没地方落。若要那人去空中接，对于一个吓掉了魂、浑身打战的人，几乎是不可能的。再说即使实行也太危险，说不定接绳的当儿，就失去重心摔下桥。最后认定行此办法，必须有个吃了豹子胆又身手敏捷如猿猴的人把绳带过对岸，方能行此计划。可如此大胆愿冒险而且身手不凡的人，到哪里去找？

游客越来越多，可一直没有如此不怕死的勇士站出来。

"这可如何是好，要是他出了事，叫我如何向他家里人交代呀！"那青年妇女一把眼泪一把鼻涕地哭了起来。她哭得花容失色，娇媚的脸上和秀发上很快狼藉一片。游客中虽不乏同情和怜香惜玉之人，但考虑到要以生命为代价，也都望而却步、退避三舍了。

"谁能带绳过桥救人，我出十两银子。"有位富翁豪爽地拿出一锭闪闪发亮的银子。

但重赏之下依然没有勇夫，因为面对死亡的威胁，十两银子就显得微不足道了。

大伙儿都静寂无声，如吃了闭口符一般，仿佛这里是人迹罕至的世外桃源。

“让我来试试——”一个声音虽然不大，但在这静寂的人群中不啻于一声惊雷。百十口人都不约而同地把目光投向发出声音的那个人。但大伙很失望，因为这人是个白净高瘦、年约四十的读书人，走路还有点儿瘸，根本不是他们想象中那一身是胆的勇士。

此人就是齐周华。

“你能行吗？不然不要去冒险了，免得——”

此时有熟人发现准备冒险者是齐周华，立刻跑过来相劝：“你疯了，不要为那十两银子去冒如此大的风险。”

可齐周华没有吭声，只默默地拿起一根结实的麻绳，拴在腰上，就向石梁走去。

一步，两步，三步……他走到石梁当中，继而走到那人身边，将绳子拴在那人身上，然后往回走。

桥下围观的人都屏住了呼吸。许多女子甚至蒙住了双眼不敢看，她们怕看到“高空飞人”摔成烂柿的可怕场面。

但他们的担心是多余的。齐周华脸色坦然、安全无恙地回来了。大概是受到齐周华榜样的鼓舞，那个“哭泣的勇士”居然浑身不发抖了，手也不颤了，于是在绳索的牵引下，他伏身桥梁上，从鬼门关被慢慢地拖回到阳间。

众人长舒了一口气，他们将勇士围得水泄不通。

“老弟，你真勇敢！这十两银子给你。”原先许诺赏银的富翁并没有赖账，而是爽快地掏出了赏金。

“不，我不要，”齐周华连连摇手，“我不是为钱才救他的。”

“那你是为什么呢？”有人诧异了。

“我是试试自己的勇气。”

“你为什么这么大胆？你难道不怕死吗?”出赏银的富翁缠住他问。

齐周华没有正面回答，只是吟出一首诗。那诗在山谷间盘旋回荡：

烦恼无端有，登山气即清；
深尝世路险，反觉石梁平。

人们不解诗的深意，还是那个认识齐周华的秀才解释说：“这人是台州大才子，真正的勇士。前几年，为了浙江吕留良，他带疏仗剑上京鸣冤，结果遭了大难，坐了五年大牢。他差不多已经死过一回了，所以不怕死。”

听了这番话，众人的心里顿时感到酸郁郁的不好受。

第九章

一、齐召南破解奇书

人生是个大舞台。这个舞台光怪陆离，充满奥秘。同走一条道的人，有的很艰难，有的却很畅达。齐周华走读书之路，不但没带来任何好处，相反招来凶险，还差点儿搭上一条老命。可与他形成鲜明对照的是，他的堂弟齐召南，同样走读书之路，却走得有滋有味，风光无限。

齐召南跟齐周华一样，也是个读书的种子。齐周华十八岁即被选为台州第一名秀才，而齐召南六岁就能解对句，九岁即会诵《五经》，被乡人誉为“神童”。十岁作诗咏自己读书的“曹源书屋”，令翰林院杨编修拍案称奇，诗云：

曹源遗迹有谯公（曹勋），此地源泉号亦同；
忠孝鸿名长炳炳，漫云青史古人空。

当地还流传着他小时候的神奇故事。八岁时，他跟父亲在始丰河边洗浴。父亲把衣服挂在一棵樟树上，出对说：“巍巍樟树为衣架。”他立即答道：“滔滔河水作浴盆。”

一年除夕，他来到平镇花市外婆家，见大门上光秃秃的，就问：“为什么不贴副春联？”外公为难地说：“没人写呀！”原来，往年都是平镇一位拔贡的教书先生来写。因为周围几十个村庄都要他写，忙得不可开交，要等夜里十来点钟才能轮到这里呢。

“这有何难？”说着，他叫外公借来笔，然后看了看对面庞家那气魄的“学士第”三个大字，就在早已准备好的红纸上挥写起来：

门对遐迩闻名学士第
胸藏经天纬地万卷书

庞学士家人看了对门贴的对联，连忙报告回家探亲的庞学士。学士非常惊奇，立即叫家人将齐召南引到庞府相见，并吟出一个上联：“天当棋盘星作子，老夫敢下。”

齐召南马上答道：“地作琵琶路当弦，小子能弹。”

庞学士见他对答如流，赞叹道：“此人奇才，前程不可限量！”

果然二十二岁，齐召南便一跃成为拔贡，被直接送到全国最高学府——国子监去读书。

什么叫“拔贡”？这里不妨略作介绍。清代时，秀才一般隶属本府、州、县学，只有经过专门选拔和考试，才能进入京师的国子监去读书，称为贡生，意思是贡献给皇帝的人才。

贡生的种类很多，大致有岁贡、副贡、优贡、恩贡、例贡、拔贡六种。他们都进入京师国子监读书，所不同的是，“岁贡”是每年或两三年一次，从府、州、县学选拔出的学业优良且享受国家粮米补贴者。“副贡”即每次“乡试”后，从举人备取者中选送的少数优等生。“优贡”即每隔三年，由各省专管教育的最高长官——学政，从府、州、县学考选出的几名成绩优秀的学生。不过这种学生无录用条例，用当今的话说就是不包分配。“恩贡”即遇到皇室重大庆典之年，额外开恩加贡一次，名额与“岁贡”相同。另外，就是经皇上特许，让一些“先贤”后代进入国子监就读，也称“恩贡”。“例贡”，即根据国家专门条例，花钱买下进入国子监读书资格的学生。而“拔贡”，则十分难得。因为这是每隔六年（乾隆年间改为十二年），限定从各府学考选两名，从各州学、县学各考选一名，送入国子监去读书。而且对这些学生的考试和选拔，必须由各省的学政大臣亲自主持，然后保选进京。所以能成为拔贡，被秀才们视为很大的荣幸。

齐召南就遇上了这样的幸事。其实，这仅是个开头，雍正十一年（1733 年），他遇到了更大的好事：才名卓著的齐召南，在本省总督巡抚推荐下，取得“博学鸿词”科考试资格。

“博学鸿词”科，是封建王朝临时设置的一种考试科目，借以征集高级人才。这一科目的设置始于宋高宗绍兴三年（1133 年），清代援引此制，在康熙十八年（1679 年）举行过一次。现在乾隆元年，是清代举行的第三次，由乾隆皇帝亲自主持，在保和殿开考，考中者可直接进入翰林院，成为翰林学士。

乾隆元年（1736 年）早春，元宵节刚过，在江南往北方的官道上，奔驰着一列华丽高大的马车队伍。在第一辆马车顶上，高耸着一面迎风招展、劈啪作响的杏黄旗，人们远远就可望见旗上那四个醒目的大字：应召选才。

这是乾隆登基首次举行的隆重的“博学鸿词”科应征考试。

这队马车，是浙江省专程护送去北京参加“博学鸿词”科考试的四名人才。马车队由五辆组成，首尾两辆是随队保卫的副将和武士、差役。第二辆是浙江省提督学政副使和杭州府学王教授。第三第四两辆，就是浙江省由总督程元章和省学政帅念祖举荐的四名在浙江省享有很高地位的人才，台州府天台县的齐召南，就是其中的一个。

马蹄嘚嘚，马车辚辚。铃铃作响的马铃声，是那么醉人，就连那偶尔炸出的劈啪的甩鞭声，也格外令人振奋。北国的早春，虽然仍是寒气凛冽，但马车里温暖如春。因为这车是暖车，配有脚炉手烘笼，而且每个应征者，巡抚都赐给一件皮毛大衣，真是舒服极了。

齐召南听着车马声，陷入了沉思。其实，他早在三年前就被浙江督、抚举荐为“博学鸿词”了，但因为堂哥齐周华当时被判“永禁杭城”，仍蹲在深牢大狱中而未被征召。直到新皇乾隆大赦天下，堂兄赦罪回家后，自己才有今天的出头之日。“我要珍惜这来之不易的机会，将它考好！”他暗暗下定决心。

这列队伍带着为皇上选拔翰林的荣耀，带着充足的费用，在严密的保护下，晓行夜宿，以每天两三百里的速度前进。月底，他们来到河北省境内的望都县。

齐召南知道，这望都县以壁画闻名于世，于是就建议学政副使晚上下榻于壁画楼客栈。此客栈有一个很奇怪的住店条件，光有银子不行，须具备三个条件：须取得拔贡及举人以上功名；须写得一手好字；须对上一副对子。受这三个条件限制，住店者就比较稀少了。

齐召南一行人来到这里，由于是各省督、抚推荐来的才子，此店老板欣然接纳，用过晚饭后，客栈老板道：“各位学士，若要解闷，可到藏书阁阅览。”

读书人听到藏书阁有好书，犹如猫闻到鱼腥味，于是个个儿精神抖擞，倦意尽消，立即涌进藏书阁。

藏书阁中心位置贴着一张醒目的告示：现有奇书一套，谁能读懂此书，本人愿结为忘年交，并以美女和文房四宝一套相赠。

一看到这个许诺，四个应召才子和学政副使及府学王教授一拥而上，人手一册看了起来。

然而，不一会儿，这八册书都归到齐召南一个人面前，因为其他人都看不懂——上面的字有的如蝌蚪，有的像锁链，大家一字不识。于是齐召南将八册书一齐借到寝室，秉烛夜读。只见他一目十行，目不停扫，手不停翻，第二天一早还书时，侍童问："客人八册书看过几册？"

"全部看过。"

"这人真会吹牛皮，简直把牛皮吹到天上去了！"书童心里笑道，"待我考考他。"于是就漫不经心地问："这些是写什么地方的书？"

"都是写藩邦的书。"齐召南从容不迫地回答，"每册写一个国家，八册共写了八个国家。写的是与我国相邻的周边国家：北面的俄罗斯，东面的朝鲜，南面的越南、老挝、暹罗、缅甸，还有西面的印度和巴基斯坦。"

"写邻国什么？"侍童紧逼。

"写两部分内容，前面介绍该国概况，后面着重写风土人情。"齐召南说完，拱手作揖，和颜悦色地问道，"小贤弟，不知我说得对否？"

侍童大惊失色，说道："我是侍童，我不懂，我不知道。这个得问我家老爷，请稍等片刻。"说着飞报主人。原来，其主人曾任过礼部尚书。

不一会儿，主人从屋里笑呵呵地出来。"我在屋里已经听到你们的谈话。"他喜形于色地说，"客人的回答完全正确！"说着，将齐召南邀入里面客厅，叫书童献上茶后，老尚书高兴地就这部奇书攀谈起来。他接连提出几个问题，不承想客人对答如流，老尚书不禁惊叹道："君真乃诗仙李太白下凡也！此书自从我五十五岁致仕带回家乡以来，陈列于阁十载有余，北来南往的举子何止千万，均无人能看懂。不想今日遇到君这样的大才子，想来此书非君莫属！"说着，随即吩咐将这套奇书相赠。

齐召南大喜，连声称谢。更令他心花怒放的是，还因此得到一个美妇。

正当他得到奇书退出客厅时，不承想里面传出一声："客人请留步，老夫还有话说。”说着，把齐召南邀请进卧室。

突然，齐召南被一块美玉吸引住了。一个身材颀长、面如美玉、光彩夺目的少女坐在老人床旁，见客人进来，她连忙落落大方地站起身，微启朱唇道：“学士，请坐！”说着，亲自搬过一个凳子。

这话语十分得体，不是有文化之人说不出来。声音如莺似燕令齐召南感到十分熨帖、舒畅。这屋虽不是很明亮，但她的美貌如明月般一下子光辉了房间。

“老尚书有何指教。”齐召南不禁问。

“老夫有一事相问。”老尚书对齐召南问道，“不知学士何处人氏？有否结亲？”

“晚生浙江台州府人氏，因求功名，故迟迟未娶。三年前，我三十岁那年，被浙江督抚举荐‘博学鸿词’科，因故未选入京，直到当今乾隆皇帝登基才被重新举荐入京。本人曾有过誓言：不待金榜题名不娶亲，故至今未结亲。”

老尚书大喜道：“可敬可敬，真是壮志凌云！”然后，亲切地说：“我有个外甥女，姓季，父母双亡，相貌不丑，知书识礼，因未遇佳偶，至今年方十九仍待字闺中，今欲奉与学士为偶，未知愿意否？”

老尚书用手指指少女：“她跟老夫学习过奇书，说不定对你今后学业会有帮助哩！”

齐召南举目定睛看去，那姑娘早两颊绯红，如银燕飞出屋外了。

齐召南大喜，连忙说：“谢谢老尚书的美意！”然后有点儿惴惴不安地说：“只是没禀明父母，恐难立即下聘。”

见齐召南答应这门亲事，老尚书大喜，连忙说；“这事好办，现在只是订婚，你立即写书信一封到家，告知父母，等双亲同意，再正式行聘。”说完，连忙差人请来浙江提督学政副使做大媒，并请暂留一宿，让外孙女和齐召南订婚。学政副使见此美事，想想京城在望，日期宽余，暂住一宿可消除旅途疲劳，遂爽快答应。

于是，齐召南白白得了一门美婚。

齐召南带着这奇书进京后，有空就研读，不久，其妻季氏随齐召南进京。她得尚书传授这套奇书，二人相互切磋，为齐召南仕途的腾达助了一臂之力，这是后话。

这年二月初，乾隆皇帝在保和殿召试全国一百多名被举荐的“博学鸿词”科优秀人才。浙江参选四人，只有齐召南一人脱颖而出列为优等，授翰林院庶吉士，时年三十三岁。

接到齐召南告捷喜报，老尚书喜不自禁：“我这是奇书选婿呢！”他捋捋胡子，对外甥女说：“我为你选了这么好的姑爷，你拿什么慰劳我呀？”

“我烫了壶美酒，炒了好菜犒劳你呀。”季氏道，然后央求老尚书。“外公，您写封信给齐相公，叫他回江南省亲路过这里时，顺便把婚事办了吧。”

“真不害臊，还没过门，就替姑爷算计起老夫来了。”老尚书故意瞪起眼睛，“这要破费我多少财物呀！会弄得我倾家荡产呢！”

“外公——看你说得这么严重——”她撒娇地将一只手环住老尚书的脖子，另一只手去拔老人的白胡子，“您不心疼我还心疼谁呀？”

“好好好——我依你还不行吗？”老尚书告饶道。

点了翰林的齐召南，立即趁假期出京来望都，准备带季氏姑娘回江南老家完婚，喜得老尚书合不拢嘴。他说：“齐学士，何必费此手续，徒增路上麻烦！干脆在此完婚后再携妻子前往江南省亲，祭扫祖坟，岂不更好？”

齐召南面有难色：“老尚书，婚事开支大，我须回家方能筹措——”

老尚书爽快地说：“你只要答应就行，开支等一应事项都不需你操心。老夫家中虽没有家财万贯，但办嫁娶的薄礼还是有的。”

“这样，太麻烦老尚书了！”

“一家人休说两家话！”老尚书满怀爱意，亲切地说，“从今往后，再不许称我尚书了。我——喜欢做外公。”说着，立即差人请来保定府知府和县令料理婚事。知府是他的门生，自然尽力。县令见能结交上老尚书和新翰林，乐得屁颠儿屁颠儿地，把婚事办得体面风光。

二、堂兄弟境遇天壤之别

下午，齐周华回家，刚走到自家齐宅门前那条街巷，远远就看到齐宅前张灯结彩，鼓乐喧天。他不知道齐家有什么喜事，急急地到家一问，方知是堂弟齐召南家有了天大的喜事。齐召南受浙江总督巡抚推荐，由拔贡应朝廷“博学鸿词”科考试，名列前茅，入翰林院授庶吉士之职。

“你哪里去了，我们四处找你。”叔叔一见到齐周华就急匆匆地说，“家里晚上举行宴会，忙得团团转。”原来叔叔安排他当账房先生，登记宾客的礼单。

傍晚，客人蜂拥而来，简直踏破了门槛。来的客人，不但有全县各界社会名流、著名绅士，还有县令、县尉，府里的同知、镇台，甚至连知府和省里的按察使也来了。他们或坐轿或骑马，县令以上官员皆鸣锣开道威风凛凛，风光无限而来，但来到门口，见到齐召南年将花甲的父亲时，立即上前恭敬行礼，口称“老太爷，恭喜令郎入选翰林学士”，边说边将厚礼献上。

齐周华做账房，对贺礼最清楚。府县一级官员的贺礼，最少的也送十两银子，多的送上百两，堂堂台州知府也送了一百两。按理说，知府官阶为四品，而齐召南庶吉士之职只有六品，比知府低了三级。然而知府心里清楚，自己虽是两榜进士出身，但比那翰林档次还是低了许多。那翰林是进士中最优秀的人才方有资格入选，一旦选了翰林，就意味着此人一生将飞黄腾达，一提拔起码就是一个御史或侍讲、侍读学士，接着侍郎、尚书递进上去。那朝中柱石——大学士、军机大臣（即宰相），大都从翰林学士中选拔，所以，翰林又有“小尚书”、“小宰相”之称，其前程不可限量！认识到这一点，因此县令、同知、知府、镇台等群官，都到齐召南家来拜码头，说不定哪一天自己升官或是出了事，都用得着他呢！

送礼最重要的要算那些地方绅士。在绅士帮中，送银二三十两的就算少了（其实这在当时是份厚礼，一两银子可买一百六十斤上等白米，一个拔贡出身的教书先生一年的薪水也超不过这个数），大都上百两，送几百两的也大有人在。最多的甚至送五百两、一千两。事后，齐周华将礼金向叔叔一交账，把叔叔吓了一大跳，婶婶更是惊得目瞪口呆：竟达到万两银子之多！齐召南家一下子成了城关富户。“我家这下可以把旧屋拆掉，盖新楼了！”叔叔心花怒放地说。

宴会开始了，省和府里最尊贵的客人排在大厅东边最上首一桌，称东一桌，东二为县里官员，西边为齐召南父亲和岳父、舅舅等人。齐召南自己在京师没来，齐召南的父亲成了众星捧月般的人物。

“老大爷，您福气好，生了个好儿子啊！”人们纷纷恭维齐召南父亲。

这天齐召南家是喜事连连，齐召南父亲居然还认了一位干儿子。

这干儿子年已四十五，比齐召南父亲小十来岁，也非寻常人物，是省里管司法的按察使，亦称臬台，官阶正三品，地位比那知府又明显高出一大截（官阶高好几级）。论起这臬台拜干爹之事，是颇富戏剧性的，它源于齐老太爷匆忙之中的一次跌跤。

当宾客宴会完毕尽兴而散时，齐召南父亲齐老太爷，将尊贵的省府客人送到门口。因为多喝了几杯酒，有点儿醉了，脚步踉跄。他没看清路，不提防门槛绊了一跤，立刻头重脚轻，往前面天井跌去。天井是用青砖铺的地，很硬，若摔倒在地，头和膝盖肯定摔得不轻，摔个头破脚骨断是肯定的。听到老太爷“哎呀”一声，只见省臬台奋不顾身扑上前，将老太爷紧紧抱在怀里，从而避免了一场严重的伤残事故。老太爷惊悸之余，见自己完好无损，便感激地说了这么一句话：“您真像我亲生儿子一样好啊！”

“老太爷，您老若愿意，我就拜您为干爹吧。”

齐老太爷高兴得合不拢嘴，一连说了三个“好”！

于是臬台又将夫人唤过来拜见老太爷，并介绍说：“这位是我的内人，姓谢，她是名门谢安后人，她父亲是省布政使。”

当齐老爷了解到布政使、按察使都是省里除总督、巡抚之外的大官时，惊得连连推托：“使不得，使不得！您丈夫和父亲都是这么大的官，却拜我为干爹，我哪有这么大的福气?”他两手连连摇动，做了推的姿势。

容貌美丽、光彩照人、仪态万方的臬台夫人，布政使的千金，眯缝着好看的凤眼似乎有点儿嗔怪地说：“您是怕京师那翰林哥哥说我学识浅薄吧?”她丈夫虽比齐召南大，但她却比齐召南小，因此仍称齐召南为哥。

一句话，将齐老太爷说得涨红了脸，连连摇头：“好女儿，您能做我干女儿，我求之不得哩，只是——”

老太爷急得一时说不出话来，其实他是怕家里拿不出体面的东西当见面礼。

聪明的臬台夫人看出了齐老太爷的顾虑，连忙说：“您老了，礼物应该我们夫妇俩给您孝敬才是，怎好让您破费！您别的一概不用管，只说愿不愿意认我做干女儿?”

老太爷鸡啄米般连连点头，连声说：“愿意，一百个愿意！一千个愿意！”

于是臬台夫人连忙差人飞马从县衙高级旅舍里取来一根金条作为见面礼孝敬，慌得老太爷连连点头说：“我没有像样的礼物不成体统，不管怎样，也得回一件！”

“我别的什么也不缺，就缺一条冬天围在脖子上的纱巾，您老要真心疼我，就请送我条围巾作为留念，好吗?”

“哎，这怎么行？一条纱巾礼太轻，怎么拿得出手?”

“干爹，您把翰林送我当哥哥，这礼够重的了！”

于是，一条纱巾换了一根金条，又不费吹灰之力与省里的大官成了亲戚。

齐周华夫妇参加宴会时坐在西席第二桌，与社会名流坐在一起，宴会中有人对齐周华说：“齐先生，你弟弟点了翰林，你这个当年全台州第一的才子，何时点翰林，请我们喝喜酒呀？要是那样，‘兄弟翰林’匾额一挂上齐宅，不但浙江，连整个江南都要惊动呢！”

听了这话，齐周华恨不得钻入地底。亏得叔叔给他解了围：“周华当年也和弟弟一样举为拔贡，去京师国子监深造。若是他当年去了京师，恐怕早就中进士点翰林了。”

这话虽是善意，但在齐周华听来却很刺耳，好像带有嘲笑意味。不管是嘲讽还是怜悯，齐周华都感到难受。是啊，中进士，点翰林，是自己当年的宏愿，如今让堂弟召南实现了。这虽然是值得高兴的事，但如此天壤之别，却使他感到很难受。因为这令他在宾客面前，在亲友和熟人面前，无法抬起头来。

宾客散后，他百无聊赖，闷闷不乐地和妻子一起往对面的家里走。此时的妻子朱氏见堂弟召南上了翰林，叔叔又收了个臬台夫人、布政使之女为干女儿，心里如打翻了五味瓶，很不好受。她既嫉妒又羡慕，唠唠叨叨地埋怨起丈夫来。

“你要羡慕，现在就去找一个能点翰林的读书人，我又没拦住你！”齐周华气愤地说。

“我做姑娘时青春美貌，都没能找一个好老公。现在年近四十青春早逝，人老珠黄，变得像豆腐渣一样不值钱了，还能找个翰林？哈，恐怕连当秀才妻子也没资格哩！”

妻子的话呛得周华更是生气。因为坐牢，判“永禁杭城”，齐周华的秀才早已被革去。妻子这针锋相对、钻心咬肺的话，令他更是火冒三丈：“你要嫌我，将我休掉好了！”说完，将房间门一摔就去了书房。他拿出《历代文选》，在文章的百花园中一直徜徉了好几个时辰，方才将那颗怨愤的心逐渐平息了下来。

齐召南家的喜宴一直延续了七天七夜，因此，齐周华的账房先生只得继续当下去。

由于齐召南的发迹，加上齐召南家又结交了两门有权有势炙手可热的台州府台和省里大官的亲戚，齐召南妻子还认了天台县令的儿子做干儿子，因此，不但整个台州府，就连全省范围内，都有亲戚、朋友、熟人，或是亲戚的亲戚、朋友的朋友、熟人的熟人，什么拐弯抹角的亲戚，八辈子也排不上的同姓叔伯，从未见过面、听过名字的人，也上门来召南家拜访送礼。这样一来，整日整夜客人不绝，宴席不断，整日整夜鼓乐喧天，丝竹阵阵。天台县令和城关镇绅士，还预订了三夜的大戏，庆祝齐召南钦点翰林。

齐召南家客人如潮水，礼物如潮水。要不是接到齐召南从京师寄来的那封“喜事简办，不可招摇”的信，老太爷在齐宅高挂出“一律谢绝宾客贺礼”的牌子，说不定会闹上一个月呢。

当第七天深夜，齐周华把礼单和礼物交给叔父过目，长舒了一口气时，叔父又给他分配了新的任务，要他负责筹建新宅基建的进出账目。

原来，因儿子钦点翰林而“财源茂盛通四海”，成为天台县富豪的叔父家，真的要拆去全部老屋，重新建造新的高楼大厦了。

这回，他不干了，他以自己本来体格就不好，加上近日劳累搞得晕头转向，需要休息几天为由，推掉了这份任务。

紧接着几天，叔父家拆屋声，打石头声，车马搬运材料声和人的吆喝声，沸反盈天，整日不绝。加之妻子朱氏的冷眼相对，使齐周华决定走出家门。

“大丈夫不能立伟业，当与名山大川同寿于世。”齐周华立下志向。“游名山行万里路，著书立说，藏之名山。”他留下一张字条给妻子，告知出外游历之事，第二天一早，便出了家门。

三、十载杳无信终见知音

他先去温州雁荡山，再到宁波普陀山，然后又乘船急急地往南京而去。因为他想起了与南京江居士的还剑之约，同时又接到在南京某区任职的表兄侯亦门的邀请信。

令他没想到的是，他的南京找友人之行，历尽艰难曲折。

这年秋天，齐周华旧地重游。一下船，他便按照江焕文义士当年所提供的地址，兴致勃勃地去找江焕文。但他一连找了好几天也没找到。

这天，他又在清溪西畔徘徊。他见到溪边有一堆人，便上前问一位秀才模样的中年男子：“大哥，您听说这溪边有个‘江宅’吗？”

“没听说呀！”中年男子摇摇头，随即转向他，“你找的这江姓人是哪年认识的？”

“那时间长了——已经整整十年了。”

那人和他周围的人，都不禁笑出声来。他们都七嘴八舌地议论开了。

“十年的变化可大呢，说不定早就搬走了。”

“你这客人找江居士有什么要紧事？”有人问齐周华。

“我和他是十年前结交的朋友。”齐周华回答道。于是他把自己当年上京告状，到南京因路费不足，江居士赠以银子，自己将宝剑抵押在他处准备等事后来取，相约以三年为期还银取剑的事说了一遍。

“江居士赠你多少银子？你那宝剑值多少银两？”有个瘦猴般的中年男子问。

“江居士赠银七八十两。”齐周华回答。“我那剑是祖传名剑，论价值差不多有千金之巨吧。”

瘦猴连声地抑制不住地笑了起来，笑得眼泪也溢出来了。齐周华不知什么缘故，惊愕地问：“先生何故如此大笑？”

瘦猴说道：“我笑你这位客官痴——痴得被人蒙了骗了拐了卖了还不知道呢！”见齐周华瞪着两眼不解的样子，他才一板一眼地解释说：“江居士这笔买卖做得大做得漂亮呀！用七八十两银子换上千两，真是够聪明够刁奸巨猾的！”接着用奚落、嘲笑的语气说：“那江居士你这辈子甭想找到他了。他发了这么一大笔横财，恐怕早就躲到人不知鬼不觉的爪哇岛和世外桃源享清福去了，你就别做找到他的美梦了。要找，只有等下辈子了。”

“不会的，不可能。江居士不是这种人!”齐周华把头摇得如拨浪鼓一般，“我把宝剑交他作抵押，江居士再三不肯，还是我推托说宝剑重不能携带，强行丢在他处，他不得已才说代为保管，并要我从京师回南方时把剑取回。还相约：以三年为期，到南京清溪西畔故宅相访。”

“你这人真是死脑筋，怎么就不开窍?”瘦猴有点儿火了。“那姓江的所做的那些事都是假的——用假象迷惑你。你想想，如果你将千金宝剑寄存他家，他一点儿不推托，岂不要引起你的怀疑?这样，你还会将宝剑寄存他家吗?”他冷笑了一声，然后鄙夷地说：“看样子，那自称江居士的人，其实也许根本不姓江，说不定姓骗哩，他也根本不是什么狗屁居士，而是一个地地道道的无赖窃贼!”

“不可能，这绝不可能!”齐周华双眼冒火，似乎要跟人拼命，“如果真的是骗我宝剑，他怎么还亲自相送伤心得落泪呢?他女儿还要陪我上京师。江居士还说我要是愿意就带走他女儿，当佣做妾都可以呢。”

听齐周华说江居士十六岁女儿很有情义，更有一人“扑哧”一声笑了出来：“金陵是灯红酒绿的六朝古都，找个烟花女子送送你还不容易?这是江某人的脱身之计你都不知道，真是个书呆子!再说，你即使将她带走，那个江居子——不，那个江骗子用几十两，最多用百两银子就可买到，对于他还可赚八九百两银子，这笔横财够他一世享福的了!”

齐周华绝不相信这些人的话。他见这些人越说越离谱，不但称江居士为骗子，还把那深情意切、清纯可爱的江姑娘贬损为烟花女子，不禁气得七窍生烟：“你们甭说了，我一百个不信!”说完头也不回地继续往清溪西畔一带寻找。

他像用头梳梳头一般，在那十里长的溪畔，一处一处下决心下狠心去寻觅。老实说，他此番主要不是为着宝剑的得失而来，而是为着自己急难时节，萍水相逢的江居士扶危济困的义举，为着江家小妹江燕那一片真情。可以说，是可敬可亲的江家父女吸引他再次来到这里，他想起古代“俞伯牙摔琴谢知音”的故事。他相信，虽然在经济发达的江浙一带，越来越讲金钱，交朋友讲利益，但他仍然相信人间自有真情在。因此，他决定继续寻找。

第四天，他终于在一个拄拐杖的老翁口里得到一个可靠的消息，说原来在这溪畔桥边是有一户写着“江宅”二字的二层小楼，里面住着一对父女，但不久发洪水，冲垮了小楼，后来听说他们搬走了。

这消息令他振奋。这说明江居士确有其人，有其屋，那么他必定还在这一带。他继续沿河岸那芦苇荡一处一处找去。

如今，正是芦花开放的季节。站在高处远望，只见清溪两岸的芦花，雪白雪白，轻轻飘扬，飞絮蒙蒙，仿佛朵朵雪花在飘动，她们轻飘在空中，轻飘在头顶，如同小精灵；飘在脸上，温温柔柔的，如同一个女子的温柔抚摸，又如同一个亲热甜蜜的轻吻。尤其那芦苇在清溪中的倒影，更是美得迷人，她像一个个披着白纱巾的仙女，在跳跃着，飘飞着，舞蹈着。这芦花，令他想起高洁的江义士和温柔迷人的江燕姑娘。

齐周华沿着溪岸边走边找，不觉已到了尽头。

天色已经暗了下来，但他仍没发现江义士的居处。“江居士，您在哪里？燕子小妹，你在何方？”他的声音顺着长长的溪流，在扩散，在飘逝，最后飘逝得无影无踪。

“江义士——江小妹——”齐周华在往回走时，又继续喊。他侧耳细听，企盼能听到回音，希图能出现奇迹。忽然，他在静寂的江畔似乎听到一点儿声音，但听不出声音发自哪儿。接着他眼前出现了一条船的影子，这船令他蓦地充满了信心和希望。

果真是一条船——一条小船，小船果真是向这边河岸而来的。

齐周华连忙跑向溪畔的芦苇丛，跑向小船停靠的地方。

小船靠岸了，摇船的是个精瘦的老人。齐周华连忙上前询问：“老伯，向您打听一个人——就是十年前住在清溪西畔的江焕文居士。”

老艄公的耳朵有点儿聋，听不清他的意思，摇摇头，然后对他说：“后生家，帮 下忙，把船里的病人抬进前面屋里。”

病人躺在躺椅上。借着被萧瑟秋风吹得忽明忽暗的灯笼，齐周华看到此人双目无神地半睁着，脸上、额上都是密密的汗珠，口里哼哼唧唧的，不知在说些什么。

“这人真怪，自己发高烧，医生叫他晚上住在医院里，可他偏要回来。他说要是在外面住，万一有远方的朋友来找怎么办?”老艄公唠唠叨叨地说，“这人也真痴，房子冲毁了，亲戚朋友叫他搬到城里住，可他死也不去，他说一搬地方，怕朋友找不到。”

“他那远方朋友在哪里？叫什么名字?”齐周华急急地问。

“听他以前多次提起，说是在浙江台州府，姓齐。”老艄公叹了一口气，“都有十年了，那朋友要来早就来了，还用等到今天?”接着又用责怪的语气说，“那个浙江人也真怪，真不讲信用，约好最多三年，可十年了还没来。看样子，一定是死了。”

齐周华一下子呆住了。踏破铁鞋无觅处，得来全不费工夫。原来躺在椅上的人就是江焕文居士。

齐周华帮着老艄公将病人抬到一所茅草屋前。随着老艄公的叫门声，“吱呀”一声门开了，出来一个妩媚的青年女子，她把病人扶进房间，躺到床上。忽然见到一个陌生男子，不禁一愣，问：“您这客人找谁?”

“我打听一个朋友，姓江，名叫焕文，当地人称处士。”

“您从哪里来？听您口音好像是浙东一带。”

“对，我是从浙江台州来的，我姓齐，名叫——”没等他把话说完，这女子喜出望外，迫不及待地问：“您就是十年前跟我们同船，去北京告状的齐周华奇士？就是把宝剑押在我家的齐先生?”见齐周华连连点头称是，她两眼忽然流出了泪水，她边流泪边说：“您来了，终于来了，我父亲日日盼，月月等，等了整整十年，盼了无数个日子，今天终于盼到了!”说着，她就要去告知父亲，但被齐周华劝住了：“他生病了，等好点儿再说。”

她点点头：“您等会儿，我先为父亲做碗姜汤。”

姜汤很快做好，齐周华和江燕扶起病人喝了姜汤，躺回床上。老艄公见没有他的事了，便起身告辞。

病人沉沉地睡着了，只听见他在迷迷糊糊中还嘟囔道：“浙江齐义士，你在哪里？你……怎么还不来呀！”

“是啊，自从您走后，我们天天盼，日日想，但一直没等到您。”

江燕向齐周华叙说起父亲等他的事。

“这十年，爸爸天天像兔子般守在家里，从不出远门，生怕您来。有时即使外出，也叫我守在屋里，怕您来找。三年前一次发洪水，家里的房子被冲毁了，亲戚叫我们搬到城里去住，可说死爸也不去。他说一搬家，离开了清溪畔，浙江齐义士就找不到我们了！于是搭起了这两间茅草屋。”江燕动情地说。“别人都劝他：‘约好三年为期，你在此等了整整七年，也算对得起浙江齐义士了。你们现在房子冲了，又早过了约定期限，搬到别处去，这不是你失信，而是齐义士自己失信。’可父亲仍然不听，一定要在这里等。他说：‘浙江齐义士是讲信用的人，他决不会食言，他肯定会来的。他没来，一定有特殊变故。’今年秋天，是您走后的第十个年头。我跟父亲说：‘齐壮士十年不来，肯定不会再来了，说不定已经不在人世了，你就不要再住这个冬天冷得像冰窖夏天热得如蒸笼的鬼地方了。’可父亲却坚决地说：‘我要等到分别十周年的日子。如果那时再不来，说明齐义士肯定出意外了，我就去浙江台州府天台县城关找他。要是他真的遭到不测，我就把宝剑亲自交还他的家人。我，怎能侵吞他这价值千金的名剑呢？’因为劳累和思念心切，近日，他病了，我要陪他去隔岸医院，他不肯。后来实在病得不轻，在我一再劝说下，才勉强坐船前去就诊，却非要把我留下，说家里不能断人，一断人，万一远方客人错过怎么办？”

起风了，扫落叶般的秋风，吹得简陋的茅草屋不停地战栗。听着江燕这动人心弦的故事，感人肺腑的话语，听着茅屋吹箫般似乎在哭泣的声音，齐周华感动得热泪盈眶。他走到病人身旁，深情而喃喃地说：“江处士，江义士，您真是一个情深义重的义士高士，您是知我信我懂我助我的真正知音！齐周华这厢有礼了。”

如同有心灵感应一般，此刻江居士从睡梦中醒了过来。他听到有说话交谈声，就睁开眼睛问：“谁来了？浙江齐义士为啥至今没来呢？”

江燕见父亲醒过来，立即用手摸了一下他的额头，发觉高烧已经退去。她心里很高兴，连忙将嘴贴近父亲耳旁，轻声地说：“爸，你日思夜想，等了整整十年的那个人来了！”

话音虽轻，但对江焕文来说，不亚于一通战鼓，一阵惊雷。他惊喜得一骨碌坐了起来：“你说什么？浙江齐义士真的来了?!”

齐周华连忙过来，搀扶住他的身子，动情地说：“江居士，我正是浙江齐周华。我已听了江燕说你一直不肯搬家苦等我十年的事，我真的好感动！我失约了，让您久等了，请您恕罪！”

“我没有做梦吧？”江处士用右手摸了一下眼睛，把眼前的齐周华从头到脚看了一遍，再回到他的脸，盯着他，将他反反复复地看了好几遍，“您真是浙江齐周华义士？”直到齐周华再次郑重地点了点头，他才相信。

“我们相约三年为期，可你为啥至今才来？”

“唉，说来话长，我以为今生今世再也见不到您了！”面对江居士愕然的神态，齐周华将自己进京告状的曲折，由告状导致自己打入大牢，受尽酷刑，最后被判“永禁杭城”，直到乾隆登位大赦天下才被释放，然后将息病体，寄情山水，等到身心重新强健起来才重游南京的事说了一遍。

听了齐周华的惊险遭遇，江居士不禁唏嘘嗟叹，摇头不止：“唉，怎么会这样呢？明明皇帝亲自下旨，刑部发出通告，叫全国学子畅所欲言，各级官府一律不得阻拦，可为什么刑部不受理推到省里，省里又将人抓起来打入死牢并用如此酷刑折磨？”

江居士发了通牢骚，然后若有所思地说：“为什么皇帝下达的旨意刑部敢于不执行，省里敢于将你打入死牢最后判为无期？”他沉吟道：“雍正不是软弱无能的主子，而是说一不二具有绝对权威的皇帝。举国上下无论哪级官吏，都不敢违抗他的旨意，或对他旨意阳奉阴违打折扣的。”这么一想，一个谜团在他心中形成：莫非皇上下达的对部议可以

"各抒己见，各级官府一律不得阻拦"的旨意，是一种策略，是一个陷阱，目的是"引蛇出洞"，把持反对意见之人一网打尽，把反对和不满的意见，用残酷高压的手段加以扼杀、禁锢？

他的疑问一说出，立即遭到齐周华的否定。

"不不不，皇上不会这样的。我坐牢差点儿被杀和'永禁杭城'的判决，完全是下面那帮贪官污吏造成的！"他争辩道，"都说皇帝圣旨，下旨的事怎么会是欺骗呢？这不可能！这绝不可能！如果真是这样，岂不是太阴险、太心狠手辣了吗？"

"难道他杀死众多兄弟篡夺皇位不阴险毒辣吗？难道罗织罪名，把昔日帮助自己登上宝座的年、隆两位重臣无情诛杀，不阴险毒辣吗？"江居士反问道。

"不，杀死兄弟，是为了夺取皇位。这个，唐朝著名贤君李世民也干过；杀死年、隆二人，则是为了杀人灭口，掩饰夺皇行径。"齐周华固执地争辩，"那些都是天大的事，而打击生监这些平凡的读书人，又有什么大用场？"

看到二人争执起来，机灵的江燕随即接口说："你们肚子饿了没有？我肚子可饿到脊背了，要讨论，等吃饱了肚子有的是时间。"说完，立即进屋做饭去了。

"对……对……别的不谈。十年未见，我们得炒几个菜，拿瓶美酒，好好庆祝庆祝！"说着，江居士立即下床，七找八找，终于在里屋地下挖出一瓶酒，"这是著名的金陵美酒，已埋在地下五十多年。人家送给我，我一直舍不得喝，准备藏着等跟您重逢时再喝。好，现在终于等到了！"说罢哈哈大笑。

齐周华此刻想到江居士赠银子之事，连忙拿过背囊，从中取出八十两银子，双手奉上："江义士，我的好友，请受我一拜。您仗义赠银十年苦等的义举，齐某将永远铭记！"可江焕义坚辞不受："您带疏仪剑进京为正义呐喊，江某万分钦佩！能为您这壮士分担忧愁，是我的荣幸；能结交您这么一位朋友，是我的造化。既然做朋友，就不要再提银子的事了，这点儿银子就作为愚兄对贤弟帮衬的一点儿心意吧！”

说着起身从家中阁楼上取下齐周华那柄宝剑，郑重地交还，他激动地说：“故人无恙，故剑亦无恙矣！”

酒菜上来了，二人边谈边饮，高谈阔论，越谈越兴奋。

“如此奇情奇事，齐壮士，您是文人墨客，何不把它写下来让后人传诵，岂不美哉？”听到江燕的提议，齐周华想到江焕文义士的高风亮节，大为感动，顿时文思泉涌，立即索笔挥毫，写了一篇《宝剑记》，其中写道：

> 当年鲍伯牙摔琴谢知音，传为千古佳话。然在世风日下金钱至上愈演愈烈，高山流水已成绝响的当今，尚有江处士赠重金于萍水相逢之人的义举，使知音佳话再续新章……

见到齐周华的《宝剑记》，江居士亦很激动，遂写了《还剑歌》以和，其歌曰：

> 曾静策反惊华夏，吕氏一门要遭殃；
> 带疏仗剑上京城，周华英名动天下。

看到二人热烈融洽的情景，江燕不禁拍掌大笑。

这天夜里，江处士又和齐周华同睡一床抵足而眠，直谈到二三更方才就寝。

第二天，齐周华来到南京莫愁湖畔表哥侯亦门任职的知县衙门，跟表哥谈起江焕文处士的事。表哥大感惊奇，立即挥笔写了篇《宝剑篇》，并邀请江处士和齐周华第二天到莫愁湖湖心亭一同宴饮。

秋天的莫愁湖畔，菊花满地。湖心亭清风轻拂，鸟雀鸣啭。这天中午，正当侯亦门等三人端起酒杯准备开怀痛饮时，突然听到一个声音从外面高声传入：“谁偷偷在此聚会，也不告诉一声，难道怕我吃白食不成?”

众人大惊，以为是什么牛二式的市井无赖来此捣蛋。侯亦门起身正欲迎出轩外，谁知一人昂然而入。一看，却是南京书院掌院的杨太史。此人曾担任过礼部侍郎高官，又是著名诗人。侯知县大喜，连忙邀请上座，四人开怀畅饮，互相祝贺。江燕忙前忙后地服侍着。

“我看，将江义士居住的楼，定为‘义剑楼’如何?”杨太史提议，并作赋一篇，以表彰江、齐二人好义之情。

四、面对义士才女动真情

齐周华在江居士处玩了两天，然后参观名胜古迹。江燕怕父亲生病初愈，不胜劳累，便自告奋勇陪同前往。

根据齐周华的要求，他俩首先来到聚宝山方孝孺的墓地。方孝孺是明朝大儒，浙江台州府宁海人，是建文皇帝的辅佐重臣，他的死极为悲壮。面对方氏墓地，齐周华眼前浮现出历史上极为残酷的一幕。

朱棣是朱元璋第四子，分封在北京。面对“削藩”被剥夺兵权的威胁，他打着“清君侧”(即清除皇帝身边坏人)的旗号，毅然起兵。经过三年“靖难之役”，推翻了侄子建文帝朱允，登上皇帝宝座，建文帝则在烈火中自焚而亡。当朱棣从北京起程赴南京登基时，他的心腹谋士姚广孝郑重地进言：“南方有一大儒，名叫方孝孺，系太祖重臣、著名文学家宋濂的学生，现居翰林院侍讲学士之职。此人性格清高倔强，大王此去他必不肯臣服，万望大王勿杀此人，若杀此人，则天下读书种子断绝矣!”

朱棣点头答应。到南京后，筹备登基，要方孝孺为即位诏书起草人，但方竟穿一身孝服，直奔殿廷，伏地大哭不止。朱棣特地从宝座上下来安慰说：“先生不要自苦了，我是学习周公辅助成王的。”

方孝孺问：“成王如今在哪里?”

朱棣答道："他已自焚而死。"

方孝孺又问："那为何不立成王儿子为皇？"

朱棣答："国家需要一个年长的君主。"

方孝孺又逼问："既然如此，为何不立成王之弟？"

朱棣哑口无言，只好说："这是我们朱家的事，先生不必多虑。左右拿笔给方先生起草诏书。"

但方孝孺坚决不肯写诏书。他将笔扔在一旁，边哭边骂道："要杀便杀，诏书决不可写！"

朱棣发怒道："难道你不怕诛灭九族吗？"

方激昂地回答："即使诛灭十族也不怕！"说完，拿起笔写了四个大字：燕贼篡位。

朱棣大怒，命将其牵出聚宝门外，剐割而死，并将他诛灭十族（连同学生），共杀八百七十三人，被发配充军折磨至死者不计其数。

方孝孺墓，杂草丛生，一片荒凉。只有那如泣如诉的秋风在悲鸣。齐周华想起清代文字狱中被迫害至死的人成千上万，遍及全国，不禁悲愤难抑，一首悲凉的诗句脱口而出：

痛访荒茔涕欲潸，同乡先哲绿阴间。
忠魂八百俱藏碧，始识金陵聚宝山。

忽然，他看到坟头有一丛金黄耀眼的菊花，那菊花在风中摇曳着。他心中蓦地一动：这岂不是方先生的精魂吗？他走上坟头，摘下一朵菊花，放在眼前仔细欣赏。

"周华大哥，你也喜欢菊花？"江燕不解地问。

"喜欢，喜欢，唐末农民造反首领黄巢的咏菊诗中不是写道：'待到秋来九月八，我花开时百花杀；冲天香阵透长安，满城尽带黄金甲'吗？你看它不畏秋霜肆虐、秋风怒号，可以说是百花中最有骨气的一种花！"说着反问道，"燕子，你喜欢菊花吗？"

“我也爱菊花。”江燕爽朗地回答。“因为这菊花又像您哩！”说完，她深情地望了齐周华一眼，见齐周华正在看她，不觉脸色绯红起来。

“男人不像花，花是女子的象征。你爱菊花，是因为你自己就是一朵菊花。”齐周华盯着她米黄色的绫罗衣服，认真地说。

“此话怎讲？”江燕不解了。

“你在父亲遭到刑讯时，毅然替父上庭，这岂不是如同菊花不畏风雨严霜？你以一首词，赢得知府的同情，使家庭摆脱了文字狱牵连，你的美德岂不像金光闪闪的菊花？你的文采，岂不像菊花一般随风摇曳，光彩夺目？”一席话，赞扬得江燕两腮发热，脸色绯红，但心中却美滋滋的。

“周华大哥，我真的像菊花？你真的喜欢菊花？”江燕仿佛不相信似的问。见齐周华点点头，便有点儿撒娇地说：“那我要你采几朵菊花插在我的头上。”

齐周华为难了。往一个青年女子头上插花，这亲昵的动作应该是丈夫做的事。“我……不能做这件事。这事，你应该叫你男人做。”

“男人——我男人早就死了！”

齐周华蓦地一惊：“怎么回事？”

“那是七八年前的事了。您走后的第二年，我就和一个青年订了婚。这人是个秀才，学问不错，可就是胆子太小，天上掉下一片树叶也怕砸破头。”她打开了话匣，“我们有过短暂的欢乐。但这欢乐像天上的流星一样转眼就消逝了。你走后不久的一天，官府突然来抓人。那天，他正好来到我家，看到我戴着枷铐被逮出房门，顿时吓得浑身发抖，像小孩儿一样嘤嘤嗡嗡地哭了出来。我叫他坚强些不用害怕，可是等我第二天傍晚释放回家，听说他已投水自尽了。”

“从那以后你一直没有再婚吗？”

“从那以后，我的心就冷如冰了。”她痛苦地说。

“唉，都是我害了你，害了你丈夫。”齐周华十分内疚地说。

“那你拿什么补偿我？”她瞪大亮晶晶的眼睛，眼里分明有了一种期盼。

“我——我就将那把宝剑留给你，或藏或卖任你处置。”

“我不要那冷冰冰的宝剑。宝剑能买回活生生的人吗？”江燕反问。

“那你要我怎么办？”齐周华无可奈何地说。

“我要你为我在我的头上插朵菊花，我要你做我大哥。”

齐周华舒了一口气。他给她一家带来了灾难，现在既然她丈夫没有了，这插花的要求难道不应该满足吗？于是，他采来了一束菊花，在她的头上和两鬓装扮起来。“真好看，像一个新媳妇。”齐周华随口赞美。

“那新郎呢？”听到江燕的询问，齐周华无言以答。他家有妻子，再说她还年轻，不能耽误了她的青春。这么一想，便以大哥的口吻，关切地对江燕说：“小妹，你应该再寻一个好男人做你的如意郎君。”

“不，我不再找人了——”她突然两手紧紧抓住齐周华的手臂，一下子投入他宽大的怀抱中，“我要你——我要做你老婆！”

他很感动，但理智战胜了他的情绪。“我此生一不会再去求功名做官，二不会经商发财。女人跟我注定要过苦日子，很可能还要担风险做罪犯的家属呢！”他诚恳地说。

“我愿意！”她坦然地说，“只要跟你在一起。”

“不——我不愿意你跟我受苦，担惊受怕。”齐周华拿手绢擦去江燕脸上扑簌簌的泪水。“你现在只有二十五六岁，还年轻，我真的希望你找个好男人作归宿。这就是大哥我的最大心愿。”

“你不喜欢我？”她怨愤地问，“难道我相貌丑陋？”

“喜欢，但正因为你相貌好，才学高，各方面太优秀，我才不能要你。”他真诚地说，“除非再过十多年，你的青春美貌已经消逝，再也没有找到如意郎君。”

齐周华此刻信口而出的话，只是为了阻止江燕这个纯真姑娘飞蛾扑火的行动，是一种权宜之计。谁知却成了江燕心中的慰藉，给她留下了美好的记忆，使浇灭的火堆多年后又重新燃烧起来。

中午后，他俩来到龙王庙。一到这里，齐周华忽然面色阴暗下来，一副心事重重、很痛苦的样子。

“又怎么啦?”江燕关切地问。

“你知道这地方，历史上发生过什么大事吗?”齐周华问，见江燕不解的样子，他就给她讲起了南宋时期的一段历史。

“眼前这龙王庙，是民族英雄岳飞抗金打了大胜仗，俘虏敌军将领四十余人的地方。正当岳元帅准备乘胜北伐，直捣敌军巢穴黄龙府之际，却被大奸臣秦桧十二道金牌催回，将名将岳飞父子，处斩于风波亭。”

齐周华眼含热泪地问：“你知道秦桧当时处死岳飞的罪状是什么吗?”

“莫须有。”江燕回答。

齐周华摇摇头。“其实，秦桧和朝廷给岳飞的正式罪名为‘谋反’大罪，而且岳飞自己也是签字画押招认了的。”

江燕惊奇得瞪大了眼睛：“岳元帅精忠报国，对皇上对南宋朝廷忠心耿耿，为什么会招认呢?”

“秦桧和他的死党用了酷刑，是酷刑迫使岳飞招供的。”齐周华两眼喷火，心中悲痛难忍。“在杭州西湖的岳飞墓前，你看到有四个奸臣的跪像吗?除秦桧夫妇外，还有两个重要的罪魁祸首，一个叫万俟卨，另一个叫罗汝楫。岳飞从前线被召回后，下到大牢，秦桧派其亲信大理寺正卿万俟卨和大理寺丞罗汝楫，用酷刑拷打审问岳飞，要他招认谋反大罪，结果岳飞招供了。”

“那是什么酷刑?”

“那酷刑的名称，叫披麻问，剥皮拷。就是剥光犯人的衣服，用涂有黏性特别强的鳔胶的白布条，缠裹在犯人身上。待鳔胶凝固后，让武士用力扯下布条，就会连皮带肉一起撕下，一扯就带下一大块，悲惨残酷程度等于活剥人皮。岳飞受不了如此折磨，竟违心地画押招认。秦桧取得岳飞的口供，才请高宗下旨，将岳飞父子斩于风波亭。当名将韩世忠悲愤地当面质问奸贼秦桧：‘你们说岳飞犯了谋反大罪，他真有吗?根据在哪里?’”

秦桧用“莫须有——大概（或许）有的吧”来搪塞。

“‘莫须有’三个字怎能服天下？”面对韩世忠的质问，秦桧无言以答。

故事还未听完，江燕早已涕泪横流。

齐周华两眼远眺滚滚东去的长江，深沉地说：“自古以来，冤狱多生于酷刑。要减少冤狱，首先必须废止酷刑！‘莫须有’三个字虽不足以服天下，但天下的冤屈者，往往由此生出。从此以后，天下的诉讼和冤狱越来越多了。”

他顿了顿，又说：“历史上曾流传着这样的故事：李妇含冤而死，当地三年大旱；忠臣打入死牢，六月天竟下起鹅毛大雪。真的会如此吗？如果真的如此，为何制造奇天大冤的大奸臣秦桧，不但没遭到老天的丝毫惩罚，滚滚雷电没有将他击毙，反而一直盘踞相位，与皇帝赵构弹冠庆贺太平，享尽天下之福，而且其孙子又当丞相，一门高官？我不知道此时的天，还叫什么天？因此，所谓人心即天理，天理即人心，这不过是骗人的话，是安慰人心的。”

“这真是议论精深的卓见啊！”江燕由衷地赞叹道，对周华大哥充满了敬仰之情。

齐周华不声不响地走了，他是在一个清晨走掉的。

当江燕一觉醒来，得知周华哥走掉时，拔脚便追。她一直追到江边，也不见齐周华的踪影。展现在眼前的是川流不息的长江。宽阔的江面上有几十上百艘船，她不知心中的爱人在何方，她目不转睛地望着、望着，直到日已西斜。

“周华大哥，你到底去了哪里？你为啥不跟我说呢？”她喃喃自语。

“……过尽千帆皆不是，斜辉脉脉水悠悠，肠断白萍洲。”她吟诵着这首古词，一滴苍凉的热泪不禁挂在她的眼角。

第十章

一、举人下战书不敌周华才

西岳华山素以奇险挺拔俊秀著称。齐周华自那年带疏进京回江南途中，带病匆匆游览过东岳泰山后，攀登西岳华山的愿望更为强烈。他觉得泰山是帝王之山，那里专门供帝王封禅。历史上凡自认为功比三皇五帝的皇帝，如秦始皇、汉武帝、隋炀帝、唐玄宗，都来过此地进行大规模的祭拜活动，而华山却是有铮铮铁骨的文人奇士浏览的好地方。

这一天，他终于乘月夜登上华山之顶。早晨当他俯视华山时，不禁为华山之奇之险惊心动魄。看着那令人倒抽一口冷气的悬崖峭壁上的千尺幢、铁绳坡，天梯般的长空栈道，三面临空的鹞子翻身等险境，齐周华猛然觉得，这华山就是属于自己的山。你听那名字，就叫华山——周华的山！就是一部自己人生的缩影！这山大起大落，险象环生，自己的前半生也是跌宕起伏，艰险重重。这么一想，他更觉得自己与华山有了某种不解之缘。一时间，他竟分不清是自己像华山，还是华山像自己了。由此，他更感到华山的亲切。

他细致地观察着华山。忽然，华山的溪水引起了他的注意，激起了他的共鸣。这溪水名叫“遁溪”，其水从华山顶玉女井流出，经三遁，过廿八道坎，注入渭河。华山顶上瀑布高挂，经水帘洞，入青柯坪，至白龙龛为第一遁；至灵官殿为第二遁；至三里龛即第三遁，方见出峪口。遁溪，遁溪——隐逸遁世的溪。这地方正是我隐遁的去处！这么一想，他便决定在华山住下来。

遁溪岭上有个清幽的阁，名叫凌墟阁。这里有屋数间，俯临溪水。房内有笔砚、经史，有书画，还有道释藏经。他觉得这一切好像都是为自己而准备的。居庙堂之高，则忧其君；处江湖之远，则忧其民。我干不成经国之伟业，也应为天下苍生做些有益的事。这么一想，他决定运用自己的学识，办一个书院，教一批学生。他把这个想法跟华山寺看守寺庙的唯一的老和尚一说，老和尚拍掌叫好：善哉，善哉，如此大妙！因为他也巴不得借此重兴因战火变得满目疮痍的寺庙哩！

于是，“遁溪书院”的匾额很快挂上了凌墟阁，不久，书院里便传来了琅琅的读书声。齐周华在四十九岁这年，开始设学教授学生。

第一年招生时，他费了九牛二虎之力，也只招到十个。因为人们并不相信这个来自外乡的秀才。直到一年后，遁溪书院考取秀才的佳绩名列全县前茅，在方圆百里内引起轰动，遁溪书院才被万众瞩目。

华山脚下素负盛名的“龙门书院”掌院人吴教授，做梦也没想到只有区区十个学生的“遁溪书院”，会对自己的声誉构成严重威胁。

他中举后，做过县学教谕和府学教授，在华山一带是个名人。当齐周华在华山那破旧的凌墟阁挂出“遁溪书院”的匾额时，他虽然对那一手潇洒飘逸的毛笔字有点意外，但仍不以不然：书法嘛，只是人的衣衫，不能代表学问，教学毕竟靠学问。接着，听说“遁溪书院”齐先生定出数条教规约束学生，便派学生暗中抄录下来。拿到教规，他心不在焉地看起来：

一、读圣贤书，注重个人修养。做人要讲究礼义廉耻、孝悌忠信。

二、读书应注重古人注解，尤其应注重大学问家朱熹的注解。但又不应完全迷信古人，应有自己的真知灼见。这就是说：尽信书不如无书。

看了这两条，吴老先生不禁有耳目一新的感觉，于是聚精会神地看下去：

三、举笔作文，应有根有据，胸有成竹，如涌之泉行之风，切忌搜索枯肠，硬着头皮举笔。文章浓淡平奇，各有妙处，应随其性情有感而发，并深入浅出，宜古宜今，方为上乘。戒空泛油滑。

四、重书法，有文不可无字。写文章字如涂鸦，令人眉头打结。故书法不可不究。诗文好书法精，则诗文炯炯夺目，片纸只字可作墨宝矣！

看了三四两条，吴教授不禁对齐周华先生刮目相看，因为这两条与自己制定的最得意的教规不谋而合。

当他看到第五条时，不禁肃然起敬：

五、注重诗学。诗人之文，声韵铿锵，一唱三叹，余音袅袅，如弹琴吹箫，故学诗可使文章如行云流水……

这数条教规和匾额上“遁溪书院”的书法，如一道闪电，照亮吴教授的心头；如一阵惊雷，在他头脑里轰鸣。他感到自己遇到了一个强有力的对手。但后来一打听，听说江南齐先生并未中举，只是个秀才，特别是听说只招到区区十个学生时，他心头的担忧便烟消云散了。因为人数少进学人数毕竟有限，哪怕齐先生学生进学率跟自己旗鼓相当（这是根本不可能的），进学人数最多也只有五名，肯定不会超过自己。

秋去春来，转眼到了府里举行秀才考试的时节。此时的齐周华已被吴教授列为主要竞争对手。吴教授对齐周华的关注，源于不久前全华山县一次文章选拔赛。在那次文章比赛上，竟让“遁溪书院”学生拿了第一，而自己的得意门生却屈居第二。于是，比赛后不久，吴教授借口带学生游华山，来“遁溪书院”造访。

茶烟招待后，吴教授便打开了话匣——向齐周华探探虚实。

“听说您华山设教，教学有方，兄很是钦佩，不知您手下学生本届能有几人进学？”

齐周华思考片刻，便胸有成竹地答道：“按小弟预计，若是不出意外的话，今年大概可望进学七到八名。”

吴教授闻听此言，吃了一惊，紧接着差点儿笑出声来，心想：我这个学生进学率位列全县前茅的老先生，十名也只能中五名；而眼前这人竟牛皮吹破天，十名学生竟想高中七到八名！你难道是韩愈苏东坡再世？这么一想，他不以为然道：“我们华山县历年以来，中秀才名额大约是三十名。你的学生能中八名，我的十五名学生可中七到八名，如此算来，我们两个书院就能中十五六名，而县城学堂学生数多，通常能进学十五名。这样一算，难道说，其他七八所学堂几百名考生要剃光头不成？”

齐周华笑了笑，说：“老前辈，考试的事，谁也不能保证百分之百准确，但我想，不管怎样，我的学生今年进学一定不会少于七个。”

“你如此肯定，敢跟我打赌吗？”吴教授认真起来。

“行！”齐周华掷地有声地说，“要是我的学生今年中不了七名，我就摘去书院牌子，立即走人。”

吴教授大喜。因为这样一来，他就少了一个可怕的竞争对手，就可以稳居本地“第一教授”的地位。但他没喜形于色，又将了齐周华一军：“您这赌也打得太重了。俗话说：过头饭好吃，过头话不好讲。我们还是赌一桌酒席为好，输了还能实现，大不了请我吃一顿；若赌重了，谁来做证人？谁好意思摘你牌子撵你走呢？”

“您放心，要是我输了，不用您找证人，也不用您撵，我自个儿摘牌走人！”

吴教授吃了这颗定心丸后，兴高采烈地走了。一走出书院，不禁唱起一曲动人心弦的陕北民歌信天游：

青线线哪个蓝线线，
蓝格英英的采，
蓝花花我下轿来，
东望西眺，
一十三省的女儿哟，
就数那个蓝花花好……

秀才考试临近尾声，一切考试皆如原先预料。齐周华感觉良好：如最后一门不出意外，自己所教十名学生将有八名进学，大爆冷门。他密切地关注着最后一门考试。这门考试是做文章，是重要课门。他事先告诫学生务必慎重对待，谁知考试时间刚过一半，自己有个得意门生——位列第二，很有灵气的学生黄毛就得意扬扬，蹦蹦跳跳地出来了。

他是全场第一个交卷的考生。

“考得怎样？”齐周华问。

年仅十五岁的考生黄毛站住，回答道：“这题目简单极了，我写得很顺手，我一气写了两千多字呢！”

“你还记得开头和结尾吗？”齐周华先生不放心地问。他知道黄毛很骄傲，骄傲就容易出差错。

“记得，记得，我整篇都记得，我背给先生听听。”说着，黄毛逐字逐句地背诵了起来。

齐先生听着听着，突然叫他停下来，问：“你交卷前仔细检查过试卷没有?”见黄毛摇摇头，便严肃地说：“你在那个至关重要的反问句中少了一个关键字。这样一来，论说的观点和意义全反了!”

黄毛脸色大变，刚才还蹦蹦跳跳说说笑笑快活如山林小鹿的他，顿时呆如木鸡。

“胜败乃兵家常事。”齐周华先生开导说，“以后考试务必要注意检查，要求好，切不可求快，那样容易出错。”看到他垂头丧气的样子，齐周华安慰道：“你还年轻，以后有的是机会，切不可背思想包袱。”

半个月后，秀才考试的榜文张贴出来。齐周华的学生黄毛，果然名落孙山惨遭淘汰。但十名学生仍然中了八名。原来，位列第九的鼻涕虫竟然也中了。而位列第一的学生则考了个全府第一。“龙门书院”吴教授所带的十五名学生也中了七名，最好的一名学生位居全县第二，全府第五。华山县书院三十多名考生中了十二名，比往常少了约三名。其他书院全部加起来只有一名。这样，“遁溪书院”中秀才人数排名全县第二，“龙门书院”居第三。若按比例计算，“遁溪书院”排名第一。于是“遁溪书院”和齐周华，如一匹黑马从华山县杀出，引起了人们的震动和瞩目。当吴教授得知齐周华少年时期即为台州府秀才第一名，被省学政举为拔贡未应召，其堂弟为当朝全国名士——翰林学士、太子老师、礼部侍郎齐召南时，亲自登门到华山“遁溪书院”，邀请他来“龙门书院”执教。

“齐先生，还是您来执掌‘龙门书院’吧，我年已花甲，理应让贤。”

但齐周华没答应，他仍然在“遁溪书院”执教。此时“遁溪书院”名声大震。江南名士齐周华先生所教学生，十个能中八个，要不是黄毛骄傲自满掉了一个字，十个学生有九中，如此厉害的先生，踏破铁鞋也难寻哩!

“咳，人家齐教授是什么人？他弟弟是天下第一师——太子的老师，他当哥哥的当然厉害啰！”

这样越传越玄乎，于是，来华山“遁溪书院”就读的学生，几乎踏破了门槛。人们不怕山高路险，蜂拥而至。只能容纳二十多人的书院，学生立刻激增到五六十人，大大超过县城学堂。结果，不但华山脚下的一些书院，甚至连县城、府城宝鸡的学生都纷纷往华山涌。于是有一天，有两拨人马，抬着四人大轿，同时来到华山脚下，派人上山盛情邀请齐周华出山。这两拨人马，一是县学，一是府学，都携重金，聘他为主讲教授。

他，顿时成了香饽饽、抢手货。

但他没去，只是另招了十名学生，把“遁溪书院”人数扩充为满额二十二名，继续执教。

第二年，那十二名考生，居然中了十一名秀才，又爆了一个大冷门。

他手下那个考全府第一的学生叫茅坤。家里穷得叮当响。父亲长年生病，他不但连书费、学费都付不起，连饭也吃不饱。周华先生就在自己房间又加了一张床，叫他睡在同一间。不但免他书费、学费，还和他饭菜共享。每有乡亲送来好吃的东西，齐周华必定分给他一半；天冷时节，就将自己的暖鞋、棉衣匀出一套，还为他置办了一套被褥。

“齐先生，您的再造之恩，我怎么报答呢？”每当茅坤泪眼婆娑地感谢他时，齐周华总是鼓励他说：“考取举人、进士，力争夺三鼎甲，‘先天下之忧而忧’，为国家，为百姓做一番事业，这就是你对我最好的报答！”

第二年秋试来临，正当齐周华为茅坤等十名优秀学生紧锣密鼓地复习，准备上省参加乡试的关键时刻，突然接到一封家中寄来的鸡毛信。打开书信一看，齐周华的脸色蓦地发白了。

二、小儿溺亡家屋倒塌

从家书中得知：小儿式晤在莪园溪游泳时溺死。他有两个儿子，大儿忠厚有余，灵气不足，只中了秀才便止步不前，现在只在家收收账，管管田产。他知道大儿不是科场上的材料。可小儿子聪明伶俐，七岁便会作诗，解对句，十岁能诵《四书》，聪颖异常，有过目不忘的惊人记忆力，像他堂叔齐召南一样，从小得了个“神童”的绰号。他十二岁便中了秀才，人们预测，前程辉煌，不可限量！然而天不佑人，小小年纪便匆匆而去，怎不令人心疼？小儿子之死，令齐周华如利箭穿心。因为家中冒出的一颗启明星陨落了，全家的希望顿时化为泡影。他的精神一下子垮了。一腔辛酸的泪水，顺着他的脸颊不断地流淌下来。

这天中午，他没有吃饭。细心的茅坤见老师一筷未动，情绪有些反常，知道一定是家书里有特殊的消息。走进房间一看，见书桌上摊着一封家信，信上居然有一道宽阔的泪痕，一看吓了一跳：原来是号称“神童”的小师弟溺水身亡！他奔出房间，跟同学们一说，大家一齐围集到教室。

“老师，吃饭吧。人是铁，饭是钢，不吃饭要累倒的。”

“齐先生，你家里有急事、大事，快回家吧。”同学们带着哭腔七嘴八舌地说。

忽然，“啪啪”两声教鞭猛地响起，教室里顿时鸦雀无声。“上课!”齐周华只说出两个字，便讲起课来。

晚上，学生们都聚集到齐先生的寝室，不少得知消息的家长也前来劝说，要他回江南老家料理小儿的后事。

可他就是不答应。“同学们，乡亲们，你们的好意，我十分感谢，但我现在不能回去。”他动情地说，“人死不能复生，纵使我立即到家，也无济于事。眼前这五天，是你们人生中的关键时刻，是上疆场打仗，我绝不能在这节骨眼上退却，我要送你们去省城考完三场，再回家探望。”齐周华擦去涌上眼眶的泪水，爽朗地一笑：“我虽然失去了一个聪明的儿子，但却得到十几个、几十个聪明的儿子。学生们，你们若是真待老师好，真的尊敬老师，就拿出勇气，在考场上驰骋拼搏，夺取功名，为‘遁溪书院’争气，为教师争光吧”！

这铿锵有力的声音，在书院里回旋，在学生们心头激荡。同学们都憋足了一股劲，求学问，夺功名。那中了全府第一名秀才的茅坤，更是立下了凌云壮志：夺取解元，夺取三鼎甲，报效国家，造福万民！

乡试三场结束，齐周华从西安急急地往江南赶。令他遗憾的是，他没能等到学生放榜的日子。这届考试，他的十名学生竟有六名中了举人，其中茅坤更没辜负恩师的期望，果然高中陕西头名举人，成为解元。两年后，年仅二十岁的他，又夺取三鼎甲，中了探花，授翰林院编修。若干年后，任西安知府，接着任省布政使，一直做到二品封疆大吏巡抚。这是后话不提。

话说齐周华急匆匆地往家赶。等回到家，已是一个月以后，小儿子早已下葬。妻子见他回来，一把抓住他，又哭又喊：“你这没良心的，到现在才回来！是你害了我的儿子，你还我儿子！你当爸的长年累月不在家，把一家老少都抛给我，对家里不管不问，你还像当爸的样子吗？家里人死了都不回来，你还算是人吗？简直禽兽不如！”

当他解释接到书信时，正逢乡试大考季节，不能荒了学生时，妻子怨怒道：“你把别人家孩子当作宝，却把自己儿子当根草。别人孩子中了举人中了进士，能供你吃供你穿吗？”说着号啕大哭起来。她边哭边诉说：“我可怜的儿子，聪明伶俐的儿子啊，你本来应该坐高堂骑白马，而今却做了可怜的水下之鬼……”

齐周华逃难似的从家里逃出。他来到儿子的坟前。因为无权无势又无钱，加上与堂弟关系不太和睦，儿子的坟地选得并不好，是一块背阴的低洼地。一场秋雨使洼地积水涟涟，看起来，生前被水淹，死后仍要遭水淹。秋风呜呜地吹，似乎奏起一支凄怆的乐曲。此情此景，更激起他的思子之情，丧子之痛，他不由得作墓志铭致哀：

儿呀，为父为大义带疏仗剑进京救吕氏，谁知身陷牢笼整五载。虽遇赦出狱，九死一生，然身遭酷刑，心受摧残，如旱天路上将死之鱼奄奄一息。为疗救伤体病躯，游历山川，欲借山水之美，苟活数年，教授汝学业，以助神童达鲲鹏之志。谁想吾旧病未除又添新痛，不幸爱子溺水，未来英豪为水底之鬼，此吾之过也。呜呼，悲哉！痛哉！……

农历十二月廿十四，过小年，周围不时响起噼里啪啦的鞭炮声。宰猪、捣年糕、爆米花，过年气氛笼罩着县城，家家户户呈现出一派过年景象。可是齐周华家却门庭冷落，如一潭死水。五年的牢狱，打点，原本靠收几十亩田租生存的齐周华一家，一下子败落了，由小康之家一下子跌入贫穷境地。这与堂弟齐召南家的兴旺发达、荣华富贵形成了鲜明的对照。朱夫人出身富户，不会养猪，不懂养蚕，只能纺点纱出售，赚点儿油盐勉强度日。恰逢新年又是他们结婚二十五周年的日子，因此她牢骚满腹，唠唠叨叨地说："人家过年杀猪宰羊，我们家倒好，连只鸡也没有。人家的丈夫给妻子买金赠银，打扮得珠光宝气；可嫁了你，连只铜戒指也没有……"

听了妻子的怨言，齐周华也冒火了。此刻，他想起那年被逮杭城时，妻子与台州蒋同知——自己当年同学亲昵的一幕，不禁怀疑妻子在自己坐牢期间，肯定与蒋同知有暧昧关系，心中更是醋意大发，不禁语带讥讽："是我这牢监坯害了你，使你不能享福！"

他看了看妻子那依然乌黑发亮的青丝和白嫩红润的容貌，恶毒地说："你如此美貌，只要你愿意，不要说披金戴银，就是珍珠玛瑙珊瑚玉石，人家也是乐意送的。"

"谁乐意？你说呀！"妻子追问。

"这你自己知道，"齐周华冷笑道，"我被逮捕时，有个当官的不是抱住你亲吻吗？"

"你……你……你……"妻子气得说不出话来。她心里委屈地说："我当时见你被捕，悲伤得昏厥过去人事不省，你那同学扶住我不让我倒在地上磕伤。可你却说这种没心没肺没人性的话！"好一会儿，她才缓过气来，无比怨恨地射出一句话："你这没良心的东西，血口喷人，总不得好死！"

从此以后，夫妻俩经常为家庭琐事吵嘴。夜里，妻子再也不和齐周华同床共枕，干脆睡到隔壁房间去了。齐周华常常为自己冤狱五年，无人站出来为自己说话耿耿于怀，烦恼不已。于是，看到邻居，看到城里绅士，都不顺眼，横眉冷对。众人见他这副嘴脸，自然也抱以不理不睬，甚至冷嘲热讽的态度。

第二年初夏，齐周华又遭了一次大难。一天夜里，暴风骤雨袭击他家宅院。半夜里，突然天空响起一阵霹雳，只听得轰的一声，睡梦中的齐周华还没明白是怎么回事，就栋梁折断墙倒屋塌，齐周华和儿孙三人被埋在瓦砾堆中。儿孙好不容易挣扎着爬起来，连忙喊父亲喊爷爷，却只听见微弱的呻吟声。慌忙找灯一照，发现齐周华一条腿被压在土木堆里出不来，连忙找来人搬去土木将他救出。此次，他虽未被压死，但脚被严重压伤。

为修屋，只得又卖了几亩田。家里没有什么大的进项，只靠点儿田租过日子。此时的齐周华内心十分痛苦，忧郁悲伤笼罩心头。我本来以读书为业，却被读书所累，以致到五十岁知天命之年仍一事无成；我有聪明漂亮的妻子，可是夫妻俩若江汉之浮萍，形同陌路不能相通；我本生于人世，却不为世人所容。在家待不下去了，真的待不下去了，我要出逃，逃到不为世人知道的地方！他再次萌生了出游名山大川的念头。

出行缺路费怎么办？他忽然想到那把失而复得的祖传宝剑，于是拿它作抵押，当了二百两银子上了路。

三、游陕西古迹后愤而作诗

陕西是齐周华最向往的地方。因为西安是九朝古都，名胜古迹数不胜数。他一年前来到华山，曾发誓要遍游陕西，却因家遭变故仓皇回浙而未遂愿。此番，他从浙北湖州进安徽，过芜湖、合肥、亳州，入陕西潼关，站在双峰夹峙的雄关上，他北眺黄河滚滚东去，西望华山巍峨耸峙，不禁诗兴大发：

负山濒水集鱼盐，百二雄关锁钥岩；
北枕黄河三晋近，东来紫气五峰尖；
树头绿酒家千户，云脚青移画一帘；
总束秦疆秀色聚，巍峨华岳又西瞻。

他边观边行，忽然，见到“鸿门宴”项羽宴请刘邦处，心中顿生万千感触，不禁为项羽心慈手软不肃清内奸项伯，致使留下无穷后患而嗟叹不已：

宴设鸿门坂，风云总不侔；
知机驰霸上，碎玉而留侯。
漫治丁公罪，先悬项伯头；
二臣如早戮，未必事归刘。

前面是一座很不起眼的墓。低矮的墓，萋萋的草。他正想从旁边走过，忽然，墓冢上一片鲜红的草牵住了他的视线。他感到好奇，上前一看，不禁大吃一惊。原来，平淡无奇的墓碑上，却写着一个惊天动地的名字，它是没有封号没有头衔，遭千年风雨侵蚀后仍依稀可辨，简单至极的四个字：韩信之墓。

这就是丞相萧何不顾山高路险，冒着生命危险，顶着逃亡的罪名，在朦胧的月夜，单骑驱驰数百里，倾力追赶的帅才韩信吗？这就是暗度陈仓，平定三秦，背水一战，平复赵地，百战百胜，胸中自有雄兵百万将兵多多益善的军事奇才韩信吗？这就是楚汉相争中，帮项则楚胜，助刘则楚亡的关键历史人物韩信吗？这就是用十面埋伏奇计，将叱咤风云“力拔山兮气盖世”的西楚霸王项羽重重围困于垓下，迫使历史演绎一出“霸王别姬，自刎乌江”的旷世悲剧的盖世英雄韩信吗？这就是被吕后和萧丞相设计逮捕，并以“谋反”大罪加以诛杀的韩信吗？

齐周华一遍遍地叩问，但无人应答。坟地四周静悄悄的，只听见秋风呜咽，只看见落叶潇潇。那坟丘，小而低矮、残破不堪。墓碑上没有封号，没有溢美之词，只有表示耻辱、可以说死后还遗臭万年的一行字：某年某月，因谋反被处斩。

看到这荒草萋萋的破败景象，一首悲愤诗不禁脱口而出：

名标三杰并萧张，何事残尸掩路旁？
半为功高犹器小，持盈无术自称王。

齐周华熟读《史记》，对西汉历史很了解。高祖十年，陈豨叛乱，刘邦亲征，韩信、彭越两位异姓王均称病没有随征。吕后在宫中主事，听人举报，韩信勾结陈豨里应外合图谋造反，因此与萧何丞相设计，在长乐宫诱捕了韩信，并立即加以诛杀。

韩信果真是谋反吗？对于这个罪名，齐周华心中是很难相信的。首先，告发之人是韩信欲处死的罪犯之弟，是韩信的仇人。韩信若真要举事，怎会让他知道起兵谋反这天大的机密？二者，当年韩信拥兵据齐地时，他完全有实力三分天下、二分天下甚至独得天下，可是他感念刘邦知遇之恩，毅然拒绝项羽三分天下的劝说，没有背叛刘邦，而是帮他灭掉项羽。到了吕后逮捕他时，此时的韩信早被剥夺了兵权，闲居京城，怎能谋反？三者，说他与陈豨勾结，不合事实。陈豨叛乱，高祖头年就已平定，而吕后却说他第二年春谋反，前后矛盾。其次，韩信死后，从刘邦的态度中，也可看出“谋反”罪名很难成立。

司马迁《史记·淮阴侯列传》中说，刘邦平定陈豨叛乱归来，听说韩信已被吕后诛杀，“且喜且怜之”——又高兴又怜惜。

这五个字对韩信之死确是画龙点睛之笔。韩信是助刘邦夺取天下的三杰中的一杰。为何死了刘邦反而高兴呢？因为他与另外二杰萧何、张良不同，萧、张是文臣，天下平定后，治国靠文臣，且他们手中没兵权造不了反。而韩信却不同。他是指挥百万大军的统帅，威信高、功劳大，一旦有异心，就会威胁刘家天下的稳固。因此，韩信是刘邦夺取天下后巩固政权的心腹大患，是刘邦、吕后最害怕的人。于是战争一结束，就迫不及待地夺了他的兵权，并千方百计寻找他的罪状，想收拾他。云梦泽巡游，刘邦设计逮捕韩信，反复审查，也没有找到谋反实据，无法将他除去，只好赦免了他，但将他由王降为淮阴侯。

这些事实，充分说明刘邦得天下后，一直将这些打天下的武将视为眼中钉肉中刺，必欲除之而后快。尤其对异姓封王、首屈一指的大将军韩信，更是防之又防。因此，不管韩信对刘邦是否忠心，早晚都逃脱不了被剪除的可悲下场，这就是常言所说的：野兽尽，猎狗烹；飞鸟尽，良弓藏。所以，听说韩信已杀，千斤巨石落地，刘邦心中无比高兴。可他知道，这是吕后捏造罪名，韩信根本没谋反，是被屈杀的，挺可怜的。

另外，齐周华还从刘邦、吕后对待另外几个武将的态度中，看出这对帝后的为人。他从《史记》中知道，与韩信一起封为异姓王的还有梁王彭越、淮南王英布。《史记·黥布列传》中写道：十一年，吕后诛杀淮阴侯韩信，英布因此心里恐惧。夏天，刘邦诛杀梁王彭越，将他剁成肉酱，分送给诸侯。送到淮南，淮南王英布正在打猎，见到彭越肉酱，非常恐惧，暗中派人部署兵力，防备发生紧急情况。

刘邦为何要杀彭越？据《史记·彭越列传》记载：陈豨反叛时，高祖征兵梁王彭越，梁王称病，派将领带兵前往。高祖怒而要处罚彭越，彭越惊恐准备前往京师向皇上请罪。此时部将曾劝他："您开始不去，如今遭到责罚而去，去了就要被擒了，不如发兵反击。"可彭越不听，后被仇人告之谋反，被捕。刘邦赦其死罪为庶人，流放四川。不久遇吕后从长安来，欲往洛阳。彭越对吕后泣涕自言无罪，愿回到故乡昌邑。吕后欣然答应，与他一同来到洛阳。吕后对高祖说："彭王壮士，今徙亡蜀，此自遗患，不如遂诛亡，妾谨与俱来。"原来，阴险狠毒的吕后，带彭越同来之目的，并非要为彭越说话，而是要将他斩草除根。于是吕后乃令其舍人告彭越谋反，将其处斩并灭族。由此可见，刘邦、吕后皆是忘恩负义、阴险狡诈之人！

齐周华抬头看着韩信的坟头，只见墓冢上有一片红色的柴草叶子。它鲜红鲜红，如同人的鲜血。他蓦地感到，韩信被杀是天下奇冤！他拿出一把小刀，在韩信墓地那棵孤零零的老槐树上，刻下一首诗：

闻说当年长乐宫，忍烹走狗折良弓。
至今冢畔萋萋草，化碧成丹一色红。

这一天，齐周华来到兴平县马嵬驿。这里安葬着一千多年前被唐玄宗赐死的贵妃杨玉环。齐周华很熟悉这段历史。唐天宝十五年（756年）六月，爆发了震惊全国的"安史之乱"。唐玄宗仓皇逃往四川避难，行至马嵬坡时，随从将士怒杀宰相杨国忠，并逼迫唐玄宗下令缢死杨玉环，死时年仅三十八岁。这就是唐代大诗人白居易在《长恨歌》中所描写的："渔阳鼙鼓动地来，惊破霓裳羽衣曲。"

一到墓冢，他忽见到一个奇怪现象：许多游客，尤其是妇女趁守墓人吃午饭疏忽之际，纷纷到坟墓上偷土，看守人拦也拦不住，以致坟墓上的土被挖下去好几尺，变得坑坑洼洼。

"偷土有啥用场？"齐周华不解地问。

"他们把这土搅在粉内擦脸，说是可以去斑痕，使皮肤和容貌变得更加细白光洁。"看守抱怨道，"害得我们日夜看守也守不住！"

齐周华感到好笑，于是向看守要来一支笔，题写了一首诗：

冢上土，白如霜，闻可涂斑助新妆；
大姑小姑争取将，何愚至此不思量。
妇女在德不在色，速抛冢土休吝惜！
不然小斑未净大斑生，浑身翻染黑如漆。
君不见，冢中人，当年倾城又倾国！

“好一个妇女在德不在色！”看守赞叹道，“否则，即使倾城倾国，也只能落得个不得善终的悲剧下场！”看守说着，把齐周华的诗裱糊好挂在墓冢旁的庐室内。自此以后，偷盗冢土者大大减少。

游过杨贵妃墓，齐周华来到长安附近一处寺庙。他知道，浙江德清县朋友房讷庵在这里，一问，果然还在。于是夜宿此处，二人彻夜长谈，第二天起程时，他留诗一首作纪念：

十年同患恨殊方，聚首长安两鬓霜。
往事不堪回首忆，叹予一臂似螳螂。

“螳臂挡车，虽被车轮碾成重伤，但这种为民众为真理奋不顾身、舍生忘死的精神，仍令万民景仰哪！”

听到朋友对螳臂挡车的赞美，他感到一种由衷的慰藉。辞别朋友，他来到关中名山太白山。它是江汉、渭水之间和秦岭山脉的主峰之一。山顶海拔三千七百多米，比西岳华山还高出约一千七百米。他一边登山一边吟诵大诗人李白《登太白峰》的诗句：

西上太白峰，夕阳穷登攀。
太白与我语，为我开天关。
愿乘冷风去，直出浮云间。

举手可近月，前行若无山……

农历八月登山，在陕西其他地方是很热的，会热得喘气呼呼，大汗淋漓。可是在这里“太白积雪六月天”，山高气冷，森林密密，植物茂盛，很是凉爽。这里还有活泼可爱的大熊猫、金丝猴等珍稀动物。他精神不禁为之一振。

来到西楼观，他看见树间悬挂着一个精致的鸟笼，里面关着一只美丽的鸟。它在里面蹦着，跳着，叫着，一个劲儿地扑腾着，想冲出鸟笼。然而它不但冲不出去，相反，被折得羽毛纷纷掉落。“放我出去，放我归去。”它声嘶力竭地叫着，叫声一声比一声凄厉悲切，叫得齐周华心里阵阵紧缩。那鸟，又饥又饿，伤痕累累，齐周华很是怜悯。他打开干粮袋，正想拿点儿馒头来喂，忽见一只类似鹳的大鸟，口叼食物飞来相喂。一帮儿童见到这情景，立即围在笼旁，准备捕捉那大鸟。而那大鸟竟然不避生人，不顾危险，依然叼食来喂。

齐周华很为这舍身救友的大鸟感动。“小朋友，这两种鸟都是益鸟，一年能吃千万只害虫，为什么要捉它们呢?”这么一说，小朋友们便散开不捉了。

这大鸟如此仗义，通常人还不如它呢！人类同住一个屋檐下，却成天斥骂吵架，同行业尔虞我诈，互相侵犯，恨不得将对方吃掉吞掉，这样的事还少吗？齐周华想把笼中鸟放掉，可主人不在，于是，他题诗一首，放入鸟笼：

鸟解敦仁义，可叹人不如。
题诗疏法网，胜念释囚车。
放鸟笼何处，饲笼意有余。

他游了山北的大太白池等众多景点，再游山南的二太白池和三太白池后下山，接着又游首阳山和蔡伦墓。在蔡伦墓地，当他听到小鸟在树上欢快的叫声时，猛然想起太白山那可怜的笼中之鸟。此时已过去半月有余，离太白山也有三四百里之遥了。“不知那鸟放了没有?”他忧心如焚。此刻，那笼中鸟的悲惨叫声，仿佛在他心头一声比一声凄切。他好像看到那杜鹃鸟扑腾得伤痕累累，嘴滴血沫的凄苦情景。

此刻，他更想起自己那段关在深牢大狱里整整五年，被折磨得遍体鳞伤的不堪回首的岁月。当年若非浙闽总督郝玉麟和天台县令孔传，山东县尉颜卿暗中保护，若非钦差留大人直陈乾隆皇京城相救，自己何能大赦出狱？如今，这可怜的笼中小鸟，自己不救更有何人能相救？想到此，他心如油煎，立即往回赶，只用两天半时间，就赶回太白山西楼观，重找鸟主人，请求释放笼中鸟。不承想鸟主人笑着回答：“鸟早已放了。”

齐周华不信，很是怀疑。他拿出钱币，诚恳地说：“我想买这只鸟放生。”

“我真的放生了，你若不信，我可以拿给你看。”鸟主人说着回屋拿出空鸟笼给他看。齐周华仍是有些不放心，又问旁人，直到证明确实放生后，很高兴，连忙登门感谢。鸟主人听说客人为解救笼中鸟，不顾数百里行程的劳苦，大为感动，干脆拿出精致的鸟笼，点上一把火将它烧掉，并表示：“今后我再也不捕鸟养鸟了!”

齐周华大喜，说：“壮士善良之举令人钦佩!”于是立即沽酒办菜宴请鸟主人。席上，齐周华吟诗一首：

樊笼投火遂初心，把酒欢呼着意斟。
顷刻回头真英杰，脱开牢笼冲天鸣。

四、妻子的话令他再次出走

齐周华已经整整五个年头没回家了，作为妻子的朱丽莺，五年来的日子如同打翻了五味瓶，酸甜苦辣一应俱全。她在怨恨、思念和懊悔中煎熬，常常以泪洗面。

丈夫过去虽然也经常外出游历，但多则半年一载，总会回家一趟住段时间。可是这次却一去五年不回，毫无信息，好像是铁了心不回来，而且从不捎个信，叫自己愁断肚肠。她后悔当时所说的一句话，是那句话把丈夫逼到外面的。

自从丈夫出狱回家后，自己和一些亲友都曾劝他把田地和山林管理起来，以维持整个大家庭的日常开支。可是丈夫我行我素不听劝告，依然对田租、地租和山林租赁承包一类事不顾不问，结果家庭开支入不敷出。加上房屋遭大风倒塌，小儿溺水而死等一系列天灾人祸，以及亲戚朋友邻里间婚丧喜事迎来送往，家庭经济更是每况愈下，结果弄得过年连给每人做套体面点儿的新衣也做不到。

朱氏当时就是在这种情况下，与丈夫爆发矛盾，引发一场家庭危机的。

那天，齐周华从外面游览回来，依然一连十天埋头在家看书、写诗文。当时家里出了两件火烧眉毛的事：一件是家里一块最大的三亩肥田被邻居擅自移动界址，侵占了田亩。另一件是家中唯一一块面积较小的山林（大的一块，已在齐周华坐牢期间为打点官府出卖掉），又被人偷砍去体面的大松树七八棵。朱氏把这两件事对丈夫说了，可齐周华无动于衷，说过段时间再说；催急了，就叫妻子去处理，朱氏不高兴了。

“你一天到晚钻在书房里读书写文章，有屁用处？它能给你官做还是能给你生钱？”她揶揄道，“这真像有些人说的那样：读书读书——越读越输！它连一分钱也生不出，你还要死抱住读书不放松。人家是不撞南墙不回头，不见棺材不落泪；可你却是撞了南墙仍不回头，见了棺材还不落泪！”

齐周华听到妻子叹穷叫苦的话已不止一次。一天下午，妻子正在采摘红薯藤叶给家兔吃（养兔卖毛补贴家用），见齐周华来到身边，就把红薯叶梗折断成一折一折挂在脖子上，半认真半开起玩笑：“你看，这多像项链。”接着，带着辛酸悲凉的语调说：“周华，我的丈夫，别人女子嫁丈夫，大多有项链戴；可我嫁给你二十几年了，却连项链的面也没见到过。连项链是长是短，是方是圆，是白是黑也不知道呢！”说着，眼里竟流出一行泪来，弄得齐周华哭笑不得，好一阵内疚、尴尬。

以往，妻子叹穷叫苦的话，对齐周华只是旁敲侧击；而这一次却是这么的直截了当，一针见血，赤裸裸。因此，他很生气。

他知道，读书人要是没在功名上显姓扬名，其下场是可悲的。读书人的本领或者说一技之长，就是看书、评书、写文章。除此之外，往往别无长处，这就像有句古话说的那样：百无一用是书生。因此，苏秦没发迹之前，尽管他回到家里饿得两眼发黑，可嫂子仍不下厨为他做饭；姜子牙六七十岁前一直贫穷，直到七八十岁遇周文王委以指挥全国军队的大权才发迹；韩信没当大将前，不但衣食无着，靠河边一位老太婆施舍点儿粗茶淡饭才免于饿死，还要忍受市井无赖的“胯下之辱”。

妻子的话令他尴尬，也令他恼怒。于是他没好气地说：“读书人的本领就是看书写文章，不做这些，你叫我干啥？”

“别人做长工、打短工都比你强！连那要饭的也比你强哩！”朱氏又刺了他几句，“一个大男人连自己也养活不了，这算什么男人？！”

这番话如匕首一般直刺齐周华的心肝。尴尬、内疚、伤心、痛苦和恼怒，如同岩浆在地下奔突，最后终于喷发而出。于是，他出走了——义无反顾地出走了。他知道，只有寻死或是出走，才是出路。他不想死，所以才选择了出走这条路，所以整整五年不肯回家。在齐周华看来，家已失去了家的主要意义，因为在这家中已得不到温暖，因为这家已倒塌，遮挡不了心头的风霜雨雪！

齐周华整整五年不归，也令朱氏怨恨。这怨恨来源于众多男性对朱氏的侵犯和骚扰。丈夫出去一年后，人家只是风言风语。可是当两个年头未归后，一些不三不四的人就乘虚而入，向她侵犯了。

有人说：“这么好看的一朵花，没人欣赏，真可惜！”

还有人走在她旁边，更露骨地对她说：“你老公没在家，你独自一人不寂寞吗？冬天没人跟你一起睡，你不冷吗？让我来陪陪你，给你暖暖被窝吧!”

热天，她单衣薄衫出去，有男人会借口她衣服上有污点，用手指去指去戳她的乳房。她单个外出（甚至和周华妾丁氏一起出去），那些不三不四的男人就拦住她明目张胆动手动脚调戏。有好几次，几个无赖竟然将梯子架在她楼房下，爬梯跳窗户，要糟蹋她，亏得她拿起桌上东西乒乒乓乓扔下去，又大喊“捉贼”，才赶跑他们。吓得她单个人时，不论演戏、舞龙舞狮等什么好看之处，热闹地方，她都不敢去。总之，她无论走到什么地方，总有好色的男人盯着她，总有下流、粗鲁、轻狂的话语冲撞她，还有不轨的行动冒犯她。她知道，一朵花是需要人浇灌和护卫的。在花园里有园丁护卫，就没人敢摘；可一旦花园废了，或是这花长在野外，就会这人折了那人攀。同样道理，一个女人要是失去了丈夫护卫——尤其是一个风韵犹存的女人，就会遭受许多男人的骚扰和侵犯。

不但如此，一个没有丈夫在旁的正经女人，其日子是多么艰难！家庭内外大小事情，都要自己出头露面。因为你正经，那些想入非非、不三不四的男人，不但不帮你，相反，处处设置障碍卡你压你给你苦头吃。每当劳累时，没人为你接替，没人体贴你关心你；每当委屈流泪时，没人安慰你，为你擦去泪水；风雨来临时，没有宽阔厚实如大山般的肩膀让你依靠；风雪弥漫的长长冬夜，没人为你驱寒送暖。特别是当你遇到艰难对前途丧失信心时，再也没人抱住你，亲热地鼓励你说：“亲人，不要灰心，日子会慢慢好起来的。”这时的你，就像洪水过后河边树枝上挂着的一件破衣烂衫，溪滩乱石间的一只破鞋一样，没人理睬。

五年来，自己受的苦，很大一部分是丈夫不在家导致的。要说怨，就怨丈夫抛弃妻小，独自一人出外不归！

我是一个有丈夫而又正经的女人，就是因为丈夫长期出外不归而遭受了这么多的委屈，这么多的痛苦，这么多的辛酸！此时的她，为丈夫不归而痛苦而流泪！她，多么盼望丈夫有朝一日，能突然出现在自己的面前！

每当腊月除夕，她都会到通省城通金华府的三岔路口——科山，一坐就是大半天，望眼欲穿地等待丈夫的归来。她一边等一边回忆当年两人在橘园相亲的甜蜜和婚后好长一段时间相亲相爱的场面，于是晶莹的泪水就情不自禁地流了出来。从丈夫出走的第二年除夕等起，到如今已整整等了五个年头。那等待的滋味实在磨人哪！真可以说是过尽千人皆不是，斜辉脉脉念周华，肠断科山洋！

除了大年三十，一年之中还有好几个节日，她特别地盼他想他，这就是清明节和中秋节。

清明祭祖扫墓，远隔千山万水的人，总要赶回故乡祭祖先。可自己一直等到下午，丈夫仍是没有回来。中秋节是合家团圆，特别是夫妻团聚的佳节，可自己从丹桂刚飘香时节等到桂香已渺，依然不见丈夫踪影，这使她疑虑重重：难道丈夫不在人世了？还是有病缠身，或是穷得身无分文难以动身？这么一想，她心急火燎起来。她想派人去打听，但茫茫中国大地何处是夫君落脚之处？她写出好几封信，打听丈夫踪迹，但均石沉大海。她如同一只跌入陷阱的困兽，用几乎绝望的话语呼喊着："周华，我的夫君，你在哪里？你快些回来呀，不然，我要愁死闷死了！"

第十一章

一、经历“烈火炼殿”的生死考验

这年秋天，湖北武当山来了个不速之客，他虽貌不惊人，但谁也没想到，他的到来将在武当掀起轩然大波。

那年八月，齐周华游历了秦中大地，正准备去四川游览杜甫草堂、都江堰和剑门蜀道，忽见一拨一拨的人，吹吹打打，络绎不绝地涌向安康。他好奇地问一位年过六旬的老翁：“表叔，你们上哪儿去？干啥呢？”

“去湖北武当山朝拜玄武人帝呀。你这客人，怎么连这么隆重的全国朝圣大节也不晓得？”老者白了他一眼，显出一副瞧不起的神态。

武当山，齐周华虽没去过，但那里的情况，博览群书的他还是有所了解的。武当是全国道教名山，道教建筑相当有名，是明朝永乐皇帝征集数十万军民，花了整整十三年才修筑而成。明卢重华《武当山志》曾称其“栋宇之盛，自古以来所无也”。可惜以前从未去过。

齐周华当即决定去武当山。

当他随着香客队伍到达湖北均州时，朝拜玄武的盛况令他目瞪口呆。只见滔滔汉水上白帆蔽日，上百条大船浩浩荡荡往均州而来，原来是江浙一带香客来武当朝拜。船队是由京杭大运河入长江，溯流而上，到汉口转入汉水，然后直达均州，全程三千多里，来回需三个多月。

站在码头上，齐周华只见四面八方的香客潮水般涌向武当山，他们都是来赶九月九日武当玄帝飞升节的。

香客们组成大小香会，打着用羽毛装饰绣镶的漂亮的会旗，每支香会都有一支乐队，有的敲锣打鼓，有的笙、管、唢呐和梆子齐奏，有的还配有狮子队、龙灯队。

武当山道教建筑引起了齐周华的注目。从均州开始，地势平缓，根据人的目力所及，三至五里安排一组庵堂一类小型建筑，八至十里则安排一组宫、观等大型建筑。走了约六十里，齐周华远远看到一座石牌坊拔地而起，重叠的飞檐刺破青天。这里是进山的山门，海墁石阶重重叠叠，走近了，方才看到石牌坊上“治世玄岳”四个浑厚的大字。这大字是明嘉靖皇帝所题。此坊造型雄伟，用榫卯拼合，坊身装饰华丽，雕刻精美。看到这座牌坊，齐周华诗情顿生，随即吟出一首诗：

天门不锁也无拘，正欲人人一起趋。
咫尺之间重紫禁，休还心怯玉阶行。

看到齐周华出口成诗，同行众香客纷纷称他为博士。

齐周华一行往山上而行，只见宫、观、庵等建筑光耀夺目。一路建筑，令他有一种强烈的感受：武当道教建筑群体现了道教“崇尚自然、天人合一”的思想，非常注意人工建筑与自然环境的融合。其设计布局充分利用了峰峦的高大雄伟和崖涧的奇峭幽邃，将每个宫观都建造在峰峦岩涧的合适位置，其间距的疏密和规格的大小都布置得恰到好处，使建筑物与周围的地形、林木、岩石、溪流有机地融为一体，相互映衬，宛如一幅天然图画。正如明代进士洪翼圣有诗赞道：

五里一庵十里宫，丹墙翠瓦望玲珑；
楼台隐映金银气，林岫回环画境中。

因此，武当山建筑群可谓人工与自然融合的典范。

齐周华随着香客，过回龙观、太子坡，经凌空出世的紫霄宫，就到了道教“圣境”南岩宫。这是武当山最美也是最险的宫殿。南岩是武当最大的断层，壁立千仞，山势欲飞，形如垂天之翼。而主体建筑南岩宫，又构筑在悬崖峭壁之上，因此整个南岩宫如同挂在绝壁上。险象环生的视觉冲击，融合着真武玄帝飞升天界的传说，给人心灵以极大的震撼。

此刻，齐周华忽然感觉到：武当山建筑群还具有彼此呼应的特点。这从大顶金殿（俗称“金顶”）为主体的空间构图上可以明显看出。在均州净乐宫，人们就可以遥望武当山峰——天柱峰金殿；一路步行到玄武门遇真宫一带，通过水磨河峡谷，又可以见到金殿；此后沿东神路逶迤登山，到老君堂山背上，还可重睹金殿；再行四十里至南岩，才得再见金殿。沿途以金殿为地标，使人遥望瞻拜，并逐渐接近。若从蒿口沿西神道登山，沿途多行山脊之上，处处可见金顶，到五龙宫后，更可清楚地看到巍峨高大的金顶，南岩宫建筑也刻意面向金顶。这确是圣手擘画，鬼斧神工！

攀上三道天门，齐周华忽然在缥缈的紫烟中，远远看见千仞天柱峰峰顶被[illegible]道彩虹[illegible]雄伟的古城环绕。这古城叫紫禁城。齐周华知道，紫禁城是中国古代皇帝居住之所，周代宫殿建筑制度，定天子居所为“三朝五门”。三朝，即大朝、常朝、日朝，是皇帝处理政务和日常生活的地方。

为安全和尊严起见，三朝四周建有高大的围城，这便是紫禁城。朱棣在武当山天柱峰建紫禁城，是要仿传说中天子宫阙“五城十二楼”。

那紫禁城沿天柱峰半腰起伏环绕，临岩负险，悬空蟠峙，雄伟异常。此城按天堂模式建有东、西、南、北四座天门。为确保气不外泄，仅南天门“入门”可开启，其他均是假门。

过了紫禁城，齐周华只听众多乐队接连放了三声三眼铳，而后鞭炮、乐器齐鸣，众人个个五步一叩首地跪拜，口里高呼：“玄真大帝，无量真君！”声震山谷，回荡不绝，令人灵魂出窍。

忽然，他们看到了一幅奇观：只见大批数也数不清的飞蚁聚集于金殿周围，并在此安营扎寨。

“为啥有这么多飞蚁？”有人惊奇地问。

“这是‘飞蚁来朝’——朝拜玄武帝哩。”齐周华半开玩笑地说。于是这“飞蚁来朝”便一传十、十传百地传开了，以致一直传到如今，成为动人一景。

齐周华终于登上了金顶。天柱峰又名“金顶”，因顶上有金殿而得名。金殿为太和宫正殿，它是铜铸鎏金宫殿式木结构建筑。在建筑等级上，使用了封建社会最高等级：重檐庑殿、九踩斗拱和黄色。所谓金殿，齐周华知道，实际上就是鎏金，它是古代金属工艺中最豪华的装饰。金殿使用的黄金根据鎏金每平方米耗金量计算，竟有上万两之多！

金殿四周有十二根立柱，殿基用精雕花岗石铺成，而瓦椽梁栋和门窗等，全用铜铸鎏金部件铆合组装而成。据说整件重达数十万斤，殿内栋梁和藻井部分，都饰以精美的图案花纹。金殿内供有玄帝圣像，着袍衬铠，丰姿魁伟，左右恭立金童玉女，执旗捧剑二将，分立两厢，勇猛威严。众香客到此一个个伏地跪拜，噤若寒蝉。

时已傍晚，阴云四合。众多香客宿在太和宫偏殿，可齐周华却说要去金殿过夜。

“你疯了，那金殿是供奉玄武大帝的地方，你怎可住？那样不是亵渎神明吗？”跟他一同上山的河南香友张豹战战兢兢地说，“你不敬神明，神明不会保护你的！”

“我宿金殿陪玄武，免得他独个儿冷冷清清呀！”齐周华笑呵呵道。

住持无言以答，以前从来没有人要住金殿，因为他们都不敢，香客一怕神明怪罪，更怕宿金殿不安全。住持好心地劝道：“看样子今晚下雨准要打雷，那滚滚惊雷会让你丧命哩！”

齐周华心想：他是不想我住，故意吓唬我的。于是，他答道：“谢谢您的关心，打雷我不怕。再说，我若真的出了事，也不会怪罪你向你讨命的。”

住持很是恼火。本来，他可以叫手下道士将此人强行驱逐，也可以报给驻扎太和宫的官府机构将他撵走。但这样一来，就会给明天九月九这个玄帝飞升大典抹上阴影。既然他硬要宿殿，即使被雷劈死，也怪不到我头上，再说也给满山满坡千万香客一个严重警告：金殿是神殿，凡夫俗子是住不得的。这么一想，住持便开口道：“口说无凭，你若一定要住宿，就立一张字据。”

齐周华立即写了字据：浙江台州府儒生齐周华，今夜自愿冒雷雨住宿金殿。若发生意外，与武当太和宫住持及他人无关。恐口说无凭，特立此据。

暴风雨果然来临了。齐周华担心这么大的暴风会吹熄殿内的蜡烛，但令人惊奇的是，尽管外面风狂雨暴，但殿内那灯却依然高照不熄。齐周华不得不赞叹金殿构造之精巧！

连日登山疲劳非常的齐周华，在暴风雨中很快入睡。他正沉入甜蜜的梦乡，突然，一个惊天动地的霹雳，将他从床上轰得蹦了起来；再一个霹雳，将他轰得跌下床来。他一骨碌爬起。电闪雷鸣，雷雨交加，刀光剑影在他的头顶和四周闪烁。随着一个个惊雷，只见耀眼闪烁、夺人心魄的火球在金殿四周滚动。那火球追逐着他，紧跟着他，他蹦到哪儿，跑到哪儿，那火球就追赶到哪儿。数十个火球，挟带着惊天动地的声音，在他头顶滚动炸响，如同数十门大炮接二连三轮番向他轰击，惊得他肝胆俱裂，丢魂失魄，又仿佛数十只张牙舞爪的老虎，张着血盆大口扑向他，要吞噬他，要将他撕个粉碎。他不觉浑身战栗，满头大汗，他心里大叫：完了，今生今世到此为止了，我这条性命就交待在此地了！

此刻的他真是后悔，但已经晚了。他想开门逃出，但他朦胧地觉得，逃出金殿的危险将比身在金殿之中更大。与其被雷劈死在野外的暴风雨中，不如打死在金殿里。于是他不再蹦跳跑动，干脆坐在金殿的地上，闭上眼睛，一动不动。令人奇怪的是，任凭火球怎样在金殿四周滚动，那骇人的霹雳总是击不到金殿，这大概就是太和宫住持说过的“烈火炼殿”的奇观吧。

时光已是午夜。雷声停了，暴雨停了，狂风止了，被“烈火炼殿”折磨得气息奄奄、挣扎在死亡线上的齐周华终于活了过来。他一摸头颅，发觉头颅还在；一摸手脚，发觉四肢俱全；他用大拇指指甲紧掐手和脚，发觉手脚都有知觉，只是感到浑身衣衫里外全被汗水湿透。此刻，他才知道，自己已逃过“烈火炼殿”的大难，重新活了过来。

他打开金殿大门，发现明月当空；向下远眺，只见远处群山和近处如屏翠峰，在云雾中隐约可见；俯瞰南岩宫，参差错列。他觉得自己已经飘然出世……

九月九这天，武当各大宫观皆举办规模宏大、种类繁多的设醮涌经活动。日夜演奏音乐，箫笙管笛，沸反盈天。镗镗的击钟声，琅琅的鸣玉声，让人产生圣洁之感。

二、武当建筑的精妙令他痴迷

盛大的“真武飞升节”很快就过去了。齐周华知道自己七天的所见所闻，对于亘古未有、举世无双的武当山道教建筑群来说，只不过是九牛一毛，于是他决定再住上一个月。这样，他就可以研究这个博大精深的古建筑艺术了。

在一个月的参观考察中，随着了解的深入，他越来越认识到，武当山确实是一部纵贯天地的大书，这书中蕴藏着一个个奥秘。

武当拥有全国规模最大、式样最精美的道教建筑群，有九宫九观三十六庵堂七十三岩庙等三十三组建筑群。明朝天师张宇清道："天朝钦崇至道，建千古所无之宫殿，开万载不拔之道场。"道士达三千多人，最多时达上万人；武当山还拥有佃地私田和军丁屯田约十万亩。武当地位超过了五岳，达到登峰造极的地步。

"明成祖朱棣为何要大封武当山，并倾全国之力，动用三十万人，历时十三年，耗钱粮亿万，造起如此亘古未有、举世无双的道教建筑群呢?"带着这个疑问，他请教了方丈。

"你知道明朝历史上的'靖难之役'吧?"方丈问。

"靖难之役"，齐周华自然是知道的。洪武三十一年，朱元璋在南京病逝，遗诏太孙朱允炆继位，年号建文。建文帝考虑到各地朱姓藩王对朝廷是个威胁，于是决定削藩。藩王中，以北平燕王朱棣势力最强，有十万护兵。朱棣是朱元璋第四子，他得知消息后，立即召集兵马起兵反抗，并很快占领北平。同时打着"清除皇帝身边奸臣"的旗号，自称"靖难军"，向南京杀来，史称"靖难之役"。经四年战争，朱棣攻下南京，建文帝自焚身亡。朱棣入京即帝位，年号永乐。

"朱棣虽夺取了帝位，但'以臣弑君'、'大逆不道'的罪名，成为悬在他头上的一把利剑，特别是社会上的传言更是对他不利。世上风传朱棣不是朱元璋亲生，又有人说他是元顺帝妃瓮氏所生，更有人说他是高丽人的后裔。以武力定乾坤的永乐皇帝，急需有人帮他渡过眼前这个政治难关，不久，机会果然来了。

"永乐四年，武当道士简中阳应召进京，为皇帝讲述玄帝故事，说玄帝生于净乐国善胜皇后之腹，十五岁辞别父母来武当修炼，后得道升天，封为玄帝，是北方之神。他千变万化，法力无边，屡次下界惩治坏人，匡扶社稷。这真武大神的地位、经历和结果，与永乐皇帝先是燕王，经'靖难'由北到南，后登上帝位十分相似。雄才大略的朱棣，于是决定利用真武显圣来巩固政权。他大修武当既为‘靖难’正名，又为自己武力夺取江山讨了个说法。”

一天，齐周华参观了南岩宫出来，忽然见到石壁上刻有四个刚劲有力的行楷大字：福寿康宁。每字高两米，蔚为大观。“寿”字边款刻有：钦差纂修承天兴都典制中书事礼部儒士安福汉源山人王颙书。令人奇怪的是，“福”与“康”二字之间，有一行边款被铲掉。这是为什么呢？这四个字在意义上是连贯的，但在书法上却有一定差别。“寿”字为王颙所写，那么“福康宁”三个字的作者到底是谁呢？

齐周华百辨莫识，只好向方丈讨教。方丈拿出《太和山志》给他看。看后，方知这四个字乃是明朝中期大名鼎鼎的太子少傅、首辅（宰相）夏言所题。

“夏言是怎样一个人，为何要将他的名字凿去呢？”

方丈见问，徐徐开言道：“夏言，江西贵溪人，嘉靖十五年升任首辅大学士。为了巩固自己的地位，更快升迁，他将自己书写的‘福康宁’送上武当山，祈祷神灵保佑皇帝，同时希望武当山提督内臣，将这个信息传递给世宗。嘉靖十八年，夏言以圣荐皇天上帝册表，加少师，特进光禄大夫、上柱国，成为明代以臣子加封上柱国的第一人。”

此刻，方丈的神情变得凝重起来：“不料，此事引起礼部尚书、奸臣严嵩与武定侯郭勋的嫉恨，便勾结起来排挤夏言，使他一度失宠。此时，严嵩之子严世蕃的卖官鬻爵等罪行被人告发，夏言准备上奏皇帝。狡猾的严嵩便带着儿子跑到夏府，哭跪在夏言面前求饶，夏言放过了严嵩。不承想他的仁慈，却给自己留下了杀身大祸。

“自此后，严嵩组织谏官千方百计收集夏言罪证，借夏言一次不接受皇帝所赐的‘香叶束发巾’得罪皇上之机，排挤其出阁。接着，又勾结曾救过皇上性命的锦衣都督陆炳，继续陷害。夏言终因支持陕西总督曾铣出兵收复河套，违背圣意而获罪，被削职为民。为了防止夏言东山再起，严嵩又利用世宗崇尚道教的心理，攻击夏言不敬神灵，不尊皇帝，终于导致夏言被杀，身首异处。夏言死后，武当山提督太监害怕惹事，于是将刻在摩崖上的夏言名字铲去。”

在南岩宫，最让齐周华惊心动魄的是烧龙头香。

龙头香位于南岩天乙真庆宫石殿前的绝壁之上，面对天柱峰。龙头香由月台、石坊、石龙和香炉构成。月台四周砌有石栏，下临深渊，十分险峻。石龙为凌空悬挑的两条镂空石雕巨龙，长约一丈，宽仅一尺。龙头刻有祥云，龙口刻有火球，龙头顶端置一小香炉，远远望去，犹如一条巨龙腾飞在云雾中。

龙头香后面是两仪殿，意为太极阴阳二仪，凿龙头香仰望金顶，意为通天之途。在此烧香，说是能上达天庭，通晓神灵。烧香人须先站上月台，点燃香火，再跨上悬挑的巨龙，将香火插入小香炉中，再三鞠躬，然后退回。由于龙背上刻有祥云，石脊凹凸不平，加之宽度狭小，在这里烧香，真令人胆战心惊，稍不小心，就会跌入万丈深渊，摔得粉身碎骨。

齐周华看到烧龙头香的几个人，一个个吓得面如土色，直到烧完香下来，还两腿打战，说话发抖，有一个竟尿湿了裤子。齐周华几次劝香客不要冒险，但他们都不听，反怪他多事。

此刻，有一个面色黧黑、头发鸡窝般的人引起了齐周华的关注。此人很是大胆，他不惊不颤地上了月台，点香插上。此人超乎常人的无畏，令齐周华感到奇怪。莫非此公是飞天大侠？他正在胡乱猜测，却听那大胆香客高喊一声：“请玄武大帝发发慈悲，解救我一家老少的苦难！”说完，纵身跳岩，坠入万丈深渊。

齐周华和众香客顿时惊得目瞪口呆，面面相觑，久久开不了口。

“这人为啥跳崖？”齐周华惊奇而悲痛地问。

“因家乡遭大旱，粮食颗粒无收。他家交不起田赋，县里差役收租税凶神恶煞。他妻子争论了几句，就被抓走了；十来岁的儿子不懂事，看母亲被抓，气愤地骂了一句差役头上‘吊着根狗尾巴’，又被说成诬蔑大清，抓入监牢。老父一气之下，病倒床上。在外砍柴的他，回到家见如此惨状，听说玄武大帝灵验，就到此烧龙头香。谁想到他竟跳了崖。”他的乡邻说到这里，不禁号啕大哭。

据说，烧龙头香者，相信真武大帝有司命职能，要增加父母阳寿，只能减少自己的寿命，因此常有人跳了下去。

这样，有意寻死和因奇险而亡的人每年都有，至今已死了几十个。龙头香，该死的龙头香！为什么要在这种奇险之处设立烧香？齐周华心里咒骂道。他连忙跑进南岩宫，向方丈表达了自己的意愿，可方丈却说：“龙头香向来可烧，我们怎能禁止？”一副不痛不痒的神态。没有办法，齐周华只得准备下山，到均州官府去提意见。我一定要让官府禁止，否则祸患无穷！他暗下决心。他连夜起草报告：南岩宫的龙头香，下临万丈绝壁，异常凶险。为烧龙头香摔死和有意来此自杀者，屡有发生，其状惨不忍睹。夜间鬼火飞舞，冤魂号哭，望官府心系社稷百姓，明令禁止，以绝后患。

第二天一早，他即下山投寄。他一连给县、府、省上了三道报告，最后，官府终于发出一道禁令，立一道石碑在龙头香旁：南岩禁止龙头香碑。为防止有人铤而走险，还在石坊左右加上铁护栏，将龙头香锁起来。齐周华终于长长地舒了一口气。

三、方丈被观音洞奇诗所吸引

一天，齐周华来到武当观音洞。此洞北倚凤凰山，林深蔽日，竹木交映，内外有泉，四季不枯，远离尘世，是修行的好地方。因此洞为茂林修竹所掩，不入洞不能观其貌，观后令人叹为观止，回味无限。齐周华看后，连声称赞：“此洞真乃桃花源，妙趣无穷！”

此言一出，引起一位道长的注意：“客官，请问高姓大名？”

“江南齐周华。”

“就是当年带疏仗剑徒步进京，为吕氏鸣冤的奇士齐周华先生吗？”

齐周华点点头谦虚地答：“虽为吕氏鸣冤，但不敢妄称奇士。”

"请齐先生为观里留幅墨宝好吗?"原来这道长就是武当琼台观的赵元容方丈。

"岂敢,岂敢,如此圣地,天下宾客云集,行家里手众多,我怎好放肆?"

方丈态度更为坚决:"早朝这里确实辉煌,如今由于官府不重视,这里早已日落西山了。"说着拿出纸笔,诚恳地请求题对。齐周华推辞不过,只得提笔书写:

见见见非见非见见非见

闻闻闻不闻不闻闻不闻

赵方丈见联大惊道:"君真不愧为江南名士,此联为武当增色也。"遂邀请齐周华至琼台观作客。一到此观,只见紫气笼轩,流泉入灶,环境十分清幽。齐周华不禁喜爱之情溢于言表,称赞道:"此真是出世修行的好去处啊!"

"欢迎您在此长住!"听到方丈之言,齐周华笑而不答。

在琼台观数天,赵方丈好饭好菜招待,对齐周华礼遇有加,齐周华感到很过意不去。他正想辞别下山,突然遇到一件惊天动地的大事,这推迟了他的行程,使他与武当山结下了不解之缘。

这年十月,清大将济尔哈朗,督师攻湖广,俘明朝将领何腾蛟。一天,清荀参将在均州净乐宫,看到武当山顶金光闪闪,不禁好奇地问一当地人:"那山顶是什么东西在放光?"当听说那金殿是用金子铸成,而且整座武当山是黄金白银的世界,顿时两眼放光。于是领一队人马来到武当山,准备埋八百斤炸药炸倒金殿,带走金子,劫掠宫观金银。

齐周华一得到这个消息,立即连夜冒雨爬上山顶报告太和宫大方丈。方丈立即召集九大宫当家紧急商量,并由齐周华起草,发出《紧急行动,保卫金殿》的告示,派道士在九宫九观三十六庵堂七十三岩庙和均州城广为散发,号召道士游客和民众起来反抗。

此举得到均州地区绅士、社会名流和广大民众的热烈响应，数千民众手持器械、火铳，立即赶到天柱峰。数千僧众与清兵交战，双方互有死伤。清大将怒而统大兵，以“武当山道宫聚众造反”为由，上山清剿，并放火烧毁了几座宫观。血流成河，烟焰冲天。赵方丈和齐周华因躲入琼台观密林丛莽之中而幸免于难，但齐周华大腿被长矛刺伤。

得意非凡的苟参将陪着济尔哈朗趾高气扬地带兵上了金殿。时已傍晚，苟参将准备在金殿歇息一宿，第二天一早就埋炸药轰击金殿洗劫金子。

刚吃过晚饭，月色朦胧的天空忽然乌云四合，电闪雷鸣，大雨滂沱。金殿四周火光闪烁，雷声隆隆。那金殿内如同有千百个火球在滚动，两个将军跑到东头，那火球和霹雳追到东；他们跑到西头，那火球挟带着雷霆又追到西，两人肝胆俱裂，魂飞魄散。在这里面会死的，不被雷劈死也会吓死，我要逃出这魔鬼的宫殿才有活路。这么一想，苟参将立即打开金殿大门逃难，刚跳出金殿，只跑了一步，一个霹雳不偏不倚击中他的头顶，他没吭一声，便被击毙。刚想跑出金殿的大将济尔哈朗，转身跑回金殿，继续受死去活来的煎熬。

第二天一早，死蛇般的大将躺在滑竿上，大队清兵抬着一具死尸，狼狈逃窜下山……从此，盗宝之人再也不敢打金殿的主意了。

等到齐周华腿伤恢复，已是第二年春暖花开的季节。

三月三日，是玄帝诞生之日。这天是武当山一年中最盛大的节日，与以往九月九朝山进香不同，令人眼界大开的是，这个节日竟满山遍野都是年轻女子的倩影。她们常年束缚在闺房，不得外出，如鸟关笼里百般难受。去武当朝山进香，这正是走出闺房、抒发情感的大好时机，这些武当周边地区的女子岂肯轻易放过？但受封建礼教的约束，使她们又不能过分抛头露面，因此她们乔装打扮一番，身穿道装，扮成女道士模样前来朝香，但道袍遮掩了女子的身形，却遮掩不了女子的倩影，更难以掩饰女子动人心弦的醉人声音，于是巍巍八百里武当，到处鸟语花香，到处莺歌燕舞，也到处充满活力和生机。

“南阳少妇道人装，皂纱蒙介白帢方”，明文学家王世贞的诗句，就是三月三年轻女子朝山进香的真实写照。女子的莺歌和丽影令男香客更为倾倒，更为醉迷，登山也更为雄赳赳气昂昂。于是人比九月九更多，满山人如潮涌，望上去，如同蚂蚁倾巢出动。这种气氛也感染了齐周华，因此游兴更高。他系统地参观了武当山各大宫观，他觉得武当的道教建筑群实在博大精深，奥秘无穷。

有个现象引起了他的注意。武当山净乐、玉虚、五龙、紫霄、南岩五大道教宫前，都建有两座对峙的御碑亭，亭中用青石雕刻有硕大的龟驮圣旨碑。其中玉虚宫还建有四座御碑亭，亭中有大石龟驮圣旨碑，通常的驮碑，体量较小，皆作俯首帖耳温顺状，而这里的石龟体形巨大，垂足峙立，昂首望天，一派顶天立地的气概。玉虚宫的大石龟，长约两丈，宽约七尺，身高七尺，头高竟达一丈，几十个人拉起手来才能围住石龟，人在大龟前顿觉渺小。看到武当山众多“龟驮圣旨”的独特景象，齐周华不禁纳闷道：“龟驮圣旨”有何来历？

玉虚宫方丈说出了一个典故。

“龟，古代为吉祥之兽。唐朝欧阳询《艺文类聚》说：早在上古时代，一次尧帝与众大臣到翠妫河察看，忽见一只巨大的黑龟浮出河面，向他们游来，更令人称奇的是，背上还扛着一张图。尧命人取下图，龟潜回水中。打开图一看，原来是报告吉祥。这就是‘龟驮圣旨’的来历。”方丈又进一步引经据典，其学问之渊博，令周华也折服。

“龟，又是长寿动物。《孙氏瑞图》曰：龟，神怪之虫，黑采五色，上面隆起像天，下面平坦如地。三百岁的，在荷叶上游玩，三千岁的还在蓍草丛下面，能招吉凶，很有义气。《述异记》还说：龟千年生毛，寿五千岁的叫神龟，万年的称灵龟。由此可知，龟在古人的思想观念中，是瑞应祥兽，是长寿的象征，是水神，是玄武。可为什么要将它供奉在武当山大宫殿前呢？这牵涉到玄妙的风水学说。”方丈侃侃而谈。

“大石龟建在每座宫殿门前是为了镇火，具有水火既济、相克相生的作用。《易经·既济》道：水在火上，既济。就是说水在火上，能生成阴阳冲和之气，长育万物，是最大的和谐。清王概写的《大岳太和山记略》说：武当山地处南方，属火。天柱峰是武当群峰之巅，也是众焰之火头，必须有水神克之。除天柱峰外，其他山峰也要有水神相克，所以武当有大大小小许多石龟。另外，天柱峰的外形，很像一只大龟。这大龟头西尾东，仰头眺望苍天，形状跟龟碑亭的大石龟几乎一样，这种奇异景观完全符合中国传统风水所要求的格局。”

在武当山，齐周华还见到了那闻名已久、玄妙奇绝的武当武术。她源远流长，博大精深，与少林武术同被称为中华武术的两大宗派，素有“北宗少林南尊武当”之说。武当拳又名“内家拳”，其全称是“武当太乙五行拳”，为北宋武当山著名道士张三丰所创。张三丰，辽东人，是个极富传奇色彩的道士。北宋末年，他在武当结庐修道，因观“蛇鹤相斗，鹤被蛇擒”，从中悟出练功就要像蛇一样，静中有动，柔中有刚，含而不露，富于变化，开创并弘扬了“以静制动，以柔克刚”的内家拳。明弘治年间，武当紫霄宫第八代宗师张守性，把张三丰“太极十三式”结合华佗的“气功五禽戏”，使外柔内刚的内家拳形神兼备、气韵合一。从而使内家拳成为中国武术一个重要流派，并以独特的风格享誉海内外。

武当处处令人留恋。

武当山激起齐周华的莫大兴趣，他对武当的钟爱，可说是到了崇拜痴迷的程度。他为武当道教建筑和道教文化的博大精深与神秘莫测而倾倒，为武当宫观庵堂上大量匾额、楹联的绝妙好辞和书法精妙拍案叫绝！这里的宜人气候，也得到了他的青睐。他知道，武当之南的大巴山余脉为屏障，阻挡了夏季南来的热流；北恃秦岭余脉——伏牛山为屏障，阻挡了冬季北来的寒潮，使终年温差变化极小，被人称为“冬寒而不寒，夏热而不热”的洞天福地。于是，他决定长住下来考察研究。我要解开武当蕴藏的种种奥秘，写出关于武当的大书。他把这种想法跟赵之容方丈一说，不想方丈听后，竟然老泪纵横。齐周华一惊：“方丈，您不欢迎我?”

“非也，我是喜极而泣啊!”赵方丈用手擦去眼泪，连忙不迭地说，“若能如此，你帮我实现了平生一大遗愿也!”看到齐周华一脸迷惘，赵方丈对他讲起令人心酸的一段往事。

四、为写武当大书扮成道士

原来，赵元容方丈是明末清初著名诗人赵执信的后人，山东益都人。其父，康熙年间进士，曾任右赞善之官。正当他春风得意之际，突然遇到一件倒霉的事，使他丢掉了官职。“说起来好笑，我父亲是因为看一出戏——《长生殿》而被革职的。”

对这部传奇剧，齐周华当然是很熟悉的。它是清初大戏剧家洪升所作，与孔尚任的《桃花扇》齐名，素有“南洪北孔”之美誉。《长生殿》以唐明皇、杨贵妃的爱情故事为主线，反映出“安史之乱”前后广阔的社会背景，对杨国忠为首的封建统治集团进行愤怒的抨击，对侵入中原的安禄山表达了强烈的憎恨，成功地刻画了唐朝郭子仪等爱国将领的形象，还通过李龟年弹词表达自己的故国兴亡之感。作品富有浓郁的抒情色彩，写出了极其悲壮的场面，特别是运用了充满诗意的曲调，音律上一向被誉为“近代第一曲”。

“为什么看一出戏就被革职呢?”齐周华好奇地问。

“康熙二十八年（1689 年），洪升经过十多年写成的传奇剧《长生殿》终于在京师上演。作为洪升朋友的父亲，也应邀出席观看。不巧的是，此时正逢佟皇后去世丧期，因此，我父亲等一些看戏的官员全部被革职，洪升也被削籍，放逐回原籍杭州。实际上这也是这本戏的爱国情调，触动了清朝所致。

“父亲回乡后，即游历大江南北，写了大量诗文。他所写的《氓入城行》等许多诗，揭露了当时黑暗的社会现实，与吟咏风月、粉饰太平的高官——刑部尚书王士禛发生了很大分歧。虽然王声名显赫，而父亲又是王尚书的外甥女婿，但父亲毫不妥协。他作《谈龙录》，针锋相对地反击王士禛的‘神韵说’，因而招致不满，屡屡遭人攻击。

“父亲气愤忧郁之下，就一头扎进八百里武当山考察研究，想写一部关于武当道教建筑的书籍。但终因遭湖北巡抚、均州知府的阻挠刁难和武当各宫观方丈的冷遇，住不下去，最后只得回到山东老家。他把游览南方的经历写成大量诗文，著有《饴山堂集》和《声调谱》等数部，直到晚年，还对武当道教文化念念不忘，临终时嘱托我要考察研究武当，完成他的遗愿。

“但是，由于连年战乱，南北道路不通，我久久难以成行，等我好不容易辗转来到武当，又生了一场大病。因为战乱，清朝不推崇道教，武当道教一落千丈，宫观毁损严重，资料搜集十分困难。由于工程庞大，加上我水平有限，年老多病，至今写武当之事如空中楼阁，渺无影踪。我担心自己有生之年，是难以完成父亲的宏愿了！现在先生来了，写武当之书有望了，这真乃天助我也!”

说完，他对齐周华深深一鞠躬，慌得齐周华连忙还礼不迭。

“先生能留此考察研究，实乃武当一大幸事，不知需多长时间?”

齐周华略一思索，答道：“武当方圆八百里，被明皇室定为‘天下第一名山’，共有三十三个大型建筑群四百多处建筑，两万多间殿宇房屋，绵延七十余里，在道教宫观建筑上旷古绝今，举世无双。它涉及明王朝政治、军事、经济、建筑和风俗等领域，是明王朝的一个缩影。因此，考察研究她，绝非轻而易举的事，没有三年五载，恐怕是不行的。”他见赵方丈皱了皱眉头，于是说：“我也知道，住这么长时间，伙食供应对贵观是个很大的负担。”

“齐先生请勿误会，伙食开支倒不必忧虑，增加一个人添双筷子而已，倒不是什么难事。不过住这么长时间，只怕有些不便：一是怕宫观里道士说闲话养了外人。二是担心引起官府注意，惹出麻烦。”赵方丈停顿了一下，用商量的口气说，“先生若能脱下儒服改穿道装——就不会让人说闲话，也不会引人注目了，不知先生意下如何?”

“行!”齐周华一口答应。赵方丈大喜。从此，齐周华就在武当山长住下来，做了道士。

经过数年，他搜集、记录了大量材料。看着寝室里桌案上堆积得如同小山的素材，齐周华心里乐开了花：这么多材料，可用来写一套系列从书了。他将材料分门别类，列出写作书目：《武当道教建筑群》《武当山匾额楹联艺术》《武当：黄金白银世界》《武当内家功夫》等。

首先，他要写《辉煌的武当山道教建筑群》一书。为了不受干扰，他和赵方丈商量，住到天柱峰以西五龙宫当中一处岩庙里。这庙位于林木繁盛、幽静非常的西神道上。从此，他埋头著述。

冬去春来，寒暑易季。经过一年半的时间，他就拿出了两部书稿：《辉煌的武当山道教建筑群》和《精妙的武当山匾额楹联艺术》。这天，他特地给自已放了一天假，赶到琼台观向赵元容方丈报喜。赵方丈听到消息，高兴万分，特地办了一桌酒席为他庆贺。临别时，叮嘱他："要对此事保密，不得外泄，以防不测。"

傍晚，齐周华回西巧神道。刚走到离住地岩庙"幽雅亭"不远处，只见一个年约三十岁的斯文香客在门口徘徊。一见齐周华，连忙上前询问："道长，我因被西神道优美风光所迷恋，不想逗留时间长了，耽误了下山。想借此地住一宿，明天上午再好好观赏一番，以便写篇文章。"

一听说此人也是文人墨客，齐周华如遇到知音一般高兴，便问："先生何方人氏？高姓大名？写过什么大作？"

"在下姓吴名宗，家居襄阳府古隆中，离诸葛武侯隐居地卧龙岗仅一里之遥。我虽中了举人，但只是滥竽充数，没写过什么佳作，跟先生您相比，真是小巫见大巫，萤火虫跟天上北斗星，中间相差十万八千里呢。"

齐周华诧异了："客人何出此言，我只是一介秀才哩！"

"功名与成就，是不可同日而语的。洪升，只是一个太学生，却作出震惊文坛的杰作《长生殿》；诗人李白，功名上很不顺畅，其诗却流芳百世、久传不衰哩！"

听到香客将他与这些名垂千古的大文豪相比，齐周华连忙摇头道："客人切莫将我与这些大家相提并论，我与这些大名人相比，真好比萤火虫与日月哩！"

"道长太谦虚了，您是个诗坛奇才哩，我在观音洞有幸见到先生写的一副奇联名对。那联写得太绝了，您真是唐代天才诗人李长吉，诗才横溢啊！"

两人越谈越投机，越谈话语越多。齐周华如他乡逢故友一般亲切，他准备将这人带回"幽雅客"书斋住宿。走到住地门口，忽想起赵元容方丈的再三告诫："书房重地，闲人莫入，以免发生事端。"于是，带到另一处白龙洞客舍住宿。

他将香客介绍给白龙洞客舍老板，正想走，却被吴宗硬是拉住了："秋夜长而凄凉，我想与大诗人饮酒畅谈，共度长夜，请君赏光。"于是，立即吩咐客舍老板烫酒，切出一大盆牛肉和端上一盘花生来，与齐周华边饮边谈。两人越谈越亲切，真有相见恨晚之感。吴宗不禁叹息道："令兄如此高才，既然无意于功名，为何不写一部力作、杰作传世呢？"

此刻，头脑有点儿发热，已把吴宗认作知己文友的齐周华，便毫不设防地吐露出"已写出两部关于武当山道教文化的书，并搜集了大批材料，准备再写几部"的消息。

齐周华的轻信，将给他带来难以估量的损失。实际上这个香客不是一般人，而是均州知府派来的一名官员，这次是专门为打听齐周华写书的事情而来的。第三天，当均州官府衙役来"幽雅阁"查抄，齐周华才如梦初醒，但为时已晚。

五、哀悼被烧的心血之作

均州知府遇上一件十分棘手的事。近日查抄得浙江文士齐周华写武当文化书稿两部，并有大量涉及武当山的资料。如果不将此事上奏，以后被人告发，朝廷怪罪下来，自己担当不起；若是上奏，又怕这人靠山硬惹下祸殃，听说齐周华堂弟在京任太子老师兼礼部侍郎呢！他赶忙找来足智多谋的绍兴师爷钱举人，连夜商量。

“这有何难？我们只要用‘釜底抽薪’之计，所有矛盾和难题便迎刃而解。”

“怎么个釜底抽薪？”知府不解地问。

“将书稿连同搜集的材料全部烧掉。这样，即使巧妇也难为无米之炊了。”

知府点头称是。

齐周华被关押在“幽雅阁”，阁四周站立着岗哨。原先拥挤不堪的幽雅阁，现在已空旷得如同一马平川，那重重叠叠、到处堆放的资料，早被一本不留地搬到阁前那大天井中央去了。

透过阁子的木格花窗，齐周华看到一股黑黑的浓烟在天井里升起。当烟渐渐淡去时，那火焰便越来越旺，不一会儿火光冲天而起。两个差役用铁锹，不时地拨弄着大堆的书纸，黑蝴蝶一般的纸灰，到处飞扬。看到多年的心血化为一炬，他如同一只困兽，急得团团转。他想拉开房门冲出去，却发现房门紧紧反锁；他将窗子拍得嘭嘭响，可手敲肿了也没人理睬；他喊哑了喉咙，却没有一点儿回应。

“你们这帮土匪、强盗！”他大叫一声，昏厥过去。

他醒过来时，听到窗外淅沥沥的雨声。他挣扎起来，贴近窗口一看，屋外已是一片灰蒙蒙的夜色。原先那不时晃动的岗哨和差役已没了踪影。他连忙扑向房门，踢了几脚，发觉没有人声，便猛地一拉，门一下子开了，岗哨早已撤走。他点上灯笼，奔出阁子，扑到宫前大天井处，只见那高高的纸山，早已化为一摊黑黑的泥灰。雨丝飘飘，天井里、宫观前一片死寂。他奔进屋里，拿出一只红樟木箱，倒掉自己的衣物，用双手将湿漉漉的黑纸灰，全部捧进木箱里，然后将它埋葬在一处竹木茂盛的高坡上。

高坡前放着一盏灯笼。烛火在怒号的秋风中颤抖着，摇曳着，如同一盏鬼灯。齐周华用激越悲凉的《台州乱弹》演唱起自己所作的墓志铭，以哀悼早逝和胎死腹中的可怜婴儿：

恨官府设计将我骗，
害得我儿魂归离恨天。
到如今，雄文不知何处去呀，
空留下黑尸红棺伴灵前，
儿呀，可爱的宝贝儿呀，
我六载辛劳育你到今天，
却千呼万唤唤不回，
上天入地难寻觅！
原指望武当丛书传天下呀，
谁知晓，片片蝴蝶化灰烟！
从今后，我独自一人向隅泣，
冷雨敲窗难成眠！
怪只怪，我错将敌人认作友，
黑白混淆瞎了眼！……

演唱罢，他双手按地，伤心欲绝地将头颅往地上咚咚直磕，不承想被闻讯赶来的一个人紧紧抱在怀里："齐先生，切莫过于悲伤，留得青山在，不怕没柴烧，要保重身体。"齐周华一看是赵方丈，不禁和他抱头痛哭……

第十二章

一、方丈的临别赠言竟一语成谶

时光流逝如箭，一晃间，齐周华在武当山已经十年。五十九岁这年春天的一个夜晚，年过七旬的赵元容方丈突然将齐周华召到方丈宝室密谈。“齐先生，我想邀请您出山——接任武当山琼台道观方丈一职。”老态龙钟的赵方丈喘着气，突然说出这句话。

齐周华大吃一惊。武当山是全国道教名山，在道教界享有举足轻重的地位，它与北京的白云观、江西的龙虎山鼎足而立，受皇帝御封，其方丈的地位，相当于七品县令。他把头摇得拨浪鼓一般：“不可，切不可！武当山乃全国道教圣地，方丈一职，唯有德高望重、学识渊博、精通道教经典者方能胜任。我才疏学浅，且是劫余之人，无名无望，何能当此大任？此事断断不可！”

“怎么不可？”赵方丈情绪很是激动，“君当年带疏仗剑徒步进京，冒着杀头危险，为吕氏鸣冤，名动神州；君熟读经、史、子、集，学问渊博。十年来，您又遍阅道教藏经，精心研究，参悟了其中真谛。您在武当宫观危难时节挺身而出，仗义执言，避免了琼台道观被人侵吞的危险。您还四处化缘，募得重金，使破败的道观焕然一新。我遍观本观半百方士，唯独先生才能继任此职。”

但齐周华仍是极力推辞：“贵观道士和杂役人员上百，我没有管理道观的才能，且性格散淡，不善于也不喜欢与官场打交道。我也像当年的陶渊明先生那样，不肯为五斗米向官员折腰哩！”

赵方丈诚恳地说：“先生不必自谦。论治理能力，您是当府县官甚至御史的料，不要说一个小小的道观，就是给您一个县一个府，您也可以将它治理得井井有条，气象一新。至于性情散淡，不喜欢与官场打交道，根本没关系。这道观方丈不是朝廷命官，不需要您整日去官场迎来送往，也不需要您像大诗人陶彭泽那样，为五斗米俸禄，向上司作揖叩头。总之，此观有了好领头人，方能兴旺发达，否则，我百年之后，后继无人，死难瞑目！”说着，两眼竟流出两行亮晶晶的泪水。

盛情难却，齐周华只好答应试试看。

正当赵元容准备将方丈的印信等交与齐周华，举行交接仪式的头天，忽然有个道士匆匆赶来禀报：“浙江有客求见，要找齐周华先生。”

齐周华出观一看，顿时呆了。原来是大儿子式昕。

“你到此做啥？”齐周华没想到儿子会千里迢迢寻到这里。

“奉母亲之命，特地来接父亲回家。”式昕说着，从包袱里拿出一封书信，这是朱氏写的，打开一看，是一首《江城子》词。

十年分离两茫茫，不思量，自难忘。远隔千里何处话凄凉。

夜里幽梦忽还家，府学前，坐抬阁，相公注目妾心旌摇荡，料得年年肠断处，蜜橘园，银花放。

这首词，画龙点睛地截取了夫妻二人当年相识、相恋的两个场景。齐周华读了，心中蓦地为之一动，久已淡薄的乡情、亲情不禁浮在眼前。这词的下面还有一行附言：“一个男人将妻子丢弃在家十年，使我成了活寡妇，常有不三不四的男人前来纠缠。你若在世，希速归来！”

“你妈还挂念我吗？她还没嫁人吗？”他一直对自己被捕时同学蒋同知与妻子那亲昵的一幕耿耿于怀。

“妈哪能嫁人呢！十年来，每到腊月三十，每到清明节和中秋节，总要到科山去等你、接你，一等就是老半天。前年那个除夕，大雪像鹅毛一般往下飘，她仍一动不动像石雕像一般。她变成了一个雪人，可还一直在那里等。她说：‘你爸只要不死，就一定会回来的。今年他总该回来了。’是我们死命将她抬回，到家冻出一场病，她如今的哮喘病，就是那次冻坏的。”式昕说着，眼圈不禁红了起来，“几年来，她日日夜夜叨念着你，我们兄弟姐妹一直惦记着你，小孙子、小孙女都时常问起你，全家大小都盼你回家哪！”此刻，式昕眼里竟浸满了泪水，“现在，弟妹都早已成家有了儿女，最小的妹妹也已订婚。我的儿子，你的大孙子也已经订婚，这两对小夫妻，都等着你回家好操办喜事呢！”

听妻子为自己苦守十年，齐周华心里很是感动。自己出外十年，儿女婚嫁等事都要妻子一人操持，也真不容易！再说，儿女婚配大事，自己一点儿也没管，没尽到一个父亲的责任，他心里觉得有愧。现在家中双喜临门，自己再不回去一次，真有点儿说不过去。

赵方丈听说齐周华先生的儿子从浙江台州特地找到这里，连忙出来接待。式昕立即说明来意，希望方丈劝父亲回去。看到式昕泪水涟涟的样子，赵方丈不禁心中忐忑，很是矛盾。让齐周华回去，道教圣山武当山琼台观就失去了最合适的方丈人选，最出色的继承人，自己后继无人；若硬留他于此，于情于理又说不过去。他沉吟着，还是叫他自己拿主意吧，于是询问：“齐先生，你意下如何?”

“我想回去一趟，等女儿、孙子两桩婚事完毕，立即回来。”听到齐周华这么说，赵方丈心中大喜，连忙办一桌素菜，烹茗邀齐周华父子到藏经阁饯别。动身这天，赵方丈策杖送了一程又一程，一直送到数里外的回心庵，方才挥泪告别。

“盼望后会有期。”赵方丈话外有音地说。

齐周华理解赵方丈的意图。回心庵，即是劝他回心转意，重新回到武当山。“我回家处理一下即刻回来，不会久留家中的。”这是他的真心话。的确，十年道士生活，他与世人已经格格不入了。

他吟诗一首，以表心迹：

幽楼山谷少人知，整日喃喃经不离。
钟磬有声怜自苦，炼丹得诀悔教迟。
闲栽竹菊为清目，偶画松杉足解颐。
十载未归乡音杳，此身长与白云期。

“好一个‘此身长与白云期’!”赵方丈仰天长笑，但不无忧虑地说：“出山容易进山难，恐先生将来未必记得这个回心庵了。惜哉，悲哉，痛哉。”他作诗一首以为临别赠言：

红尘未尽把家还，出山容易进山难。
逢凶化吉方寸事，早日重来回心庵。

此刻，经历过杀身大祸，经历过“永禁杭城”，经历过五年牢狱之灾的齐周华，并未重视赵方丈这有警示意义的赠言。这赠言，是赵方丈对齐周华今后前途的预测。

十年的共同生活，他对好友齐周华已经了如指掌。他知道，仗义执言、疾恶如仇是齐周华的本性，这种性格到社会上必然要四处碰壁遇到凶险，而厚道、善良的天性，又使其对人世的险恶不加提防，这样必然要酿成大祸。因此，半人半仙与世无争的道士生活就成为好友今后生活的首选。否则，回到喧嚣的人世间，结局注定是悲惨的。

可惜，齐周华对赵方丈那谶言式的赠言一直未加重视，以致十年后，果然遭了大祸。

时光如箭，转眼间，齐周华回到家乡已经三月有余。小女已经出嫁，大孙子齐传统已娶亲。忙完了这些，他又打点行装，准备赶回湖北武当山，可是却被家人和亲戚朋友劝住了。因为此时已是腊月中旬，很快就要过年了。家中人老老少少一齐相劝，他不能一意孤行，只得放下这念头，等过完年再走。

过完元宵节，他正收拾东西准备走，谁知妻子又因腿伤卧床不起。原来，头夜看舞狮，妻子在雪后那又滑又硬的卵石街道上一跤滑倒，以致闪了腰，脚骨折断。他只好再次放下回武当山的念头，陪在治疗中的妻子身旁。俗话道“伤筋断骨一百天”，等妻子重新能开步行走，已是三个月之后的夏天了。掐指算来，从武当山回来已经半年有余，想到年高八十、老态龙钟、朝不保夕的赵方丈大概已经羽化，知己已乘鹤西去，我再去那里还有什么意思？物在人亡，只有徒悲伤而已，于是打消了重回武当山的念头。

二、鬼叫垟著书引来剑客

从武当山琼台观归来的齐周华，在故乡人的眼里，简直成了一个怪物。首先是衣着打扮古里古怪：明明是个男的，头发却梳成小辫子盘在头顶，就像卧了条乌梢蛇；头发周围裹了条黑布巾，这样子分明又是个道士了。他身穿一件宽大无比的道袍，足蹬白色粉底靴，像仙人又像戏子。他一出家门，就吸引了一巷一街人的眼球，众人像看到一个番邦来客一般感到新奇和惊讶。一群小孩子更是将他的怪样编成儿歌，跟在后面一个劲儿地唱：

前面阿公真是怪，男人头上翘尾巴。
身体像大肚女客（孕妇），走路一副大官样。
啊呀呀——男不男来女不女，人仙不分出洋相。
真是一个顶顶可笑的老妖怪！

齐周华气恼地骂这些淘气鬼“没教养”，可骂归骂，他们依然跟在后面瞎起哄。他拿起扫把去追去吓唬，小鬼们四散惊飞；可当放下扫把，淘气鬼们又如尾巴般缠住他了。有一次他真火了，就去追其中一个年纪最大的孩子。谁知那小鬼如松鼠般敏捷地爬上梅树，然后又解开裤子向他示威，嘴里喊着：“老妖怪，来呀，快过来呀，我准备着一壶上等老酒给你尝呢！”说着真向他射出一道弧形的瀑布。他连忙躲，却已浇到身上。他火得要命，嘴里骂着：“小杂种，你这没教养的东西！”随即拿起一根长长的竹竿追过去就戳就打，吓得那小鬼“哎呀”一声，从树上跌下来，跌得满脸血迹，断了脚骨。

这下，孩子的家长陈武举不肯甘休了。他是县城最大旺族——陈尚书一族的后裔，有钱有势，于是一纸诉状将齐周华告到县衙门，要求判齐周华坐班房，并赔偿一笔数目不小的银子。

齐周华在公堂上据理力争，说陈武举编儿歌叫孩子唱，污辱自己人格。当县令得知儿歌的内容后，竟然将陈武举拘押起来，还把那些一起唱儿歌的孩子和家长全部锁拘到衙门，一拍惊堂木，将那些小孩子放倒在地，每人十小板，打得他们鬼哭狼嚎；将那些家长每人各打四十大板，打得皮开肉绽。而陈武举和他十二岁的儿子则押入大牢。

陈武举不服，将齐周华连同知县一起告到上司，谁知陈武举却被判重罪流放黑龙江，妻子和十二岁的儿子给官家为奴。戴上重枷的陈武举直到此刻才知道自己犯重罪的原因，是“教唆孩童，以编儿歌为掩护，恶毒诽谤大清王朝”。

原来是儿歌中那句“男人头上翘尾巴”惹了大祸，因为这是恶毒污蔑和攻击大清王朝向全国颁布的“剃发令”！

这实在是齐周华始料不及的。这么一来，他就成了乡人的眼中钉肉中刺，成了过街老鼠，人们见到他，纷纷骂他是“恶鬼”！与此同时，齐周华在家中也成了“不受欢迎的人”。

齐周华的道家习俗令他的家人感到难以忍受。家里人吃荤，可他却要吃素，荤腥不沾，每次须为他单独做菜，用的菜油、茶油也要特地到外地去买，很麻烦。更讨厌的是，他总嫌吃荤腥的人嘴臭，妻子跟他说话，他说臭不可闻叫她靠边。有时小孩儿没人带，叫他抱一会儿，他也嫌孩子们嘴臭，从来不抱一下。更让妻子心烦的是，每天两次雷打不动的“早课”“晚课”。

早课，俗称道家“玄门日诵早课”。他在房中敲着木鱼，又念又唱，不论家中有什么要紧事，他总是心无旁骛，“任凭风浪起，稳坐钓鱼台”。

有一次做晚课，他正在屋里敲着木鱼，摇头晃脑地唱着：

大道洞玄虚，有念无不契；
炼质入仙县，遂成金刚体；
超度三界难，地狱五苦解……

忽然，外面闯进一个小小的不速之客——小外孙。这个六岁的小家伙是被木鱼的响声和屋里那抑扬顿挫的歌声所吸引来的，“嘭”的一声推开门（恰好门未闩）闯进来，并大喊大叫。这突如其来的响声打断了他的晚课，并吓了他一跳，他冒火了，随手在小孩头上打了一栗爆。

小外孙哭哭啼啼地跑了，出门去找妈妈和外婆（她们上街有事了）哭诉评理，不料从高高的石阶上摔下来，摔得头破血流，脚骨断了一根。于是齐周华就遭到家人和亲戚的一致指责，说他是“不近人情的人”。

另外，道士是禁欲的。回家后，他再也不和妻子同床（更别说共枕）。冬天天气冷，妻子和他同床，他不干。偏偏有一天晚上，妻子重感冒发烧说胡话，喊他来身边陪伴，可他没来，结果妻子气恼得骂他是没有感情的“没心没肺的人”！

他痛苦不已。而紧接而来的一件和尚道士来齐宅化缘遭遇的事，更在精神上给他以沉重的打击。

一天，他刚游览了天台佛教名刹国清寺回到家，忽见一帮和尚、道士围在大门口。他们用手指戳着隔壁堂弟召南家门额上那副对子，个个嘴里骂骂咧咧：“什么东西，做了大官就六亲不认，真是个狗官瘟官！”

这时，宅里昂然走出一个人。“你们骂谁？”一个管家模样的中年男子走到门口问。众人顿时没有了声音。“你们快走，要是再在这里骂骂咧咧，我立即叫官府来人，将你们带到无鸡屎的地方（即牢房）去享福！”说完将大门关了。

和尚道士纷纷散了，齐周华上前，一看那对子，不禁生出一股莫名的怨愤之气。上联是：僧敲木鱼口是生非。下联是：道念咒语荒唐不已。横联为：僧道无缘。

这副对联岂不是故意贴上，来嘲笑我、气我吗？齐周华心里说。召南明知我在武当山做道士十年，却讥刺道士“荒唐不已”，真是气人！他说“僧道无缘”，这不是明摆着说与我无缘——要与我划清界限吗？我们是嫡亲的叔伯兄弟，可他却如此对待我，真是个六亲不认的昏官狗官！他越想越气。堂弟是京城大官，我是平民百姓；他在三十三天的高空，我在十八层地狱！他走他的阳关道，我过我的独木桥。我又不想借他的光得他一点儿好处，他却为何如此讽刺打击我？想到此，他做出一个决定：离家出走，我今生今世不想沾他的光，也不想再见他！

实际上，他堂弟齐召南这副对子根本不是针对他的，因为齐召南在朝为官，根本不知道他去武当山做道士的事，还以为他去游览名山大川了；加之十年音讯全无，认为他已遭不测——死了。

内外交困的齐周华，此时只有离家出走一条路了。

这次离家，到哪里去？去干什么呢？他在思索着。

此刻，伟大的史学家、文学家司马迁《报任安书》中的话语，在他的耳旁回响：古往今来富贵之人姓名埋没者，不可胜数，只有卓越之人扬名矣！周文王被拘而推算《周易》；孔丘遭受困厄而作《春秋》；屈原被放逐，乃赋《离骚》；左丘失明，方有《国语》；孙子被截去膝盖骨，仍编撰兵法。我勤奋刻苦地著书，藏之名山，流传于志同道合的人之间和全国城乡之中，那么我受宫刑之辱的前债就得到了偿还，即使被杀戮万次，我也毫不懊悔了。

回想自己一生，做不成官，经不了商，可以说一事无成。唯一可以安慰自己、昭示后人的，只有一些诗文。如今晚年来临，我应该以古代读书人为榜样，将这些诗文汇编成集，也不枉我读书一生！想到此，齐周华特地来到离县城约二十里的野鼠岭上的风雪庵，在这前不着村后不着店的庵里住下来编书。

此处名曰“鬼叫垟”，很荒凉。只见古木森森，柴草蔽人，远远近近都是坟墓，还有许多盖着稻草、露天摆放的棺材。尤其到了夜晚，这里鬼火闪烁，鬼声哇哇，更是可怕。由于荒凉，很少有人来此，只是上午九点到下午两点，偶然有人到县城赶集路过这里，下午三点过后，就几乎行人绝迹。这里比《水浒》中的梁山好汉武松经过的景阳冈还要荒凉阴森，类似蒲松龄笔下狐仙鬼魅出没之处。

这样的地方绝对清静，因此齐周华就在此埋头编书。但家人是没人胆敢和他到这坟堆中生活的。因此，这里只有他一个人。所幸的是，这里柴草旺，枯松枝和红红的松针到处都是，随手捡拾就够他烧上几天了，所以烧柴不用愁。他就在这种人人避之唯恐不及的地方，与死人为邻住了下来。

他在庵的门额上题上室名，曰“寄生草堂”，自称“忍辱居士”。

三十年来，游历全国名山大川所记的诗文稿件共有千百篇（首）之多。他先将其分类辑录，计有游记、人物传、赋和杂著，最重要的是大量游记，其中包括东岳泰山、中岳嵩山、西岳华山、玄岳武当山、庐山、太白山和故乡的台岳天台山、宁波普陀山、温州雁荡山，还有金陵、陕西、桂林、卧龙岗等地游记和秦地陵墓笔记。

他每天编两千字，认真修改、誊抄、校对、定稿。看到自己居然有文稿近千篇，诗歌上千首，许多作品诗文并茂，他不禁心花怒放——我这一生，虽然没中举人、进士，没做官，功名不就，但毕竟留下这么多的诗文，倘能将它们汇编成书，留传后世，也不枉来人间一遭了！

想到此，他冬战严寒，夏斗酷暑，经一年苦战，终于编成《华阳子诗稿》《太平话》《需郊录》《天台山志补遗》等书。

为了不让可恶的老鼠咬噬，防止别人顺手牵羊，他每编成一部，就将其装进小木箱里，锁上，用绳子高悬在卧室的屋梁上。夜里睡觉，自己与书同屋，而且从不在外过夜。每逢自己出去拣柴或是出门会友喝酒，总要在门上加锁。这种过分小心、把书稿看得比金银还值钱的举动，在他自己看来，似乎是十分必要、确保书稿万无一失的有力措施，但在普通人看来却是很可笑的。因为这书稿别人拿去毫无用处，几乎是一文不值。

他这种把书稿看成黄金的举动不久就给他带来了不幸，带来了意想不到的灾难。

一次，他半夜起来，到离卧室数十米远的西头厕所解手，等他回到卧室，因不放心那书，抬头一看，只见当中那只最大的木箱已经不翼而飞。这是存放《华阳子诗稿》的箱子，其中有自己三四十年来（包括少年时期）所写的上千首诗。这诗分写景、记事、咏物、抒情、议理等八大类别，整整花了三个月才编成，是自己最重要的著作之一，也是自己作为诗人最主要的成果。原来，窃贼是把他的书当作值钱的财物偷走了，他心急如焚。

怎样才能追回这书稿？他苦思冥想。他知道，当窃贼砸开铜锁，打开箱子，看到是一箱书稿，必然会大失所望，其后果，可能有两种：一是一怒之下，一把火将它烧掉。这是最令人担心，也是最可怕的。另一种，就是将箱子抛入河里，这也是很可怕的。

怎样防止这两种后果呢？他想了一下，有了主意（事后证明是良策），就是张贴布告，用银子将其赎回。于是，他连夜提笔写了一则寻物启事。

昨天（腊月二十四）傍晚，本人携数箱书稿回鬼叫垟寄生草堂。因夜黑天冷，加之鬼灯闪烁群鬼乱叫，我心慌意乱，不慎将一大箱书稿失落屋外。若有君子拾到原物奉还，本人将酬谢纹银三两。交货领银地点在半山坡樟树下一红一黑两间小茅屋之间。

寄生草堂主人　忍辱居士启

他一式写了数张，第二天一早就差人分贴县城、平镇、马洪、前山葛和科山五地。这启事写得很有策略，不说梁上君子偷书，而说自己不慎失落；交货地点亦很隐蔽，选择露天的两口棺材之间，避免了会面的尴尬，保护了窃书者的隐私。再说赏银也较高，这些银子可买三百斤上等大米呢。

贴出启事的第二天，齐周华果然在荒凉的稻草盖着的两口棺材之间找回了那一大箱诗稿，不过最上面一本已被撕去三页。他很恼火，但仔细一看，还有一张小纸条，上面写着几句附言：

书屋主人，不好意思，因夜里下山肚子不快，无奈之中撕纸三张解手。若要此三张纸，只好到尚书坟地的茅草山寻觅。请原谅。

真令人啼笑皆非。无奈，他只得到尚书坟旁的茅草山，从令人作呕的粪便中找回所缺三页，用水冲洗后，将内容重抄附上。

他把书稿看成宝贝的举动不但花去钱财，有一次险些令他丧了性命。

他把游历天下名山的文稿诗赋和名人评论序言等辑录成书后，取司马迁“仆诚以著此书，藏之名山，传之其人”之意，将游记选名为《名山藏副本》。就为这个书名，他差点儿酿成一场大祸。

《名山藏副本》编成后，齐周华也将其同其他七箱书稿一样，加上锁，用绳索高悬于屋梁上。

这天早晨，他回家取米粮和冬季服装，等傍晚回到寄生草堂，只见卧室门锁被砸，梁上八箱书稿全部无影无踪。他惊得说不出话来。他想跟上次一样写“寻物启事”，用赎金换回。刚拿出纸，忽然一阵风吹灭了屋里的蜡烛，他正想重新点灯，不料一把冷飕飕的锋利的宝剑压在了他的脖子上。

“莫声张！声张，就杀了你！”一个蒙面中年男子的声音，“现在我问你，《名山藏真本》在哪儿？”

齐周华莫名其妙，但立刻就醒悟过来。他知道，失窃的八箱书稿跟眼前持剑之人密切相关，于是，他立即说：“你还我八箱书，我自然回答你的问题。”

“你那八箱书不用担心，”那人道，“你跟我走！”

“去哪里？”齐周华问。

“带你去看书。”那人回答，“就在旁边的老佛殿里。”

老佛殿里果然摆放着他的八箱书，一箱不缺。殿里还有一个窃贼的同伙，浓眉长须客。这几人偷书稿做啥呢？“我现在可没准备赎金！”齐周华没好气地说。

“我们不要你的赎金，只要你说出实情。”蒙面贼将手中宝剑再次往齐周华脖子上一压，“快说，《名山藏真本》到底哪里去了？”

“你们为啥要打听这本书呢？”齐周华仍是丈二和尚摸不着头脑，经蒙面客一解释，方才明白原委。

原来，湖北道教圣山武当山不久前有部镇山之宝——价值连城的道教典籍《名山藏真本》被盗，显然，盗窃者目的是争夺道教南宗首领的地位，并非要钱财。由于齐周华所编之书为《名山藏副本》，书名类似，加之他在武当山为道士十年，有嫌疑，故派人追寻到此。他们砸锁取书稿，目的是查找那本武当宝典。

弄清原委，齐周华不禁哈哈大笑：“此书没有真本，我的副本即为真本。”

“先生此话怎讲？”浓眉长须的道士疑惑地问。

“我虽然能诗会文，但比起古今大家，毕竟还有很大差距。”齐周华解释道，“即使诗文能比韩愈、柳宗元者，只要不是狂妄之徒，也不会把自己书名以‘真本’冠之的。”

浓眉长须客听明白了：原来这是作者的自谦之词，其实作者压根儿没有《名山藏真本》一书。

长须客作揖施礼：“对不起，打扰了。”说罢，一伙三人（还有一人在庙外放风）将书稿重新搬回齐周华卧室，奉白银一锭致歉，飞身而去。

三、贸然来访的不速之客

寒冬来到了江南大地，也来到了天台龙山野鼠岭头的寄生草堂。这个冬天，是真正的寒冬。天台的习俗，是将冬天分为干冬和湿冬，干冬雨雪少，只是早晚冷些，白天阳光普照，比较暖和。因此，可在天井里摆张小桌，编书、看书、写字，暖洋洋的，很是自在惬意。可如果是湿冬，就遭罪了。天经常有雨雪，连日阴天，太阳很少见面。这样的天气，就冷得要命，于是就会手脚生冻疮，又痒又痛，连夜里睡觉也不安生。

齐周华到龙山野鼠岭的这一年，正遇上这样的湿冬。往年，总是干冬多湿冬少，三四年中，湿冬往往只有一次，可齐周华一到这里编书，就碰上这样的恶劣天气，真是倒霉！齐周华觉得冥冥中总有一个魔鬼在跟自己作对，总有一只无形的大手卡住自己的喉咙。

“呸，恶魔！你尽管来吧，我不怕！你想扼杀我编书的决心，真是白日做梦、痴心妄想，决不会得逞！”他咬紧牙关，干了起来。他从家中拿来铜烘笼，里面放进榨油用过的乌桕炭煤，冻得难熬时，就烤烤手，继续写。

可是每到夜里，他总是长夜难眠，因为寒冷经常将他冻醒。坐牢时冻出的气管炎，又在寒冷的冬天来找他麻烦了，他咳嗽不止。此刻，他听到在呼啸的冷风中，有豺狼虎豹在凄厉地号叫着，还有哇哇的鬼叫声在屋舍周围喧嚣，令他毛骨悚然。有时他真觉得在这冷湿的冬天，在这豺狼虎豹磨牙吮血的严冬，是难以再将书编下去了。他逐渐消瘦。“只要不死，只要还有命在，我就要工作不辍，早日将书编成，实现‘与名山大川同寿于世’的宏伟理想。”他抱定这一信念。但由于寒冷和劳累，他终于病倒了。

正当他凄冷难耐缠绵病榻的时候，有个傍晚，一位不速之客闯到了这里。

腊月中旬的一天，天乌彤彤的。从上午开始，鹅毛大雪就不停地下，等到下午三点左右，龙山上远远近近就如同白羊一般了。雪还在继续地下着，这时，有个人冒着风雪走进了寄生草堂。齐周华此刻正感冒发烧躺在床上，忽听见屋门“吱呀”的一声开了，一位高挑儿个子、满头满身雪白的人，风风火火地闯了进来。

“你找谁？”齐周华睁开眼睛问。

“我找齐周华先生。”此人说着江南官话。

齐周华听出此人既不是台州口音，也不是杭州口音，而是南京口音，不禁支起半个身子坐了起来。“莫非是江焕文先生派人来传送消息的？”他惊奇地问，“我就是齐周华，请问您是谁？”

来人扑哧一笑，脱去身上的风雪大衣，摘去头上的棉帽，露出一头青丝，原来竟是个女子。“齐先生，难道您连我都不认识了吗？”她见齐周华两眼如敲小钹般直眨，认不出自己，就大大方方地说：“我——就是江燕呀!”

这就是江燕，就是那个情义深厚的江燕？他呼喊着：“江燕，小江燕！真的是你吗？这不是做梦吧？”

“不，不是做梦，是真的。”听到江燕的话，看到那楚楚动人的面容，他连忙挣扎下床，站起身子，想端床边的矮竹椅给江燕坐，不料突然头昏脑涨，眼冒金花，扑通一声跌倒在地。

“您别忙，别起床——”江燕连忙扑过来扶起齐周华，把他按回床上。“看样子您生病了，还病得不轻呢！”她用手在他额头上探了一下，惊叫起来：“头烫得跟炭火一样呢！”说着，随即问他有没有生姜。听说有，立即去隔壁厨房做了碗浓浓的热姜汁，端到寝室喂齐周华喝了，然后，她将自己厚厚的风雪大衣盖在齐周华身上，她自己烧了点儿红薯汤，吃过后，就守在床边陪伴。

齐周华喝了一大碗姜汁，捂在被子底下出了一身汗。临近半夜时，烧退了，头脑清爽了，肚子也感觉饿了。这时，一碗热气腾腾、香气扑鼻的雪菜鸡蛋面端到他的面前。三餐未吃，饥肠辘辘的他三下五除二就将面吃个精光。他不解地问：“你是怎么知道我在这里呀？”

“我从城关齐宅问到的呀。”

“你去过齐宅了？你到这里，我妻妾她们知道吗？”

“不但知道，而且还给了我一份重重的见面礼呢！”说着，她的眼圈红了起来，泪水盈满了眼眶，“她们骂我是小妖精。我受不了气，就跟她们吵了一架。”说到这里，泪水再也抑制不住地从她那好看的单凤眼里滚了出来。接着，她一五一十地说了起来。

原来，中午时分，江燕就来到了天台城关齐宅，听说南京女子特地来此找齐周华，朱氏态度冷淡地说：“他没在家，出外一年了。”

“他去哪儿了？”江燕奇怪地问。

“到一个谁也不愿意去的阴间地狱去了。”

江燕吓了一跳，还以为人已经去世，不禁疑惑地问：“怎么，他已经死啦？”

“死倒没死，不过离死已经不远了。”朱氏没好气地说，“他住的地方，叫鬼叫垟，遍地都是坟，到处是棺材。白天人迹罕至，夜里鬼哭狼嚎；夏天蛇虫出没，冬天冷如冰窟。”

“他去那个地方干吗？”江燕问。

“办了个寄生草堂，说是编书。”

“那你们家里人为什么不去陪伴他，给他烧水做饭洗衣服，却把他一个人丢在那么荒凉冷落的地方？你们做妻妾的难道不心疼他？”江燕柳眉倒竖，责备起朱氏来。

“是他自己有福不知享，喜欢住茅厂（棚），要到那么个鬼地方去的。那个地方，谁愿去？谁敢去？”朱氏辩白道，接着反唇讥讽，“想不到你对他倒是挺关心的，你既然这么心疼他，就亲自去照顾他好了，我们又没跟你争。”

“我当然要去！”江燕坚决地说，随即打听道，“去那个鬼叫垟怎么走？”

“你问龙山鬼叫垟，谁都知道的。”齐周华的妾丁氏告诉她。

看到叫江燕的南京女子真的奔出齐宅，风风火火顶风冒雪铁了心要去找齐周华，朱氏不禁愣了，快嘴快舌的丁氏站在门口，面对江燕的背影，呸了一声，骂道：“这么厚的脸皮，真是个小妖精！”

想到在齐宅受的气，江燕不禁哭出声来。

“哎，这么冷的天，又是风雪弥漫，你何必千里迢迢来天台吃苦受罪？”齐周华叹息道。这时，他忽然想起一件事，不禁问道：“你爹江老先生身子还硬朗吗？”

“我爹去年正月元宵节，因路见不平，同当地几个泼皮无赖争执了几句，结果被打得吐血，一气身亡。临终前，要我找到你，请你为他写篇传记。”

这消息令齐周华感到突然。“为什么事？被何人打伤？”一向疾恶如仇的齐周华一听说挚友冤屈亡身，不禁两眼冒火。

“说来话长。去年元宵节那天晚上，我爹到南京夫子庙看戏。看到一个泼皮向卖冰糖葫芦的孩童收两百文钱的‘保护费’。小孩儿总共只卖得几文小钱，哪有钱缴？结果遭到拳打脚踢，还把他的冰糖葫芦掼得地上到处都是。我爸上前评理劝阻，不想立刻遭到几个无赖的围攻毒打，被打得奄奄一息。”她气愤地说，“我曾到县衙击鼓鸣冤，谁想却说我是诬告，被赶了出去。后来一打听，原来那泼皮无赖是南京通判的亲戚，没办法，我只好忍气吞声。”

“岂有此理！”齐周华一拍床前桌子，咬牙握拳，“再上告，告到知府衙门，再不行，就告到巡抚衙门，哪怕告到京城刑部，也一定要讨还公道！”

“周华大哥，你身体有病，先好好将息，切莫为我的事气坏了身子。”她爱怜地说，把他硬劝到床上。

“不行！碰到这样的事，我怎能睡得着？”齐周华从床上一骨碌爬起来，坐到桌边，吩咐江燕快拿纸笔。他决定挑灯夜战写状纸。

“看您，这么急性子——等您病好了，身体康复了再写吧。”她几乎是恳求了，“再说，夜已深了，天气太冷，你要冻病的——”

他怀着感激的心情，爱怜地看了她一眼。“不行，晚上写好，抄好，明天就去县城发信。我一定要为江老先生讨还公道！”他斩钉截铁地说，随后，深情地望了她一眼。“你一来到，我的病就好了大半。我现在感到热血沸腾，浑身是劲！”

“对方势力大呀！”她担心地说。

“我有数，你放心，快拿纸笔。”

江燕无奈，只好拿来纸笔。她在砚里倒了几滴热水，磨起墨来。大约一个时辰的工夫，齐周华就写好状纸，接着又写了一封书信连状纸一起放进信封里。“我们先写信和状纸去投递，估计年前就可到达南京，过了年，我去南京走一趟。”齐周华说。

江燕看到信封上写着“呈南京学士巷杨绳武侍郎大人收”，不禁长舒了一口气：这下为父雪恨有希望了。

夜已深，雪依然在下，室内寒气逼人。

“快睡吧，大哥。”江燕给齐周华洗了脚，扶他到床上。

“不，你到床上来睡。”齐周华谦让道，“我睡了一天一夜，现在不困了。我在炉膛前烤火就行。”

“不，您发烧虽退，但病还没好，身子虚弱，快躺到床上吧。”她强按齐周华到床上。

“那你——你睡哪里呢？你连续赶路半个多月，太劳累了，你睡床吧!"

"你先睡，我当然也睡。"她服侍齐周华睡下，随即自己也躺到他的身边。齐周华惊得一骨碌坐起来："不——不行！你快起来，我们不能同床!"

"周华哥，您就别撵我了。父亲去世后，将近两年来，我一直在找你。先找到华山，说你已走；接着找到太白山，又说你不在。最后找到湖北武当山，又扑了个空。我走了千万里路，足迹遍及半个中国。现在好不容易找到您，就别再撵我了。"她眼里噙满了泪水，"我像一叶孤舟，在风雨中飘摇，难道您还要让我在茫茫无际的海上继续漂流吗?"

听到这令人心碎的话语，想到她在自己危难和穷困潦倒的时刻，像观音菩萨般来到身边给予自己的温暖和同情，齐周华不禁心头呜咽，鼻子发酸，内心充满了感激。但他还是克制住自己的情绪："我家有妻妾，我不能害你呀!"

"你接纳我，就是成全我，不接纳我，才是真正的害我。"她认真而动情地说，"你虽有妻妾，但她们不能照顾你，如同没有。再说我跟你，不要什么名分——只求跟你在一起，就足够了。"

"跟我这倒运人，要冒性命危险哩!"他再次提醒。

"我不怕，我愿意!"她斩钉截铁地说。齐周华无话可说了，他拿起手绢，轻轻地擦去她满脸的泪水，然后亲切地抱住她。他俩相依相偎着，说起了自第一次船上相见以来，许许多多令人动情的往事，越谈越有趣；越谈，两人的心贴得越紧。直到鸡啼第三遍，东方已渐渐发白，两人才相依相偎着进入了甜蜜的梦乡……

四、巨著完成难以出版

经过几年辛苦，齐周华终于大功告成——共汇编成书十二本，他立即到省城杭州，找到西湖书坊最好的刻板师傅周景文，要求刻印成书。

可是一算刻本费，齐周华不禁吓了一跳：费用竟高达五百两银子！

这笔钱从何而来？他算了一下：十年前家中祖传宝剑出售后，得银七百两，十年游历，已耗去大半，只剩下一百多两；其余三四百两如何筹措？他愁肠百结，夜里辗转反侧不能入睡。齐家曾祖父那辈经商致富，建造齐宅，置田买地，还拥有多处山林，是辉煌时期。从祖父一辈开始走读书做官这条路，结果祖父和父亲都只中了秀才。由于仕途不畅，故到父亲一代，光靠收几十亩田租和山林过日，家道很快中落。到了自己这一代，遭大难坐大牢后，为了打点官府，家中卖掉了那爿山林，现在没有一点儿积蓄。

怎样才能筹措到这么一笔巨款？唯一办法，就是卖掉家中十亩上等好田，再将银项圈、银手镯、金戒指等值钱东西卖掉，方可筹得。他把想法跟大儿子式昕一说，儿子表示同意："著书立说传之后人是意义非凡的大事，哪怕卖田卖地，吃最大苦受最大累也值得！"

听了这话，齐周华感到非常欣慰，立即托人联系好买主。然而，还没等买主踏进家门，家里早变成了一锅沸滚的粥、一个火药桶。

"卖田卖地出书，这真是天下奇闻！"妻子朱氏跟他吵开了，"我们一家十六七个人，你卖了田产，以后一家人喝西北风去！你忍心让全家人沦为乞丐吗？"接着，她讥笑道："你出书为什么？还不是为了死后的名声？为了死后空名，却要活人受罪，将活人饿死，这岂不是十足的糊涂虫吗？"妻子越说越气，"这名声既不能挣吃挣喝又不能挣穿，要那空名有屁用？"

齐周华气得发抖，但没有充足理由驳斥妻子，只是说："我印了书，凭我现在的名气，大概可以售出一批书，将刻印费用赚回来呢！"

妻子哈哈冷笑了几声，很尖刻地说："还想出书赚钱，你就别做梦吃绿豆芽——想得美了！凭你的名气，你有什么名气？你是翰林学士？会试进士？还是县令、府台？翰林学士功名高文名重，印出书，会洛阳纸贵，供不应求；县令、府台那些当官的，即使文章狗屁不通，也可在本县、本府畅销，因为有大批人为他们吹牛拍马。你有什么名？一个只中过秀才，被判过重罪的臭名！你出书，既没有功名和地位，又没有巡抚和府台等大官为你作序，还想畅销，真是白日做梦，痴心妄想！”

听了妻子的抢白，齐周华虽然心里生气，却哑口无言。因为妻子的话虽然尖刻，说的却是实情。

大儿式昕提出一个建议：“请召南叔叔写篇序，这书就好卖了。”

此话不假。这个建议，杭州西湖书坊负责刻印的周师傅就曾向齐周华提过：“若有齐召南大人作序，这书一定好卖，一定能畅销大江南北。若真能求得齐大人序，您的书就不必在杭州出了，应该到全国最著名的贩书市场——南京承恩寺书坊，或直接去京城出。那样的话，这书就能风靡全国，狠赚它一笔！”

可是儿子和周师傅只知其一不知其二。齐周华知道堂弟齐召南的性格。齐召南博闻强记，过目不忘，自小以“神童”闻名乡里。举“博学鸿词”科，入翰林，登上皇帝文学侍从高位后，更是目空一切。齐周华清楚地记得，那年清明节，自己准备将《天台山游记》一书拿往杭州刊刻，当时给回家祭祖的齐召南一看，谁知齐召南却说齐周华文章“文理不通”，阻他刊刻。因此，齐周华决定，不要说目空一切的齐召南不会给我作序，即使他会作，我也不会去求，也不会接受的。

可是这么多书稿，出不出书呢？我现在已年近古稀，所剩之日已经不多。若在有生之年不出，子孙后代更不会想出了。我此生以读书为业，留给世人和后人的，就只有这些诗文了。不出书，我此生便枉到世上了！此刻，他想起许多历史名人，为了写书出书，藏之名山，付之后人，不顾个人安危，不顾生活窘迫，于是，他咬了咬牙，下了狠心。

哪怕要饭，也要把所编写的书稿刊刻出来！

按他性格是很不愿意求人的。但事到如今，他没有办法。他决定双管齐下，筹措这笔巨资：写信给当年自己在华山“遁溪书院”所教学生中，已经中举人、进士、做官的学生请其支援。根据来信情况，他得知，自己当年所教的学生已有多人中了进士、举人。自己最得意的门生，那个位列全府第一的学生，现在已是咸阳知府。

想到销书，他心中忽地闪过一个念头：请名人写序、跋和评论文章。显然，杭州西湖书坊的周景文师傅和儿子式昕的建议是十分正确的，因为这是提高书的知名度的好办法。当然，他不会去请堂弟齐召南写序。此刻，他忽然想到自己所熟悉的文学老师——江苏吴县的杨绳武先生曾为自己写的一篇序。那年，自己在南京与江义士聚会，曾与回家省亲、闻讯赶来参加聚会的杨编修见过面。自己拿出《天台山游记》请其指点，结果杨编修看后欣然命笔，写了一篇序言相赠。他连忙从书箱中将其找了出来。杨编修在《天台山周华游草序》中对齐周华很是称道。其序云：

> 齐子周华奇士也，所居之地又极具山水灵秀，与其性情相合，故周华生平足迹之所到，若有奇境，就不怕穷幽艰险以求之。于是周华胸中磅礴郁积不能久藏心中，就从文章中发出。因此，其文也如他本人一般奇异……

杨编修还曾将齐周华游金陵《谒孝陵》诸诗、游记和《需郊》《初学集》诸集，推荐给时任福建学政的李绂先生。据说李学政看后很是赞赏。李学政既是重臣，文章又名闻天下。他是康熙年间内阁学士，雍正初年任广西巡抚，直隶总督，后因参劾河南总督田文镜得罪朝廷遭降职，乾隆初又授户部侍郎。但因李侍郎官居高位，又在京城，路途遥远，他就没去拜访。听说李侍郎因年高体弱，已辞官归居家乡陕西西安，现在不妨去一趟陕西，数事并在一起办。

主意已定，他立刻出发。到杭州后，将一百多两银子和杨编修的序言交给杭州西湖书坊周景文师傅，并将自己的打算说了出来。周师傅高兴得眉开眼笑："若能再求得李侍郎序文，并取得诸位当官学生所在府县征订支持，十二本书可以全出无忧了！"

齐周华往陕西而去。首先到西安拜访居家养老的李绂侍郎，然而不巧的是，李大人正卧病在床。

进了李府，见到李侍郎，齐周华将杨编修当年的引荐信呈上。

李侍郎勉强坐了起来，看后，不禁诧异地问："为何姗姗来迟?"

"当时大人身为内阁重臣，日理万机，我怎可因区区小事打扰。再说，我是判过重刑之人，与您接触，怕有损您的名声，影响您的仕途升迁呀！弄不好，还要害得您丢乌纱帽呢!"

"可敬，可叹!"李侍郎连声赞叹，"奇士，真是奇士呀!"

齐周华呈上《名山藏副本》，请李侍郎为之作序。李侍郎欣然答应："我明天即看，你去咸阳等地办事后，回我这里拿序。"

齐周华高兴万分，于是起身告辞，临行时，取出两小包东西作礼物奉上，李侍郎脸色顿时阴了下来："快把礼物拿走，否则我不给你作序!"

齐周华诚恳地说："李大人，我这礼物与众不同，不是珍珠宝贝，也非银子钱财，而是不值钱的我们家乡天台的土特产。"他拿出一包说："这包叫铁皮石斛，位列九大仙草之首，比《白蛇传》中青蛇、白蛇去昆仑山所盗的灵芝仙草还要好。它生长在悬崖峭壁的背阴面，终年受雨露滋润，采日月精华，有滋阴清热、养胃明目之功效，能救治头痛、痛风等多种危重病症，民间称为'救命仙草'。这东西是一个山民从千丈高岩上采摘下来送给我的。"

他又指着另一大包说："这包叫乌药，主治中风、疝气、胸腹胀痛、反胃吐食，被誉为长生不老的良药。汉代刘晨、阮肇来天台寻药，相传寻的就是这种药。唐代高僧鉴真东渡日本，治愈日本光明皇太后之病，用的就是天台乌药。"

这时，齐周华看到李大人两手捧头、眉头打结、十分痛苦的样子，立即倒了一碗开水，将一支铁皮石斛放入里面泡了。约半个时辰的工夫，端上给李侍郎吃了。李侍郎只觉神清气爽，病痛顿除，浑身轻松。他不禁一骨碌从床上坐起，连呼："奇哉，妙哉!"欣然接受了礼物，并幽默地口吟一诗：

奇士带奇药，
为我解灾殃；
石斛乌药真奇妙，
更有义士齐周华。

很快，齐周华见到了做咸阳知府的学生茅坤。他欣然答应在当地为老师征订百套（计一千二百本）书籍，并拿出五十两纹银相赠。齐周华知道这学生为官清廉没有什么积蓄，不肯收，可茅知府道："这是我的一点儿心意，礼轻情义重，请务必收下。"

茅知府还给他一份名单，这是齐周华其他几位学生在各地为官的地址。齐周华心花怒放，因为当年自己所教的学生，如今已有九人为官。那个名列第二，由于骄傲自大、麻痹大意，当年乡试名落孙山的黄毛，第二轮乡试也高中解元，紧接着会试又考中二甲第一名传胪，入翰林院为庶吉士。另外还有任府推官、知县、县尉、教谕和府学教授等职的。其中第一批学生中，那个成绩较差的陈众也于两年前中了举人。此人虽只是个候补知县，但能力不小。当初陈众因家境贫困，无钱谋官，就干脆抛开仕途，专门做图书生意。不久前，他还派兄弟去南京、杭州经理售书，还杀进北京书市，生意做得很大。齐周华来到西安，很凑巧，见到了书坊老板陈众。见到老师，陈众十分高兴地说："先生，我开拓南京和杭州书坊市场之目的，除了扩大业务外，还想明年来浙江拜访您，不想先生倒先来陕西了。"说着，邀请齐周华尝陕西名吃，听秦腔，临别时拍着胸脯说："先生，下个月我即去浙江一趟，看看您的十二本书，再决定发行数。您先选出最满意的几本，由我们书坊来做，我保证它们每本发行几千册。其余的您出书后将书发过来，我至少也能每年推销几百本。"后来《名山藏副本》和《乡试会试八股文精华评论选》果然各发行了三千册，让齐周华也小赚了一笔。

齐周华回江南时，特地到江苏吴县皋里拜访了辞官回乡养老的杨绳武编修。杨编修又介绍他拜访了退居苏州养老，原任礼部尚书、全国诗坛霸主沈德潜老先生。

齐周华满载而归。他分头写信给那些做官学生，学生接信后都很热情，从而落实了出书征订数。接着齐周华立即将《名山藏副本》和《乡试会试八股精华评论选》等四本书稿交给来浙江的陈众带回，果然很快发行。这四本书齐周华不但分文未掏，还得到二百两白银的稿酬。另外在杭州书坊出的书，还没等发行，陈众就因自传中写自己少年家贫起早贪黑劳动，“从小肩挑日月”，吃的东西“清汤寡水”，而被另一个与他抢书坊生意的南京大书商告发。结果被皇帝以“复明反清”谋逆大罪处死，杀于南京。齐周华闻讯，立即赶往收尸祭奠，这是后话。

齐周华出书后好评如潮，尤其《名山藏副本》更是引起轰动。文坛泰斗沈德潜感叹道：“齐周华真是江阴的徐霞客！他将与谢灵运、柳宗元、苏轼、徐霞客一起，被称为中国纪游五大家。”

当时，在全国有举足轻重地位的学术文献《曲阜文献》这样称赞《名山藏副本》：

> 长若万里九曲之黄河，短若百炼千锤之钢铁。
> 浓若金玉锦绣之具阵，朗若云霞日星之灿烂。
> 近则附山点穴，远则越海寻龙。
> 从容则纶巾羽扇，驰骋则夏雨秋风。
> 其险若剑峰，其坦如玉路……

看到这样的评论，齐周华幸福得泪流满面。

五、著作以“地舆楼”署名

齐召南在仕途上一路春风得意，风光无限。

公元1737年，他参加编撰《大清一统志》和《明鉴纲目》，不久，擢充武英殿校勘史官。1741 年主编成的《外藩书》，以详备和文字精当备受乾隆帝称赞。尤其是 1743 年，皇上考核翰林院翰詹各官，齐召南被取为一等第一名，擢升侍讲学士。1744 年，因父丧去官，准在家修书。1746 年守制期满恢复原官。不久，乾隆命齐在上书房行走。

这时，朝中发生了一件事。这事虽然不大，但在满朝大臣中引起了强烈震动。这震动不亚于一场强烈地震。原来，乾隆近日从黑龙江宁古塔得到一面古镜，但不知此镜的来历。

此镜光辉夺目，上有“鸳鸯”二字。四周以青铜装饰，上有凹槽。一天早朝，乾隆将古镜带到朝堂，询问此镜来历。谁知六部九卿和翰林院官员个个儿不识，闭口无言，惹得皇帝大怒：“想我堂堂大清，地大物博，人杰地灵，竟没有一个能识此镜。这是我天朝的耻辱!”

于是下旨：朝中文武大臣罚俸禄三个月以示惩戒。并布告天下，征集能破解古镜秘密之能人、高人，若十天内征集不到，则罚朝中大臣俸禄半年!

众大臣面面相觑，急得心如油煎。这时，大学士张廷玉急忙出班启奏：现有翰林院侍讲学士齐召南，幼称“神童”，举“博学鸿词”入翰林院，又在殿试时为一等第一名，学问博大精深，博闻强记，过目不忘，曾一夜破译奇书八册，实为大清文学界奇人。此人或可识此古镜。

原来这天，齐召南因受风寒卧病在床，未来上朝。皇上闻奏，命速传齐召南，于是，一顶暖轿将他抬进宫殿。

看到齐召南萎靡不振的样子，汉臣首辅大学士（即宰相）张廷玉暗中为自己捏了一把汗。他后悔刚才头脑发热举荐了齐召南，要知道，如果齐召南今天再讲不出古镜来历，皇上就会龙颜大怒，怪罪自己举荐不当和选拔人才不力，会把自己的首辅大学士革掉。

不过张首辅的担心是多余的，齐召南果然不负众望，面对皇帝的询问，他不慌不忙地讲述起来。

“这古镜为对镜，分雌雄两面，可合而为一。有凹槽的为雌镜，主要作用是照人容貌衣冠，系女子所用；雄的一面，上铸‘鸳鸯’二字。”齐召南仔细辨认着古镜上镶边的纹路，“皇上现在所见为雄镜。”他侃侃而谈，然后讲出两个凄婉动人的故事。

“这古镜系南北朝时宝物。据唐代孟棨《本事诗》记载，南朝末陈国将亡时，文士徐德言预见到战乱中可能要同妻子离散，就将此古镜一分为二，各执一面，作为日后重新见面的凭证。并约定正月十五元宵节，在金陵最大的市场上卖镜，借此探听对方消息。祯明三年，隋兵攻入建康，夫妻两人果然失散。后来，徐文士就靠藏在身边的雄镜，在第二年元宵节卖镜，重新找到妻子。”

他稍歇了一口气，接着讲起第二个故事：“这古镜经千年流传，为明末辽东总兵吴三桂所得。那年，李自成大军攻陷西安、太原，进逼北京，吴三桂趁国丈田畹托他保护全家之机，在京城劫娶了其宠妾陈圆圆。因朝廷谕旨令三桂迅速出关防我大军南下，军中不能随带姬妾，三桂只好硬着头皮，与爱妾陈圆圆洒泪而别。分别时将古镜一分为二，各执一面作为凭信。后来，三桂因李闯攻入京师夺自己爱妾圆圆为妃，便引清兵入关，助我军逐走李闯，寻回陈圆圆，古镜重合。后来，封王云南的吴三桂举兵叛乱，古镜重分，吴三桂孙子吴世璠被大清所灭，其年幼子孙充军黑龙江宁古塔，故雄镜为宁古塔将军所得，而雌镜仍为入庵做道士的陈圆圆所藏。”

乾隆听到齐召南此番高论，不禁又惊又喜，称赞道：“爱卿不愧为我大清朝‘博学鸿词’也!”

然而满臣首辅大学士鄂尔泰却表示怀疑：“齐学士此番话有何凭据?”

大学士张廷玉不禁眉头紧锁，他担心齐召南没有令人信服的凭据，让人斥为信口雌黄。

“首辅大人如不信，可拆开雄镜，我想镜后应该藏有这对半路鸳鸯结合的标志——很可能有‘桂圆’二字。”

“为啥写‘桂圆’不写‘荔枝?’”有位老王爷不解地问。

齐召南笑而不答。大学士张廷玉道：“这个简单，‘桂圆’不就是故事中两个主人公名字拼合而成嘛。”

众人将信将疑。乾隆当即命匠人拆开镜框铜盖，里面果然刻有清晰的“桂圆”二字，惊得鄂尔泰目瞪口呆，喜得乾隆龙心大悦，击节叹赏：“有如此惊人学识，足可为内阁重臣！”

于是，乾隆立即下旨，将齐召南擢升为礼部侍郎。

搞清古镜来历后，乾隆皇为没有得到另一半雌镜而遗憾万分，立即下令寻访陈圆圆所藏的雌镜。由于年代已远，寻访不到陈氏所藏古镜的踪影，于是下令湖南巡抚到衡阳掘开陈圆圆墓地，果然得到宝镜一面，与宁古塔所得镜子一合，浑然一体，如同天成。

这下，乾隆对齐召南彻底信服了。

就在齐召南仕途得意步步高升时，一支冷箭向他射来。一次在朝堂有人故意问：“你那判无期的堂哥现在哪里？”

齐召南答：“他已死了。”这话虽然堵住了别有用心者的口，但使日后齐周华和他的矛盾更深了。

乾隆十三年（公元1749年）春天，大红大紫的齐召南乐极生悲，突遭横祸。四月二十九日，齐召南陪着乾隆在圆明园尽情游玩了半天，与皇上一同用过午餐，下午赶到内阁办公重地上书房值班。处理完军国大事，傍晚，他骑马回澄怀园住地。

一路上，他想着皇上的恩宠，想着自己今后做尚书、当大学士的锦绣前程，不由得踌躇满志、得意非凡，把马打得飞快，真可谓“春风得意马蹄疾”。谁知乐极生悲，就在他要进澄怀园门口时，意想不到的事情发生了，奔马突然惊了，一下把他掀翻在地，头正好碰到一块大石头上，立即鲜血迸溅，头颅破裂，生命垂危。

对这位四十来岁的内阁重臣，乾隆皇是十分倚重的。一听到消息，十分着急，立即派医术高超的蒙古医生诊治，并派皇子慰问。经数月，齐召南虽身体逐渐恢复健康，但智力衰退，大非昔比。这年十一月，齐召南辞官归浙江，专事讲学和著书，并执掌杭州敷文书院。

齐召南就是在这段时期，与堂兄齐周华发生了一次大的冲突。

一次，齐召南放假回到天台老家齐宅，见齐周华埋头著书，所著之书，都以“地舆楼”署名，不禁大惊。他知道这“地舆楼”的用意，是配嘉兴吕留良的“天盖楼”。吕留良所著之书用“天盖楼”署名，如《天盖楼四书讲义》《天盖楼偶评》《天盖楼三家文》等，甚至把自己所开的刻印局也称为“天盖楼刻印局”。

这“天盖楼”是吕留良所住的房屋，是他为了坚持反清立场，与清朝划清界限而筑并命名的。此楼分三层，他住第二层，其意为上不顶清朝的天，下不踏清朝的地。

曾静案发后，吕留良用“天盖楼”之名也成为反清一条罪状。现在堂哥齐周华却将这书署为“地舆楼”，这岂不是明目张胆的反清行为？在这文字狱横行的岁月，这么做不是自寻死路吗？他知道堂哥对自己有成见，加之自己做弟弟不便相劝，但这种拿性命开玩笑、祸及家族的举动，自己不能无动于衷，于是劝诫齐周华：“你不要用‘地舆楼’署名，以免招来大祸！”

齐周华恼了：“你现在倒关心起我来了，以前，我在牢监五年，你为什么不来关心关心？”

齐召南听出话中的意思。堂哥是怪我在他坐牢时，没有为他奔走鸣冤说公道话。“我当时仅是一个贡生，不是什么官员，人微言轻，即使鸣冤有何用处？”齐召南辩白道，“再说，我当初曾劝过你不要上疏为吕留良辩护，可你却一意孤行，不听劝告，致使遭了大祸。这祸是你自己讨来的，你怨谁？”

齐周华更加恼火：仗义执言，见义勇为，是男子汉大丈夫的作为。可是召南却是非不分黑白混淆说我咎由自取，这太没正义感了，于是针锋相对地回敬道：“对，我坐牢、杀头都是咎由自取！你放心，我一人做事一人当，要杀要剐，由我自己来承担，绝不会把你牵连进去的！”

“说得轻巧！真要弄出事来，不但危及自身，连家族都要遭殃的！”

听了齐召南的话，齐周华冷笑了几声，回击道：“我遭大祸，判永禁杭城，这连累你了吗？你不是照样一帆风顺入翰林、提学士、升侍郎，官越做越大吗？”齐周华想到齐召南居高临下的教训口吻，想到自己遭祸以来齐召南一直没为自己说话，而且对自己写的文章指手画脚品头论足，指斥为“文理不通”，还在大门上写“僧道无缘”讥刺贬斥自己，于是决绝地说：“从今往后，你走你的阳关道，我走我的独木桥，免得妨害了你的锦绣前程!”

“这真是蛮不讲理!”齐召南心中冒火，“我好心好意相劝，他反如此对待!”他本来想再劝劝堂哥在所写书中不但要去掉“天盖楼”，还要严格细致地检查书中有无违禁、出格或容易引起误解之处，否则一旦被抓住把柄，祸就大了。但他此刻再也说不出一句话，因为兄弟俩隔阂已深。再说，说多了不但起不到丝毫作用，相反只会更加恶化两人关系。看到堂兄继续在书上使用“天盖楼”之名，齐召南恼火地走出了齐宅。他本想找齐氏族长，请他劝诫堂哥，但想到堂哥仕途不顺，一生坎坷，这样做更会增加堂哥的苦恼，便摇了摇头，提前回杭州去了。

第十三章

一、帝后同游江南

乾隆中期的一个早春，皇上见皇后数月来一直郁郁寡欢，不见笑颜，怕她忧郁成病，于是下了一道圣旨：巡游江南。

朝中文武百官、后宫妃嫔只道帝后伉俪情深，都大加颂扬，谁知其中另有隐情。

实际上皇后一直忧郁的原因并非身体有病，而是有一块心病。她最近感觉有个鼓鼓的气包塞在胸中，使她身上百般难受。将这气包塞入皇后胸中的，并非别人，就是乾隆本人。

是乾隆皇帝的一桩风流韵事使皇后郁结在胸，一气成病的。

那是去年春天发生的事。那天，京城最大的园子——燕园落成，乾隆和皇后来此游赏。忽然，乾隆见到一群命妇中，有个鹤立鸡群的美人。只见她眼若明星闪烁，脸上没搽胭脂而桃花飞，腰肢不闪却如杨柳摆舞。乾隆不禁心中神往。

他想上前问问这是谁家妇人，但众人面前不好启齿，只木呆呆坐着干着急。不一会儿，天遂人愿。皇后见到那美人，立即上前与她握手说：“嫂嫂来得好早。”美人娇滴滴答道：“应该前来恭贺！”于是乾隆才知道，此人就是皇后嫡亲哥哥、现任内务府大臣傅恒的夫人。

午宴后闲游中，乾隆频频回顾；傍晚家眷皆散，乾隆仍恋恋不舍，临别时还回顾数次。傅夫人也眼含秋水，满目柔情地站了好一阵，才离宫而去。

从此，乾隆常常惦念傅夫人，整日无情无绪茶饭不思，可又不好相召。不久，机会终于来了。皇后千秋节来到，乾隆对皇后说：“明日是你生辰，何不召你嫂子进宫，畅饮一天。”皇后遵旨，遂差人到傅府邀嫂子入宫。

谁知皇后这一邀请无异于引狼入室，拉开了她今生悲剧的序幕，使风流皇帝和丽人的非分之想终于得逞。

第二天，傅夫人来到宫里。这次她穿了常服，显得更加妖艳更加性感。头上青丝油光可鉴，珠彩横生；身穿桃红洒花绸缎长袄，衬着杏脸桃腮，如一朵芙蓉花妖艳异常。乾隆目不转睛地盯着她，她却嫣然一笑，娇滴滴地说：“寿礼未呈，先蒙赐宴，皇上和皇后恩典，臣妾感激不尽。”那声音如黄鹂在翠柳枝头啼唱，令人赏心悦目，皇帝顿时麻酥了半边身子。他仿佛喝醉了陈年美酒一般，整个人飘飘然起来，恨不得将这只无比温柔迷人的狐狸一把揽入怀中。

乾隆皇帝此刻不禁诗兴大发，要大伙吟诗，并说：“不会吟诗，罚饮三杯，只要作出，不罚酒，只饮一杯。”

在乾隆的催促下，傅夫人微启朱唇，吟道：“臣妾也念恩泽深。”

乾隆马上接道：“两家并作一家春。”然后问傅夫人：“这句接得好不好?”傅夫人极力称赞:“好,妙!”

于是,皇帝满饮一杯,赐酒一杯给傅夫人,傅夫人也爽快地喝了。众人边吟边喝,吆三喝四,娇声不断,一片热闹。

傅夫人连饮数杯,不觉醉眼蒙眬娇态横生。乾隆见她已醉,连忙命宫女扶到别宫暂时安歇。重新令众人闲散一番,乾隆迅速离宫而去。隔了一个时辰,皇后令宫女去看望傅夫人。宫女去了好一阵未见禀报,等大家用过饭,那宫女才含笑而来,报称:“傅娘娘卧室紧闭,不便入内。”

“皇上呢?”皇后急急问道。

“皇上,皇上么——”宫女连说了两声皇上,停住不说下去了。

皇后顿时明白了。当晚,傅夫人因不胜酒力,留住宫中。

第二日中午,傅夫人才匆匆到坤宁宫告辞,皇后对她一瞧,只见她钗钿不正,发髻半松,还带睡容,便微带讥刺道:“嫂子恭喜!”

傅夫人脸上顿时红霞飞起,当即匆匆离开。

此事若到此为止,乾隆皇帝若仅吃一次“窝边草”,皇后也就睁一只眼闭一只眼忍耐一回算了,怎奈皇上从此变本加厉。

此后,乾隆皇帝先是借平息边关战事之名封傅恒为领兵大元帅,将他支到边疆,然后不是宣傅夫人进宫便是微服私访,与傅夫人频频约会。傅夫人也不甘寂寞,自得其乐,与魁伟风流、居九五之尊的乾隆皇帝如干柴烈火般,以致后来竟生下一个虎头虎脑、酷似乾隆的儿子。于是皇后便气得病倒了。因为这种事无处声张,如果皇上偷别个大臣家女人,自己还可以面奏太后,请太后干预。可是,皇上偷自己的亲嫂子,一声张,又关系到自己家庭声誉,七思八想,只能打掉牙齿往肚里咽,结果就忧郁成病了。

话说皇帝和皇后的南巡队伍浩浩荡荡地向江南进发。此次南巡声势空前,分水陆两路。陆路用车五百余辆,马匹数千,车队绵延数十里,民夫数以万计。真可谓车辚辚,马萧萧,行人观看多如潮。牵衣踩足蜂拥看,喧声直上冲云霄!而那水路,是顺运河南下,船只千艘,首尾相接,旌旗招展,鼓乐喧天。运河两岸搭满了戏台、彩棚,皇上的龙舟及随行船都由青壮年民工和年轻女子拉纤，称为“龙须纤”。

至于接驾，各地大讲排场，往往一次就花去二三十万两银子。

扬州是商人云集之地，奢靡成风，为了接驾，更是露富摆阔。城里大街小巷都铺上锦毡，路两边挂着绸帐，官府开湖堆山建楼造园，行营里器物一概豪华，连痰盂都用银丝镂嵌而成。地方官吏和豪绅巨贾也争献厚礼。有人献翡翠亭，高三丈，宽两丈，屋瓦全部用七八尺高的玻璃建成。南巡所收礼物不可胜数。乾隆皇龙心大悦，马上把富商召来赐宴，赏给每人顶戴一级，使无官无品之人立即官袍玉带，顶戴花翎，风光无限。

杭州到了，乾隆乘坐的龙舟行驶在美丽的湖光山色之中。只见柳色如烟，拱桥如画，山色空蒙，碧波荡漾。户户门额挂珠宝，家家门前列绫罗。乾隆心旷神怡，不禁吟诵起宋代婉约派大词人柳永颂杭州的词。

东南形胜，三吴都会，钱塘自古繁华。烟柳画桥，风帘翠幕，参差十万人家。云树绕堤沙，怒涛卷霜雪……有三秋桂子，十里荷花……

他喜形于色，对皇后道：“梓童，江南美吗？好玩吗？”

但皇后只是机械地“嗯”了一声，似乎无动于衷，心事重重。

二、见聘礼众妃嫔魂飞魄散

龙船在西湖游览，乾隆、皇后和众嫔妃在龙船高高的楼台上饮酒玩赏。

此刻，在船尾独自坐着一位美人。她姓吴。她看着西湖的山光水色，一边弹着琵琶，一边微启朱唇歌唱：

水光潋滟晴方好，山色空蒙雨亦奇。欲把西湖比西子，浓妆淡抹总相宜。

弹着，唱着，她蓦地想起了自己的身世。她出生在江南一个县城，父亲是个县令，自己当年可谓是父母的掌上明珠。从十五岁及笄年龄开始，说媒的就踏破了门槛。十六岁那年，她和一位年轻举子订婚。就在过门前夕，忽逢天下美人大选。贪图富贵、一心向上爬的父亲，将她献给了朝廷。十六年来，在三年一届全国选美、佳丽如云的后宫，她连见皇帝一面都很困难，连得到皇帝一夜恩情也做不到，更不要说得到皇帝的宠爱了！眼看自己这朵鲜花在死寂冷酷的寒冬——皇宫里逐渐凋零，眼看自己的青春年华在一天天消逝，却毫无办法。这宫廷在普天下人眼里，是无限美妙、高不可及的天堂，实际上却是黑暗的地狱。这后宫真是摧残人性的活地狱！而自己则是一个不折不扣的活死人！

琵琶的旋律不知不觉变为《十面埋伏》，琶声慷慨激越：鼓角齐鸣，杀声震天，马蹄嘚嘚，剑戟林立。她仿佛置身于这无数重围困之中，寸步难行了。此刻，她听到西楚霸王那悲愤难抑的声音：力拔山啊气盖世，时不利啊马不逝！马不逝啊怎么办？虞姬，虞姬，我心上的人儿啊，敌军十面围困，你叫我将你怎么办？

于是，演绎了一出“霸王别姬，自刎乌江”的悲剧。

千百年来，人们都为虞姬和霸王那短暂的爱情悲剧而叹息，殊不知，拥有铭心刻骨爱情的虞姬，比自己又幸运了百倍！

不知为什么，此刻，她竟想起汉朝著名美人王昭君。

昭君出塞和番的故事，尽管笼罩着一层悲剧气氛，但在她看来，却具有浓厚的喜剧色彩。绝色且聪明的王昭君，虽然没有得到汉朝天子的宠幸，却得到藩邦亲王的宠爱。吴美人此刻仿佛看到藩邦亲王率领大队人马，远涉千山万水来中原迎亲的场面。那彩旗飘扬鼓号嘹亮，人马杂沓的盛大热烈场面，多么震撼人心，多么令人心醉！她知道，昭君去番邦后的日子是舒心惬意的，她不仅被亲王宠爱着，而且亲王还同她商量国家大事，经常听取她的意见和建议。可自己呢，来到京师十六年，却没有人怜爱，仿佛一根芦苇在河滩上自生自灭——甚至比那芦苇还不如，芦苇还能每年开花一次呢！想到此，她又弹唱起来：“炉边人似月，皓腕凝霜雪。”

可是这如同明月，如同月里嫦娥的人，有谁稀罕呢？甚至像河滩上的一块破布，无人理睬！

于是，她发出一声绝望的哀叹：“终老莫还乡，还乡须断肠！”

这琵琶声和歌声引起了乾隆的注意，他带着众嫔妃悄悄走了过来。这美人技艺不俗，相貌也不错，可惜眼角有鱼尾纹、额角有抬头纹了。

这时，忽见一个书生打扮的俊俏后生，一边摇船，一边目不转睛地盯着吴美人，就在小船从龙舟旁经过时，惊叹道：“绝色美人，好琵琶好歌喉，真是百灵鸟！”

吴美人停琴一瞧，心驰神往地赞叹道：“好一个健美标致的读书郎！”

乾隆一听，爽朗地对吴美人道：“你要是喜欢，我给你行聘礼，把他娶来给你如何？”

吴美人心花怒放，连忙跪地叩谢：“谢皇上隆恩！”

这真是老天开眼了，吴美人想。多少年来，面对青春将逝的现实，自己曾好几次仿照那“红叶传书”的古代宫廷故事，将花园红叶放入后宫筒子河中，希图遇上知音。可是一次也没有回音，只有徒增心头的苦恼和悲伤。如今，皇上开恩，将我许配给那俊俏潇洒的读书郎，从此，可以脱开牢笼，和心爱之人自由飞翔；可以脱离苦海，过着牛郎织女般自由自在恩恩爱爱的美满生活。想到此，她心里不禁纵情欢呼：“英明的乾隆爷，万岁万万岁！”她开心极了，于是拿起琵琶，弹奏起一支欢快的曲调。

不一会儿，有宫人献上一个精致的竹盒子。乾隆含笑对众嫔妃道：“我已给吴美人下过聘礼。”

众嫔妃以为盒中一定是珍珠宝贝等稀罕物件，一齐拥上前揭盖观看。这一看不要紧，个个儿吓得面如土色，两腿发抖，魂飞魄散，还有一个竟“啊呀”一声晕倒在地。

原来，盒中竟是吴美人那一颗血淋淋的人头！

三、知府为接驾而苦恼

这一天，浙江湖州赵知府得知皇上将过湖州的消息，急得如热锅上的蚂蚁。因为官清廉，他拿不出奇珍异宝进献皇上，又不愿到民间搜刮，所以发愁。他七算八算，接驾大礼至少需要十几万两银子，加上皇上周围人又要趁机勒索，费用实在惊人，这巨额银子从何而来？到民间收缴，百姓哪能受得起如此折腾？没有珍宝进贡皇上，不给皇帝身边的那些人打点，不操办好接驾大礼，自已轻则丢官，重则性命难保啊！他苦思冥想，没有一个好注意。

这时，有人来报，皇上龙舟已向湖州方向驶来。赵知府更是心似油煎。他正和师爷反复商讨、苦无良策时，忽然手下押司前来禀报：“有个老头求见。”

“你就说我今日太忙，叫他改日再来告状。”

“他说为皇上巡游之事，特地前来献宝。”

“快请。”赵知府立即吩咐。

不一会儿，进来一个高个子、面容清瘦的老人。

“请问老先生何方人氏？有何宝进献皇上？”

“我是台州府天台人氏，姓齐名周华，号‘独孤跛仙’。因去嘉兴府石门探访，路过此地，特来献宝。”

齐周华，这名字好熟呀。赵知府忽然想起，三十年前，自己在杭州乡试中举时就听到过这个名字，不错，他记起来了。

“先生有何宝贝可让我呈献皇上？”赵知府将信将疑地问道。

“我有三件宝：一是佛教天台宗祖庭、天台山国清寺镇寺之宝——济公菩萨救苦济难的宝葫芦；二是列九大仙草之首的天台铁皮枫斗晶；三是可令六十岁转少年的延年益寿良药天台乌药。有这三件宝，您献给皇上，怎能不令龙心大悦？大人何患不加官晋爵？”

但赵知府不但了无喜色、毫不热情，相反还冷淡地对齐周华说：“先生若仅教我如此，恕赵某不能从命，先生还是请回吧！”

“那大人还要怎样呢？”

赵知府紧皱眉头：“皇上来巡幸，不但要向皇上进贡，他周围的不少人也需孝敬打点，有些人胃口还很大，像和珅大人等。再说接驾大礼还需十五万两银子，这笔巨款，官府只能拿出小部分，大部分还要摊派到百姓头上，这叫我们湖州百姓如何承受得起？”他长叹一口气，推心置腹地说，“皇上这番南巡，我本人并不想升官发财，我是苦无救百姓之良策啊！”

齐周华大喜：“我素闻赵知府清廉爱民，特地绕道求见，如今一见，果然名不虚传。刚才之言，我是故意相戏，并非本意。若为百姓着想，只有劝皇上南巡队伍不经过贵府才是上策。”

师爷立刻没好气地说：“你真是大白天说梦话，皇上巡游路线已定，我们有几个脑袋，敢冒天大风险去劝谏？再说即使去劝谏，能顶屁用？还不是白白去送死吗？”他瞪了齐周华一眼，“你出的净是馊主意！”

赵知府连忙喝住师爷：“休得无礼！”

“不用人去劝，而是叫物去劝！”齐周华捋捋胡子，胸有成竹地说。

“愿闻其详。”赵知府满怀期待。

齐周华拿起桌上毛笔，只写了两个字：沉船。

赵知府茅塞顿开，但过了一会儿，又忧心忡忡：“故意沉船，一旦查出，罪为欺君，祸大矣！”

齐周华又提笔在“沉船”前面加上四个字：巧妙自然。

赵知府大喜，师爷拍掌称妙。

第二天上午，在杭州府与湖州府交界的水道里，匆匆地行驶着三艘满载木料的大船。这船要将这批木料运到一处渡口，架设一座皇上巡游时要经过的桥梁。谁知在卧牛滩，因水急滩险，三艘大船全部触岩沉没。令人庆幸的是，三只船上数十名撑船工和木工无一人死亡，只有两人轻伤。原来，船上工人都是经过挑选的深通水性的人。

浙江督抚、南巡总管及和珅大人得知通往湖州的河道渡船出事沉没河底，皇上龙舟无法通行，只得下令绕道而行。

正行间，忽有大臣面如土色，给皇帝送来八百里加急奏报：河南境内黄河大决口，五府十八县被淹。

“是否停止南巡?”

听了大学士张廷玉的话，乾隆冷冷地说：“江南富庶，钱粮赋税占全国一半以上，事关重大；河南事小，即使冲光，也无甚大碍!”说完，下令继续南巡。

“齐先生，您就留在我衙门，以便我朝夕请教。”办完事后，赵知府热情相邀。

“我性耿直，长留于此，不但无益于君，相反还有危害。且我秉性散漫，喜作野鹤云游。”齐周华诚恳地说，“况且我还要继续赶路。”

“先生此欲何往?”

“我准备先到嘉兴石门，打听吕氏后裔充军黑龙江回故乡了没有。”齐周华道，“如果没回来，我将继续往北，去黑龙江宁古塔探访。”

赵知府叹了一口气：“是赵某无福，得不到先生相助。”说罢，拿出白银二十两相赠，齐周华拒不接受：“大人清廉如水，两袖清风，齐某断难接受!”

“先生此去千山万水，险阻重重，请多保重身体，亦须多加小心。”说完，拉起齐周华之手，相送数里，直到长亭洒泪而别。

不久，赵知府的师爷求知府外放他为长兴县令未得，一气之下，将赵知府以“蓄意制造沉船事故阻皇上巡游”为由告到和珅处。和珅正恨赵知府狂妄自大，从来没有东西孝敬自己，立即将此本启奏皇上。乾隆大怒，即刻传旨将赵知府逮捕进京，交六部严审，并询问朝臣江南民情如何。有个耿直大臣范某鼓起勇气说：“皇上南巡后百姓生活很苦，怨声载道。”

乾隆一听，脸色发紫，厉声斥问：“百姓生活苦，你说谁生活苦?怨声载道，你说谁有怨言?”不等那官员分辩，乾隆立即下旨：范某降官三级，贬到新疆戍边。

此时，颜尚书出班劝乾隆道：“皇上每到一处巡幸，地方官一味奉承，侵害百姓不浅。”

乾隆大怒，立即掷剑令其自杀。后经满汉首辅鄂尔泰、张廷玉等大臣跪求，才改旨为：着将颜某革职，永不录用!

当赵知府戴着大枷脚镣，被塞进囚车押送京师时，湖州百姓成群结队，哭送了几十里，哭声震天。

四、香妃不领乾隆情闺阁动刀

乾隆虽兴师动众在江南游览数月，想让皇后开心，但无论江南景致多么优美，也没能挽留住皇后的性命。回到北京，本来满腹心事、忧心忡忡的皇后，又遭到丧子之痛——两岁的儿子突然暴病夭折，这无异于雪上加霜，于是皇后不久便撒手西去。

乾隆很是伤心，他本来和皇后的感情是很好的，就是因为与傅夫人的风流韵事刺伤了皇后的心，才导致皇后早逝。他一连数日闷闷不乐。此刻，虽然傅夫人仍如往日一般光彩照人，但重续前好已不可能。因为一则边疆战事已停，元帅傅恒早已领兵回朝，再续前好已很不便，二则傅夫人已给他生了一个儿子——两人爱情已有了结晶，得到后的东西已不再新鲜。另外，对皇后的内疚之情也在不停地折磨着乾隆，而后宫佳丽虽多，却没有一个如皇后和傅夫人般天姿国色、温柔迷人的了。

大臣和珅见皇上一直眉头不展，很是焦急。这天，乾隆正百无聊赖地在燕园呆坐，忽然，和珅急匆匆来到身旁启奏：“皇上，我们去兵部看看回民部落的俘虏，好吗?”

当时回部刚平定，抓来很多俘虏。

“俘虏有什么看头?”乾隆不想去，但禁不住和珅的极力怂恿。

“看一看解解忧愁吧。”和珅话中有话道，“说不定到了那里会有意外收获哩!”

乾隆心中一动。他知道和珅不会无缘无故启奏的，其中必有原因。

当乾隆跟随和珅来到兵部校场，他那已长久麻木的心灵蓦地颤动起来，他目不转睛地看着眼前的一幕。

在众多女眷中，有一绝色女子。她也反绑着双手，虽然面容惨淡蒙污，但仍掩不住那天生丽质。她如白璧微瑕，如羔羊落虎口，十分惹人怜爱。当兵部尚书向他启奏后，他立即赦免了此女。原来，此人名香妃，是回部第二头领小和卓木的妃子。她被带回宫殿，梳洗换衣后，首先来到皇上面前微启朱唇:“香妃叩谢不杀之恩。”话语娇柔迷人，动人心弦；容光焕发，如十五的明月千娇百媚。忽然，乾隆又闻得她身上的清香一阵阵袅袅而来，不禁暗暗称奇。他笑问:“你为何称香妃?”

“奴婢身上有奇香，天然生成，故有此雅号。”

回宫路上，乾隆喟然长叹道:“我贵为天朝皇帝，却不及回部头领有艳福!”

和珅道:“败亡部落的俘虏，取之何难?任凭皇上发落，如果立为妃子，是她天大的福分哩!”

乾隆含笑不语。和珅明白皇上的意思，立即将负伤的小和卓木以叛逆大罪处死。和珅道:“反叛头领已死，这佳人后念已断。我想回部的头领，怎比得上我天朝皇帝!”

这天夜里，由宫监前导，将香妃引入乾隆寝宫。玉容未近，芳气先来。那香既不是花香，又不是粉香，别有一种奇异芬芳，沁人心脾。走近御座前，宫监叫她行礼，她全然不睬。只见她柳眉微蹙，泪眼莹莹，其状更惹人怜爱。

乾隆令她脱衣侍寝，她不从，口中念念有词。乾隆不懂其中意思，宫中有个番邦女嫔，精通回文，翻译出其中意思是:“国破君亡，情愿一死!”

乾隆无策。和珅进言道:“只要待她好，自然会回心转意。”

乾隆依和珅计，筑回式房屋给她住，专门派回族厨师给她做饭，选回族裁缝给她做衣服，还特地造回族清真寺供她做礼拜。

然而这一切努力都是瞎子点灯——白费蜡。这使得九五之尊、君临天下的乾隆来气了。天下女人哪个敢不服从我，哪个敢对我有半丝的违逆？你这贱人真不知好歹！你敬酒不吃吃罚酒，好，既然如此你就别怪我动粗了。他立即冲进香妃的寝宫，一把撕去她的衣裳，爆出玉体欲强行非礼。但香妃又踢又抓，不容皇帝近身。一日，竟取出寒光闪闪的匕首要拼命，吓得众宫女大喊救命。

皇太后听闻此事后非常担心，她怕皇帝被害。一天趁乾隆去郊外寺院进香住在斋堂，传旨香妃进见。问她意图，她无别话，只说一个“死”字，太后遂令她自尽。

乾隆回到宫中，听说香妃已死，这一惊非同小可。从此整日闷闷不乐，茶饭不思，遂生了重游江南之心。

第十四章

一、坟前痛悼曹雪芹

齐周华离开湖州来到嘉兴府石门县，寻访吕留良后代。当得知吕氏后裔充军黑龙江三十余年来一直无人回来，也没有人知道他们的音讯时，便决定去黑龙江寻访。他到杭州西湖印书坊老板处领得自己出书所得的银两后，就出发了。齐周华在往东北途中，特地在北京停留，他要在这里打听一部全国奇书和写这部奇书的大才子。这奇书叫《红楼梦》，写书的大才子叫曹雪芹。

早在两年前，他就听主持南京书院的杨绳武编修和文坛领袖、内阁学士兼礼部侍郎沈德潜谈起过这本书。当时，他曾听到这两位老先生一段关于《红楼梦》的对话。

“当今民间暗暗流传着一本叫《红楼梦》的奇书手抄本，不知到底写得如何?”杨编修询问沈尚书，“你在京城看过此书吗?”

“我粗略看过八十回本的《红楼梦》，这书的确写得才情横溢，手法高超!”沈尚书赞叹道。

“它比之小说大家冯梦龙的名作‘三言二拍’和《东周列国志》如何?”

“‘三言二拍’是短篇小说名作，但不能跟结构宏大的《红楼梦》相比，这正如小山小河与大山大河的关系；《东周列国志》虽为鸿篇巨制，但属平常之作，怎能与高超的《红楼梦》相提并论?”

杨编修大惊：“这书能跟中国最有名的传奇《水浒传》《西游记》《三国演义》和《西厢记》分出伯仲吗?”

沈尚书笑笑：“如果将这些书与《红楼梦》放在一起比为五岳的话，那么《红楼梦》就是五岳之首的泰山。不，它比泰山更雄伟，好比昆仑山。”他激动地说，“现在京都文人学士中盛传着一种说法，叫作‘朝读红楼，夕死无悔矣’，可见其书之高妙——高妙得可以说是中国长篇传奇的最高峰!”

从此，齐周华便留心打听这部奇书，但一直无缘看到。现在经过北京，他岂能放过这千载难逢的机会。听人说，这个大才子在宣武门里绒线胡同的右翼宗学当教习（老师）。他赶到右翼宗学一问，那个看门人将他上下打量了好一阵，问：“你不是本地人吧?”见他点点头，就说：“曹教习在这里做事，是十几年以前的事了，他早就不在这里了。”

“他为什么不在这里教书呢?”齐周华问。

“曹教习性格狂放，宗学里生活拘谨刻板，每日早中晚三次点名，他因多次迟到早退，没遵守校规，便被解除了教职。”年过花甲的老传达叹了一口气，摇了摇头说，“曹先生学问很渊博，博古通今，人又好，将他解职，真是可惜呢!”

“他不教书，去了哪里?”齐周华急了。

老传达告诉他："听说他在西山脚下写书呢!"

齐周华按照老传达指点的"西山脚下"的方向，一路打听，整整打听了两天，脚板都走肿了，方才打听到躲在小山村一角的"写书人"住的地方：白家疃。

这是一间低矮简陋的破草房。周围枯藤老树，一只乌鸦在树上不时地叫着。草房旁是一个小菜园，种着一些蔬菜。他来到门口，只见两扇破门上横插着一根木棍，他站在门口喊了好几声，也无人答应。

正当他进退不得时，忽然从外面走来一个年纪四十左右，头发已经花白的妇人。从她风韵犹存的脸上，可依稀看出她年轻时相貌不俗。

"请问，这里是大才子曹雪芹先生的家吗?"齐周华似乎很有些不相信地问。

中年妇人点点头，随即问道："客官，请问您到此有何贵干?"

"我是浙江省台州府人，名叫齐周华。对曹先生我仰慕已久，今天借经过北京之机，特地前来拜访。"

"齐周华先生?"妇女愣了一下，仿佛在回忆，"哦，我想起来了，您就是当年那个为吕留良带疏仗剑徒步进京告状的义士吧。我家曹先生曾对我说起过您，夸您是天下少有的奇士，是真正的诗人和游记作家哩!"

齐周华大喜，自己居然受到大才子的夸奖！他立即兴高采烈、迫不及待地问："曹先生人呢？他是被人请去赴宴了，还是出外游览名胜古迹了？我想立刻见到他，请你告诉我，去哪里能够找到他?"

曹夫人顿时沉默了，她红着眼圈，哽咽着说："曹先生已经作古将近三年了。"

如同当头一声霹雳，齐周华顿时惊呆了，好一会儿仍不相信地说："我两年前听沈学士他们说，曹先生正值壮年，还不到五十岁呀!"

"死时是不到五十岁。"曹夫人牵起衣角，擦那将要溢出眼眶的泪水。忽然，她好像醒悟过来一样，连忙说："看我光顾着说话，连门也没打开哩!"说着，匆匆忙忙拔去小木棍，打开门，把齐周华让进屋里。

午后的阳光格外灿烂，但屋里依然十分昏暗。因为整间屋子只有一个小得可怜的窗户。那窗户纸不是用整张白纸糊的，而是用巴掌大的小方纸片——过期的“老黄历”糊就。纸很厚，因此室内光线很暗。屋里没有什么摆设，只有一张旧绳床，一张朽旧的小桌和一只破板凳。用“风扫地月当灯”形容，毫不为过。

这就是一代文豪曹雪芹先生的家吗？齐周华的心头震撼了。曹先生就是在这里写出传世名作《红楼梦》的吗？这是真的吗？他连连发问，他难以相信这是事实。

“是的，曹先生就在这里待了整整十年，写他的《红楼梦》。”曹夫人沉痛地说。她仿佛陷入了沉思，不一会儿，好像有满腹心事和苦痛无从排遣，今天终于有了发泄机会一般，向客人倾诉起来：

“曹先生丢了宗学里的差事后，又遇双亲亡故，将仅留的一点儿祖产卖了个精光。穷得在城里住不起了，就搬到这里来住。他的正夫人叫郑大娘，还有一个十几岁的儿子，我是大娘生病后续娶的妾。我们一家五口，全靠他作为八旗子弟所得的一份粮饷和卖字画过日子。那年，大娘生病，不久就去世了，他借了银子埋葬。从此家中生活更是雪上加霜，我们常常只能喝粥充饥，遇到亲朋好友来访，他只好硬着头皮，到村头小酒店去赊账，打点儿酒，买两块豆腐干来招待客人。他所写的一首诗‘满径蓬蒿老不华，举家食粥酒常赊。字字写来皆是血，十年辛苦不寻常’，就是曹先生当年写作生活的真实写照。

“日子虽然很清苦，但曹先生依然埋头写作《红楼梦》这部书。好多次没钱买纸，他就把废纸反过来再写，甚至把旧皇历拆了，书叶子反过来折上，订成本子继续用。对他打击最大的，是那年孩子出豆疹的事。

“三年前那个夏天，北京郊区流行一种可怕的豆疹，曹先生唯一的儿子被传染上了。那时，治这种重病需要吃牛黄、珍珠等贵重药品，可我们家穷得连锅都揭不开，哪有钱去买药呢？曹先生眼睁睁地看着活蹦乱跳的孩子一天天憔悴下去，伤心透了。到了秋天，孩子病死。曹先生因为生活苦，营养不良，又要劳神费力，本身就体弱多病，孩子之死，更要了他的命。由于过度伤心，他身体也垮了，不久，他也染上豆疹，病倒在床。到了冬天，他的病更重了。腊月二十四，人们过小年时，他寂寞地离开了人世。因为是传染病，再加上他最好的一位文友也被豆疹夺去性命先他而去，因此送葬的人很少。我只从娘家叫了几个人，当天傍晚就将他匆匆埋葬了。他走时，没有鼓乐，甚至连鞭炮也没有，场面真凄凉。他的身后只留下一间破草房，和一部未完成的残稿。”

说到此，曹夫人已泪流满面，饮泣吞声。想到旷世才子晚景如此凄凉，齐周华也禁不住流下了心酸的泪水，他为一代文坛巨匠贫病交加死去而悲伤。过了好一会儿，他才强忍悲伤，擦去泪水问：“曹先生的书稿呢？费了十年完成的杰作，要早些刻印出来，绝不能让它埋没呀！”

“我今天就是为这件事去的。”曹夫人牵起衣角擦去脸上的泪水，“曹先生去世后，翰林院高鹗先生找到我，要我将书稿交给他，说他准备将散失未完成的后四十回续写出来一起刻印出版。我今天就是为高先生送稿去的。”

齐周华松了一口气，他为曹雪芹先生的杰作没被埋没而感到高兴和欣慰，也为自己始终没能一睹这部杰作的风采，甚至没看到其只言片语而深深遗憾：“唉，看起来，我这一生难以看到这部杰作了！”

曹夫人理解齐周华的苦衷。为了安慰这位情深意厚的江南奇士，她从破旧木箱里找出几张废稿。齐周华打开一看，只见上面写着：

一年三百六十日，风刀霜剑严相逼。
明媚鲜艳能几时，一朝漂泊难寻觅。
……
尔今死去侬收葬，未卜侬身何日丧。
侬今葬花人笑痴，他年葬侬知是谁？
试看春残花渐落，便是红颜老死时。
一朝春尽红颜老，花落人亡两不知！

管中窥豹，可见一斑。齐周华看了这一片断后，不禁大惊。他一向以诗人自居，对自己的诗才很是自负，当今诗坛中让他真正佩服的为数极少。但当看到曹雪芹的诗时，他被震撼了，他觉得自己的诗与之相比，真如小山丘与泰山，星星与日月！“这曹雪芹真乃当今文坛的旷世奇才！沈学士之赞语不虚妄矣！”他赞叹道。

“曹夫人，这张草稿，我带走作为纪念，可以吗？”齐周华请求说。

曹夫人爽快地答应了：“这是草稿，留在我处，也没啥用处，留在先生处，是适得其所矣！”

齐周华大喜，于是小心翼翼地包起大文豪这几页残稿，装进随身携带的一个精巧的竹编小扁箱底部，再加上锁。

“奇士，您能给我作首诗留念吗？”曹夫人诚恳相求，“我准备明年清明节祭扫时，将您的诗在曹先生坟前焚烧，作为祭奠，也好让曹先生知道，义士不远万里前来探访的深情厚谊。”

“好，我也正有此意，因自己才疏学浅，恐污大家耳目，才不敢冒昧。既然夫人命笔，我也就冒昧作一首诗，以示对曹先生的景仰之情。”说罢，拿过纸笔，一挥而就：

正是欢娱岁夕天，
文星遽殒暮西山。
可怜同代未相识，
聊以诗笺当纸钱。

“谢谢齐义士。”曹夫人含泪收起。

“曹夫人，这里条件这么差，再加您又单身一人——”齐周华不禁为她的处境担忧起来。

她凄苦地一笑：“是啊，曹先生故世后，日子实在艰难，我只得常常到娘家去借粮食。现在三年守孝，再有半年就到期了，一到期就好了，等丧服除后，我准备嫁人——嫁给翰林学士高鹗先生。”

齐周华感到意外，曹夫人怎会有此念头呢？仔细想想也在情理之中。她不再嫁，自己能养活自己吗？

看到齐先生惊诧的表情，曹夫人解释道：“曹先生故世后，不少人欺我是寡妇，一些地痞要来强占我菜园地造屋，还有些无赖夜晚来骚扰。自从高学士来这里走动后，我的日子就好过多了，也没人敢再明目张胆来骚扰了。我想，曹先生的书，据书目定为一百二十回，但存世的只有八十回，还缺四十回。续写后四十回，非大家巨匠难以完成。一年前，高学士找到我，表示愿尽平生之力续写曹先生《红楼梦》，并几次提出要明媒正娶我为正室夫人——他夫人两年前也死于那场可怕的豆疹瘟疫。我平生最大的心愿，便是能看到曹先生的书早日刻印出版。既然高学士能挑此重担，完成我夫君曹先生的未了心愿，我还有什么不能答应呢！”

听了这番话，齐周华松了一口气，心里顿时轻松起来。曹先生的“红楼”有大家续写，这件事的确令人感到快慰，他连忙上前祝贺：“愿曹先生和您的愿望早日实现！”

临走时，齐周华提出要去曹雪芹先生坟墓看看。在曹夫人的带领下，齐周华很快来到离草房仅二里路的曹先生坟地。

坟地坐落在一处小山坡下，四周有几棵松树，荆棘草莽丛生，显得十分荒凉。坟前没有墓碑，只用一排低矮的乱石砌就。那坟很低矮，坟头的草郁郁青青。

风在吹，林里起了松涛。斜阳透过树木照到坟头上，筛下一片斑驳的光影。鸟儿呼朋引伴，清丽婉转的鸟声，应和着黄昏夜莺的鸣叫，仿佛在吹奏一支凄婉动人的抒情曲。周华随口吟出一首诗：

游山访友到京城，西山脚下有“红楼”。
举家食粥酒常赊，空囊无计亦无愁。
暗抱金丹人未识，一抔黄土掩风流。
帝王陵墓势巍巍，不及曹氏三尺丘。

走时，齐周华拿出五两银子，对曹夫人说："请给曹先生修个墓碑，以便后人探访祭奠。"并提出一个请求："《红楼梦》大作刊刻时，请来信告知，我将买一部作藏书，供后代观赏。"

曹夫人含泪收下银子，答应书出版时，一定告知齐先生。

四年后，《红楼梦》一百二十回本刊刻出版。曹夫人正想寄，高先生却告诉她："不用费心寄书了，齐周华已于三年前遭大祸死于杭城。"

听到噩耗，曹夫人伤心得痛哭流涕。

二、助弱女逃脱狼窝

探访过曹雪芹故居，齐周华继续往北而行。

此刻，他没想到，此番的黑龙江之行，将使他看到人间活地狱宁古塔的惨状。他也根本没想到，此番北去，他人生的第二次悲剧，也是一生最大的悲剧，从此拉开了帷幕。

在他的想象中，宁古塔是个弹丸之地，最多是个有万把人的小城；管事的大不了是七品知县一级官员。因此，打听一个全国知名的流放犯人，该是十分容易的事。

但到了该地后一看，他才知道自己原先的想法大错特错。因为宁古塔这个罪犯流放地方圆上千里，人口居然有十几万之众，另外还有镇守的军队几万人。管理此处的也绝非知县一级的芝麻官，而是相当于镇守一方省城重地的将军！要在如此大的范围里找人，真是大海捞针！齐周华住在旅馆里，接连寻找了十天，都没打听到吕氏后裔的消息。由于北风强劲，严寒入骨，他竟病倒了。

刚一病愈，他赶忙去办三件事：先是备防冻御寒衣服，买一件羊毛大衣，配上毛坎肩，买厚棉褥，长筒毡靴，皮帽，他先把自己全身武装了起来，以免外出冻坏。其次，从旅馆搬出，另租民房住下，以减少开支花费。他还买了铁炉和烟筒，自己买煤生炉做饭。

他寻找了一家又一家，一个店铺又一个店铺，一村又一村，但依然无吕氏踪迹。一天下午，他正走到一个村庄的三岔路口，忽然有三四个当地的巡逻队员将他拦住了。

“你是从哪里来的？上这儿干吗？有没有关文通行证？”为首那生着扫帚眉、好似吊死鬼模样的人，用居高临下的口气凶神恶煞地连连追问。

当听说他从江南来，没有宁古塔关文通行证时，他们就将他扣押了起来。直到他拿出二两银子“孝敬”，关了一夜，才将他放了。

吸取此次教训，他再也不敢盲目打听了，逢人也不说找罪犯，而是说来此游玩，这样一来，麻烦事果然少了。

一天，齐周华来到宁安县城。在这里转悠了三四天，没有什么收获。这天中午，他正站在街上一家烧饼铺前，买了两个烧饼充饥，突然看到一个高大壮实的中年男哑巴，在追一个年轻秀丽的女子。那女的在前面狂跑，男的在后面穷追。女的跑不及了，就钻进齐周华买吃的的小烧饼铺。女的连喊“救命”，可没有一个人保护她。齐周华义愤填膺，正准备上前拦阻，店主告诫他：“别多管闲事！”

齐周华只好眼睁睁地看着痛哭流涕的女子被那哑巴抓住头发，一把拖出店外。

哑巴强拉女子走，女子硬是不走，于是，哑巴就狠狠地将女子打倒在地，然后扯住女子的两只脚，在雪地上倒拖着走了。留给齐周华和人们的，只有那撕心裂肺的哭声：我不去，我不回去，去了要被他们折磨死……

“你们这些人真是铁石心肠，这种不平的事怎么没人管？”

“怎么管？他们是两口子。”有人解释。

齐周华惊奇了：“这么秀丽的女子，怎么就会嫁给一个哑巴？”

一个当地老翁道出了其中的秘密。

原来这个女子祖籍江南，因爷爷犯了大逆（谋反）死罪，他父亲小小年纪，年仅十岁就被充军到这里，给普通军人做奴隶。因此，生下的女儿自然也是奴隶身份。这样的女子处于社会最底层，没有丝毫选择婚姻自由的权利，而这哑巴是镇守南北哨哨长（相当于如今的连长）的哥哥，于是就狗仗人势娶了这个姑娘。

“可怜哪!”老者红了眼圈，同情地说，“这姑娘嫁了哑巴，从此遭了罪，女的每天要干很多活，收种玉米、放羊、喂马，什么活都干，夜里还要磨面，累得腰骨也断了。稍有放松，便要挨打。哑巴动不动就打她，干活少了要打；哑巴要干那事，女的有时身体不适稍有违背，又要打；哑巴有什么不顺心的事，又要朝女的发火。更令人可笑的是，妻子根本不能与别的男子，尤其是青年男子说话，不能打招呼，更不能笑，一说话一笑，女的就要遭拳打脚踢。女的忍受不了这般折磨，要跑回家，结果又遭如此折磨。这女子过的日子真比黄连还苦哪!”

齐周华眼里也汪满了泪水，他不禁动情地询问：“这苦命的江南女子来自哪里？姓甚名谁？是哪个犯罪人的后代?”

“我也不知道太具体的事，只听说她是浙江人，姓吕。她爷爷很有学问和地位，中过榜眼啊!”

真是踏破铁鞋无觅处，得来全不费工夫。具备这几个条件的吕姓女子一定是吕留良后代无疑了。他随即打听刚才那哑巴和女子的住处，很快便打听到了。

他见到了那个沦为哑巴妻子的吕留良后代——吕继书。

此刻，吕继书呻吟着，奄奄一息地躺在床上，哑巴在一旁桌上喝酒吃肉，十分逍遥自在。

齐周华大为恼火，随即出来，到一家药店借了纸笔，写了一张状纸，来宁南古城府衙门前击鼓告状。他以“使用暴力，虐待成性，冰天雪地，非人折磨，致妻子成重伤”为由，将哑巴告了。

镇台升堂，一拍惊堂木，厉声喝问：“你是何方人氏？状告何人？你系女方什么亲戚?”

“我来自浙江台州府，与女方非亲非故。因到此地游玩，路见不平，特来击鼓鸣冤。要求镇台做主，将哑巴绳之以法。”

“他们是夫妻俩，我们不好处理呀!”镇台推托。一方是死刑犯家属，另一方是军官亲戚，如果治哑巴罪，怕哨长以“袒护罪犯家属”上告，影响自己仕途升迁。

“如此说来，一家人，即使丈夫活活打死妻子，也无罪了?”齐周华不慌不忙，步步紧逼。看到镇台无言以答，知道他心存顾虑，就准备亮亮牌子，于是立即说：“既然镇台衙门管不了，那我只好直接去将军衙门呈告，看他处理不处理?”他停顿了一下，话中有话道，“如果还是处理不了，只好回江南时到京师呈告了。只是这样一来，恐怕于镇台名声不利，甚至对宁古塔将军也有点儿不利呢!”

镇台顿时一惊，摆弄小玩意儿的手不禁停了下来。看样子此人不但精通文墨，而且大有来头，看来不处理是不行了。不过且慢，待我先摸摸他的底细再说。于是吩咐衙役给客人看座，接着问：“老先生尊姓大名?跟我上司宁古塔将军可是相熟?”

“本人名叫齐召北，与将军素昧平生，但——”他停顿了一下，拖长声音道，“但与朝中齐召南却十分熟悉。”

果然如此！镇台立即放下小玩意儿，端正而坐。他知道，江南齐召南大名鼎鼎，官拜翰林学士，礼部侍郎，又是皇子老师，人人皆呼为“齐大人”。虽然因坠马身体不好告老，但去年皇上巡幸江南时，又在杭州召见了他，封了他一个“察访使”的头衔。这官虽没多大实权，但随便向皇上奏一句，叫我丢官容易得很，就连将军也够喝一壶呢！但不知这齐召北和齐大人是啥关系，待我问问。

“老先生，您是齐大人啥亲戚?”他小心地问。

“齐召南是我家兄。”

一听此话，镇台悚然一惊，立即起身拱手。“失敬，失敬，请上坐，看茶。”镇台连声吩咐下人，“设宴招待。”

“镇台大人请勿忙，我立即要往江南走，还要过京师拜访一些故友，不便久留，请大人早些办理此案。”

“好说，好说。”镇台连声不迭，立即抽签差人拘哑巴到堂。不一会儿，哑巴带到，立即剥去外面长大厚衣，放倒在地，重打六十大板，打得哑巴鬼哭狼嚎，奄奄一息。

“老先生，依您说此案该如何办理?”镇台小心翼翼地问，“是否将哑巴判刑?”

“我想，最好有个一劳永逸的办法，让哑巴写休书。否则，再来这么一次，就要那女子的命了。”齐周华设身处地说，“判刑就免了吧，一来是个哑巴，不好对他太认真。再说一判刑，不知情者以为您偏袒罪犯家属，于镇台名声有碍。”

“啊，先生这么宽宏大量，不愧是齐大人家里人!”镇台竭力称赞，立即派人找来哨长，告诉他，如果不写休书，就要将哑巴判刑。于是哨长和哑巴只得乖乖地在休书上签字画押。

一判离，齐周华辞去镇台宴请之邀，马上雇了一顶小轿，他步行紧跟在后，匆匆往吕继书娘家而去。

腊月除夕黄昏时分，齐周华来到了吕氏住宿地。

令他意想不到的是，吕继书娘家住的地方，还比不上那普普通通的哑巴家呢!

哑巴家虽为平房，但一式三间，独门独户，而且住的房里有煤炉子，屋里热气腾腾。可是这吕家，租住在村里偏远角落的两间矮小平房中。里面没有煤炉，没有暖炕，外面冰天雪地，冷风呜呜地顺着墙缝吹进来，屋里的人个个儿冷得抖抖索索。除夕之夜，村里鞭炮齐鸣，但吕家却冷冷清清。见到有客人前来探望，又听说是女儿的救命恩人，主人吕衡念生起轻易不舍得烧的火炉，为客人烧水做饭。

看到如此窘迫的境遇，齐周华连忙拿出一两银子，叫人送来一车煤，顺便又沽了几斤高粱烧，切了几斤羊肉。炉火旺起来了，屋里的气氛顿时热闹起来，不一会儿就挤满了人——原来，另外几家吕姓同宗叔伯听说江南有人来此探望，都过来相见，吕衡念一一介绍给齐周华。听说齐周华就是当年那个带疏仗剑徒步进京为吕氏鸣不平，结果招来大祸的壮士，吕氏老少都肃然起敬，对他亲热异常。

“据我了解，吕留良先生下传九房，五、八二房早夭，还有七房，怎么现在这里只看到四房，还有另外三房没见到呢？”

听了齐周华询问，热烈的气氛顿时变得沉重。众人默然无语，有的竟低头抹起了眼泪，还是衡念打破了这令人窒息的沉默。

“另外三房不久前出了事，又被发往齐齐哈尔重新给军人当奴隶了。”话未说完，他的眼眶里就汪满了泪水。

“那是怎么回事？”齐周华追问。

吕衡念终于讲起那个令他们吕氏一族再次遭遇灾难的事件。

三、吕氏捐监遭遇大祸

吕留良九房孙吕懿兼感到十分苦恼，这苦恼如同钢针深埋肉里，令人铭心刻骨：自己饱读诗书，却不能参加科考谋取功名。更令人不堪忍受的，是那可恶该死的旗营点卯制度。

自从吕氏后裔充军来到宁古塔后，除了生活上极其贫困外，更在政治上受到百般歧视，被打入社会最底层。多年后，尽管被解除奴隶身份，但朝廷丝毫没有放松对流放人员在政治和人身自由等方面的限制。规定每隔五天，十六岁以上人员，个个儿必须在卯时（即早晨七点钟）到当政的旗营点名，主要是向当局汇报五天来自己和家人的思想言行，用当局制定的“二十条”规定（即“十不准”“十请示”）对照自己，深刻检查有无违反之处。若查出有违反，即刻处以鞭笞、棍、棒等刑罚，或投入监牢。这就给吕氏宗族带来了严重的思想压力。就是在这种情势下，九房孙吕懿想到了一种免于点卯的方法。

当时有百姓交钱捐监的习惯。因此，有一天，吕懿兼为免去点卯之苦，从堂侄吕衡先、吕念先处借了点儿银子，并委托人利用进京之便，捐了个监生。他的堂侄吕敷先也仿照堂叔的做法去捐了个监生。谁曾想这个百姓人人皆可为之的举动，竟又一次招来了灾祸。

这天，又是旗营五天一次点名报到的日子。因为按当时规定，监生可以不参加点卯，因此吕懿他们就没有到场。

“吕懿兼！”点卯官员严厉的声音响起，但这回却听不到这名罪人之后那恭敬而诚惶诚恐的应答声。

点卯官又叫了一个吕氏后人的名字：“吕敷先！”但他依然听不到应答声。他开始感到惊奇：这两人是吃了熊心豹子胆了，竟敢不参加点卯?！点卯官勃然大怒，立即派人拘传吕懿兼、吕敷先二人。

“你俩为啥不来点卯、交代思想言行?”他声色俱厉地问，“为啥不规规矩矩、老老实实接受改造?!”

“长官，我们二人已经捐了监生。”吕懿兼理直气壮地回答，“按规定，监生就可以不用来点卯了呀！”

旗营官顿时呆住了。这么大的事，事先不来报告，也不送银两来孝敬疏通，就想免去点卯，没这么便宜！想到这里，他一拍惊堂木，怒吼道：“放屁！谁同意你们去捐监？你们是大逆犯人的后代，不能捐监！”

“我们吕氏后人早已解除奴隶身份，恢复成为良民，为啥不能捐监?”吕懿兼侃侃而谈，据理力争，“通常犯罪，只惩罚犯罪人及家属。犯罪是我们爷爷的事，爷爷故世已有七八十年，我们吕氏后人连爷爷的面都没见到过。况且来到宁古塔后，我们言行规规矩矩，从未触犯国法，为啥还要这么严厉地对待我们？难道我们世世代代都要受到惩罚吗？难道一人犯罪，就要累及子孙万代吗?”

一席话驳得旗营官无言以答。吕懿兼、吕敷先这次没有再像过去那样，将吃饭、串门、拉尿、睡觉等事无巨细地进行汇报，并作深刻的触及灵魂的思想检查，便昂然地走出了旗营衙门。

“你们等着瞧！”失去控制二吕的权力，也没有得到银子好处的旗营官对着扬长而去的二吕恶毒地冷笑道。

第二天，一份添油加醋、夸大其词、危言耸听的紧急报告，直接摆到宁古塔将军的案头。

将军阁下：

今查犯大逆死罪、臭名昭著的吕贼留良后裔吕懿、吕敷二人，为逃避官府点名、监督，以非法手段从京城捐得监生。自此之后，有恃无恐，将当地官府号令当作耳边风，拒不执行。还咆哮公堂，辱骂监管官员，大有造反之势。若此捐监之风一长，势必成燎原之势，叛乱之势必如一个可怕的炸药库，随时可能爆炸；一爆炸，便蔓延黑龙江、吉林、辽宁数省，我大清江山必将国无宁日，摇摇欲坠矣！

特此呈报，望上司明正法典，以遏制此股恶风！

将军接到报告，感到震惊。他知道皇上对思想领域的动态非常关注，如不妥善处理，必然招致大祸，轻则丢官，重则杀头。因此，对此类问题的处理原则是宁重勿轻。宁可惩罚过头而挨百姓咒骂，也不能因处理较轻而自身受重责。想到此，他立即在报告上批示并上报刑部：

着将以捐监手段逃脱管制，图谋不轨的吕懿、吕敷二人打入大牢，永远枷号，永远监禁！

刑部接到报告，深感此案事关重大，不敢自专，立即上报皇上。乾隆接到报告，不禁大为光火：若让此类捐监风蔓延，黑龙江及全国群起而效仿，岂不祸大矣，必然危及大清社稷。必须迅速以铁腕手段，将其消灭于萌芽时期，于是立即亲自草拟圣旨：

吕懿兼、吕敷先二犯，前即被赦解除奴隶身份，今又生恶念，妄图混迹衣冠士林，逃避监督改造，其情节特别严重可恶！若依照黑龙江省宁古塔将军所议“永远枷号，永远监禁”的处罚，只及犯罪人自身，根本不能遮蔽其滔天罪责。着将二犯及其家属俱发配黑龙江最偏僻荒凉处，重新给军士为奴。

圣旨一下，立即将吕懿、吕敷及出借银两的吕衡先、吕念先四家财产全部抄没。正犯四人大枷铁链锁身，涉案三支及家眷三十余人，立即被押往流放地齐齐哈尔。

“你们怎么不派人去齐齐哈尔探望呀？”齐周华不禁问道。

“我们怎么有胆呀！跟那边通信都不允许，更不要说去探望了。一去探望，我们又怕被说成是进行地下黑串联，重新招来大祸。”吕衡念忧心忡忡地说。

夜已经很深了，其他家的吕氏后人都纷纷回家了，只有吕衡念的妻子在床边抹眼泪。她的女儿在一声接一声地呻吟，甚至睡梦中还会突然惊叫：“不要打我！”

齐周华躺在主人让出的小床上，辗转反侧难以入睡。他为吕氏后人的凄凉遭遇而悲伤，更为清廷和皇帝如此手段残酷而震惊、愤怒。吕氏后代何罪之有？捐监何罪之有？却要遭如此残酷的惩罚！他连连叩问。

此刻，他想起历史上周厉王用高压严酷政策使人人不敢说话的事，但如此高压严酷能维持多久呢？它只能得逞一时，不会长久的！我要拿起笔，为吕氏后裔——不，为犯罪人后代鸣冤！他心里说。

齐周华在宁古塔期间还到吕氏其他各房家中去探访。他看到这些吕氏后裔都生活凄惨，但难能可贵的是，他们无论条件多么困苦，都坚持读书识字，绝不放弃。孩童一到启蒙年龄便教之就读。因此，凡吕家人无论男女老少，都能识文断字，吟诗作文。他们不能参加科考，与功名无缘，便学医当医生，做老师教书。这种自强不息的精神，深深地感动着齐周华，因此，每到一户，他总要从并不宽余的行囊中，挤出一二两银子帮助他们，表示点自己的心意。

当春回大地的时候，齐周华告别吕族人，打点行装去齐齐哈尔。他要去那儿探访再次遭难被流放的吕氏后裔。

吕继书的伤早就好了。由于摆脱了那桩不幸的婚姻，她仿佛脱去了镣铐的束缚，再也不用过每日以泪洗面的苦日子，变得笑口常开。她的脸色重新有了胭脂色，她那充满忧郁的眼睛，也变得溢彩流光，闪烁如星。特别是见到齐周华先生，更是喜形于色，笑声朗朗。这天，她听说齐伯伯要离开宁古塔，不禁闷闷不乐，眉头紧锁。因为她知道，齐伯伯此番一去，今生今世再也没有见面的机会了。

“以后我若想您，却再也见不到您了；若有事想找您商量，却再也不能向您当面讨教啦!”继书几乎带着哭腔说。

“那你可以写信，也可以来浙江台州找我呀!”

“我们这里给外面写信要受到严格限制，通常不许将信寄往各地。”见齐伯伯瞪眼不解的样子，她便解释道，“怕我们传播流毒呗！至于去江南，那简直是做梦！要一笔很大的盘缠不说，还要打探亲报告，经村、旗营、游击府或宁安府衙批准方可。通常是批不准的，探望之难，难于上青天啊!”她眉头紧锁，神态有点儿绝望。

“傻闺女，那你可以说我们是亲戚呀!”

“说我是您什么亲戚?”她瞪大明亮的眼睛，侧着头，带点儿调皮的神情问。

齐周华沉吟了一下，“就说我是你姑父，你是我的内侄女。”

“我拜您作干爹——行吗?”

齐周华爽朗地回答：“行！行！我真巴不得有你这么个标致聪明、知书达理的女儿哩!”

“好，说定了，可不许反悔啊!”吕继书听到齐伯伯答应了自己的要求，简直高兴得跳起来，随即连叫了几声，“干爹——爹!”便扑到齐伯的怀里嘤嘤嗡嗡地哭了。

“好闺女，不哭，不哭。”齐周华轻拍着继书的背，然后怜惜地说，“以后你什么时候想我了，就到江南来找我吧。”说完，叫继书给他拿过行囊，从里面取出五两纹银递给她，“这点儿银子留给你作盘缠。”

可她死活不肯接：“干爹，您这次来黑龙江，已为我们花了不少。为我付医药费，为我家买年货，还为我们吕家其他叔伯阿姨解决生活困难。再说了，您还要到齐齐哈尔找我的亲戚去呢。”

齐周华看到这个聪明秀丽、知冷知热、如同南方空谷幽兰般的年轻女子，心中顿时泛起一股慈父般的情怀。这闺女待在这里可惜了，虽然解除了一场恶婚姻，但再嫁也不能逃脱嫁贫穷人家的厄运。再说继续留在此地，原先的噩梦会继续困扰着她，于她今后生活很不利……况且，她现在刚解除婚姻，不像其他吕姓，出外比较容易。这么一想，他便作出一个决定：带她离开此地，到江南重新开始生活。

临走头夜，他将这个打算跟吕衡念夫妇一说，吕家夫妇高兴得呆住了。他们简直不敢相信自己的耳朵，以为听错了，直到齐周华把原话重复了三遍，才明白过来。吕衡念立即打躬作揖不迭，激动地说：“齐义士，您真是救苦救难的菩萨！”

而继书听到这个决定，顿时兴奋得泪流满面。她立即跪地，一连叩了三个响头：“谢谢干爹救命再造之恩！”然而一会儿又忧虑重重：“旗营、游击府能让我走吗？”

“切莫行如此大礼！”齐周华连忙将她扶起，“这是我这个做干爹的应该为你考虑到的。至于其他事情，你放心，由我来办。”

他又多住了一日，专程去找镇台，说明已将继书收为干女儿，现带到江南，许配给自己亲戚。上次打过交道，镇台知道这“齐召北”的来头，再说此女脱籍容易，于是立即卖了个人情，办了手续。

四、被烧成焦地的滩涂

齐周华和干女儿吕继书从海林动身，经珠珠县（今尚志县）、上京府、哈尔滨、安达，约半个月到达齐齐哈尔。这里属松江嫩江流域，地势平坦，水泡密布。因路途遥远，多年未通音讯，继书所带的此地吕家亲戚的地址已经发生变化，找了好一阵也没找到。后来，走进一所学堂，向一位教私塾的青年教师打听，他热情地说：“你们算是找对了地方，请稍坐片刻，马上就放午学了，我带你们去见我的老师。”果然，不一会儿，就把他俩带到一个房间。一见到一个中年人，青年教师连忙打躬作揖，恭恭敬敬，低声静气地说：“老师，这二位客人要找本地吕姓人。”原来，这位中年人就是吕氏后裔。他刚开口说话，吕继书立即惊喜地叫道：“您就是吕禄叔叔吧！”原来，多年前，她曾见过叔叔一面。她将干爹齐周华一介绍，吕禄大喜，连称：“失敬，失敬！”接着立即吩咐青年教师蒸了一锅玉米窝窝头，烧了猪肉炖粉条，还打了二斤酒，热情招待。

“你们吕家在当地生活怎样？”齐周华迫不及待地问。

“自从充军到这里后，吕家人生活很是艰难。”吕禄先生边吃边打开了话匣，“但由于我们都有文化，所以就做起了私塾教师和医生的行当。我们虽是奴隶身份，但由于全国各地流放到此的官员和文人学士来往都要到我们这里探访，有的官复原职后又来此处辞别，所以当地民众凡读书者，无不来我们处拜师求学。当地富商甚至官府都很尊重我们，都不敢过分为难我们。”接着，他的语气变得自豪，“到这里要找吕氏后人方便得很，只要讲‘老吕家’，几乎无人不识！”

辞别吕禄先生，从学堂出来，齐周华一提找“老吕家”，马上就有人热情指点，有的还亲自带路，于是很快找到其他三房十多户吕姓人家。但这些家中当家的男人很少在家，不是在学堂教书，就是出门行医，或是在市集为人代写书信诉状。最后，他俩来到城东南郊和林甸县交界之处，打听一户吕姓人。

这家人靠饲养、出售丹顶鹤过日子。

这里尽是沼泽，地势十分开阔。远远近近，有大大小小、数也数不清的水泡子。浅水区生长着茂盛的芦苇，沼泽地食物丰富。阳春四月，冰雪已经融化，鹤群由南方回到这里。无数丹顶鹤在这片神奇的土地上自由自在地盘旋飞翔，安详地觅食。

忽然，齐周华看到一对鲜红头顶、雪白羽毛的丹顶鹤在浅水芦苇和杂草中，低头用长长的硬嘴觅食。突然，一只鹤围绕另一只鹤，做出亮翅、跳舞等各种姿态，然后它们嬉戏追逐，发出嘹亮动人的鸣叫，声音中充满欢乐，几里地外都能听见。

他俩几乎看呆了，心情也开始变得舒畅起来。

他们在一片芦苇荡中寻找那户吕姓人。忽然，他们似乎听到了一阵被压抑的低沉的哭声。循着声音找去，他们果然发现了一处被烧成黑色、一片狼藉的滩涂。滩上有一对壮年男女，女的在一声接一声低声地哭泣着，而那男的则呆呆地坐着，一动不动，面向前方，犹如一尊古铜像。

齐周华他们靠近了这片烧焦的土地。

只见那瘦弱男子的目光久久地盯着那片烧焦的芦苇滩。

两只丹顶鹤在被烧毁的巢的上空飞来绕去，盘桓良久。它们一声又一声地哀叫着，那声音哀婉凄凉，如泣如诉，令人心碎。它们呆呆地立在那儿，用沉默来悼念未出世即遭浩劫的后代，那模样十分凄惨。

忽然，那吕家男子看到一个奇景：在离烧毁的鹤巢不远处，两只鹤又筑起新巢……

木然凝视的男子忽然爬起来，对那女的大声说："别灰心，我们重新开始，没有什么困难能吓倒我们吕家人!"

女的揩去泪水，他俩手拉手地站起来。这时，他们忽然看到了两个来到身旁的不速之客。

齐周华很是感动："你们就是吕家人?"看到这对夫妻点点头，齐周华拿出包裹，留出两人回江南的盘费，紧出五两银子，送给这对遭大难的夫妇，然后动身回江南。

这对落难夫妻送他们动身时，不禁被齐先生这种患难中的真情感动得热泪盈眶，他们语声哽咽："不知此生还有机会再见面否?"

到了北京，齐周华他们乘船沿大运河南下。一路上，齐周华奋笔疾书，把在黑龙江宁古塔、宁安和齐齐哈尔的所见所闻写了出来。等到了杭州，又将数十篇文稿汇集成书，取名为《流放地笔记》，交西湖印书坊周师傅刊印。不久，书印出，成为畅销书。

回家后，齐周华很为吕氏后裔流放三十多年却仍回不了浙江老家而不平，为他们那三房后裔再次遭流放而悲哀。

“这是什么做法？难道续罪改造没有个头儿吗？”他反问道，他准备等处理吕继书婚事后，抽时间，写份奏疏给朝廷以鸣自己胸中不平。

吕继书换了环境如同换了一个人，灿烂的笑容重新回到她的脸上，欢快的歌声不时地从她口中飘出。明眸皓齿的她，很快就引起天台城关众多青年的注目。

她干爹齐周华经过一段时间物色，又征得她自己的同意，重新将她许配给了一个琴棋书画俱佳、丧妻不久的举人。两人互敬互爱，生活美满。一年后生了个胖小子，取名恩华，以纪念那恩情深重的干爹齐周华老人。

第十五章

一、写《万言书》劝谏皇帝

黑龙江之行对齐周华震动很大。他从中看到了流放地的黑暗内幕，了解到了罪犯后裔悲惨、非人的遭遇。从东北一回来，他心里仿佛有一股暗流在滚滚涌动，仿佛要决口而出；有一股岩浆在奔突，仿佛要破岩喷发。他觉得内心如一个炸药桶，随时就要爆炸。促他决口、逼他喷发、令他暴发的是为他的书作过序的当今诗坛盟主、曾任内阁学士兼礼部侍郎的沈德潜死后所受的奇耻大辱。

沈德潜，苏州人，由于学识超群，诗才敏捷，生前曾是乾隆的宠臣。相传有一次陪伴乾隆皇帝游西湖，恰逢严冬大雪，乾隆看着眼前那纷飞的雪花，戏吟道："一片二片三四片，五片六片七八片。"

然后对沈德潜道："爱卿乃诗坛领袖，看我这胡诌的句子能续得好对否？"

"能！"沈德潜不容置疑地回答。得到皇上允许后，立即吟诵曰："一片一片又一片，飞入梅花皆不见。"

乾隆举目看到湖心亭旁那不畏霜雪严寒，抢在百花之前怒放的腊梅花，不禁击节赞叹，并解下身上貂皮裘衣赏赐给沈德潜。

由于沈德潜是文学泰斗，是皇帝须臾不离左右的文学顾问，又是皇太子的老师，因此，逝世时，乾隆给予极高的礼遇，亲自撰写祭葬碑文，并加封爵位。

然而，他死后不久，即遭到革除官爵、劈棺扬尸的奇耻大辱。这到底是为什么呢？

此事皆因徐述夔诗集而起。

徐述夔是江苏省东台县人，乾隆年间举人，生前曾著《一柱楼诗集》。病死后被人告发，说是诗集中"大明天子重相见，且把壶儿搁半边"两句，是恶毒讥刺清朝：前句是怀念明朝皇帝，后句"壶儿"即"胡儿"，是将清朝呼为儿子。此案一发，徐举人以大逆谋反罪被处置。当时，他和儿子均已死，仍同被"剖棺戮尸"，孙子处斩，校对诗稿者也被斩，连经办不力的官员都遭到了严惩，或指为"故纵大逆"罪被处死，或以"迟缓""怠玩"之名革职充军。

此事牵连到内阁学士兼礼部侍郎沈德潜。有人举报，他曾给江苏扬州同乡徐述夔作过传，称赞其人格和文章。于是乾隆皇帝认为他支持逆贼，下旨命令毁去御赐祭葬碑文，革除其官位和爵位。后来，在沈德潜诗集中又发现有一首《咏黑牡丹》的诗，其中有"夺朱非本色，异种也称王"的句子。乾隆勃然大怒，认为是诽谤漫骂大清王朝，再次下令掘开沈德潜坟墓，劈棺扬尸。

得到沈学士死后仍遭"劈棺扬尸"严处的消息，齐周华十分震惊。他觉得这种做法实在太严酷太惨无人道了。他知道，沈学士深受清廷器重和皇帝宠爱，其诗作对清朝和清朝皇帝多溢美之词，说他反清反皇帝，鬼才信！他觉得，乾隆已被所谓的“文治武功”和“十全老人”之风吹得头昏脑涨了，于是他产生了写奏疏劝说皇上的念头。

因此，沈德潜事件就成为点燃齐周华心中的火药库的导火线。他没料到，这件事将给他带来灭顶之灾，将他炸得粉身碎骨。

其实，他写这封奏疏的目的是为清朝“补天”。因为他对乾隆皇帝是感恩戴德的，他忘不了自己这个被判“永禁杭城”的罪犯，是乾隆登基后才大赦出狱的。因此，他是抱着没有英明伟大的乾隆皇帝，自己将在暗无天日的牢狱中度过终生的心理来写这篇奏疏的。他想提醒当今皇上，改正一些过于残酷的无道行为，推行较为平和的政策，让当今皇帝得到万民颂扬，让国家更加富强。他决定将自己近七十年的所见所闻、所感所想，以及意见和建议，向皇帝如实呈奏。

连日来，齐周华几乎足不出户，废寝忘食地书写给当朝皇帝乾隆的《万言书》。奏疏中首先歌颂了当今皇帝的“文治武功”盖世，接着谈到自己是受当朝天子浩荡皇恩“拨开乌云见太阳”获得新生。他对一些事件作了剖析，着重针对数个方面的问题提出了自己的“忠谏”和主张。

其一，清廷大兴文字狱，遗患无穷。诛其身，灭其族，焚毁其书，株连亲友，狱兴时间最长，历时顺治、康熙、雍正、乾隆四朝，长达一个半世纪。而且狱案繁多，人数甚众。据不完全统计，康、雍、乾三朝的大中型文字狱达到一百多起，株连者数以万计。其惩治之酷烈，在当今达到高潮，案达七十余起，焚销书籍二十多次，共一万三千八百部之多，比秦始皇焚书更烈。严重地摧残了大批文人学士，对社会发展造成了巨大危害。

齐周华认为：金无足赤，人无完人。即便伟大如圣人、贵为天子，也有说错话做错事的时候，因此，只要不是存心诽谤，就应允许改正。

他指出，如果存心挑毛病，鸡蛋里也能挑出骨头。如“明月当空”，可说是歌颂明朝；“乾隆皇功绩与日月同辉”——难道是说乾隆与明朝同辉？还有皇宫金銮殿上“光明正大”四字，岂能说是光复明朝？总之，捕风捉影，吹毛求疵，如此下去，人人不敢说真话，民众奴性越来越重，创新意识泯灭，国家前途堪忧，此乃败亡之道。

齐周华还以沈德潜学士为例，写道：沈学士一生受皇上器重、朝廷厚恩，可谓皇恩浩荡。他对当今大清朝感恩戴德，绝不可能做出反对当朝之事。因此，借其咏牡丹诗句，说他反对当朝，这是无限上纲，是某些地方官和小人为发泄私愤而嫁祸于人，欲邀宠皇上以求升官发财。在他为徐某作传时，怎能料到以后徐会犯罪呢？

其二，对罪犯后裔世代不能解除罪人身份的制度提出异议。

以吕留良案为例，他说：吕氏后裔充军宁古塔至今，已历数世，其孙子一辈，连爷爷面也没有见到过，怎能染其流毒？而且，他们到宁古塔后安分守己，因此应解除罪人身份，可由其自主择地居住。

他驳斥了当时官场中宣扬的“罪犯只是一小撮”的论调。他说：罪犯后人，子生孙，孙生子，世代相续。今天是“一小撮”，明天就是“一中撮”，后天将是“一大撮”。这小撮如滚雪球般越滚越多，打击面越来越大，不利于政府的统治。因此，他提出两条主张：一是一人做事一人当，不搞株连；二是对没有现行罪行的罪犯家属和后裔，应解除罪人身份。

其三，主张废除凌迟（剐割）处死和“剖棺戮尸”等惨无人道的酷刑。奏疏中指出，施行酷刑，不利于人心稳定、安邦定国，相反还会招致丧邦之祸。文中写道：商纣王时盛行酷刑，很快纣王身死国灭；横扫六国、统一天下、欲传万世的秦王朝施行暴政，结果只传二世，就宣告改朝换代，被陈涉起义烽火烧毁。安邦定国，应靠施行仁政，不靠酷刑，因此废除酷刑暴政，才能国泰民安，江山稳固。

其四，皇帝巡幸江南太多、太滥，劳民伤财，加重了江南百姓负担。他说，一次接驾，地方须耗费白银二三十万两，浪费惊人。建议减少南巡次数，加强北巡，视察黄河流域，根治黄河水患，让百姓安居乐业。

其五，减少对外征战。连年征战不但耗费了大量白银，也伤了国家元气，使国力空虚。

此时，齐周华想到曹雪芹和《红楼梦》的遭遇。他听说朝廷已将《红楼梦》列为禁书，出版该书的高鹗学士也已被罢官。他很不平，他写道：《红楼梦》是一部空前伟大的作品，其中个别地方涉及男女情事，就被武断地套上“淫书”之名，把其封杀，这是很不客观的，也是对中国优秀文化的摧残。应尽快解禁，让天下读书人能早日读到这部杰作。对文化、艺术领域的特殊人才，应设立专门机构，给予特殊保护，以免再发生像曹雪芹那样的天才作家死于贫病交加的悲剧。

最后，周华还对官场腐败、官员贪污盗窃、奢侈浪费成风加以抨击。指出：“三年清知府，十万雪花银。”这是民间百姓对官场腐败的概括。皇太后六十岁生日时，官员竟献厚礼。广东地方官献高三丈、宽两丈、屋瓦全用孔雀翎制成的翡翠亭；湖北地方官献的是重檐三层，全部用七八尺高的玻璃砖制作的黄鹤楼；听说各地献的金佛就有上万尊之多。齐周华在列举这些事例后提出建议：应查一查这些献重礼（价值千金之上）的官员的经济来源，从中抓出重大贪污受贿的不法官员。

写好奏疏后，他仔细考虑了一下，又办了几件事。

第一件：写一纸休书，将妻子休掉。当时休妻须有下列三条理由中的一条：无后代，不孝敬公婆，行为不轨对丈夫不忠。他就以“行为不轨”为理由休妻。

第二件：列举齐召南十大罪状，与其断绝堂兄弟情分。

第三件：写信一封寄到南京给表兄侯亦门，以“道不同，志不合”为由，宣布与之断交。

第二天，齐周华家里就如炒杂烩一般乱开了。

首先是妻子跟齐周华大吵大闹。“几十年来，我为你生儿育女，赡养公婆，为你没日没夜操劳。你坐牢时，我为你四处奔走找路子打点，简直把心也操碎了，可你却血口喷人，污蔑我行为不轨将我休掉！你的良心叫狗吃了？”朱氏越说越气，“我当初怎么眼睛瞎了，嫁了你这个没良心的贼！今天，你要是不拿出证据来，我就不跟你甘休！”见齐周华不动声色，立即跑到齐氏老族长那里告状。

这位当过知县的八十岁的老族长家，今天可谓客人盈门，接连遇到几起族里告状之事，都是关于齐周华的。先是齐周华妻子朱氏哭诉到这里，要族长为其做主（族长已答应了她）。紧接着，齐召南儿子拿着从县令那里得到的大伯告父亲的《齐召南十大罪状》，要求族长召开全族大会评理。齐召南儿子刚走，又来了第三拨人，是齐周华少年时两位拔贡老师的家人来投诉，声称齐周华忘恩负义，不认老师，写信断绝师生关系。其中那位八十四岁高龄还健在的拔贡叶绍诗老师，竟拄着拐杖，颤颤巍巍，气得全身发抖地来到这里投诉。

这齐周华肯定是疯了！老族长嘴里骂道，随即在儿女的搀扶下来到齐宅，要齐周华收回不近人情、绝情绝义的做法，可是齐周华毫不改口。于是镗镗镗一阵紧急锣声，老族长召来全族男女老少，当众宣布：将绝情绝义、告妻控弟断绝师生情义的疯子齐周华，开除出族！

这天夜晚，齐周华回到家，对冷若冰霜的妻子朱氏说：“我是为你好才写休书给你，与你离婚的。”

“我没听说过有这种好法的！”妻子冷笑道。

“我真的怕你受我的牵连，”齐周华对妻子说出心底话，“我为百姓要写一封《万言书》给朝廷，怕有灾祸——”

妻子有点儿惊讶：“我也是往古稀奔的人了，还有几日蹦跶？”她拉起丈夫的手，亲切地说：“你不偷不抢不杀人放火，现在，你为了天下百姓写奏疏给皇上，我即使受牵连坐牢，也不怨你！望你收回休书。”

“此次非同往常，我有杀头危险，你何必飞蛾扑火与我同归于尽！”齐周华脸色严肃得可怕，“你难道不后悔？”

“为天下百姓而死，流芳百世。我愿意与你同生死！”朱丽莺决绝地说。

俗话说“夫妻本为同林鸟，大难到来各自飞”，可妻子却如此深明大义，甘愿冒险与自己在一起，这令齐周华感动得热泪盈眶。“你真是我的知己。我感激你!”说着，齐周华一把抱住妻子，在她的脸上、头发上不停地亲吻着，妻子也紧贴在他的怀里，委屈得嘤嘤嗡嗡地哭了。

远在南京的侯亦门接到表弟齐周华的绝交信，不禁大吃一惊，如坠五里雾中，感到一片迷惘。表弟与自家绝交的原因有两条：一是齐周华被逮杭城时，怪他没有挺身营救；二是诗稿汇编出书时，怪他没借款相助。此时，亦门正患眼疾躺在床上，听儿子读了来信后，苦笑着说：这第一条指责，不是强人所难吗？连钦差留宝大人都救不了，我一个小小县令，且在外乡，怎能相救？而第二条，更是鸡蛋里挑骨头，无中生有。因为表弟齐周华压根没对我谈起借钱出书的事。此刻，侯夫人想起齐周华落难时，丈夫多次去探望，并在狱中陪表弟过夜的情景，心中很是气恼，不禁开口骂道：“齐周华，你真是忘恩负义的白眼狼!”当儿子趁回家探望外婆，准备到天台质问齐周华时，侯亦门喊住了他：“不要去，我看这里面一定有什么名堂！我不相信表弟是那种忘恩负义之人!”

果然，没过多少天，他就听到表弟齐周华被逮杭城的消息。紧接着，江苏按察使衙门将侯亦门扣押起来，问他和表弟齐周华有无联系。实际上，这是浙江巡抚衙门移交江苏巡抚，查他与齐周华关系的，一经查实，立即逮捕押省。当他拿出表弟齐周华的亲笔绝交信后，巡抚将他放了。直到此刻，侯亦门才洞悉表弟来信的良苦用心。他和家人嗟叹不已。这是后话了。

二、巡抚欲置齐召南于死地

乾隆三十二年（公元 1767 年）十月廿四日，浙江巡抚熊学鹏来天台视察粮仓。当他的八抬大轿刚刚出了东门城，忽听得有人拦轿大呼：“大人留步!”

又是刁民告状！熊巡抚正想喝令手下差役乱棒打开，忽听得外面说：“齐周华有呈告上递。”

听到“齐周华”三个字，熊学鹏忽然心里一激灵。这名字好熟呀！他迅速打开记忆的屏幕，略一搜索，便回忆起此人就是当年那个“带疏仗剑徒步上京告状”的人！他心里不禁咯噔了一下。他知道，对此人的呈告应格外小心，认真对待，绝不能等闲视之。因为此人胆大包天，上次省里没受理他的状子，结果他就把状告到京城，使不少地方官倒了霉。再说，这人还有个令人头大的堂弟，虽因受伤解职，在杭州主持书院，但仍受皇上宠信，能量很大。想到此，他立即吩咐停轿，接过呈告。呈告有两份，一份是给巡抚的，另一份是给皇上的，最后，齐周华还恳请巡抚为他所著的新书《名山藏副本》作序。

巡抚拿起齐周华给自己的呈告，一看到《齐召南十大罪状》的题目，立即改变了态度。“我先看看再答复你。”他好言抚慰。

这天夜里，熊巡抚谢绝宾客，挑灯夜看。说真的，一看到控告齐召南的状子，他就禁不住心花怒放：这下终于可以杀杀所谓“齐大人”的威风，出出郁积心头多年的一口恶气了！

他与齐召南之间的芥蒂，始于京城一次跑马认招牌的比赛。

他们两人当年都在翰林院当值，但出身不同。熊学鹏是两榜进士出身，由第五名进士入翰林院；而齐召南则是由拔贡、举人，直接参加“博学鸿词”科选拔进入翰林院。熊学鹏因齐召南考举人只得了个副榜（备取），又未中进士，向来瞧不起他。而齐召南却每每为乡试时拉肚子只得个副榜，心中感到委屈。

数年后，翰林院、詹事府等各科举行选拔考试，皇上亲自主持。两人都憋足了劲，结果齐召南为一等第一名，而熊学鹏为一等第二名。当时，朝廷准备选拔一名礼部侍郎、一名皇子老师，熊学鹏很想得到侍郎的高位，可因为齐召南考第一名，结果此职顺理成章便被他所得。熊学鹏退而求其次，想做皇子老师，以后再伺机谋高位。他给重臣和珅送了重礼，和珅也已推荐了他，看样子，他做皇子老师已是木板上钉钉——十拿九稳的事。可是不久，熊学鹏这一愿望又因为“跑马看招牌”比赛失利而鸡飞蛋打。

那天，两人跟随乾隆皇帝和皇子骑马在京城长安街上游玩，忽然，乾隆对他俩说："两位爱卿，听说你们二人都以才思敏捷、记忆惊人而闻名，今天你们就比试比试如何?"

熊学鹏想到召南任过《外藩书》副总裁，写过地理学皇皇巨著、闻名天下的《水道提纲》，若写诗文，自己肯定不是齐召南对手，于是就提出"跑马看招牌"，以谁记得多为胜。谁知跑完大街，熊学鹏只能说出大街一边五十多块招牌上的字，而齐召南竟能说出大街两旁一百零八块招牌上的字，于是得到皇上极力称赞："如此奇才，可以为皇子师矣!"结果皇子老师这一显职就由齐召南兼了。

熊学鹏心中愤愤不平，气得要吐血。你齐召南做事也太绝了，把好事美职全部揽走了！从此种下了怨恨的种子。最后，只好花数万两银子买通和珅，才做了个浙江布政使。

尤其令熊学鹏刻骨铭心的是自己那年提升巡抚的事。当时和珅大人已向皇上举荐自己为巡抚，就在等待御批的日子里，竟然有人向皇上奏了一本，举报熊学鹏在钱塘江筑堤工程中有贪污和收受巨额贿赂的嫌疑。皇上派大员调查。幸亏熊学鹏事先得到和珅通知，将那贪污款项补足，将贿赂款如数归还，才避免了一场劫难，如愿以偿当上巡抚。事后才知道，那个向皇帝密奏举报熊学鹏的人，就是齐召南！

从此，熊学鹏便将齐召南视为不共戴天的敌人。难怪此刻他接到《齐召南十大罪状》的呈告后，心里乐开了花：好啊，我只知道"吊桶落到水井里"，谁知也有"水井落到吊桶里"的时节，你堂堂齐大人也有落到我手心里的时候！整整十大罪状，而且是你的嫡亲堂兄所告，你赖死也赖不掉。现在，我不要十大罪状，只要有那么一条：在诗文中讥刺清朝，就够你喝一壶了！这么一想，他便聚精会神饶有兴趣地逐条看下去、研究下去。

但他很快便失望了。因为这"十大罪状"无非是：骄傲自大，目空一切；执掌杭州书院，独断专行；四处题词，欺世盗名；年过花甲，又娶年仅二十姑娘一名为妾……其中没有一条具有杀伤力的爆炸性罪行！

我被齐周华那老不死的捉弄了！老熊气得不禁骂出声来。齐周华是齐召南的堂兄，能将置齐召南于死地的罪行揭发吗？这么一想，他便将那《齐召南十大罪状》连同呈乾隆皇帝的《万言书》“啪”的一声扔到地上。

难道就此罢休？常言道：君子报仇十年不晚。可是这话对自己不适用，因为我如今已年届花甲，再等十年黄花菜也凉了，恐怕自己这多病的身体，早去见阎罗王了！这么一想，他又重新捡回齐周华所写的《万言书》。他要仔细瞧瞧，从中找出致敌于死地的匕首。谁知，刚看了一页，他就心花怒放，两手发抖。因为这《万言书》中所提的意见和建议，无论哪一条都可致人死罪；写奏疏的人哪怕长十个脑袋也会砍得一个不剩。这齐周华真是胆大包天啊！

但他仔细一想，又觉得不踏实。将这《万言书》上奏，固然可以要齐周华的老命，但我的对头是齐召南，这奏疏能给齐召南致命一击吗？老熊认真思考了起来。除非齐周华犯“大逆谋反罪”才能连坐到堂弟齐召南。他心中忽地亮起一盏明灯：要定“大逆”，光这《万言书》还不够，还必须有诬蔑大清的言语。对，查找齐周华所著十二本书，不愁找不到证据！

于是，他立即拿出齐周华求他作序的《名山藏副本》，聚精会神地查找起来。不知不觉，夜已经很深了。

“笃笃笃”几声叩门声响起，书房的门被轻轻地推开了。原来是老熊最近刚从一个举人手中夺来的，最柔媚得宠的年轻小妾。她穿着睡衣，弹动着丰乳，袅袅婷婷地走进来。“老爷，您疯了，不要命了，时过三更，怎么还不睡？你可要注意身子呀！”她带着嗔怪的口吻，无比妖娆、无比柔情地说，然后伸出两条粉臂，像藤般向他缠了过来。“快睡吧，老爷，我把被窝都烘热了，熏香了，等您一起睡呢！”

可她的柔情和妖娆却被老熊一把无情火烧了个精光，她被推了个趔趄：“去去去，臭娘们儿，你没看我正忙吗？”

小妾委屈得嘤嘤地哭起来，哭得他很烦，他想发作却又舍不得。要是他原配夫人那个黄脸婆，他准给她一个耳光尝尝！看到她梨花带雨千娇百媚之态，想到她的一片好意、美意，不禁软了心肠，说：“你要真疼我，就给我做碗点心吃，我今夜有大事要加班哩！”

小妾回嗔作喜。不一会儿，便端来了一碗热气腾腾的宁波汤圆。他一边吃着小妾喂他的汤圆，一边眼不离书，废寝而不忘食地加紧看了起来。天拂晓时，他果然查到几条齐周华的“现行”罪证。

在《长安怀古诗》中，齐周华写道：

原似长蛇势欲吞，终南万里达昆仑。
滔滔泾渭方清浊，磊磊原陵继子孙。
汉苑秦宫风已邈，文谟武烈道还存。
天家择地兴王业，毕竟长安是本根。

“毕竟长安是本根”，岂不是否定定都北京的大清王朝吗？

老熊在《苏武墓诗》中，又窥测到齐周华含沙射影谩骂当今朝廷的动向：

武功城北草离离，展拜荒坟认断碑。
射雁传来天使苦，牧羊归去节旄遗。
一抔聊以埋忠骨，五世犹当恕后祠。
何物小儒多刻论，不容属国有胡儿。

其中“不容属国有胡儿”一句，明显是咒骂当今由满人入主中原！

拂晓来临，经一夜辛苦的熊巡抚，虽两眼布满血丝，但仍像一只要吃人的老虎，毫无睡意地在书本的字里行间目不转睛地寻找着一颗颗能将齐周华轰得粉身碎骨、并导致齐召南覆灭的重磅炮弹！

忽然，他眼前一亮，不禁拍手称快。原来，他找到一颗更直接地把矛头直指大清王朝的炮弹——《至驸马城》一诗，诗中写道：

强藩胡掳扰中原，国祚将移不可言。
解甲抛戈身是胆，推心置腹语留恩。
膝为公屈非怀诈，墓受人掀怨不闻。
海阔胸襟公盖世，佳城郁郁锦云屯。

这是一首多么恶毒的诗！老熊心里说。你看，第一句："强藩胡掳扰中原，国祚将移不可言"，这不是明目张胆地攻击大清王朝扰乱中国，并咒骂其国运将要衰微吗？而三四两句，是为吕留良父子歌功颂德，并顶礼膜拜："墓受人掀"，显然是指犯大逆死罪，遭"掘坟剖棺戮尸"的吕留良、吕葆中父子。而且题目中的"驸马"，正暗合吕留良祖父"吕汉娶明朝皇室淮庄王女儿南城郡主为妻"这一史实。齐周华肉麻地吹捧吕留良父子是胸襟如大海般开阔的盖世英雄，并为之屈膝叩拜。

这首诗一找到，老熊高兴得拍案称快，立即将此诗抄录下来。

上午一到巡抚衙门，便立即亲自率领粮储道陈梦说，宁（波）绍（兴）台（州）道台方桂，及台州府台、天台县令，到齐宅齐周华家搜查，查抄出齐周华所著书籍十二种：《名山藏副本》《华阳子诗稿》《太平话》《阅读日记》《初学集》《需郊禄》《老妪解》《乐行草》《黔行赋》《天台山志补遗》《渐稿》《补增志稿》，其中有不少荒谬言论。

熊学鹏立即与浙闽总督苏昌会衔，拟《齐周华奏疏及著书悖逆审折》，用八百里加急快报，向朝廷飞奏。

三、被乾隆定为"反清第一人"

公元1767年十一月中旬，北京紫禁城。

乾隆皇帝于本月初五接到浙江总督苏昌和巡抚熊学鹏联名上奏的《齐周华写反书悖逆案及审折》与附在案卷中的齐周华的呈乾隆皇帝的《万言书》。

他打开了《万言书》，越看越吃惊，越看越恼火。那《万言书》只看了一半，已摔碎了三个景德镇雕龙镂凤的茶杯，吓得服侍的太监和宫女战战兢兢、噤若寒蝉。待到看完，他暴跳如雷，飕地抽出案上削铁如泥的宝剑，一剑砍去龙案一角。此刻，他早已气得从龙椅上站起来，像一只关在笼子里的狮子，在金銮殿龙座周围走来走去。他两眼通红，仿佛要吃人。他立即批道：立即交三法司议处，并速速将逆犯齐周华递解进京。乾隆要亲自审问这个狂妄的逆犯！

他气愤得两餐吃不下饭。自从顺治二年（1645 年）清军攻下江南以来，至今已有一百二十多年，就是自己统治国家也已三十多年。这么多年来，自己“文治武功”前无古人，威势赫赫，真可以说打一个喷嚏，也能叫大地抖三抖；咳嗽一声，群臣立即鸦雀无声。可是，谁能想到，浙江竟有这么一个齐周华，敢于太岁头上动土，来摸老虎屁股哩！

皇后来了，见皇上怒气冲冲，不禁发问：“皇上为何事如此震怒？”

乾隆立即将那《万言书》“啪”的一声，摔到皇后面前的几案上。

这皇后很贤惠，贤惠得像明朝开国皇帝朱元璋的皇后——马皇后。她只看了两点建议和意见，便开言道：“上面的意见提得很中肯很有道理呢，您不妨学一回唐太宗李世民虚心纳谏的作风吧，若真做到那样，国家会更加昌盛发达，江山会更加稳固哩！”

此刻若乾隆接受皇后的建议，认真纠正政策中的失误，吸收《万言书》中的合理部分，乾隆后期将会呈现出一个繁荣昌盛的局面。继承他的嘉庆皇帝如延续这种政策，将会再出现一个盛世。可惜，被称为“明君”的乾隆已陶醉在“文治武功空前绝后”和“十全老人”等一顶顶桂冠中不能自拔，被一坛坛迷魂汤灌得醺醺然、昏昏然了，哪里还听得进这样的逆耳忠言呢。

听了皇后的话，乾隆不禁勃然大怒，立即召大学士、军机大臣前来商议，并迅速拟旨一道：皇后废去封号，打入冷宫，闭门思过！

十一月十日，逆犯齐周华被押解到京。乾隆皇帝会同群臣一同审理。

“大胆逆贼齐周华，你为何恶毒诬蔑皇上，攻击朝廷政策，像疯狗一般汪汪乱叫?”大理寺少卿立即打头阵充当急先锋，想用一记撒手锏将小小草民置于死地，谁知齐周华并不怯场。

“我所说的条条是实，何为诬蔑?我代表百姓向皇上提意见和建议，岂能说恶毒攻击?!”齐周华据理反驳。

如同被当胸打了一闷棍，少卿顿时张口结舌，脸如血喷，只急得像猴子一样揪耳朵抓头发。

“当今皇上，文治武功，前无古人，你为何居心不良，横加挑剔指责?”御史瞪起三角眼，见先锋败阵，急急挥鞭相助。

“是人都会有缺点，皇上也会有失误之处。指出这些缺陷，是关心爱护皇上，何为‘居心不良’?”话如流星锤，将这把高悬头顶的“利剑”，当啷一声打落地上。御史顿时哑口无言。

“藐视皇上，攻击皇上，罪该万死，你有几个脑袋?”刑部尚书晃着满头白发，也加入围剿行列。不想齐周华目视在座各官，话如钱江潮水奔腾而出：“人长脑袋，是为国分忧，为民说话，不然，要脑袋何用?若只想升官发财，鱼肉百姓，还不如夜壶哩!人固有一死，有的重如泰山，有的轻如鹅毛，为民众利益而死，重如泰山，流芳百世，有何可惜?如果说话、写文章都没自由，人活着又有什么意思?还不是行尸走肉一具?”

三法司其他大臣欲再批驳齐周华，不想被乾隆皇喝住了。他面带微笑，反问齐周华：“我大清入关以来，顺应天时，兴旺发达，已历一百二十多年，康熙、雍正和当今皇朝，盛世一代接一代，这种事实你难道视而不见?”

“这是表面的繁荣，是靠高压残酷手段勉强维持的。”齐周华针锋相对地反驳。

众官员听得面如土色，心惊肉跳。

乾隆不禁怒形于色：“父皇当政时，你为逆贼吕留良喊冤，现在你又变本加厉攻击谩骂当朝，你是不折不扣、货真价实的反对我大清皇朝第一人!”

“良药苦口利于病，忠言逆耳利于行。讳疾忌医，等到病入膏肓，已经晚矣！”齐周华口中话语如决堤之水，“堵民之口好比用土堵截洪水，洪水必将冲堤决坝，不可阻挡！听不进良言，用不了多久，就将日薄西山，气息奄奄！”

“你知道你如此恶毒诬蔑攻击我大清的严重后果和下场吗？”乾隆再也忍受不了，他满腔怒火，如同一头怒狮咆哮起来，“今天，我杀你就像踩死一只蚂蚁！”

“大不了一死，有什么可怕！”齐周华面不改色，“残暴的政策、刑罚，只能得逞一时绝不能得逞长远。”他已将生命置之度外，“我以前认为你是一代明君，如今看来，你不仅是昏君，而且是暴君！”

此话一出，群臣纷纷上前要取齐周华的性命，却被乾隆喝住了。他不想这么快就杀了此人，这样太便宜他了，也达不到杀鸡儆猴的目的。

“你……不怕……酷刑……惨烈吗？”乾隆脸色铁青，硬是压住满腔怒火，一字一顿咬牙切齿地说，似乎要用利齿把齐周华撕成碎片。

“大不了用磔刑——剐割一百零八刀！此刑时间长，正好让普天下百姓多看看你这所谓‘一代圣君’的庐山真面目。”齐周华冷笑着说。

乾隆气得七窍生烟，暴跳如雷。他下令要用一种非常独特且酷烈无比的刑罚处置齐周华并严判齐周华亲属，杀一儆百，震慑百姓。

于是，齐周华一案按大逆谋反罪重判。齐周华押回浙江省城杭州，处极刑于市。其子式昕、式文和长孙传统等八人一律处斩，妻妾、女儿及媳妇、孙女等皆充军黑龙江给军士为奴。抄没全部家产，所著书籍限三个月内上缴销毁。

四、朱氏不堪奇辱撞柱而亡

天台县令简无梁终于等到了向朱氏婆媳俩报复的机会。齐周华犯了死罪，其妻朱氏和家人将全部押往省城杭州，这给了简无梁千载难逢的报复机会。

几年前，他到一处庵堂进香，忽见一位标致少妇。他拉住她摸了一下她的乳房，不想被从旁而出的老妇骂得狗血喷头。他恼羞成怒，劈头给了老妇一巴掌，谁知老妇竟将他告到道里。结果降官一级、罚俸一年，还办了一桌酒席，向婆媳俩赔礼道歉，那滋味真比吃屎还难受。他不知道这两个妇人为何有如此能量，事后才知道，这朱氏是礼部侍郎齐召南大人的堂嫂，那少妇是其儿媳妇牡丹。是朱氏向齐召南哭诉，于是人家就将他治了一下，害得他五年来仕途不顺。去年花了上万两银子买通官场，才好不容易恢复县令职务。现在好了，齐周华反诗案一出，齐召南也是同一根绳上的蚂蚱，泥菩萨过河自身难保了。想到此，他吩咐立即升堂，将齐周华妻子朱氏和其儿媳妇庞氏押到衙门听审。

现在，这两个女人是笼中鸟，我简某人无论怎么羞辱处置都可以，他得意地想。我今天不用老虎凳、飞蛾吊等酷刑，而要用那种令犯人遭受奇耻大辱的刑罚来处置这两个贱人，以解心头之恨。

这种刑罚叫作“笞杖”，就是用竹条打屁股。

那竹条，长三尺五寸，大头直径三分，小头两分。此刑分五等，轻者打十下，重者打五十下。此刑虽不属于死刑范围，但常有犯人毙于笞杖下。

对女子来说，这种刑罚不仅是残酷的皮肉之苦，更是令人难以忍受的精神侮辱。它分三个步骤：

一为“晾臀”。官未升堂，衙役先脱去被告女子裤子，让女子“光屁股”示众。二为“行刑”。即用竹条狠揍屁股，打得血肉横飞。三为“卖肉”。若那官狠毒，行刑完毕，仍不让女子穿裤，随即拉到门前大街上，让人围观。因此，一些无赖便终日围观，抚摸挑逗，嬉笑取乐，令受辱女子羞愧难当，有的受不了如此羞辱，回去后便自尽而死。

当下，婆媳二人被反绑双手带到公堂。简知县走到牡丹身边，见牡丹低着头，就用手托起她的脸，一边抚摸调戏一边说：“这么标致的姑娘，关在牢里实在太可惜了。要是充军到黑龙江做军人的奴隶，让那些粗鲁的军人玩弄，就更可惜了——那不是把鲜花插在牛粪里吗?”

牡丹羞得脸色绯红，直掉眼泪，但双手被反绑无可奈何，只是说：“莫造孽，莫造孽!”

知县边调戏牡丹，边冷笑着对旁边的朱氏道：“我今天就把你儿媳妇玩个够，今晚把你儿媳妇强奸了，你有什么法子?”说着，又一把撕开牡丹胸前的衣服，将裸露的乳房捏在手里玩弄，两眼逼视朱氏，挑衅地说：“去呀，你现在去控告呀!”

话音未落，一口浓痰“啪”的一声射到简知县的眼眶上，把他的一只眼睛都糊住了，睁开不得。知县大怒，不禁兽性大发，他先噼里啪啦打了朱氏几个嘴巴，然后，下令用笞刑惩罚朱氏。

几个恶差役如狼似虎地扑了上来，脱去朱氏外面的夹棉裤，正准备扯下她的内裤“晾臀”，不想朱氏披头散发，如老虎般怒吼了一声，吓退差役，然后如痴了颠了疯了一般，直往旁边柱顶石上撞去。只听“咚”的一声，没等差役反应过来，就已经鲜血直流，脑浆迸出，奄奄一息。刚抬出大堂，便咽了气。

牡丹号啕大哭，也寻死觅活要往柱顶石上撞，慌得简无梁忙令众差役七手八脚将她拉住，下令打入牢房好生看管，再也不敢打她的主意了。

钦犯直系亲属还未起解就死了，而且死于自己之手，这是要受严重处罚的。因此，简知县只好写了个假报告上奏，称朱氏“畏罪自杀”，把此事遮瞒过去。但不久，有人将他告到省里和刑部，以“县堂之上有伤风化，逼死钦犯之妻，消灭罪证”为由，将他参了一本。结果简无梁被革职充军，其花容月貌的娇妻也离他而去，嫁给他人为妇了。

五、得意巡抚亦遭殃

对坐落在西湖白堤旁，与岳坟遥遥相对，只有一路之隔的楼外楼，今天是个隆重热闹的日子。来自北京、南京、西安、东北、西北等全国各大书院的著名学者都云集西子湖畔。曾任皇子老师兼礼部侍郎的齐召南将主讲《外藩书》。

初冬的阳光，透过雪白的道林纸，暖暖地晒在高耸的“楼外楼”那圆形会堂的讲坛上。齐大人口若悬河，滔滔不绝。他讲得眉飞色舞，热汗迸出，后来他干脆解下脖子上的围巾，脱去身上大衣，尽情地演说。正当众人听得津津有味之际，突然，有人前来通报：“杭州知府有请。”

齐召南向大家打了个招呼：“齐某出去一下就回，请诸位稍等片刻。”他连大衣也没穿，围巾也没系，便匆匆地走出演讲大厅。

他根本没有料到，他这一去，不但再也没有机会回到这亲切而熟悉的演讲厅，回到这“楼外楼”和他掌教的“敷文书院”，甚至连回杭州也不可能了。只是让楼外楼，让敷文书院，多了两件齐大人的遗物供后人瞻仰罢了。

齐大人走下楼梯，来到楼底官厅，只见程知府已等在那里。“程知府，有事吗?”他问。

“是巡抚熊学鹏大人找你。”程知府面无表情地说，“请进里面。”

一听说老熊——熊瞎子（因其左眼睑上有一大块黑斑）相邀，齐大人不觉一惊：“夜猫子进宅，黄鼠狼给鸡拜年，准没好事!”

一进厅堂，只见熊瞎子端坐正中高高的太师椅上，见齐召南进来，仍稳坐上首纹丝不动，还架起二郎腿直摇晃。齐召南知道事情有些不妙，自己是正二品侍郎，比巡抚从二品高一级，加上自己是京官，还有皇子老师的头衔，平时各省巡抚甚至总督都对自己尊敬有加，待如上宾。现在虽然不在位上，但品级还在，地方官对自己在礼节上还是客气的。此刻的齐大人尽管猜不透熊瞎子葫芦里卖的什么药，虽然知道自己的处境凶多吉少，但面对熊瞎子这副傲慢样子，他在一张椅上落座后，仍不卑不亢冷冷地问：“熊巡抚，找齐某有何贵干?”

熊学鹏想到不愉快的往事，就打算玩一玩猫捉老鼠的游戏。他爽朗地纵声大笑：“老齐先生，别来无恙，不知近来身体可好，脑子还灵光吗?”

“托巡抚的福，我身体不错，脑子也还灵光。”齐召南道，“你有何见教，不妨直说。”

“痛快，痛快！”老熊端起茶杯啜了两口，“我今天想跟你老齐再来一次跑马杭城，看谁记的招牌多，你不反对吧？”他一字一顿地说，“前两次比赛，都输在你手下，我想今天若是再来一次，你非输不可！”

“谁当裁判呀？”齐召南不紧不慢地说，“可惜皇上不在身边。”

“齐召南！你死到临头还嘴硬，”老熊把话锋一转，“你诗文的案子发了，我们已掌握了你的重大罪证，快点儿把诬蔑、攻击大清的言行交代出来，免得我们同朝为官伤了和气。”

齐召南悚然一惊。我有什么触犯当朝的诗文，被他抓住了把柄？没有，不可能！自从浙江文字狱迭起，特别是曾静、吕留良一案后，我给自己制定了一条铁的规矩：除参加朝廷编书外，其他一概不写。不写游记诗文，不评论别人，不给人作传，也不记日记。尤其是做了高官、名满天下后，更不轻易为别人的著作写序。因此，自己绝对不会犯文字罪，遭文字狱！老熊这话是套我的，引我上钩，别理他！这么一想，便坦然地说：“欢迎巡抚到我家查找罪证。”不过此刻，他已敏感地意识到堂哥齐周华可能要出事——要出大事。估计他的诗文让恶熊嗅到什么蛛丝马迹，抓到什么把柄了。可他没料到堂哥会再上《万言书》，自取灭亡。

“好，你不交代，我们只好动硬的了！”熊瞎子瞪圆眼睛凶狠地说，接着立即按铃召来一个参将，威风凛凛地喝道：“拿下齐召南，押解进京！立即查抄齐召南宅第！”

“查抄二品大员宅第，须有皇上圣旨或刑部批文。”齐召南正气凛然地说。

熊瞎子嘿嘿冷笑了一声，然后从袖中取出乾隆密旨：速将大逆不道的齐周华及家眷一干人犯全部押解杭城，并将其堂弟齐召南押解进京审问。

宣读完毕，熊学鹏立即威风凛凛地一拍桌子，高声喝叫：“将齐召南用囚车锁拿进京！”

齐召南扑通一声跌坐到地上。

众名士久等不到齐大人，便来到楼下。此刻忽见坐在囚车里的齐大人，个个儿不禁目瞪口呆。待他们弄清原委后，纷纷为熊学鹏趾高气扬，为他别出心裁将连坐的齐大人用大枷囚车押送而感到愤愤不平。齐周华被杀后，有人挑出熊学鹏“书写齐周华反诗，传播流毒”的罪状，将其参了一本，结果老熊也被削职回乡。

六、得故交相助充军故乡

事件来得太突然，突然得叫齐召南难以预料。他做梦也没想到，在晚年还要遭受一场灭顶之灾。

当齐召南得知堂兄齐周华大逆谋反罪时，就知道自己这一生也走到了尽头。因为清朝法律极其严酷：凡犯大逆罪，同谋者，不问为首胁从，一概凌迟处死；正犯之祖父、父、子、孙、兄弟及叔伯兄弟之男十六岁以上皆斩。此刻，他很后悔自己做大官春风得意时没有聘请堂兄作教授来讲学，给以提携和鼓励。其实，堂兄是一名上等的诗人和散文家，说他是专家学者毫不过分。但由于自己很少关心，两人缺乏交流，久而久之就产生了隔阂，以致造成了一些不必要的误会，酿成了今天的悲剧。实际上，叔伯兄弟是拴在一根绳上的蚂蚱，是分不开的；两者一荣俱荣，一损俱损。但现在后悔又有什么用呢？齐召南叹气道：“真是悲剧，周华的悲剧，自己的悲剧！”

乾隆皇帝将齐周华定罪后，亲自提审了齐召南。

“你堂兄诗文叛逆，你为啥包庇其罪，不早早举报？”乾隆严厉地问道。

“我以前曾见过他的《天台山游记》一篇，时文数篇。他要刊刻，我因他文理不通，阻他刻印，他便恨我。加之他平日性格孤傲，所以我们很久没有来往了。”

“这个你作何解释？”乾隆将齐周华所写的《齐召南十大罪状》出

示，齐召南一看题目就来了火气："这么说，我可以判杀头了？"他久久盯着这状纸。他为堂兄临死还要找他垫背，将他拉入水中溺死而愤慨不已：这人的心肠真狠毒！

乾隆皇帝下旨按大逆谋反罪严处齐周华一家后，仍然没有放过当初的重臣齐召南。他余怒未息，下旨：将齐召南流放三千里蛮荒之地。

听到这种结局，皇子宏瞻来求父皇，要求赦免老师齐召南。

乾隆皇帝道："我已经将他罪降一等，由死罪降为流放了。"

此话不假，按当时清朝刑律，正犯齐周华犯大逆罪处死，堂弟齐召南也得处死。

皇子宏瞻为齐召南辩护说："我老师毕竟没犯一点儿罪啊，将他处置得这么重，会令文武百官寒心的。"

乾隆冷冷地说："这是我朝法律规定，不能因人废法，因他是你老师就将他赦免！"

"这种法律太严酷，应当修改。"

乾隆恼火了，一拍案几："你这种论调是从哪儿学来的？怎么跟逆贼齐周华如出一辙？"他铁青着脸，"你说齐召南无罪，齐周华诗文悖逆，难道他一点儿也不知情、也没觉察？知情不报，就犯了隐瞒罪！"

"齐周华写诗文、编书，齐老师一看到就曾制止过。齐周华写《万言书》，既事先没和齐老师商量，写成后也没给齐老师看过，因此，他是不知情的，构不成隐瞒罪。"宏瞻据理力争，"再说齐周华的《万言书》是写给皇上您一人的，本朝法律规定：遇有特殊情况，百姓可以上书直陈中央各部以至皇帝本人。因此，他写《万言书》并没有犯罪。再说，我倒觉得这《万言书》很有胆识，有很多可取之处哩！"

乾隆气坏了，不禁怒吼起来："照你这么说，齐周华是良民，而下旨将他处死的我，真像逆贼齐周华恶毒咒骂的那样，是昏君暴君啦！"说完，竟别出心裁地命人用竹篓送来毒蛇，命皇子用手抓起。看着竹篓中那黑白相间、来回蠕动、蛇芯闪闪的毒蛇，皇子战战兢兢，那手一动也不敢动。

乾隆冷冷地教训道："齐周华一类人是盘踞在我们身边的毒蛇。只有将其斩尽杀绝，我们才能没有危险，江山才能千秋稳固！"他叹了一口气，恨铁不成钢地说："看样子，你的心肠像妇人一样软，性格太懦弱，不适合当一国之主，你太让我失望了！"说罢，拂袖而去，并下旨削去宏瞻的太子封号。

宏瞻不禁目瞪口呆。他的眼里汪满了热泪，他口里喃喃地说："看样子，我大清的盛世从此结束了，要走下坡路了。"

接到将齐召南流放三千里蛮荒之地的圣旨后，刑部钱尚书和翰林院左学士急得如泥鳅下热锅，他们为齐大人的命运而忧心如焚。

钱侍郎原是礼部郎中，是齐召南在坠马事故后，将他推荐给皇上接替自己才被升为礼部侍郎的。因他为官清正廉明又精通刑律，不久，又调任刑部侍郎，其后又升为刑部尚书。而翰林院左学士也是在齐大人关怀举荐下由庶吉士一步步升上来，入上书房行走当值，协助军机大臣、大学士处理军国大事的，由于起草文书文字简练准确，深得乾隆器重，因此，常执笔起草诏书。

他们为学识超群、功勋卓著的齐大人遭连坐流放三千里而既同情又着急。他们知道恩师齐大人遭此打击，精神早已垮了，若真"流放三千里蛮荒之地"，就等于要了他的老命。然而圣旨难违，必须执行。但有没有稍好一点儿的地方，让齐大人日子过得稍微舒心些呢？他们盘算着。以北京为中心，符合圣旨条件的，主要有这么几个去处：

一、东北黑龙江。这是流放地中最糟糕的地方，是流放地中的地狱。若齐大人去了，别的不说，光零下几十度的冰天雪地，就会要了这个来自江南、处于高位、生活优裕的恩师的命！这地方绝对不行！况且圣旨并未说充军宁古塔，我们何必作茧自缚呢。

二、甘肃嘉峪关以西玉门关一带。但自古"春风不度玉门关"呀，那里既荒凉又寒冷，比黑龙江好不了多少。

三、新疆、西藏、青海一带。新疆比甘肃更冷更荒凉，西藏、青海属高原地带，海拔高，老人一到那里连呼吸都困难，怎么能生活得下去？

四、云南、贵州。比以上那些地方好些，气候温暖，但那里是少数民族聚居之地，齐先生虽通本地语言，但吃饭、穿衣等生活都很难适应，长年累月难以生活。加之少数民族人野蛮，去那里会有性命危险。另外，此地是吴三桂和其孙世璠当年屯兵割据与起兵造反之地，若将齐大人流放此地，万一有人控告，说我们“居心不良”那可吃罪不起。

至于广东，宋元两朝和明初属“蛮荒之地”，常有罪臣流放，到清代已不属于流放地域。

他俩七算八算绞尽脑汁，也没想出将齐大人流放的合适地点。给他们的时间只有三天，而如今已过去了两天，他俩急坏了。

第三天，他俩兵分两路：钱尚书亲自来到皇家藏书馆，他带来一点儿零食，埋头在藏书馆中，查《地舆图》等地理书籍。左学士则乔装打扮成一个买卖人，来到京郊一处农贸大集市，打听此地有无浙江天台籍人。但问了一摊又一摊，不要说天台人，就连台州籍人也没听说。他知道，在北京城找一个四五千里之外的天台人，如同大海捞针，实在太难了。

在农贸大集市，左学士好不容易打听到一个台州府人。此人来自黄岩，他是来卖黄岩蜜橘的。据他说，在离此地不远的花木市场，有个专门卖天台山铁皮石斛的，好像是天台人。

左学士大喜，连忙奔到花木市场。此时日落西山，花木市场已变得昏暗，市场马上就要关闭了。他急急往里冲，突然，只听“哎呀”一声，一个瓷盆啪的一声跌到地上，摔得粉碎，只听那人骂了起来：“你瞎眼了，把我盆打了！”

左学士连忙道歉：“对不起，对不起，我赔你。”说着连忙掏出一两银子，可那人不依：“这点银子怎么够？我这可是花了四两银子买来呢！”

“你那是什么东西？是高丽参还是灵芝仙草，要这么贵？”

“客官，我哪能骗你，你知道那是什么东西吗？那是闻名江南的天台山铁皮石斛哩！它位列九大仙草之首，比那灵芝仙草还要高级哩！”后生带着哭腔，“我是买来给久病的母亲治病的。”

一听说“天台山”三字，左学士大喜。真是踏破铁鞋无觅处，得来全不费工夫。

“好吧，我就依你，四两，请你告诉我在哪里买的。你要是带我去卖的地方，我再添上一两，给你五两。”

青年大喜过望：“这有何难。”说着立刻将他带到卖铁皮石斛的地方，一问，果然有个中年男子是天台县人。

“掌柜的，我想向你打听你们天台的一些事，想去那里玩玩。我要耽误你一点儿时间，我愿意补点儿钱。”说着，左学士递出一两银子。

天台人不接那银子：“你问个事我怎么要你钱呢。有什么事，客官尽管问。”

“我想打听一下你们天台有哪些地方比较偏僻冷落?”

天台人想了想，列出一串地名：“北山龙王堂、华顶寺、石梁；苍山九龙潭、螺溪钓艇；街头镇方山、九遮山、寒岩、明岩……”

左学士一个个寻思着，但没有听到有用的地名。

忽然，天台人想起苍山离两头巷不远一个很荒凉冷落的去处。当他说出这个地名时，左学士一拍大腿：“妙，这个地方妙!”随即又问：“此处有水吗?”

“旁边有条小溪涧。”听他这么一说，左学士摇了摇头，“真可惜，怎么没有大水呢!”

天台人连忙回答：这地方早先有大水。据老辈人讲，以前那里是海，现在当地人还把它称为“海岛鸡笼石”呢!

左学士听后眉飞色舞，随即取出五两银子酬谢。天台人怎么也不接，没办法，左学士就买了棵铁皮石斛。回府后，他派人将仙草送到刑部监狱齐大人处，自己立即来到钱尚书家。

钱尚书此刻仍在苦思冥想。他准备将齐大人充军到广东海南岛的“天涯海角”。那里听起来像蛮荒之地，但因为在中国最南部，长年气候暖和，没有冬天，富于热带风光，景色秀丽。因在海边，所以也不太热，很适合齐大人晚年生活。

左学士一来到钱尚书家，就急急地问："尚书大人，您想出合适的地方了吗?"钱尚书将地方一说，左学士道："那也是个不错的去处。"

"你想出好主意了吗？有比天涯海角更合适的地方吗?"钱尚书也急急地问。

左学士不慌不忙地说："我找到一个绝妙的去处，叫'海岛鸡笼石'。此地最适合齐大人去。"

钱尚书惊奇道："这地方在哪里？在东北、西北还是西南的云贵高原？我怎么从来没听说过呀！不过，到那些地方可不行，齐先生肯定吃不消的。"

"您放心，我亏待不了您的恩师。"左学士笑道，接着故意卖了一个关子，"您猜猜，这地方在哪里?"

"在哪里?"钱尚书瞪大了眼睛。

"就在浙江台州府天台县——齐大人的故乡。"

钱尚书惊喜道："有这等事？妙！太妙了!"转而皱起眉头，不无忧虑地说："可浙江不属'蛮荒之地'，而是'鱼米之乡'呀！要是以后皇上知道详情，说我们在戏弄他，怎么办?"

"此地完全符合圣旨所拟两个条件：一是三千里外；二是蛮荒，这是大原则，我们可是不折不扣执行圣旨的。"左学士胸有成竹地说，"至于此地在哪儿，我们并不过问，因为最好的省也有荒凉偏僻的地方呀!"

钱尚书顿时眉头舒展开来，马上唤进家童，吩咐："快给左学士上茶!"

"钱尚书，您也太小气了，我今天饿了一天，就早晨喝了碗粥，有两餐饭没吃了，肚子饿得贴到脊背上去了，您还不好好犒劳我一顿?"

"你小子真会敲竹杠!"钱尚书爽朗地大笑，立即吩咐家人去"一品楼"点几个好菜回府，并拿出珍藏多年的贵州茅台酒招待，喜得左学士眉开眼笑。

于是，齐召南便被充军到南方的"海岛鸡笼石"，就是离天台县城关约五华里的一处地方，可谓叶落归根。

第十六章

一、奇士归葬“荷花心”

除夕的深夜，数十盏灯笼飘上关岭，飘过新昌山背，进入天台县境内。接着很快又拐过科山，驰过平镇，迅速向伍佰岙方向前进。数辆马车在厚厚的积雪中马不停蹄地赶路。拉车的马口里衔枚，不声不响，只偶尔打个响鼻。整支队伍就像夜里行军的部队，不发出一点儿声音，直到进了伍佰岙山口，才响起噼里啪啦的鞭炮声，才响起悲哀的铜锣，才听到举丧的哀哭声。

马车已被停在岙口外，众人拥着一具灵柩，在狭窄的山路上急急向岙里奔去。

正在守岁的村里人纷纷出来观看。有个老公公低声问：“是谁？为啥死？”

只听队伍中有人回答：“老先生出门做生意，被一伙强盗杀了。”说着，就递过一个明晃晃、沉甸甸的银元。于是，在送葬队伍进村去墓地的路上，凡出来看出丧的村人，每人都得到了一个白花花的银元。

墓地选在村前面积几十亩的大水塘中心，那个当地人称作“荷花心”的小高地。

死亡的老人，听说没有子孙后代，只孤身一人。葬礼很简朴，几乎匆匆下葬，匆匆走人。棺木下葬后，只有一个年约五十的妇女，带着一个十来岁的男孩儿，在坟前叩了三个响头，哭了几声，然后，这小孩儿就被一个戴着护耳厚绒帽、架着黑风镜的中年男子抱上马车。只听他跟五十岁的老妇说了声：“师母，您放心，我一定会好好照看这孩子的。请您多保重!”然后，马车就顶风冒雪朝西北方向驰去。

另外一支队伍，则向天台县城而去。

据接到银元的村人说：“分发银元的人，说的不是南方话，而是陕西一带话。”

二、解差起不良女犯愤投江

正月初四这天，马路上的积雪还未化尽，齐周华儿女和孙子一家十七口人便被押送着，悲悲切切地上路了。

十六岁以上的男人都戴着刑具——木枷。只见大枷小枷晃动，人人垂头丧气。冬风依然凛冽，吹箫般地响起，如同他们内心的呜咽和悲啼。

没走几天，每个人脚底都起了血泡，被木枷束缚住的两只手腕也被磨得血肉模糊。但他们依然像牲口般被驱赶着，不走就得挨竹笞。

到了正月底，一行人好不容易来到长江边。南京遥遥在望了。

俗话道：覆巢之下，安有完卵，此话不假。

这天下午，一行人上了长江轮渡。齐周华之妾丁氏与一个独眼解差分在同组。她没想到今天会有一场灾祸在等着她。

傍晚，独眼龙吃过丁氏端来的饭菜，又耍起解差的威风。他命丁氏打来洗脚水，然后把二郎腿一翘："来，给我洗洗脚！"独眼龙的脚很丑也很臭，到处是鸡眼，马蜂窝一般，而且有严重的脚气病。当他把一双湿乎乎的臭脚连同袜子从暖鞋里拔出来时，发出的味道就像夏天的死尸一般臭不可闻。丁氏一闻到这般臭味，差点儿没晕过去。"我是罪犯，不是奴隶，没有为你洗脚的任务！"丁氏红着脸，生气地说。

"你为我洗了，我也可以替你洗呀！不但洗脚，其他地方我也愿意为你洗哩。"中年的独眼龙看着年近四十仍是细皮白肉的丁氏，哈哈笑了起来，狎昵地说。

两片红云顿时飞上丁氏的双颊，衬得她真像桃花一样美。独眼龙情不自禁地伸出一只手，去摸丁氏可爱的脸腮。丁氏侧过脸，含着怒意说："你放规矩些，别不正经！"

独眼龙火了："你这死刑犯的臭老婆，我要你洗脚是抬举你，别不识相！"他骂了起来，然后一脚将丁氏踹倒在地，怒喝："你洗不洗?!"

"我没责任为你洗脚！"丁氏也倔强地说，"要不就去解差官那里评理！"

"嚯，胆子不小哩！"独眼龙慢悠悠地说。突然，他端起脚盆，猛地将那热水朝丁氏满头满脑泼去。她成了落汤鸡，脸上很快起了几个水泡。

丁氏哭着，喊着，去找解差官告状。解官以前也曾想沾丁氏的便宜，但因她的倔强一直不能如愿，因此阴阳怪气、幸灾乐祸地说："他没重伤你，没强奸你，这很难处理呀！"丁氏只得眼泪倒咽。

一路上，独眼龙押着丁氏，像猫玩老鼠般用恶作剧捉弄她。稍有不如意，不是骂便是打，她都忍气吞声。可是那狗杂种竟变本加厉，拿洗脚水泼她，更难忍的是解官也纵容他护着他，这日子真是没法过了！

寒冷的江风，吹得人瑟瑟发抖。有支洞箫吹起一支伤感凄凉的曲子，她听出是《孟姜女》：二月里来大雁飞，孤雁脚下踩霜来；奴比孤雁还要苦，好人家夫妻两分开……

苦人儿孟姜女，万里迢迢送寒衣到长城，不料丈夫死了。我如今比那孟姜女还要不幸。丈夫被斩，自己又遭充军。一路上，没有自由，没有朋友，只有那弥漫的风雪，还有那受不到头的苦难！丁氏走到甲板上，望了一眼白茫茫的江水，对着南方，说了声："周华夫君，等等我——"便咚的一声跳入江中。

"有人投江了！"听到人喊，独眼龙连忙跑出船舱，但已经来不及了。

第二天船靠岸，一到南京城，独眼龙便被臬台以"玩忽职守，致使罪犯投江自杀"的罪名拘审。他先吃了五十大板，被打得皮开肉绽，然后被一个大枷枷了，打入监牢。他须等浙江臬司衙门审问后方能判决。

丁氏投江成了南京头条新闻。人人骂解差，结果独眼龙在狱中挨冻受饿，等到浙江行文将他押回杭州审问时，他已在狱中受风寒害病死了。

三、诡计得逞的库长沉入沼泽

齐氏后代一行人奔波数月，终于来到流放地黑龙江。经过"流放衙门"的重新分配，齐家十七口人被分成两拨，大部分到宁古塔，少部分去齐齐哈尔。齐周华之孙齐传统和妻子安桂枝被安排到齐齐哈尔军营，给管粮草库的缺嘴库长家当奴隶。缺嘴库长五十来岁，五大三粗，很有力气。他性格暴烈，但不严厉，脸上经常挂笑，人称"笑弥勒"。只不过他笑时显得那缺嘴更缺了，像老猪一样，很难看。

齐传统夫妻刚来时正值垦荒播种的季节，他俩被分配整天刨地挑粪肥播种。东北的土地很辽阔，因此他们的活也多得干不完。他们每天起早贪黑，刨得腰酸手掌起泡，挑得肩肿脚骨痛。生活虽然又苦又累，但心情还是比较愉快的，比起流放途中那一路冰天雪地和刑具磨得脖子出血手腕疼痛钻心的日子又好了不少。干活时没有刑具束缚，思想压力轻。男的刨地，女的跟在后面播种大豆，两人在一起说说笑笑讲讲故事。有时桂枝还放开喉咙，在一望无际的松嫩大平原上，面对江边的大树和飞鸟，唱起一支南方小曲：

第三香袋喜鹊叫，
黑羽白毛枝头闹。
郎挂香袋少烦恼，
日日笑容挂眉梢。

第四香袋四角方，
吉祥如意度时光；
郎带香袋过长江，
不愁江上起风浪。

歌声冲淡了劳苦，冲淡了忧愁，两人的心情逐渐变得开朗起来。

可是不久，这恬淡平静的田园牧歌式的生活，随着一个外人的介入而被打破了。这人是缺嘴库长的小舅子二嘎。他凭着姐夫的关系，在粮库里谋了一个差使。这差使很轻松，其实就是挂名领饷银，因此成天在外晃晃荡荡。

一天，库长批评他说："看你成天晃荡没事干，还不如给我家刨地播种帮点儿忙。"开始，二嘎不愿去，还气恼地说："那是流放犯干的活，你把我充军啦!"但当他有一次在姐姐家看到那苗条秀丽、脸若桃花目如流星的安桂枝后，就二话没说，跟传统夫妇去刨地播种了。外人的加入，使这对青年夫妻拘束了好几天，但后来看到二嘎没有什么恶意，因此也和以前一样有说有笑，安桂枝还重新唱起了故乡南方的歌曲：

江南好，风景旧曾谙，
日出江花红胜火，
春来江水绿如蓝，
能不忆江南！

夕阳西下，薄暮冥冥，一轮明月斜挂东方。

大概是触景生情的缘故，安桂枝唱着唱着，两眼变得迷离，歌声也变得格外地苍凉伤感，格外地动人心弦：

独自莫凭栏，无限江山，
别时容易见时难，
流水落花春去也，天上人间！
问君能有几多愁，恰似一江春水向东流——

二嘎万万想不到标致的安桂枝还有如此美丽动听的歌喉，他不禁听得呆了、痴了，于是天天来帮助刨地播种。

但不久这歌声便被勒令停止了。因为有人将“流放犯唱黑歌”的新动向汇报到了“流放衙门”。缺嘴库长挨了一顿训，于是就勒令不准唱歌，更要命的是将齐传统和妻子分开了：齐传统继续刨地播种，而将安桂枝派去放鸭子。

二十来岁的二嘎仍像跟屁虫似的跟着安桂枝去放鸭处，但再也听不到歌声了，安桂枝整天愁眉苦脸。二嘎的纠缠令齐传统很不放心，于是就在每天收工时去接妻子，还经常白天抽时间去放鸭地看望妻子，怕她遭到什么意外。

“你经常往放鸭地跑干吗？”缺嘴库长冒火地问齐传统。因为大多数人家已播种完毕，而他家还有好几亩没完成呢。

“你怎么不说说二嘎呢？他成天缠着我老婆！”齐传统一脸苦相地

分辩。

听说小舅子在纠缠安桂枝，库长大怒。他将二嘎训斥了一顿，勒令他在粮库做工，再不准到水草地去；再去，就撤掉他的差使，打断他的腿！果然，二嘎吓得好几天不敢去了。

齐传统这下放心了。

一天下午，缺嘴库长意外地来到放鸭地。“我来查查鸭子的只数，准备抓一批送给上司。”他和颜悦色地说。

但清点的结果，不禁令安桂枝吃了一惊：一群鸭子竟少了十五只！

看到缺嘴库长的脸黑得如老包，那缺嘴豁得更难看可怕，安桂枝慌了，连忙去周围寻找了一圈，仍没寻到一只。

“你是不是心疼丈夫，把那鸭子放火里烤给他吃了？”

听到库长这句话，安桂枝把头摇得拨浪鼓一般，连连摆手，口里连声不迭地说：“没有，绝对没有，哪能呢！我们怎会干这种缺德事呢！”

“快去寻回，少一只，我扒了你的皮！”缺嘴露出一副凶相，龇牙咧嘴，活像一头大野猪。

安桂枝慌忙而去，刚走到芦苇丛旁就犹豫了。因为天已黄昏，昏暗的芦苇荡静谧得如同一座古坟场；摇曳的芦苇中飘忽着几点闪烁不定的鬼火，如同藏着歹徒藏着鬼怪。那忽叫忽停的声音更令人头皮发麻。“我怕——”她对不远处的库长说。

“这有什么可怕的。”缺嘴嘟哝了一声，说，“我和你一起去找。”说着真的尾随着安桂枝。当进入芦苇丛时，他突然一把将安桂枝抱住，就来亲吻她的脸。

安桂枝不让他亲，恼恨地说：“你不去找鸭子了？”

“你给我唱支歌吧——听说你唱的歌很好听，你的嗓子像百灵鸟哩！”

“唱支歌就完了，这么简单？”于是她就唱了一支歌，歌声在静谧的平原如醉人的春风，飘得很远很远。缺嘴听得入迷了。唱后，安桂枝要去找鸭子了。

“不用找了，几只屌鸭子有什么找头？鸭子是我藏起来了。”缺嘴库长说着，又抱住她亲吻，络腮胡子扎得她生痛，“我的美人，想死我了。”

安桂枝惊呆了。原来，让她放鸭子是为了钓鱼——钓她这条鲤鱼！

“我是有丈夫的人，你放尊重点儿！”安桂枝两只手拼命地托住库长的下巴，不让他亲。

“你做奴隶，让我心疼。你给我做妾吧。”库长一个劲地表白，“那样你就可以脱掉奴隶身份，可以自由自在地生活，不用再当牛做马了。”

“不可能！我不想过你说的那种自由生活！”安桂枝边说边往后退。突然，她停住了脚步，因为后背被高而扎人的芦苇挡住了。她转身想逃，不想五大三粗的缺嘴如黑熊一般扑上来，一下子将她轻轻地扛起，往深密的暖风惬意的芦苇荡中奔去。

“救命啊——救命！”一个绝望无助的女子凄戚的呼唤声，在空旷寂寥的旷野上盘旋回荡。它是那么孤单，那么柔弱，那么悲凉凄切。但是在这沉沉的黑夜，人迹罕至的芦苇荡里，有谁能听到，又有谁会来相救呢？

然而，这一切却被跟踪而来的二嘎看见了。他恨得牙齿咯咯响。谁知姐夫竟是这种禽兽之人！他蹑手蹑脚，不即不离，怯生生地跟踪而去。

安桂枝被缺嘴库长奸污了。她呻吟着，嘤嘤地哭着。

“好啦好啦，不要哭了，回家吧！”缺嘴露出一副得意相。

“你这死鬼！你答应要我做妾的。”安桂枝一边抽泣着，一边用命令似乎又带点儿撒娇的口气说，“我现在走不动了，我要你背我回去！”

缺嘴连声不迭地说：“乖乖，我的小心肝——别哭别哭，我背还不行吗？”说着果真背起她就走。

初夏令人惬意的风尽情地吹着。圆圆的明月，在芦苇荡上洒下一片银辉。缺嘴背着女子，走出芦苇荡，朝原先那放鸭的丹顶鹤觅食的大大小小的水泡子走去。

前面是个大水泡，是一片沼泽地，名叫“死亡沼”。在两个大小水泡间铺着一块狭窄的木板，供人行走。缺嘴喘着粗气，在木板上吃力地有点儿摇摆地走着。

忽然，他觉得腋窝里一痒，痒得特别地受不了，耳朵上一阵疼痛。原来是安桂枝在胳肢他，在揪他耳朵。他咯咯地笑着："不要闹，不要开玩笑——"话音未落，整个人顿时站立不住，突然摇晃了两下，便扑通一声跌入泥沼中。

他伸出双手想抓那木板，但发觉被背上女人的两只手臂死死地环住、抱住、箍住。他只拼命地喊了一声"救命"，便慢慢地下陷下沉，一会儿，两人便消失得无影无踪。

闻声赶来相救的二嘎，不禁看得呆了。

库长妻子和两个女儿还有齐传统，他们望眼欲穿地等待自己的亲人回家吃晚饭。但左等右等不见亲人踪影，直到深夜二嘎回来，将看到的情况报告姐姐后，姐姐只愤怒地骂了一声："畜生，真作孽呀!"

听到妻子的噩耗，齐传统简直不敢相信自己的耳朵，直到确信妻子陷入泥沼而死时，才不禁痛哭流涕。从来不骂人的他，也咒天骂地："你这无情的天，恶毒的天，你为什么将我们置于死地!"

从此，每到傍晚，他总要到江边那"死亡沼"旁，一坐就是好久。一天傍晚，他咒骂了一阵天地后，便哭诉起妻子的种种好处。他手捧一束火红的香，朝沼泽地拜了三拜，然后转身，正想跳入江中，不想被一个人从背后死死地抱住。转身一看，竟是缺嘴库长的妻子和年仅十九岁的女儿小白鹤。

"大哥，你不能死，你死了我们母女靠谁呀?"如花似玉的小白鹤满脸含悲，哽咽着说，一颗又一颗眼泪，从她好看的眼里打桐子般落了下来。

"我是罪犯，留在世上有何用？不如早死!"

"你寻死，那我也去死!"小白鹤拖住他决绝地说。

"孩子，我女儿和你一样是苦命人，你就做我家的人。我丈夫作的孽，就让我们来偿还吧。"库长妻子含着热泪说。

一个月后，这对命苦的青年男女成了亲。

此后，生了一对儿女。

四、齐召南到堂哥墓前哭祭

嘉庆元年（公元1768年）清明。这天，天气不是江南通常的细雨绵绵，而是晴光朗日，春风和畅。天台四面八方的山冈上，响起此起彼伏的上坟祭祖的鞭炮声。

这时，在天台西乡伍佰岙村旁，从小轿里下来一位老翁和一个中年男子。那老翁拄着拐杖，在中年男子指引下，来到荷花心齐周华墓前。这老人不是别人，正是曾任礼部侍郎、充军回到天台的齐召南，中年人是他的儿子。

数月来，齐召南一直为堂兄齐周华向省、督抚控告他的触目惊心的《齐召南十大罪状》而怨恨不已，他压根儿没想到，正是这张让他恨之入骨的状纸，挽救了他的性命。因为乾隆从这张状纸里，看到了齐召南与堂兄早已分道扬镳、水火不容的事实。在乾隆皇帝看来，只要齐召南没有与齐周华联手反清和为齐周华隐瞒罪行，就可以从轻发落。于是，当皇子为他的老师求情时，便卖了个人情，罪降一等，判齐召南充军，家庭财产没收十分之七。

"是堂兄的一纸诉状救了我一条老命啊！"直到齐周华死后，齐召南才真正意识到齐周华的良苦用心。

齐周华的坟墓没有墓碑，无声无息地立在青山碧水之间。被称为"荷花心"的水中小高地在丛丛怒放的映山红和数棵高大梨树那满眼雪白梨花的衬托下，显得格外美丽，格外地富有诗意。

老人拄着拐杖绕着墓地，慢慢地一步一步地走了三圈，然后，铁铸般在坟前站定。儿子已从精致的篾丝礼盒里拿出饺饼筒、清明饼、糯米酒等祭品供上。

老人放下手中的拐杖，一只手从长袍口袋里摸索出一张写满字的纸。

这是一篇祭文。他用昏花的老眼边看边念了出来，雪白的梨花不停地在他的头顶飘落。

仗义执言不顾身，为伸吕案誓成仁。
一朝剑疏传京国，五载冤刑震海滨。
岂为释囚甘作傻，总求颁旨返其真。
皇恩大赦还乡日，诸夏同歌骨鲠人。

他润了润干渴难耐的喉咙，声音变得有点儿嘶哑：

奇士难为俗世容，道袍诗卷纪行踪。
情牵黎庶吟垄亩，笔走龙蛇振岳嵩。
一身官袍昆仲隔，十条罪愆玄机充。
倏地愿我生羽翼，随花飞到碧霄宫。
碧霄宫，兄弟再相逢……

吟罢，他跪倒在地，伤心欲绝地说：“周华，我的好兄长，你在哪里？你在哪里？你等等我，我有话要跟你倾诉——”

儿子见父亲伏地不起，怕父亲过分伤心，连忙来扶，却发现父亲气息已绝，顿时放声大哭。

五、造反浪潮中乾隆慌退位

乾隆六十年（公元1795年）秋季的一天，乾隆正和嫔妃在河北承德避暑山庄无忧谷中游览。突然，几条巨蟒呼啸着从东南西北不同方向向他猛扑过来。他惊叫一声：“众将快来救驾！”霎时，手下众将挥舞兵器纷纷上前，谁知一个个被吞噬，被咬死，有个骑着高头大马的将军，居然连人带马被一条巨蟒吞没。不一会儿，便剩下了乾隆一个孤家寡人。

他惊慌失措地拔剑抵挡，但那蟒蛇只将尾巴轻轻一扫，他手中宝剑便被扫得无踪无影。他转身想跑，不料几条蟒蛇已将他全身缠绞住，并张开血盆大口、吐着咝咝的蛇信来咬噬他。

乾隆大喊："你们为何咬噬寡人?"

一只黑色蟒蛇道："正因为你是少德之人，所以我才要咬你!"

乾隆大呼道："冤哉，寡人自执政以来，政治安定，国库充盈。军事上节节胜利，老百姓安居乐业，开创了前所未有的盛世，人们赞颂我'十全武功''十全老人'，为何说我'少德'?"

黑蟒冷笑道："你对中国文化和读书人的摧残令人发指，比你那阴险残暴的父亲雍正还要坏！我就是你大兴文字狱所杀的人和所毁之书的冤魂变成的。我身上的每片鳞甲都记载着一个被杀之人和一部被毁之书的血淋淋的史实。你当政期间，大兴文字狱达七十余起，数量之多，可谓空前绝后。你用严酷的镇压手段，诛身灭族，焚毁其书，株连亲友，致使全国大批文人被杀、被监禁。"

乾隆分辩道："我在位时，召集大批学者，花了整整十年，编成了一部规模空前的《四库全书》。这部大型丛书收书三千四百七十五部，共有七万九千卷。我对中国文化的贡献可谓大矣!"

黑蟒瞪圆眼睛，叱道："你在编这部《四库全书》的同时，知道自己毁掉了中国多少部图书，造了多少孽吗？你把凡是涉及明末清初历史而不利于清朝的书籍统统销毁，甚至连宋朝人谈到辽、金、元三朝提倡民族大义的书，也统统烧个精光。更可笑的是，有的书根本不涉及政治，如顾炎武的《音学五书》等，也被连版销毁。据兵部所报，仅乾隆三十九年到四十年短短两年，就焚销书籍二十四次、五百三十八种，共有一万三千八百六十二余部之多，比你当政时编成的《四库全书》还要多上万部。你的罪孽大大超过你的功绩！再说，你当初编《四库全书》还有个不可告人的目的，就是将大批著名学者禁锢在书斋浩如烟海的故纸堆中，免得在社会上散步不利于清朝的言论。"

乾隆无言以对，但仍不服气。

这时，黄色巨蟒也加入辩论行列：“你说国库充盈，真的如此吗？几朝积攒的财力，全给你这穷兵黩武、奢侈成性的人败光了。你在位六十年，连年用兵发动征战，耗费了大量白银，使国家伤了元气。你四处游山玩水，六游江南，四拜祖陵，五玩五台山，到山东曲阜祭孔，到河南告诣嵩山的次数不可胜数，而且每年还要到承德举行大规模秋猎。地方上为了接圣驾，一次就花去十几万两甚至二三十万两白银。你大搞庆寿大典，为皇太后祝寿时，各地献的金佛就有上万尊。你这么穷折腾，因此耗空了国库。”

“我游山玩水，为了考察民间疾苦，不是为了享乐!”乾隆不服气道，“而且全国百姓安居乐业。”

黄蟒驳斥道：“你游江南既然是为了考察百姓疾苦，那么我问你：“在你执政期间，黄河八次决口，数十个州县几十万百姓受苦受难，你为什么一次也不去考察？你既是为百姓，那么当你一次春游泰山时，为何京城竟然一夜冻死百姓上万人？这，难道是安居乐业吗？其实，你六游江南，有两次是为了女人，一次是为了去浙江海宁寻找亲生父母，另外几次也都只是为了游玩，为了个人享受，有哪次是为了民间疾苦?!”

花色蟒蛇紧接着发难：“你当政期间享乐腐化，全国贪污受贿成风。清江浦河道总督衙门，每逢宴会，菜肴多达六十多种，山珍海味，还有什么猴脑、鱼鲞。一盘猪脯，要用十头猪；一盘鹅掌，要几十只鹅；驼峰一味，要宰杀三四只骆驼。饮食的浪费，已远远超过‘富人一顿饭，穷人半年粮’的程度。达官贵人的住宅，豪华得令人难以想象，苏州容园，逢节日，别的不说，光蜡烛就要用上万斤。最严重的还是官僚们的贪污。以大学士和珅为首，在全国织成了一张巨大而稠密的贪污网。山东巡抚刘国泰，挪用公款十万两白银用于建私人豪宅，地方总督、巡抚、知府大多是贪污盗窃之徒，大肆侵吞省地银库。因此百姓有句口头禅，叫作：三年清知府，十万雪花银。”

众蟒蛇见乾隆无言以对，便纷纷张开血盆大口，来吞噬乾隆。乾隆大骇，吓得惊叫一声：“我命休焉!”

他猛地惊醒过来，原来是个噩梦！

他浑身冷汗，湿透衣衫，一向自以为“文治武功前无古人”的乾隆皇帝，此刻感到自身已经衰弱得不堪一击了。

他用过早餐，来到金銮殿上朝，立刻便有钦天监急急出班跪地启奏：“昨夜丑时，京师发生地震，毁房甚多，震塌皇宫保和殿一角。”

乾隆吃惊地叹道：“大清帝国，从此衰落矣！”

紧接着，兵部尚书急急出班启奏一个更为令人震惊的消息：湘黔苗民造反，贵州松桃人石柳邓率众造反，湖南永绥人石三保与乾州吴八月起兵响应。起事之初，即设伏兵杀死清总兵等将领多名，连克湘、川、黔交界众多州县，声势大振，人数达三十万之众。

话音刚落，又有浙闽总督神色慌张急急启奏：东南沿海“天地会”聚众谋反。

紧接着，两湖总督又派人飞马急奏：白莲教首领“天王”刘之协与张正谟，在湖北枝江首先发难，以“官逼民反”的口号蛊惑人心。齐林、姚之富进逼孝感，威胁武昌。清军大兵拦截，被突破重围，由河南经陕西入川，在川东与四川达州徐天德、王登廷等部会师。贼众声势浩大，达数十万之众，编为襄阳黄号、蓝号，达州青号，东乡白号，太平黄号等八大支，并设掌柜、元帅、先锋、总兵、千总等职。贼寇大败我军主力，杀我骁将十余名……据说，那齐林还是当年犯大逆罪被五马分尸的齐周华的后代……

素以秦皇汉武自喻的乾隆皇帝，此刻也大惊失色，手中的茶杯啪的一声跌到地上，摔成碎片。

面对汹涌而来的农民造反浪潮，乾隆面色发白，冷汗直冒，头痛欲裂。他感到心脏里有块东西啪地掉下，整个人成了空壳。他一闭上眼睛，就看到洪水翻江倒海般向他卷来，豺狼虎豹一齐向他扑来。他先是被猛兽追咬，继而被汹涌的洪水淹没。恐惧中，他大喊救命，可没一人前来相救。结果，他被滔滔洪流卷走……

第二天早朝，奄奄一息的他，惊慌失措地宣布退位……

余音

在杭州西湖的阮公墩，有个遐迩闻名的四贤祠，供奉着清代大儒黄宗羲，著名学者、曾任翰林院编修的杭世骏，思想家吕留良和江南反清奇士齐周华四位先贤的肖像和牌位。这是孙中山先生领导的辛亥革命推翻残酷腐朽的清王朝后，由浙议局建立起来作为纪念的。

写完这部小说初稿，假期已满，我得回北京了。离开杭州前夕，我避开参观朝拜者络绎不绝的白天，特地傍晚来到四贤祠。当我在黄、杭、吕三位贤人前虔诚地拜了三拜，来到先祖齐周华先生像前时，出乎我意料的是，先我而到的一个青年女子已哭得落泪缤纷。我感到惊奇，一问，才知她祖籍陕西咸阳，也是齐周华后代，这次从大洋彼岸的美国回中国探亲，她还是个经济学博士。

我惊喜异常，于是我们双双叩拜祖宗。我为先祖不畏强暴、仗义执言、反抗残酷血腥的文字狱而肃然起敬；为他上《万言书》，替广大民众争民主、争自由，却惨遭五马分尸酷刑而伤感；也为他名列四贤受万世拜谒而自豪。我默默地祷告先人：

您的代表作《名山藏副本》虽遭乾隆严旨全国查抄，仍未被毁绝，得以留传，您抛头颅、洒热血为之奋斗终生的目标，早已实现；残暴、专制、血腥的政权早已灭亡。一个自由民主、繁荣强盛的新中国，已如巍巍的喜马拉雅山屹立在世界的东方，请您瞑目安息吧！

后记

我们是读了劫后余生的齐周华代表作《名山藏副本》和天台文化界名人陈邦设先生写的人物传记《狂歌》后开始关注清代文字狱的。

文字狱，顾名思义，就是为了文字而吃官司。历史上因文字获罪的案件屡见不鲜，而数量之多，株连之广，处罚之残酷，以清代为最。文字狱一词，就出于清代。

翻开《长江文化史》（江西教育出版社，1996 年版）第九章，清代一桩桩血腥的文字狱案件触目惊心。清朝文字狱始于康熙，盛于雍正，乾隆时期达到登峰造极的地步。它以康熙朝发生的庄廷鑨《明史案》为起始，接着是戴名世的《南山集》案。雍正年间，第一大案就是曾静策反四川总督岳钟琪而引发的吕留良案。到了乾隆时，文字狱达到顶峰，共发生一百三十余起，其中在乾隆四十二年到四十八年短短七年中，见于记载的文字狱就达五十余起，这是清代文字狱乃至中国古代文字狱的空前高峰，素以“圣主”“十全老人”自居的乾隆，口口声声说“朕从不以语言文字罪人”，然而文字狱却血雨腥风，力透纸背。

文字总是出于文人之手，文字狱是专整知识分子的“特种刑庭”。文字狱案件，几乎全是冤假错案，罪名都是罗织而成的。

值得一提的是“朱方旦中补说案”和“说唱艺人徐转案”。康熙十九年（1680 年），名医朱方旦发现了“脑”才是思想中枢，推翻了传统医学认定的“心”是人之主宰的学说。此说一发表，引起医学界极大震动。最后，康熙皇帝不顾郡王勒尔锦的保救，残忍地将朱方旦以“妖言惑众”之罪处斩，他所有著作一律焚毁。康熙五十三年（1714 年），民间说唱艺人徐转用说唱的方法写历史。这本是一个创举，但康熙皇帝认为他亵渎历史，也将他问斩。明中叶以来的科技和文艺复兴，就被这一系列的文字狱扼杀中断了。看到这些史实，不禁令人痛心疾首，潸然泪下。

清代文字狱之多，有其特殊的历史原因。李自成推翻明朝，吴三桂引清军入关，后来清统一中国，可谓渔人得利。清朝以少数民族入主中原，从汉族传统观念来看，叫作“乾坤反复，中原陆沉”。千百年来形成的华夏正统思想是清统治者不能用武力夺取的。汉族知识分子具有的强烈的民族思想和反清意识，大量地反映在明末清初各种著述里，到处流传，影响深远，这对清廷无疑是一种潜在的威胁，使之坐卧不安。为巩固清朝统治，清廷对汉族反清思想防范唯恐不严，打击唯恐不力，到乾隆时更发展到病态的地步，必欲彻底泯灭汉人的民族意识和民族气节而后快，对一切文字著述，只要清廷认为触犯了君权，或有碍于自己的统治，便视之为“狂吠”“悖逆”，必兴大狱，严加治罪，往往一案株连数百人，甚至一些疯子胡乱涂抹也被定为“逆案”凌迟处死，真是荒唐至极！

清代文字狱所造成的后果是非常严重的。雍正十一年（1733 年），清廷下诏征举士人，雍正想学康熙重开“博学鸿词”科，谁知响应者寥寥无几，只得作罢，可见人才凋零到何种地步！

清代文字狱血腥政策的推行，表面上看来，似乎对康、雍、乾盛世稳定起了某些作用，但它禁锢了思想，堵塞了言路，影响了科学文化的发展，造成了万马齐喑的极黑暗的政治局面，同时也大大削弱了以皇帝为首的庞大官僚机构的统治能力。因此，随着文字狱的终结，康、雍、乾盛世也不复存在了，大清帝国进入了多事之秋，只能一步步走向衰落和灭亡。

当历史进入18世纪，西方各国已经先后挣脱封建制度的锁链走上资本主义道路，政治、经济、科学、技术等都在迅猛发展，而清王朝仍然顽固地紧闭着与西方交流的大门，并蛮横地推行文化专制政策，利用文字狱直接地人为地造成整个社会的落后，拉大了与西方的差距，阻碍了中国社会的进步和发展，最终导致了中国半封建半殖民地社会地位的形成。深刻的教训，不得不引起我们的深思和警醒。

为了以史为鉴，我们写了这部小说。由于齐周华直系后裔踪迹难寻，资料和遗闻轶事稀缺，加上我们水平有限，本部小说写得还很粗糙。我们抛砖引玉，期待有识才俊写出更好的作品。在写作过程中，陈邦设先生的《狂歌》向我们展示了齐周华的生平脉络；初稿写出后，又蒙天台籍浙江文化界名人许尚枢和陈邦设等诸位先生在百忙中研读长达三十五万字的稿件，并提出许多宝贵意见，特借此机会表示感谢！

鲁材闹粮

题记

2006年，中国农业税全部被免除。这无异于春天里的一声惊雷，广大农民兄弟奔走相告，欣喜万分，无限感动，人们激动地说："在过去，皇粮世世代代都要交，只听说遇到特大水旱蝗灾，或者有时皇上恩典才能赦免，哪里见过'皇粮'被永远免除的?"于是，众口一词，齐声赞扬："当今世道真好！共产党真是我们农民的贴心人！"

听到农业税被永远免除的消息，我们也激动得心潮难平，不禁想起清朝同治年间，发生在我们天台县的一场声势浩大的反抗贪官加粮，火烧县堂的历史事件，眼前浮现出我们余氏上代一位青年秀才余鲁材和武举梅乌龙、陈邦先、叶万邦等一帮闹粮首领，血溅枫林的悲壮故事。

序言

四十多年前，我还在孩提时代，就听说清朝末期，我们余宅出了“鲁材闹粮，火烧县堂”这样一件惊天动地的大事。青年时期，又听到流传于家乡的闹粮歌谣。此事到底是传说还是确有其事？我们想查家谱和县志，但当时正处“文革”动乱时期，家谱被毁，秩序混乱，未能遂愿。直到20世纪80年代后期，从同宗异地好不容易保留下来的宗谱中，方才看到“鲁材闹粮，死于狱中，年仅二十二岁”的记载。不久，又从一本中学生课外读本《浙江历史》（浙江教育出版社出版，浙新登字第6号）中了解到比较详细的情节：清同治十三年（公元1874年），天台知县丁澍良勾结当地豪绅，不顾连年天灾，向全县百姓加征钱粮。县衙兵丁下乡强征硬催，穷苦百姓被逼得走投无路。当地生员余鲁材及王作新等人进省控告，被逐出，反令台州府对他们严加审讯。天台民众闻讯十分愤激，纷纷扛着锄头铁耙，拿着短棒刀枪入城，从县署后墙攻入署内放火，并击杀兵勇十八人，丁澍良乘乱逃出。台州府闻讯，急下令戒严，并将余鲁材杀死，浙江巡抚调绍、宁、温、台四镇人马镇压，捕杀十一人，抓走数十人，并以“放火抢夺官物”等罪名，杀害被捕群众，还勒索大笔钱财。

为了彻底查清此事，在同乡季姓老前辈——一位北大历史系博士、教授的帮助下，我们于2002年年底，到中国第一历史档案馆查阅清朝的档案。我一头扎入军机处“农民运动类”档案和刑部卷那浩如烟海的案卷中，最后，果然从军机处“录副奏折”第116卷同治年间“剿办台州抗粮抗捐”一栏中，查到了余鲁材、梅乌龙和王作新等十一人闹粮被斩的记载。至此方才感到，天台鲁材闹粮是一起震撼浙江全省、惊动清廷的运动。于是，2003年春，我在家乡收集有关闹粮的各种传说故事，并到祥明、张家桐、前山以及闹粮队伍最后抗击清军的地方考察了一番。于2003年春，本着七分史实三分虚构的精神，开始着手写这部以余氏家族中一个响亮的名字——余鲁材为中心人物的关于天台闹粮的历史小说。我们自知笔力愚钝，不知能否写出这场席卷天台、浩浩荡荡的闹粮抗捐运动，能否写出余鲁材等众多闹粮首领的血肉丰满的形象，但我们下决心要写，以给后人，特别是给能够落笔惊风雨的才子提供一个素材，一个故事，以免其流失。

第一章

贪官加粮民悲苦

一

经过五天的长途跋涉，青年秀才余鲁材于八月初六终于从家乡天台县来到省城杭州，准备参加乡试。杭城，是他自小以来就魂牵梦绕的地方，南宋古都的繁华，西湖的名满天下，钱江潮的汹涌澎湃，还有济公出家的灵隐寺，令人扼腕的岳飞墓，镇压白娘子的雷峰塔……这些，他虽未亲眼目睹，但在诗文传说中早有耳闻。宋代豪放派大词人苏东坡把西湖比作西子：水光潋滟晴方好，山色空蒙雨亦奇。欲把西湖比西子，浓妆淡抹总相宜。而婉约派大词人柳永更是把杭城之繁华美丽写得美妙绝伦，令人神往：东南形胜，三吴都会，钱塘自古繁华。烟柳画桥，风帘翠幕，参差十万人家。云树绕堤沙，怒涛卷霜雪……有三秋桂子，十里荷花，羌管弄晴，菱歌泛夜……

然而，当他在一家小客栈安顿下来后，没顾得上去游览杭州的名胜古迹，却闭门谢客，一头扎入一篇文章的写作当中。这篇文章不是为应考举人练笔，而是一份状纸。

这状纸中告的不是一般人，而是两个重要人物：天台知县和台州知府。

一提起这两个瘟官，余鲁材的怒火就在心头熊熊燃烧。

天台知县丁澍良，绰号“丁剥皮”。此人一来到天台任职，就大肆搜刮民脂民膏，特别是在不久前，不顾天台大旱，勾结劣绅擅自加粮，平均每人加粮五钱银子，并派兵丁下乡催逼，百姓叫苦不迭，怨声载道。自己出于义愤，一纸诉状将贪官丁澍良告到府里，谁知台州知府徐士銮不但不派员查处天台知县，相反还将自己乱棒打出府衙，这正应了一句老话：“衙门八字开，有理无钱莫进来！”八成这狗知府也叫天台知县的银子给塞饱了，不然，哪会如此混账？你府里不准，我就去省里，看你能一手遮天把天台贪官包庇住！

想到这里，余鲁材掠起小楷狼毫笔，写起控告天台知县丁澍良擅自加粮和台州知府徐士銮包庇贪官的诉状。

这天夜里，他刚刚打好草稿，正想润色推敲，突然响起一阵急促的叩门声，他慌忙将状纸塞进一本书里，开门一看，原来是陪同自己前来的爷爷的学生王作新叔叔。

“公子整日不出户，现在又秉烛挥毫，想必写了什么得意之作吧？”王作新看到桌案上砚里墨水如汪洋，笔架上毛笔饱蘸墨汁，便问道。听到王叔叔盘问，余鲁材知道王叔叔是爷爷因不放心自己，明里派来照应衣食起居，实际是来监视自己的，怕少年气盛的自己做出越轨之事，因此不敢说实话，便随口应道：“我练练笔，免得考试时临时抱佛脚文思不顺畅。”

“哦，写了啥文章？叫啥题目？能把大作拿出来让我欣赏欣赏一饱眼福吗？”

“胡乱写写，不值一提。”余鲁材搪塞道，“草稿没了，我把它撕了。”

但王叔早将夹在《诗经》中那张露出一角的纸抽了出来，他一看是控告知县和府台的状纸，不禁大吃一惊，吓得变了脸色：“你一个小百姓、小秀才想告知县告府台，我看你是吃了熊心豹子胆了，你这岂不是蚍蜉撼大树——不自量力吗？”他看了看外面黑沉沉的天空，动情地说，“我们走时，你爷爷千叮咛万嘱咐，要你安心考好试，切不可节外生枝做有碍前程之事，你难道忘了？依我说，要告，等考中举人再告也不迟。要知道，你年轻有为前程无量呢！若是中了举人，夺了解元，成为全省万众瞩目之人，你再上告，就有威力了。”

余鲁材犹豫了。王叔的肺腑之言深深打动了他，对夺取乡试解元，他是踌躇满志，志在必得的。想自己十六岁就高中院试案首，夺得县试、府试、院试“小三元”，如今经数年勤学苦练和名师点拨，学业大进，在全府岁考皆列第一，争解元和三鼎甲，夺状元是他梦寐以求的目标，也是爷爷对自己最大的希望。此刻，他不禁想起爷爷对自己讲的太公余万策让状元的事。

二

清朝乾隆年间，某年三月初，整个京城正沉浸在皇太子娶亲和恩科会试的双重喜悦之中。对于全国举子来说，没有比增加恩科会试更令人高兴的事了。举子们早早来到京城，一来观看太子娶亲的盛大场面，二来观赏京城春色和名胜，开阔眼界，丰富会试中赋诗作文的题材。

在这三月三喜庆狂欢之夜，此刻，在国子监的花园里，有一场别开生面，激动人心的大型活动：进京会试举子诗文擂台赛。这场赛事吸引了众多举子，尤其是吸引了那些在各省乡试中的佼佼者前来参加。

擂台赛按会试程式，用四天时间写三篇文章一首诗。三篇文章中，一篇考五经，一篇写赋，一篇试策问。无疑，这是模拟会试的比赛，因此引起各省乡试中高手的强烈兴趣。他们摩拳擦掌纷纷参加角逐。

在前两天的角逐中独占鳌头，将各路高手抛得远远的是山东解元汪洋。他以丰富的阅历、渊博的知识、炉火纯青的语言和娴熟的技巧、新颖独到的见解，赢得了各路高手的喝彩和国子监、礼部官员的青睐。

汪洋深知“朝中无人莫做官”的道理，因此带了重礼拜同乡国子监祭酒和礼部侍郎为师。于是，他更加春风得意傲视天下举子。然而第四天傍晚擂台赛结束时公布的结果，却令这位老先生大吃一惊，居然有一个江南举子仅用两天连写三文一诗，且字字珠玑句句玉石。那笔落惊风雨，诗成泣鬼神，文风恣肆的功力令汪洋惊叹。原来，这人就是浙江解元，三十二岁的余万策。

汪洋顿时如遭霜打，如丧考妣般颓丧。他没想到这人思维会如此敏捷，笔力会如此雄奇，见解会如此振聋发聩，书法会如此秀丽，更令人想不到的是容貌又会如此地英俊潇洒！

擂台赛一结束回到住地，汪洋便卧床不起——他病倒了。

此刻的他如万箭穿心。自己五十岁那年好不容易中了解元，以后运气不佳，先是父母病亡，丁忧在家，接着又得了一场大病，结果耽搁到如今。年年盼，月月等，在五十八岁的今天，好不容易才盼到这场会试。原想一举夺魁金榜题名，却不料半路杀出一个程咬金，来了个风流倜傥的江南大才子余解元，打破了自己夺魁的美梦。

对方年轻、才思敏捷，而自己年近花甲，风烛残年，可以说是过了这个村就没这个店了。

他越想越苦恼，当想到今生今世夺会元中状元没有希望时，他不禁泪如雨下。他茶饭不思，精神恍惚。

同乡一举子朋友听说汪洋生病，慌忙前来探望，并从药铺买来药，熬制好端到汪洋床头。汪洋睁眼只看了一眼便连忙推开：“我的病岂是药所能治的!”接着，他叹了一口气，无比沉痛地说：“苍天啊苍天！既生策何生洋?”便昏厥过去。

同乡听了这话恍然大悟，知道汪洋并非身体不适而是得了严重的心病，于是急忙报告同乡老前辈国子监祭酒。国子监祭酒吃了一惊，看到两鬓霜雪眼泪汪汪奄奄一息的汪洋，怜悯之情油然而生。“我给他留帖药，叫他按方配药，不得有误。”

他走时留下一张字条，当汪洋看了这张字条，立刻翻身而起。

原来字条上写着简短的四个字：“求人相让。”

这四个字如一盏明灯，照亮了他前进的方向。他连夜叩开余万策的门，再三恳求：“我年近花甲风烛残年，此届不中再也没机会了。年兄年轻，前途无量，以后有的是机会，您就可怜可怜我吧。”他扑通一声跪倒在地，痛哭流涕，“您这届若肯相让，我得中后，一定在我和您的故乡为您建立长生祠堂，让后人世代祭拜。”

余万策虽然被打动，但金殿夺魁是天下每个举子的最高理想，岂能相让?“若换个位置您肯让吗?”他反问。

老解元汪洋垂泪而去。但很快，余万策便成了众人关注的对象，为汪洋说情的人越来越多，级别也越来越高。先是国子博士、礼部主事、员外郎，接着是郎中，最后连国子监祭酒和礼部侍郎这些大人物也出动了，而且托人传出话来，只要让出第一名会元、状元，其他“三鼎甲”中可以任选一个。

此刻的余解元已感觉到这魁首是不让不行，非让不可了。若是参加考试仍得不到状元，天下人肯定认为我才学不如汪洋，要让干脆让到底——退出这场大比。“心高气傲的你的太公，就这样满怀不快和愤懑，退出了这场会试。于是，汪洋如愿以偿，中了梦寐以求的会元和状元。”爷爷满腹遗憾，语声哽咽地对余鲁材说。

“后来太公余万策中了状元没有？”余鲁材问爷爷。

“要是能多活几年就好了，你太公就一定能中状元，可惜——可惜你太公没有等到下一届大比就死了——年纪轻轻的死了！”爷爷一脸悲伤。

“他是怎么死的？”

“他是连气带病抑郁而死的。”爷爷对追根究底的孙子说。

余万策放弃本届大比后，准备在京城太学重新学习两年，下届再考。他写信给家里要求再寄生活费。

接到书信，他父亲十分为难，知道京城开支大，再读两年少说也得几百两银子，可现在家中根本没有钱。余家世代读书，平时只靠几十亩田租维持生活。经过数代人的艰苦创业省吃俭用所积蓄的钱，已全部用来建造了新宅，而且还借了不少钱。无奈之下，父亲只得忍痛卖掉十亩良田，方才筹得两百两银子，托去京城做买卖的一位同乡带去。

令人意想不到的是，这位同乡路过上海做生意蚀了本，把带给余举人的银子赔了进去，直到半年后赚回来，方才去京城。

此时的余万策因迟迟等不到家中的钱，东挪西借，早已上顿不接下顿，饱一餐饥一顿，身体逐渐垮了下来。

更为严重的是，他的精神负担越来越重，到了不能自拔的地步。原先那个对他十分谦恭，曾许愿要为他建庙宇树碑立传的山东解元汪洋，中了状元后，再也没理睬余万策。他没到余万策住所来过一回，也没向余万策说过一句感激的话，便鼓乐喧天风风光光地回家乡省亲祭祖，建造状元府去了。

这给了余万策以致命的一击，一种被人耍了骗了的感觉充塞他的胸中。他感到胸中隐隐作痛。

另外，他望眼欲穿等待的家中的钱迟迟未到，也使他的精神痛苦雪上加霜。

他没有想到筹集两百两银子，对他这个读书的家庭是何等艰难！更没有想到家乡到京城迢迢五千里，寄钱（银两）是何等的不便，他以为是自己没中状元、没中进士，族里人和家人瞧不起自己才没寄钱，所以产生了一种人情冷淡的悲伤。

给他最后一击的是余家所造的新宅前后位置严重偏差的事（家中造新宅就是为了他中功名后有个体面的接官地方）。乡人终于带来银子，并带来一个坏消息：余家所造的新宅第三进屋，由于一个叔叔的贪心，结果比前面两进整整偏了三尺。

听到这个消息，他悚然一惊，精神彻底垮了。建屋造宅，这在古人心目中是件大事，况且这新造的巍峨的余家大宅，是为余万策金榜题名而造的，因此，这宅第的严重偏向（前正后偏）是家族大不吉利的征兆，而这不吉利主要就体现在功名上。

听了乡人的话，余万策呆怔了一会儿，然后喟然一声长叹："天意如此，吾今生要想夺魁是万万不可能了!"他大叫了一声："天亡我也!"一口鲜血猛地从口中涌出……

一顶小轿，冒着风雨，日夜不停匆匆地从北方向江南赶路。轿里坐的就是那位笔落惊风雨的江南才子余万策。昔日英俊飘逸的风采已经荡然无存，他的脸瘦削而蜡黄，两眼凹陷。一路上的风雪加剧了他的病情，他一到家，便卧床不起了。

他头天黄昏到家，第二天一早，天台县令就前来拜访——拜访这位名闻天下将要中状元的余解元。

县令进门时，恭恭敬敬地喊"老太爷，老太爷"（尽管县令年岁比他大得多），但当走出房间时，却对手下人"老头子"长"老头子"短了。因为他知道这位名满天下的大才子已经病入膏肓，行将就木，即使不尊敬也关系不大了。

果然，隔了一天，余万策便瞪着双眼，怀着巨大的遗憾离开了人世……

三

想起太公让状元的事，爷爷那慷慨激昂的话语又一次像钟声般在他耳旁撞响。

“孩子，我们余宅自从你太公——解元余万策，把状元拱手让给山东年迈的汪举人以来，至今没出过他那样的大才子。我虽以拔贡生做了府学教授，但迫于生计等多种原因，一直没进京考试，连进士也没中。现在有指望了，你十六岁那年小小年纪便考取浙江头名秀才，现在又有府里董解元为你传道解惑，中举唾手可得，夺取解元十拿九稳。看来，江山代有才人出，你的前途不可限量！”

爷爷的手亲切地抚住孙子的肩头，语重心长、热泪盈眶地叮嘱：“你一身系全家族百年甚至千年荣耀，关系全镇、全县乃至全台州府的荣光，你肩头责任重如千斤！”

“夺功名和告状，真的是相互矛盾的吗？”余鲁材喃喃地说。

王叔的回答出人意料地坚决和让人吃惊：“对，这二者就如同水与火一般不相容！”

他侃侃而谈：“公子，你想过没有，你上告的不是普通人，也不是亭长和县尉一类级别不很高的人，而是操有全县、全府生杀大权、威震一方的人物。而你现在只是一个小小的秀才，是一只小蚂蚁，他们随便挑你一个毛病，就能将你的秀才之名革了；双脚随便一动，就能轻而易举地将你踩死。但如果你中了举人夺得解元，情况就大不相同了，要革你功名，就费劲了，须得报请省里……”

余鲁材慌忙拦住王叔的话头说：“我在省里告，他们怎能奈何我？即便想打击报复，也鞭长莫及，只能望洋兴叹。”

“你不要想得这么简单！”王作新严肃地说，“自古道，官官相护。省里在你和府台之间必定帮府台，这就像你告县官时府台保护县官同样道理，要知道，帮官有利可图，帮你能图个啥?”

余鲁材目瞪口呆，无言以对，只得点点头，强压满腔怒火，答应先考取功名，再为百姓打抱不平。接下来的两天，余鲁材抛掉杂念，专心致志温习功课，积极准备应考。

八月初九日一早，余鲁材来到考试地点。号炮三响，点名进场。

乡试共考三场，每场三天。第一场考三篇文章一首诗，他只用两天就轻松地完成了。第二场考五经。哪五经？即《诗经》《书经》《礼记》《易经》和《春秋》。

这场一开考，考场上便气氛异常，几乎人人紧皱眉头，没精打采直摇头。他们感到题目出得太难了，无从下手。

只有余鲁材神采飞扬，手不停笔，他知道试题出得很深奥冷僻，所以对知识不渊博、不博古通今者，这题目就是高耸入云的摩天岭，就是难如上青天的蜀道。

到了第二天，考场里便五花八门，因为不能提前交卷，有的考生频频上厕所，摆脱烦恼和心焦；有的侧耳倾听屋外清丽的鸟音，以减轻坐牢般的痛苦；不少人干脆两眼一闭呼呼大睡，在黄粱美梦中寻找慰藉。

第三天申时一开场门，应考的秀才们便迫不及待蜂拥而出，不一会儿，整个考场便空空如也，只有余鲁材一人了。

此刻，他发觉几位监考官聚集在自己身旁，看他的试卷。他们看得聚精会神，并不时频频点头。他知道，吸引考官们眼球的，首先是自己一手漂亮的字和异常整洁的卷面。这洋洋洒洒而且不涂改的文章证明了自己的实力。面对监考官的鼓励，余鲁材接下几天更加文思泉涌，等到第二场考毕，监考官们预料：从已考过的两场来看，余鲁材傲视群雄无敌手。

余鲁材很兴奋，明天开始考第三场，这一场考策问，是自己最拿手、最具实力的科目。

老师董解元曾下大功夫对自己进行严格训练，让他见识过不少出类拔萃的历届解元策问答卷，因此对这一场他成竹在胸。他决心推陈出新，写出一篇策问杰作。好了，考过这一场，等到九月中旬一放榜，自己就中举了——十有八九会夺得解元，那时，就可以告那贪官了。

一想到放榜，他心里突然咯噔了一下，像被人用榔头敲了一下似的再也平静不下来了。

这天夜里，他在床上像烙烙烧饼似的翻来覆去，怎么也睡不着。

他被一个问题困扰着，怎么也解不开这疙瘩。因为他觉得，告状的事容不得他再拖下去了。

他算了一下时间，天台加粮通告是七月半发布，等八月稻一收割就得上交。规定钱粮上交截止时间为八月底，秋闱放榜大致在九月初十至十五这段时间，若是等考中举人再上告，天台加粮早成，白花花的银子早进了贪官腰包，冷饭落了死人肚，再告岂不成了马后炮？这怎么能行?!

“等考完第三场再告行吗?”他问自己。三天后，即是八月十九，从这天到月底头尾加一起也只有十一天，省里行文到府，府里再派员调查，查后又逐级上报到省，再由省里研究处理，这中间有多少道手续？不要说十一天，就是一个月出结果也算快的了。

这么一想，他睡不着了，他觉得告状的事急如星火，容不得分秒的拖延。他埋怨自己轻信了王叔叔的话，于是一骨碌爬起来，拿出写好的状纸草稿，认真润色推敲起来。

忽然，他的笔触到“知府”二字，他觉得心头猛地一震，他感到平时轻巧的狼毫笔，此刻却变得十分的沉重，简直重如千斤。

他听到有个声音在向他发出警告：“状告知府，非同小可，轻则会革去功名，重则还有牢狱之灾呢!”

接着这声音变得语重心长：你想想，一个读书人的最大愿望、最高理想是什么？十年寒窗的拼搏，还不是为了功名——为了考举人中进士金榜题名？你有夺解元、中状元之才，却准备轻易地将它放弃，这岂不是太可惜也太傻了吗？你想过金榜题名的风光吗？夺得解元，立即闻名全省，你就可以定居杭城，觅青春美貌、吴侬软语的杭州姑娘为伴侣；

若是中了三鼎甲，更是一朝得中天下知，天下美女由你挑，若是招为驸马或赘入相府，更是坐朝堂做高官，锦衣玉食轻裘肥马，有享不尽的荣华富贵。

此刻，赴琼林宴、游御花园、为皇上起草诏书、荣归故里前呼后拥等美景在他眼前闪现。到时，我要求皇上赐我尚方宝剑巡按浙江，亲自审问丁澍良这个贪官！

忽然，他从灯红酒绿的美景中清醒过来，我个人荣耀了，享福了，可余宅的老少，家乡的亲朋好友邻里乡亲、天台千万老百姓的处境会怎样呢？他们会在贪官瘟官的残酷压榨下四处逃荒，妻离子散，家破人亡。此刻，他眼前一下子闪现出家乡大旱的一片惨景，耳旁响起家乡那粗犷而凄凉的歌谣。

四

今年夏秋之交，家乡遭遇百年一遇的大旱。

余鲁材去平镇参加笔会回来，只见所过之处一片大旱景象。连续几个月没下雨，玉米、红薯一类旱地作物已经晒死，稻田一片焦黄，土地龟裂。

家家户户老少齐出动，纷纷扛着大小水车到田垟车水。一时间，各种水车——两人车、独人车，遍布洋畈，车水声日夜不绝于耳。

随着那两脚在高高的水车架上爬山般不停地奔波，人人累得汗落如雨。汗水在人们瘦猴般的脸上和赤裸如泥鳅般黝黑滑溜的脊梁上小河般流淌。为了消除疲劳，发泄心头的郁闷和焦躁，各种山歌小调在田野上飘荡，只听东边那二人车上合唱起一支辛酸的调子：

我做农民实在苦，身上衣衫补又补。
落雪打冻赤脚肚，清明一到耕田土。

水车犁耙勿离手，起早落暗饿空肚。
脚肚蚂蟥球打球，回家止痒抹盐卤。
柴米油盐哪样有？一年到头难饱肚。

西头二人车上忙接应：

种田只怕秋旱旱，三春无水枯禾苗。
插下秧苗无雨水，六十年来头一遭。
六月无雨田泥白，七月无雨塘底燥。
老农望雨心焦躁，官家绅士把扇摇。

南头唱得更是悲苦凄凉：

六月日头如烧火，人要饿来物要苦。
收进稻谷刚晒燥，官家催逼凶如虎。
算盘一响落账簿，收多收少一把掳。
一年辛苦如流水，眼泪汪汪向谁诉？

那北头，大概是由荒年想到了贩粜稻米的米行贩，于是一首愤激的《米行歌》不禁脱口而出：

前山头的山，米行贩的奸；
溪滩里的水，米行贩的鬼；
下水洞的钟，米行贩的凶；
山岙里的鹿，米行贩的毒。

耳听四面八方的爬山调，当中那两台水车四人一齐吼出了《天平地平歌》：

天平地平，官府不平；官府一平，天下太平。
天平地平，世道不平；世道一平，天下太平。

那歌声慷慨悲壮，在田野上奔窜着，回旋着，并激起山鸣谷应的回音。

然而，在这全县大旱，百姓叫苦连天之际，丁剥皮却借“取水求雨”为名，擅自加粮。那“取水”真是一场荒唐的闹剧。在这场闹剧中，官员豪绅肆意搜刮挥霍农民血汗，吃的是山珍海味……

五

农历七月半一过，大队人马从大西乡湖窦镇枫林出发，浩浩荡荡地往连绵起伏的大山岙里进发。

这是一支取水队伍，连续几个月的旱情，使禾苗枯焦，人心恐慌。今天，府县青天大老爷不顾辛劳，亲自率领民众到远近闻名，十分灵验的黄水龙潭去取水。

天台新任知县丁澍良掀起轿帘，望着前面那钻入云霄的开山旗，打着旗伞的观音菩萨、胡公大帝、关公大帝等一尊尊殿神，望着浩浩荡荡的取水队伍，耳听热烈的鼓声和悠扬的乐声，捋捋八字胡，一股踌躇满志的情绪顿时涌上心头：以前被人瞧不起的生意人，如今做了县太爷，八面威风。中国当官就是好！此次若加粮成功，就能坐收银子五万两，不但能捞回捐贡生和捐买知县的损失，还能赚好几万两呢。

透过轿前上部的亮窗，他看到前头几顶摇摇晃晃如小丑跳舞般的小轿。他知道，那些轿中坐着的是本县最具实力的绅士：平镇八角亭张姓头脑张华地、张思，陈姓头脑陈允中，西余绅士——号称军师的余迪青。他知道，天台舟楫不通，商贾不行，民不聊生，民风强悍，弄不好百姓会闹事，现在这几大家族绅士安置停当，愿为自己效劳，何患大事不成？

日头如火，热气直逼轿里。忽然，他听到田野上四面八方响起咿咿呀呀的水车车水声，还有人们放开喉咙高唱的拜雨歌：

望雨无雨取水闹，村村求雨龙王叫；
一阵阵，锣鼓敲，一面面，水旗飘；
摊丁拜雨家家到，三步一拜连声吆；
天焦焦，地熬熬，水稻红薯晒死了。

听到这歌声，丁知县心里真有些感激老天爷。大旱，如果没有这大旱，就没有这取水，也就很难摊丁加粮，很难浑水摸鱼乘机发财了。想到这里，他心里十分高兴，便摇头晃脑轻轻哼出一首歌：

老天老天真是好，水稻红薯晒死了；
老丁我趁机好做事，抱块金砖往家跑。

他蚊子般得意地哼起来（如果没有众人在场，他准会放声高唱）。他觉得作诗没有什么难，我老丁也是个诗人。他觉得当官不一定要读很多书，要中什么举人、进士，我老丁大字不识一个，如今还不照样做了知县，照样作出好诗？

随着嘡嘡几声锣声，一顶八人抬的大轿晃过来，里面坐着知府徐士銮。

此刻的锣声给老丁壮了胆，有知府做靠山，我老丁加粮大事就万无一失，即便以后出了什么事，也有知府挡着遮着护着连着，我老丁就太平无事了。

此刻徐知府的心里，也如田里的水车车肠般转个不停。

他今天来参加取水有三个目的：一是树立自己体察民情、救世济民

（府库拨银三千两赈灾）的名声；二是师出有名，能冠冕堂皇地敛钱，大捞一笔油水。

他知道台州是个穷府，十多年前，清咸丰十一年十月，太平天国侍王李世贤兵攻台州，台州士民群起响应。十月二十三日，李部下何松泉攻克天台。十一月，侍王斩台州知府龚振麟及副将奎成，整个台州受控于太平军。

为剿灭这太平军，省调绍兴、宁波、温州、海门四镇人马。第二年太平军虽全线撤出台州，然台州府库空虚。加之台州属山海之地，海边连年洪涝，山地时常大旱。要敛钱，只有靠摊丁筹集。然而摊丁加粮又是大清律例所不允许的。现在，有了这取水抗旱，天台加粮就由非法变为合法。

民谚云：三年清知府，十万雪花银。他心里不禁苦笑了几声。

自从两年前上任来到台州这个穷府，眼看任期将满，手头仍没聚到多少银子。连同丁知县呈加粮报告时所送，也刚达到万两。俗话说人走茶凉。不趁现今皇上昏庸、官场腐败多捞一把，更待何时？再说万一出了事，罪名有丁白木（意为不识字）丁澍良兜着，怕什么？

第三个作用，参加这场取水，可了却一桩夙愿。他想起两年前来台州府上任路上南柯一梦。他梦见自己遇见一个身穿黑道袍，满面络腮胡子的官，两人同坐一船，当船靠岸分手时，有过一番对话。

黑袍黑须人问："你去何方上任？"

"去台州府。"徐知府回答，并询问对方，"你去何方上任？"

"去何胤府。"

"何胤府在哪里？"从来没听说过本省有何胤府，不禁诧异地问，可对方只淡淡说了句"你以后自然会知道"就分手了。

直到这次接到丁知县呈报取水地点为黄水乡何胤龙潭时，才知道，原来"何胤府"就是统治何胤黑龙潭、呼唤一方风雨的黑龙王。由于这一条，使原先还没下决心来弹丸之地取水的他，坚定了意志，凡官是不能跟仙官、阴官相斗的，他想。

走在唱诗者队伍后面的是余鲁材，他今天的任务是做账房先生，负责记录各村取水人数和一应开支。这是个美差，又是个要职，他只要动动笔，不需要抬扛东西累得要命。

此刻，他举目四望，眼前的田野，枯黄一片，了无生气。

洋畈上，车水声咿咿呀呀半死不活，像病人呻吟似的。它像一把锯子，锯得他五脏六腑七零八落般疼痛。为争水而起的吵闹声、咒骂声尖利地刺入耳鼓。沉闷哀婉的爬山调，在田野上鬼哭狼嚎般吼叫，它和唱诗者队伍那“天焦焦，地熬熬，水稻红薯晒死了，龙王爷行雨啊，龙王爷行雨啊”的悲切的《求雨歌》，交汇在一起，令人心酸，令人战栗。

余鲁材被眼前的大旱和百姓痛苦的呼号所震撼，心里由旅游观光的喜悦一下子跌入痛苦之中。想起农民“眠床像狗窝，落雪打冻赤脚走”的惨景，他不禁泪眼模糊，心焦如焚。

“我要早夺解元、状元，治理天下，建都江堰式大工程，像苏轼、白居易和李冰父子那样造福于人民！”他咬着牙下定了决心。

取水队伍经过大半天路程，终于到达目的地——黄水村。队伍由张思绅士陈允中和黄水绅士率领，攀山越岭去龙潭取水，其余头面人物陪同府县大人在村里休息。

话分两头，徐知府、丁知县进了打扫、粉刷得一尘不染，布置得像新房一般的月波楼，由平镇张华地、余迪青和城里绅士陪同喝茶、吃饭。丁知县指名那饭要天台世代相传、最丰盛最考究最精致、在江南享有盛名的“十六会签”。

何为“十六会签”？就是每类菜、点心小食均以十六为全数（以十六满月为借鉴），共分三大类十小类。

第一类为小菜、果品十六碟，包括四水果：水蜜桃、西瓜、石榴、广橘；四剥果：咸瓜子、花生仁、核桃、金橘；四糖食：冰糖、金豆、山楂糕、冬瓜糕；四咸盘：皮蛋、火腿、虾米、时件。

第二类，大菜十六碗。上四碗为燕窝、甲鱼、全鸭、羊肉；下四碗为海参、全鸡、蹄膀、鲍鱼（或腹鱼）；热炒八种：蹄筋、银耳、蘑菇、烧鸡、干贝、虎掌、豹尾、鱼唇。

第三类为茶、点心、小食十六种，即四点心：苔饼、细砂合、眉毛酥、三角酥；四夹食：洋糕、荷叶包、小花包、猪腰包；四蒸食：方切蛋糕、烧卖、汤面、饺；四盏茶：杏仁茶、鸡子茶、胖大海、云雾茶。

以上共计三大类四十八种。饮料为天台陈年家酿糯米酒，配以十二札食馒头。总之，这“十六会签”，山珍海味，咸酸甜辣，荤素干稀，一应俱全，洋洋大观，包罗万象，真可谓是南北佳肴之集大成者。

这一下，可忙坏了全乡四十八村的百姓。

他们去府县采购燕窝、海参，下深潭求得甲鱼和鱼唇，上高山悬崖采集岩衣，入虎穴豹洞取得虎仔打得豹尾。为了办这大饭，有人从悬崖上滑下跌断肋骨、大腿骨成了终身残疾，遭蛇咬一死一重伤，一人葬身潭底到东海龙王处报到，一人成了老虎口里的佳肴美味，还有一人打豹吓得疯了。

由于死了人，村头溪滩上搭起数架灵棚，哭声遍地。但这哭声只持续了几分钟，便突然停止了。原来，丁知县发了话：“谁的哭号声冲了龙王爷，取不来水，罪该千刀万剐!”于是，众人的哭声连同遇难者的尸首，像突然遇到爆发的山洪一样，消失得无影无踪了。

酒足饭饱之后，府县大人和众绅士一个个又拿起烟枪，喷云吐雾。

却说取水队伍到达龙潭后，先由陈允中宣读求雨祭文，再由红联、白联先生披发仗剑催动咒语，然后方半仙用类似童音、女声的怪音，领唱起《拜雨歌》：

青天白日，晴到八月；
井底朝天，河底开裂；
百草枯黄，红薯藤瘪；
竹木晒死，田芋卷叶；
蛤蟆口燥，泥鳅笔直；
小孩无饭吃直哭……

领唱完毕，众人齐呼："大龙王菩萨行雨佛来！"

喊声刚停，成百上千双眼睛一齐盯着龙潭水面，焦急地企盼着鳗、鳖、泥鳅、黄鳝、鲫鱼、蛇等"龙"的象征物的出现。

然久等不见。大约过了半个时辰，终于逮到一只癞蛤蟆。

人们看到这只呆头呆脑、肚子滚圆，一点儿也不像龙的丑八怪，很是愕然，不禁失望地发出一片嘘声。可是，那红联法师却对它行了九叩十八拜大礼，说是玉皇大帝派来了大肚弥勒佛拯救众生。于是，人们顿时觉得那肚皮圆鼓鼓的癞蛤蟆身上放出了闪闪金光，仿佛变成了镀金的笑呵呵的弥勒。

于是，陈允中等一帮绅士在一片死寂、虔诚的神秘气氛中，小心翼翼，战战兢兢地把这条神圣的"龙"装入水瓶——高级印花瓷瓶里，又把水瓶恭恭敬敬地捧进香亭。在经过龙王庙时，取水头领陈允中从龙王菩萨处求得一支上上签，言五天内必有大雨。

于是取水队伍欢喜若狂，吹吹打打回村。

取水的人走了，黄水村青年头领叶万邦和余鲁材一算账，发现此次取水村里共宰杀肥猪六头，耗白米八百斤，银子三百两，不禁愤激起来，叶万邦狠狠地骂了一句："这帮贼，强盗！"此刻，余鲁材对府县官"为民取水"解除大旱的口号，不禁升起一个疑团。

他的怀疑没有错，知府大人"取水"回来，前脚刚迈进府衙后花园家宅，一箱东西随即由天台知县丁澍良家丁送到他案上。打开一看，是纹银两千两。他随即吩咐两名贴身家将，日夜兼程，将此银连同平时搜刮来的共计一万三千两运往北方老家交老太太密藏，待卸任后置买田产，建造宅第。并另取两百两交管家物色美妾一名，做第四房姨太……

一想到取水之事，余鲁材就很恼火：天遭大旱人遇难，可贪官瘟官却不顾农民死活，借取水为名大肆加粮，而更为可恨的是在全县哀鸿遍地时，县里衙役下乡催逼钱粮狠如虎狼。此刻，他仿佛看到一队队征粮队，带着寒光闪闪的马刀和乌黑发亮的火枪直扑乡下，搞得处处鸡犬不宁的一幅幅图景。

六

那天，余鲁材走过岭根村，沿山道拾级而上，刚登上唐代大诗人孟浩然游历过的高高的孟湖岭，就听得哭声连天。

他今天是去山区收租。

孟湖桥头，两个差役押着一个五花大绑的高个男子，往湖窦镇方向走。怀抱婴儿、披头散发的妻子跪在地上，紧抱住领头差役的大腿，一把眼泪一把鼻涕，苦苦哀求放了她男人。这男子名叫陈邦先，是个撑排人，据说是故意赖着钱粮不交。

“我哪里是赖钱粮，实在是没钱交啊！”见余鲁材走来，胡子拉碴、衣衫褴褛，被绳索捆得如粽子般的陈邦先像遇见大救星般诉说起来，他讲起了一件不堪回首的往事。

“那年四月，正是青黄不接的时候，我那年已花甲的母亲躺在床上连续发烧，两日两夜水米未进。望着神志不清说着胡话的母亲，我爸拿起一捆绳索，对我说了声‘好好守着你娘，我去老鹰岩拔草药’，便急急往外走。谁知，我爸这一走，便再也没有回来。”

说到这里，陈邦先眼睛一红，语声哽咽了。

“我爸是在离地三四丈高的悬崖上，肚饿难熬跌下来摔死的。爸到死手里仍握着那棵仙晶草不松手，可我妈没等喝到仙晶草熬的药，也一命归天。我像没头苍蝇一般去亲戚家报凶讯，谁知被下乡催粮逼税的差役抓住。我好说歹说无济于事，只好在过摆渡时，趁差役没防备，跳到潭里逃命。”

陈邦先红着两眼，沉痛地说：“爸妈死了，不逃怎么办？难道能让尸首烂在家里？”

听了陈邦先的遭遇，余鲁材眼里噙满了泪花，他对差役说：“你们就放了他吧，这事由我担保。”

“不行，除非你替他代交，否则不能放人！”一个差役凶巴巴地说。

余鲁材火了，他从随从挑夫的箩筐里一把提出今天好不容易收来的半口袋田租，啪地往差役跟前一丢：“拿去，你们这帮强盗！”

“你骂谁？”差役冒火了。“就骂你又怎么样！”余鲁材怒目圆睁，两眼冒火，“强盗还劫富济贫，你们比强盗还不如，是土匪！”

差役大怒，正准备给余鲁材一下，忽听有人对余鲁材说：“你家老先生余贡元怎么没来收租？”差役听到“贡元”二字，慌忙收粮放了陈邦先，溜走了。

村口，差役甲手提一口铁锅往外走，后面紧跟着一名老妇和三个哭泣着的小孩儿。

那老妇死死拉住铁锅不松手：“老爷，行行好，你们把锅揭走，我们用什么烧饭哪！”余鲁材见状忙问原因，老妇道：“孩子爸生鼓胀病上半年死了，欠下一屁股债，孩子妈又改了嫁。今年年成这么糟，叫我这个做奶奶的拿什么交？啊，老天爷，这日子叫我们怎么活啊！”说着号啕大哭了起来。

余鲁材见状，忙上前质问道：“俗话说，天不打幼儿弱妇，你们揭了老婆婆家的锅，弄得他们一家连野菜也烧不成，这不是存心想把他们饿死？”说着，一把夺过铁锅还给老婆婆。

“你是什么东西？乳臭未干的小子竟敢教训老子，跟我们到县里走一趟！”差役乙凸出眼珠，一把从腰上解下绳索要捆绑余鲁材。

“好，走！我正要到县里，告你们无恶不作鱼肉百姓！”余鲁材毫不示弱，“我坐不改姓，行不改名，我就是湖窦镇余宅余鲁材——本届院试秀才案首！”

差役乙愣了一下，差役甲跟他耳语了几句，两人便快快地走了。

余鲁材走出张家祠，经过石柱、后岸，往黄水村而去。

沿村到处可见打人抓人，鸡飞狗叫。来到黄水桥头，又见一幅典妻卖女的惨景。

那被典（租）给人家当妻子的女人，披头散发和两个儿女哭成一团。

她死死抱住儿女不肯松手。她一个一个地嘱咐着，亲吻着，呼唤着，哭喊着，那哭声撕心裂肺。另一个妇女，从娘家借得一升玉米粉回来，刚走到桥头，猛听说女儿被丈夫卖掉，只声嘶力竭地喊了一声："囡——我的宝贝囡!"便一下子昏厥过去，被众人七手八脚抬到一旁救护去了。

此刻的桥头，行人杂乱，尘土飞扬，人声沸腾，哭声连天。见到眼前的图景，一首古诗猛地袭上余鲁材的脑际："车辚辚，马萧萧，行人弓箭各在腰，牵衣顿足拦道哭，哭声直上干云霄。爷娘妻子走相送，尘埃不见咸阳桥。"

他觉得，唐代大诗人杜甫的这首诗，就是对今天生活的真实写照。所不同的是，古诗描绘的是抽丁上前线，送的是去打仗的儿郎；如今却是催粮交官府，送的是被五花大绑押往监牢的亲人，送的是被典身的恩爱妻子（有一对夫妇新婚仅一个月）和最亲爱的儿女，送者往往有一种剜去心头肉的痛楚感觉。两者相比，眼前这幅图景比起古诗所描绘的更为凄惨。

"真是作孽啊!"余鲁材听到一位白发长须老人仰天长叹，"水可载舟也可覆舟，如此糟蹋百姓，岂能久乎?!"

余鲁材一进村，便见到那抱头垂泪的黄水村后生头领叶万邦。一问，方知其妻被典。"你为啥这般狠心，把贤惠妻子典与别人?"余鲁材瞪眼质问。

叶万邦无语，只抱头垂泪，铁青着脸。问旁人，才知是为了掩埋饿死的母亲，养活一堆儿女。余鲁材顿时张口结舌。

此刻，他看见一个乞丐。那碗里空空，讨不到食物的乞丐，牢骚满腹地唱道：

蔷薇花开四月天，都骂老丁是瘟官；
全县钱粮本五万，又加五万雪花银。
谁家粮钱没付清，敲你牌（脚）钱数十千；
一餐无酒勿吃饭，一日无肉闹翻天。

贫苦百姓无钱付，大声吆喝到堂前。
先敲酒肉饱口福，又敲牌酒做衣穿；
要是无钱来交纳，典妻卖子实可怜。
当今多少不平事，待得何人来申冤？

站在老屋天井巍峨的古樟下，余鲁材久久无语。

此刻，他见到古樟上蚂蚁成群结队，从一个树洞向另一个树洞入侵，原来枝繁叶茂的古樟现已蛀洞累累，蚂蚁肆虐，整棵树已经空心。

他心想，大厦将倾，看来清朝气数不长了。

这时，从一个小阁楼里飘出一阵土制二胡发出的乐音，有人边拉边唱。这是一首按月份推进的歌谣，此刻已唱到四月：

四月里来麦子黄，穷人跨进财主房；
三升小麦换升米，割下自肉补自疮。
五月里来是端阳，吃糠咽菜草当粮；
典妻卖儿求活命，穷人无路哭断肠。

那凄切的声音逐渐低下去，低下去，大概胡琴手已伤感得语声哽咽了，但不一会儿，那声音又变得高亢而悲愤：

八月里来稻谷黄，家家户户收割忙；
官府算盘的笃响，农民心里直发慌。
九月里来菊花香，担担稻谷堆上场；
催粮逼税凶如虎，穷人个个儿要遭殃。

可以听出，那二胡虽是土制，但拉琴人技艺不低，拉和唱都很投入，似乎把满腔的哀怨愤激都融入其中。尤其那揉弦委婉细腻，颇具功力，简直把人的肚肠也揉碎了。

那人边拉边唱，随着一月月的推进，那琴声似乎越来越幽怨，歌声也越来越悲凉（其中好像还夹杂着几声抽泣）。越拉，他情绪似乎越激动，拉琴的动作似乎越疯狂，待唱到九月“催粮逼税凶如虎，穷人个个儿要遭殃”时，只听得琴弦“啪”的一声断了。

此刻，猛听主人摔掉二胡，接着便发出几声绝望的哀号：“姆啊娘啊，你叫我怎么活啊!”那哀号声直把余鲁材吓了一跳，他的心顿时像被榔头重重敲了一下似的难受、疼痛……

第二章

鲁材告状弃前程

一

想到贪官不顾农民死活，大旱仍加粮，官府催逼钱粮凶如虎，余鲁材两眼红红的。绝不能让贪官狗官的加粮计划得逞，否则全县百姓就活不下去了。我要点一把火烧红半边天！余鲁材咬紧牙关暗暗下定了决心。

他将状纸誊抄了一遍，将它封好。他准备第二天一早，在第三场考试前，将这状子投进巡抚衙门，因为试场和巡抚衙门离得很近，来得及。如果省里重视，文书一下到府里，天台就加粮不成了。

第二天一早，正当他怀揣状纸来到抚台衙门时，他被跟踪而来的王作新叔叔抱住了。“你现在不能告，即便要告，也得等到中举后。”王叔老调重弹。

“考个举人就能将知县府台告倒?”余鲁材反问，“考个进士通常只能放个知县，要告倒府台，就须中了三鼎甲。这样，依你说，我必须考中三鼎甲才能告这状了？这猴年马月的事，等得及吗？再说，天台交粮截至八月底，等秋闱放榜，黄花菜早凉了！天台的百姓早完了!”

一席话将得王叔说得哑口无言，余鲁材甩开王作新的双手，昂首阔步地往前走。

“公子，前程要紧，莫要闯祸呀!”王叔几乎哭出声来，“投了状纸后果不堪设想，弄不好会大祸临头呀!”王作新扑过去想抱住公子双腿，但已经迟了一步，公子早登上高高的石台阶。只听他决绝地说：“为救全县百姓于水火，我坐牢杀头无怨无悔!”说着，他拿起大槌，敲响了抚台衙门前那面大鼓。

听到“咚”的一声，王作新顿时一下子惊得跌坐在地，他心里怦怦乱跳，他知道这状子一递，祸事就来了。

果然，鲁材第三场考试刚考完第二天，策问刚做好大半，便被两个脸色阴沉的巡抚衙门差役带走了。

杭州巡抚衙门。那雕梁画栋、飞檐鎏金的古建筑，虽然被岁月的风雨侵蚀得陈旧斑驳，漫漶不清，但仍透出往昔南宋古都的繁华、显赫和气派，那蹲在门前眼睛凸如皮球的高大威武的石狮，更增添了抚衙几分气魄和威严。

浙江巡抚杜正大人刚审理了一起金华山民捣毁厘卡，聚众谋反的案子，忽接到一份控告天台知县和台州知府的联名状。其状略云：

天台知县丁澍良到任以来，大肆搜刮民脂民膏，尤为严重的是今年七月，丁不顾天台大旱，不顾《大清律例》之严肃规定，欺君罔上，私加全县十六岁以上男女每人钱粮五钱银子。仅此一项，鲸吞百姓血汗钱五万两，贪污数目之巨，令人触目惊心！征粮中，捆绑吊打、滥施毒刑，残害无辜。致使百姓卖儿鬻女，家破人亡，离乡背井，哀鸿遍地。其情其景惨不忍睹，全县民众莫不怨怒。

台州知府徐士銮，面对此种巨大贪污和残害百姓之行径，非但不严肃查办，相反却包庇纵容，致使天台百姓有冤难伸，贪官污吏逍遥法外。

为严肃王法之威严，维护大清江山之永固，伏望抚台大人督查天台私加皇粮重案，将贪官污吏绳之以法，解天台民众于水深火热。

呈告之后，是许多页密密麻麻的签名和血红的指印。

这是一份天台大西乡百姓的“千人状”。

杜抚台不禁暗暗为这份状纸的文笔而喝彩。一打听，知道写状人为全府头名秀才余鲁材，其爷爷是拔贡余秉钖，太公余万策乃是浙江乡试解元、文名扬全国、让状元的那个传奇式人物，顿时重视起来，急檄台州知府，带天台知县丁澍良到案听候审理。

丁知县、徐知府昼夜兼程赶到杭城。

那天，杜抚台家正摆开盛宴，庆贺老太太八十大寿，忽报台州知府徐士銮持贺礼和呈帖求见。

贺礼为三大件：一为稀世珍宝——经千年石梁飞瀑冲刷，玲珑剔透，美若处女乳房，可治金疮出血的天台花乳石；二为列于八大仙草之首，从天柱岩悬崖峭壁上采集的长生不老药——仙晶草。当年刘晨、阮肇采药遇仙女即是去采此药；三为祖传玉麒麟一对。那呈帖是知县丁澍良所报，略云：

抚台大人台鉴：

今年夏秋之交，天台百日不雨，旱情空前。百姓焦虑，学生亦心如油煎。为救民于水火，替上司分忧，减轻国家之负担，学生在四方绅士倡议支持下，每户加钱粮五钱，发动民众捐白银二万四千两。

余委派马县尉会同当地绅士张华地、陈允中等督办抗旱一事，并严令款项专用，若有贪污，严惩不贷。

然刁民余鲁材为抗拒捐款，从中渔利，与恶讼王作新四处煽风点火，破坏取水和修渠筑坝方略，实为可恶之极！

学生到任以来，上牢记圣上洪恩和抚台大人教谕，下体察民间疾苦，夙兴夜寐，竭尽驽钝。如此勤勉忠贞却遭此不白之冤，实令学生动魄寒心，心灰意冷。

伏望抚台大人挟包青天之风，严查细察，为学生挽回清白名声，学生当衔环结草相报。（附：取水抗灾明细账一本）

杜抚台看了呈报，觉得丁知县说得有理有据，不像个贪官。接着看了知府徐士銮的呈帖。其帖道：

据天台知县丁澍良称，曾将民间所捐白银二万四千两用于取水和筑坝修渠。私加钱粮未禀报上司批准，实属有过。然该县未要国库一钱，即办成取水消灾修渠筑坝大事，其为百姓谋利益之精神，替国家分忧之忠心，实为可嘉。伏望抚台大人明察。

刁民余鲁材仗其祖父、贡生余秉钖撑腰，与王作新狼狈为奸，目中无人，诬告府县官，令台州动荡，百姓不得安宁，实为可恶。

大人督抚全省七十县，区区天台一县不敢惊动抚台大驾，恳请大人将此案发回本府审理。

看到这里，杜抚台思量：巡抚确实日理万机，哪有精力顾及区区一县小事。况且此案案情复杂，且状告府县，非同寻常。与其劳神费力去查，不如叫台州知府审理，既可送个顺水人情，以后纵然有事又可脱掉干系。再说，台州知府尊敬上司，虽身在穷府，亦时常孝敬我物件，此次又将天台奇珍异草和祖传珍宝呈献，孝心昭然。我亦应当给他个面子。

想到这里，他即在台州知府帖上批曰：准台州知府徐士銮所请，余鲁材等三人状告天台知县一案，即着该府审理，待结案后，将结果呈报抚衙。

台州知府徐士銮接到批文大喜，即上杜大人花园谢过恩典，吩咐天台县令丁澍良回县处理县事，待命听差，一面命立即将余鲁材和王作新带回府衙审理。

贡生余秉钖老先生一听到天台加粮，孙子余鲁材将府县告了，十分震惊，特别是抚台将此案批回府里审理，不禁仰天长叹：告府回府审，孙子危矣！

二

府台衙门大堂，高挂着“明镜高悬”的匾额。因长年见不到阳光，这大堂，这匾额，透出阴森森的寒光，令来者不寒而栗。

“大胆刁民，快给我跪下！”见到余鲁材二人被带到，知府徐士銮一拍惊堂木吼叫起来，“你们状告本府，何人主谋？该当何罪？”

“审案理应带齐原告、被告，现在被告不到场，这审的是什么案？”余鲁材挺直腰板据理质问，“府台衙门高挂‘明镜高悬’，现在你不问青红皂白就将我们定罪，这难道是明镜高悬？”

一席话驳得徐知府哑口无言，他见余鲁材不下跪，愈加恼怒，顿时变了脸色：“大胆余鲁材，你竟敢藐视本府，诬蔑府台！来人，先革去秀才功名，重重治罪！”

顿时几个如狼似虎的差役将余鲁材踹倒在地。

此时余鲁材怒目圆睁，气得发抖，他挣扎起身子，右手食指直戳徐士銮怒斥：“你同丁贼是奸臣，私自加粮罪非轻。你若不把钱粮减，与你永作对头人！”

徐士銮听后暴跳如雷：“你们都是大刁民，本府老早就知名；今天不把你们治，扰乱天台不安宁！”

说完，吩咐打五十杀威棒以示警告，直打得余鲁材皮开肉绽，血肉模糊，昏厥过去，方才罢手。然后以“中伤官府，企图惑众”和“咆哮公堂”的罪名，把二人戴上镣铐，打入监牢。

三

天台县堂，知县丁澍良午后刚升堂，猛地闯进来一个妙龄女子。

老丁一看，心里不禁咯噔了一下：这娘们儿真标致！我家几房太太姨太太那个能比得上？你看她被汗水洗得晶莹如玉的脸，白里透红如同泛着一朵红霞。身上勃发出健康、青春的活力；那呼呼的喘息中，分明夹带着阵阵空谷幽兰般的清新气息；虽云鬓有些散乱，却如柳丝飘拂的西湖水，如薄雾笼罩的森林，又如微云遮掩的明月，显得含蓄、朦胧、韵味无穷。

他正心猿意马，不料对方劈头盖脸掼过一句话：“昏官，还我亲人！”她胸膛起伏，话语如砖头般坚硬冰冷。

得知面前这女子就是余鲁材的未婚妻子，丁知县紧皱起眉头。但他随即堆起笑脸：“姑娘，你不要误会，听我慢慢跟你解释。”

谁知话音刚落，一口唾液早已飞到脸上：“呸！谁听你花言巧语?!”

丁澍良自讨了个没趣。想到余鲁材害得自己差点儿丢官吃官司，一股怒气不禁直冲脑门。哼，你自己找上门，休怪我无情。我今天要让你尝尝监牢的滋味！他一拍惊堂木：“大胆刁民，竟敢咆哮公堂污辱县官，给我拿下！”

一声令下，彩云便被投进了监牢。

第三章

火烧县堂西乡反

一

农历十月半，一封皱巴巴的书信传递到天台湖窦镇下街梅宅武举梅乌龙家。拆阅来信，一行黑字赫然入目，梅武举认出这是余鲁材的字：“告府回府审，吾辈命归阴；若要抗住粮，须把事闹大。”

接到这封通过府狱辗转传递出来的密信，梅武举大惊，连夜召集张家桐、石柱、后岸“三陈”（三村人皆姓陈），人家以及黄水和湖窦街一帮头脑人物，在张家桐幽深洞密商。

“钱粮不减倒也罢了，把告状人下大牢，这怎能忍受?”张家桐、方天相捋捋长长的胡须筹划道，“我们只能起兵讨回公道。”

“组织人马，攻进县衙，抓住老丁，逼府台放人!”陈邦先怒火喷发，众首领一致赞同。

梅武举大喜道：“各位头领主意与吾不谋而合，就按此方案办!”说完，立即部署分工：“贡生方天相写帖，飞毛腿陈邦先速传鹅毛夹帖火漆信，各村人马两天内准备停当，每人带足两日干粮，于十月十九日傍晚，在湖窦镇枫树林会齐出发，并约平镇石竹、岭下安、东乡灵溪奚姓等全县六大谊家，克日起事。”

清同治甲戌十三年（公元1874年）十月十九日夜，湖窦镇各路人马会师火红的枫树林里。武举梅乌龙领着各路头领，在关帝庙前歃血盟誓：“同德又同心，捉拿瘟老丁；抗拒交钱粮，救出告状人!”

盟誓完毕，随着五发射向天空的震天撼地的猪娘炮（用合抱大树镂空做炮筒的大型火炮）和二十响排铳（火药铳）响过，在一阵震耳欲聋的欢呼声中，大队农民浩浩荡荡向县城进发，其场面空前壮观。

首先是粗大如脸盆，高入云天的大旗竹为先导。这竹重二百多斤，由一名身似铁塔，力大无穷者捧在手中，六名虎背熊腰，腰束大褡膊，盘起长辫，威风凛凛的大汉护卫，东南西北每个方向各有一人用软叉、硬叉叉住不使大旗竹偏倒向某一方。

第二队是火炮队。共有三门火炮。每门大炮有六名炮手，那大炮口径很大，就像一个岩洞。连闻名大西乡，重八斤四两的炮弹，都可自如进出。大炮高架于木轮车之上，炮筒威风凛凛直刺蓝天。人们惊叹，这炮一发射，准能打到三十三天上的玉皇大帝宫殿。炮车一滚动，那木轮在鹅卵石大道上顿时发出隆隆巨响，火星四溅。

第三队是火枪手三十人。

第四队是马刀手一百人。

第五是田狗叉（民间用于刺杀田狗和獾猪的铜叉）队一百五十人。

第六是短棒队一百五十人。

第七是中军队，由数十名鼓号手，五十名双手持匕首的护卫和十名传令兵组成，由武举梅乌龙率领。

第八是扁担队。

第九是锄头队。

第十是铁耙队。

这些队伍加起来约有上千人。

这支千人队伍如滚滚铁流向前奔涌。

一路上，大旗劈啪作响，号声怒吼，人马杂沓，尘土飞扬。

人声如奔腾呼啸的钱江潮水，排山倒海滚滚而去，脚步声如有千百只犄角决斗的牯牛狂奔乱跳，地动山摇。

有诗为证：

烟尘滚滚的天，
来回摇晃的地，
冲堤决坝的洪流，
刺破青天的旗，
听，号声震撼混浊世界；
看，锄头挖掘贪官坟地！

闹粮队伍经过张思村，拖出丁知县狗腿陈允中，要拿他祭大旗，吓得他尿湿裤裆。

他在地上磕头如倒蒜，连喊：“饶我狗命。”梅武举下令将他绑在村口示众三日，宣布继续进军。

陈姓大村听说进城闹粮，数百人纷纷加入队伍。

队伍来到平镇八角亭村，张华地早吓得魂飞魄散，拼命逃生。梅武举命封掉房屋，派人守候，等他自投罗网。

队伍来到与余鲁材同宗的平镇西余村头，早有西余伯叔将那给贪官老丁出谋划策的狗头军师余迪青捆绑起来，在村口迎候。梅武举下令将其放翻在地，在屁股上狠打五十杀威扁担刀，打得他皮开肉绽、鲜血淋漓，鬼哭狼嚎，然后又将西余村踊跃投军的数百青壮男子编入队伍。

闹粮队伍一路前进，沿途各村人马纷纷加入，很快达到上万人。到了老鼠岭头，梅武举下令休息半个时辰，吃饱干粮，准备连夜攻打县城。

二更时分，大兵涌到县城外城清溪村。众绅士看到千百个火把组成一条呼啸的火龙直扑过来，顿时个个儿吓得呆了、傻了，纷纷求饶，答应“文书落府放人出，限他三日还你人”。

梅武举知道这是丁贪官的缓兵之计，便不听众绅士的花言巧语，下令继续进军。结果，一声火炮，几响排铳，就把众绅士吓得屁滚尿流，抱头鼠窜，于是大军很快破了外城。

知县丁澍良见到闹粮队伍来势凶猛，锐不可当，忙令紧闭城门，并率领全城兵马在西门、东门阻挡。梅武举令三门火炮轮番轰击西门，陈邦先、陈邦照率军驾起二十四格木梯猛烈攻打；邀灵溪、坦头等东乡队伍攻打东门，梅武举自带精兵一支，以叶万邦为先锋，偃旗息鼓偷袭北门。

北门兵士正庆幸自己平安无事，性命无忧，飞毛腿叶万邦带数人早翻过城门，活捉守城兵士，打开城门。

闹粮队伍一拥而入，直往县堂方向冲去，黑胖大汉陈邦照挥旗冲在队伍前。来到妙山，保卫县衙的官兵见到一位铁塔般的人物，挥舞着一杆一百二十斤重的黑色大旗，冲在前面，慌忙排枪齐发，排箭齐射，将他击伤在地；叶万邦拾旗继续往前冲，亦被击伤。

箭如飞蝗，枪声大作，眼看大旗倒伏，群兵无首。

忽见一个关羽般的人物，上身赤膊，身刺乌龙，将这大旗如盘腰大砍刀般舞将起来。顿时旗帜翻卷，风声呼呼，不见人影。

这黑旗如一条穿云破雾的乌龙直扑山头。

只见他忽而将旗舞得呼呼生风，忽而抱旗打滚，躲开箭和火枪，眨眼工夫冲到围墙根，只一个倒抽筋斗便翻上妙山。原来此人便是武举梅乌龙。

二十个中军护卫个个倒抽筋斗紧跟而上。

那些在山头放枪放箭者见势不妙，吓得丢枪弃弓哭爹喊娘而逃，可哪里来得及！早见梅乌龙挥舞着大旗上绣“余”字，一阵横扫，如狂风扫落叶，将那要逃之兵扫翻在地，被护卫拥上逮住。

梅武举从卷起的旗中抖出一个守城兵丁，甩在地上，将饰着乌龙的大旗插在县城制高点——妙山头。

他宣布闹粮队伍三条纪律：一、不能无辜杀人；二、不能放火；三、不能抢东西。然后领一支队伍往县堂包抄过去。

西门、东门的闹粮队伍，见到县城最高点妙山头乌龙旗猎猎飘扬，顿时士气大振，很快便攻破城门。

丁知县见县城已破，闹粮队伍前后夹攻，顿时心慌意乱，立即带了几个家丁退下城楼逃命。

两支闹粮队伍喊杀连天，冲入城里，遇阻挡抵抗便斩杀不饶。

马刀队冲进县堂，知县丁澍良见马刀寒光闪闪，早吓得骨头酥软，浑身筛糠。眼看几个叶姓马刀手冲上来亮刀要砍这县官，忽然卫兵叶文林一边扑到知县背脊上，一边仰面连声高喊：“我和你们同姓叶，是自家人，刀下留情！”

见叶文林死死护住瘟官，那马刀手便骂道：“做狗腿，当汉奸，没有好下场！”

说完手起刀落，叶文林一命呜呼。

但狗官却乘机溜了。

此刻丁知县帽落袍烂，慌如丧家之犬。他左躲右闪不得脱身，猛见一狗洞，便急急从遍是狗粪鸡屎、臭气难当的狗洞钻出。出得洞口，嘴里早塞了一段狗粪，连裤带也断了。

但他顾不了这么多，提裤抹屎鼠窜而去。

二

“抓贪官去!”

几个闹粮人一声吼叫，便风风火火追进丁知县后花园内宅。

只见床上锦被如怒涛中的小船颠簸摇曳不止。

一掀开被子，人们顿时傻了眼。原来被里藏着个雪白粉嫩，只穿着红兜肚和裤衩，风情万种的美娇娘。

她见几个男人冲了进来，顿时脸飞红霞慌作一团，连忙本能地抓起被子裹住丰乳和下身。

这女人便是丁知县的小妾，按当时的叫法称为县奶奶。

瘸腿是个光棍汉，年近四十没碰过女人，今天破天荒第一回看到光胳膊赤大奶露大腿的粉娇娘，不禁花了眼昏了头，像喝醉酒一般晕乎乎。这雪白的肉一定比头遍粉还细腻呢，这么一想，痒痒的手立即情不自禁地去摸面前美人那细皮白肉的脸。

谁知这手长年累月跟柴草泥巴打交道粗糙如锉刀，刚一触到，那女子便把头缩回用双手扪住不让摸。

瘸子来了气：“哼！落毛的凤凰不如鸡，还摆什么臭架子!”

说着一把掀开被子，左手抓住女子高耸如山峰扑簌簌弹跳的丰乳，右手一把揽过女子，在她脸上、嘴上像吸吮蜜糖般吸吮起来。

突然“啪啪”两声，他被打了两个耳光，叫了声“我的妈呀”倒在地上，引得众人一阵大笑。

“来，扮小猫在床上爬三圈。”独眼龙别出心裁地吩咐，可县奶奶偏不肯。独眼龙年过四十方才娶了个黑不溜秋的女子为妻，哪见过这等如花似玉的妖娆女子，顿时两眼发直，全身发软，不禁心猿意马：有这样的女子陪着睡一夜，哪怕立刻就死也值了！即使摸一摸，亲一回嘴也心满意足。

于是，他说：“美貂蝉，快过来跟我亲一回嘴。”

谁曾想这女子是个河东狮吼的厉害角色。在全县乡绅前吆五喝六、说一不二、人模狗样的丁知县，在她面前屡屡败阵，见了她如老鼠见了猫。独眼龙的话，招来一顿臭骂：“独眼鬼，你去跟猪亲吧，我是凤凰，是县奶奶，告诉你们，谁敢轻薄我，动我一根毫毛，小心县太爷回来宰了你！”

她手拿尖锥怒目而视，双眉如两把柳叶飞刀，双眼如两颗铁弹寒光闪闪，直向独眼龙射来。

其实，这女子是牯牛在虎豹门前摆威风，完全找错了对象。

独眼龙是个天不怕地不怕，明知山有虎偏向虎山行的角色。当初他的女人由父母包办听媒婆撮合答应了婚事，谁知踏进男方家门，才发现跌入一场骗局：媒人介绍的英俊后生，变成了年纪一大把的丑八怪独眼龙。

于是新婚之夜，新娘裤子套了一条又一条，死结打了一个又一个，又抓又踢，硬是不让他同房。

结果独眼龙硬是用武力解决了问题。

他用带刺的荆条揍得女子奄奄一息，然后用剪刀剪掉层层裤子，使女子乖乖就范。

这下见县奶奶不从，他顿时恼了。他一把推倒女子，先是脱下脚上草鞋，噼里啪啦在她身上屁股上狠揍了一顿。

女子虽痛得流泪但仍咬紧牙关不肯屈服。独眼龙大怒：“把这臭婆娘赤裸游街，看她还硬！”

在独眼龙的号召煽动下，众人心中不约而同起了一把无名火，都觉得贪官老丁这人太坏，不但私加钱粮催逼如狼，害得我们百姓没法活，还娶了好几房天仙般的小老婆，夜夜搂着睡觉美如神仙。如果都像他那样，我们无钱无势的平民百姓岂不要打光棍遭一辈子饥荒？岂不要断子绝孙？

这么一想，就都来了气。他们一把扯去女人身上的遮羞布，先美美地欣赏了一番，然后每人抓起一条大腿或一只胳膊，捧头托臀七手八脚抬起女子，发一声吼，便往大街上人多处闯。然后按东南西北顺序，将县奶奶赤身裸体游四门。

这一招十分令人刺激。

一路上，人们看到一条白晃晃的大鱼，由远而近突兀而出，呼啸而来。

开始因不知为何物感到惊奇，继而这赤身裸体暴露于红红火光中的白亮亮的女性胴体，不禁激发出人们极大的兴趣和热情。人们受到极大的刺激和诱惑，于是纷纷高喊欢呼。

有的驻足而望，尽情欣赏以一饱眼福；有的用手去摸，感受那晶莹如雪细腻如粉的玉体，顿觉得飘飘欲仙。当然，也有不少人骂那剥去女人裤衩和乱摸玉体的手淫者，是缺德鬼是造孽要烂手烂眼今生不得好死下世投胎不能做人！要做牲畜、虫豸，要变垃圾！

但骂归骂，游街的人是不会以少数人的意志而改变主意的，裸体游街仍照常不误。

直到游遍了四门，他们边游边欣赏边摸玉体过足了瘾，累得上气不接下气脚步踉跄，才把步伐慢了下来。

这一慢，他们便闻到一股臭气扑鼻而来，熏得人直恶心。

他们不知臭气来自何方。

这时两个托女子屁股扛大腿的人，才发觉自己手上湿漉漉黏糊糊，缩手一闻，方知这臭气来自赤裸女子胯下屁股下。

原来，这女子早已吓得尿流屎涌。

再仔细一看，原先哇哇直叫手舞足蹈哭哭啼啼的女子，此刻已毫无声息。

众人慌了，于是不管三七二十一，把这个臭婆娘一丢，便溜之大吉。

等她被冷风吹醒，摸黑爬到一个路廊，那里的老乞丐虽救了她，给了她一身衣服，但并没放过这块“天鹅肉”——把她奸污了……

三

话说梅乌龙带领闹粮大队人马冲到县堂，只见在隐约的火把火焰照耀下，大门口那“天台县堂”和内门“清正廉明”两块匾额如幽灵般闪现。

见到这匾额，人们眼前不禁浮现出狗官丁澍良派兵丁强征暴敛、敲诈勒索、私自加粮、贪污巨款的罪行；浮现出典妻卖儿、逃荒要饭、冬无被夏无米的悲惨生活。

顿时新仇旧恨一齐涌上心头，“什么清正廉明，全是放他娘狗屁!”人们怒喊，“砸烂它！砸烂它!”

在人们的怒骂声中，早见梅武举手举大旗杆，将那两块大匾一一挑落在地。

于是，刀、棒、扁担、田狗叉和锄头铁耙一齐劈敲打挖，眨眼间，这两块匾便被砸烂，并被千万双穿着草鞋、布鞋、蒲鞋或光着的脚踩踏而过。

人们举起刀棒和锄头铁耙，狠砸那县堂的门窗桌，又砸掉那牢监大锁，放出面黄肌瘦、衣衫褴褛、遍体鳞伤、蓬头垢面的囚犯。

此刻，闹粮队伍虽像寻针一样搜索瘟官丁澍良，但仍没见到他的踪影。于是，人们又愤激起来。

这怒涛如滚滚长江一泻千里；又如火山喷发，惊天动地。

只听队伍中吼出几声：“烧掉它，看狗官还能作威作福!”

梅武举知道放火的严重后果，想制止，可爆竹已点火哪里还灭得了？只见几十上百个火把，早将县堂各处点着，很快火光冲天，梁桁倒地，烧成一片火海。

在我们幼年的记忆里，听年近百岁的一位大祖父说，多少年后，目击者回忆起这场大火，都说是全县有史以来最大的一次，它烧红了整个城关，红遍半个天空。

城里绅士一提到这次闹粮，这场大火，还牙齿打战，心有余悸。而一些世纪老人事隔大半个世纪还在津津乐道、眉飞色舞地谈论这次闹粮，这场大火。

话说闹粮队伍当时看到高大而阴森的县衙门在烈火中倒塌，化为焦炭和灰烬，年年月月、世世代代被欺压被凌辱的农民顿时欢呼起来，人人感到扬眉吐气。闹粮队伍中有个民间说唱艺人，不禁一边用擀面杖击鼓，一边欢唱起来：

十月里来秋阳猛，
刀枪火炮闹粮忙；
砸烂大匾敲牢门，
一把烈火烧县堂；
只愿天下多清官，
过上不愁吃穿的好时光！

这歌声在沉沉黑夜里，在火光闪烁的天空中飘飞，滚动，闹粮的人们纷纷接起高腔：

贪官污吏要除尽，
过上不愁吃穿的好时光！

这吼声如巨龙腾空呼啸，如惊雷滚过天空，如狂飙扫过大地，如暴雨倾泻，又如钱塘江水奔腾向前，一浪高过一浪。

丁知县家十六岁的小姐被闹粮队伍抓到后，被迅速带到下曹岜审问，她一口咬定“不知道”，气得大伙来了火。人们抬来一口木稻桶（一种倒四棱台式的脱粒稻谷的工具），将她压在里面，然后点燃青松枝用烟熏，直熏得丁小姐两眼紧闭，眼泪直流，咳嗽连连，呼吸艰难。她哇哇直哭："叔叔公公放我出来，我全都讲。"一放出，便招供："父亲原躲在少奶奶床下，从狗洞逃得性命后，立刻坐轿赶往台州府去了。"

听到这个消息，陈邦先、叶万邦等大惊：老丁一去必搬救兵，我们应做好准备。于是一边派人追赶老丁，一边报告梅武举。

听到火烧县堂，杀了县衙兵勇十八人的消息，总指挥梅武举感到事情闹大，有可能祸及家门，不禁跌足叫苦："休矣，吾辈休矣!"他不顾陈邦先、叶万邦等首领"进军台州府，逼府台放人"的主张，下令全部退兵还乡。

卧病在床的余秉钖老先生听说闹粮队伍火烧县堂杀了许多官兵，不禁大惊，他知道事态严重非同小可，弄不好会被灭门灭族，于是立刻雇了顶小轿往北进发，他要去省城告状，以解家族之危，但到了巡抚衙门，却仍被押回台州府。

四

天刚大亮，台州知府徐士銮还没升堂，就被一阵猛烈的击鼓声惊醒。原来是天台知县丁澍良求见。带进府衙，只见丁知县没戴官帽，没穿官服，用稻草绳束住裤子，全身衣衫不整，而且满面血迹，腿一瘸一拐，不禁大惊，忙问原委，丁知县便哭诉起来："天台结党出强人，十八官兵全丧命，县堂牢监都烧毁，皇粮全部被抢尽。奶奶赤裸游四门，满城百姓不安宁；不是文林来代死，我无性命见大人。"

听罢哭诉，徐知府悚然一惊："若闹粮队伍攻到府里，如何是好?"

他迅速派干练捕快前去探听，听说闹粮队伍没有上府，一颗悬着的心顿时放了下来。

他想派兵前往天台，又感到力不从心。凭府里数百兵丁怎抗万人闹粮大军？如果去剿，无异羊落虎口白白送死。

于是急令师爷起草呈报，火速飞报浙江巡抚。

巡抚接报，速檄浙江四镇人马克日到齐，前往征剿。

徐士銮下令严审余鲁材和王作新二人，要他们交代“西乡反”各村首领名单。他们用尽飞鹅吊、老鹰飞、老虎坐凳等各种酷刑，但二人就是不招供。徐士銮找到狱官，要他想想有什么刑罚可以使犯人招供。

狱官报告：“有四种新鲜刑罚，可以一用，保管有用。”

这四种刑罚，一叫“后门吸烟”，即用点着的烟立在地上，肛门对准烟坐下，烫得屁股哧哧冒烟。

第二种叫“仙人献果”，令重枷犯人双膝跪地，形如托盘状，然后在枷上搁置砖石瓦块之类。

第三种称“锡蛇饮水”。将空心锡蛇盘人腰间，犯人不招，就往锡蛇里灌开水，犯人受不住烫，只好招供。

第四种最残酷，名为“老鼠弹筝”。用刑时，每次上刑百骨尽断，汗下如雨，如此者三二回，何愁不成?

听罢，徐士銮大喜，亲自审问，到现场观看用刑。但两人昏死过去好几次，仍不招供。

见徐府台大骂自己是饭桶草包，狱官慌得满头大汗。

他忽然报告知府：有了有了，小人还有一个古代酷刑，据说是百试不爽，但我们从来没用过，不知怎么整法。他所说的是“请君入瓮”。

徐士銮依稀记得那是武则天时期的一个典故，立即吩咐狱官快去操办，如法炮制“请君入瓮”妙法。

谁知将王作新一丢进瓮里，只听里面如同泥鳅下红锅，“劈啪”乱蹦乱跳、乱碰乱撞，而且声音越来越响，动作越来越猛。

徐知府一听不对劲，连忙将人弄出，发现王作新头破血流脑浆迸裂，已经身亡。

原来，他是故意用头碰撞大瓮，自寻死路的。

“对一个不怕死的人，啥高招也没用武之地。”狱官叹气道。徐知府见死了一个，吩咐将余鲁材重新关进监牢，准备用软计在他身上榨出油水，设法撬开他的嘴巴。

五

府衙大狱。中午，戴着镣铐的余鲁材正昏昏欲睡，忽听狱卒打开单人牢门给他开铐，告诉他："家有亲人来探监。"

不一会儿，只见身穿鲜艳服装，耳环晃荡，俏丽无比的彩云，出现在面前。

一见到戴着镣铐，遍体鳞伤的余鲁材，彩云扑上前一把抱住他，痛哭失声。哭过一阵，她一边抚摸着余鲁材的伤痕，一边骂官府恶如虎狼，不得好死；一边咒闹事的短命鬼，自己闹粮烧县堂杀人逃跑，害得我的亲人在监狱受苦！

骂完，彩云问反进县城的各大首领姓名。望着泪眼婆娑，令人无比爱怜的彩云，余鲁材话到嘴边不禁又缩回口内。

彩云见他吞吞吐吐犹犹豫豫，不禁生气了："你不相信别人，难道还不相信我？要知道，我们从小青梅竹马啊！你难道忘了我们俩少时上山采柴爿花的事？"

彩云的话语，情不自禁地勾起了余鲁材那流水般的回忆。

记得那年阳春三月，十六岁就中了案首的余鲁材正站在碧绿的柳树林旁，对着漫溢的始丰溪桃花水，豪情满怀地吟诵："大江东去，浪淘尽，千古风流人物……"忽见隔溪小山的小径上，浮现出手拿柴爿花（杜鹃花）的少女妩媚的脸。紧接着，一阵醉人心扉的山歌飘拂到耳边：

啥西（什么）开花满山红？
啥西开花白蓬蓬？
啥西开花闹丛丛？
啥西开花像蟑虫？

面对这撩拨人心的似乎在考试自己学问的歌声，余鲁材没等对方往下唱便跃跃欲试，一首对歌脱口而出：

柴爿开花满山红，
杆漆开花白蓬蓬，
茅草开花闹丛丛，
杏桐开花像蟑虫。

听到溪水这边的歌声，对方为自己找到知音而高兴，但又似乎不满意自己试题简单让人一猜就中。这回那边山上的“考试官”加大了难度，使出了撒手锏：

啥西做窝半天高？
啥西做窝半中腰？
啥西做窝网网牢？
啥西做窝满地毛？

这歌要换别人准对不上。但我余鲁材是何等人？他莞尔一笑，不慌不忙，对了过去：

乌鸦做窝半天高，
喜鹊做窝半中腰，
鹧鸪做窝网网牢，
雉鸡做窝满地毛。

对方十分钦佩余鲁材的才思敏捷和知识的渊博，语气顿时柔婉起来：

啥西长长天上天？

啥西长长水旁边？
啥西长长街坊卖？
啥西长长（在）妹身边？

这柔婉缠绵的歌声，如江南的糯米酒醉人心田，又如江南丝竹乱人心扉，于是余鲁材胆子壮了起来：

老龙长长天上天，
带鱼长长水旁边，
布匹长长街坊卖，
哥哥长长（在）妹身边。

不知是这露骨的表白惹恼了少女，还是听了这歌声少女感到难为情，反正山上那歌声戛然而止，那张妩媚的脸庞也消失了。

余鲁材正在纳闷、烦恼，忽听一阵格格的少女笑声，从离自已不远的竹园中飘过，然后那笑声如打水漂般，从旁边鹅卵石小径上蜿蜒而去。原来那是三个头插柴爿花，年纪相仿的打柴少女。

余鲁材再也没心思读书了，卷起书本就走，尾随三人而去。但他不知唱歌的少女是哪个，又不好相问，只好憋着一肚子闷气回家。

很快，他便从一位私塾同窗口里打听到那唱歌的少女名叫彩云，是夏秀才家十四岁的女儿。夏秀才因遭恶霸欺侮吃了官司，被拘押在县狱，女儿无法活命，只得去一个地主家做童养媳，于是打柴、割草便成了她的主课。

余鲁材十分同情彩云的遭遇，回家央求老祖父解救彩云父女。不久，侠义的祖父一纸诉状帮助夏秀才打赢了官司。夏秀才被无罪释放，小彩云也幸福地回到父亲身边。

从此，夏秀才带着彩云常来余宅，叫彩云拜余鲁材为哥哥，喊秉钖老先生为太公。余家也不时接济他父女俩，于是两家关系一天天亲近起来。

转年三月，两人来到溪边，余鲁材在溪边看书，彩云去山上采柴爿花。看到漫山遍野的柴爿花，小彩云不禁心花怒放，亮开清丽婉转的喉咙唱了起来：

三月采花采柴爿，
柴爿开花红满山，
柴爿花开路边上，
哥哥要摘有何难？
呀，有何难？

听到这直白的表露，余鲁材便在溪边，用柴爿花将她头上装扮起来——装扮成新娘。当余鲁材准备将她抱入柳树林中“洞房”时，她害羞得一溜烟跑了。

特别难忘的是，去年十月芙蓉开花时节，一天早晨，余鲁材来到溪边，忽听溪边竹园里飘出哀怨的歌声：

芙蓉含蕊十月开，十月望郎郎不来。
望郎望得眼无光，念郎念得嘴生疮。

听到这满怀幽怨的歌声，他的心几乎要碎了。他把这事讲给祖父听，祖父嘱他现在不要分心，要集中精力钻研诗文，等乡试考中举人后再考虑定亲也不迟。

六

回忆起这些往事，余鲁材心头充满了幸福，特别是想起上省城参加乡试前夕，彩云在余宅凉亭饯别的情景，彩云的美丽形象，如石梁飞瀑，如彩虹般在眼前浮现。

那次席终人散，凉亭里剩下他们俩。她用青瓷花盖碗沏了天台云雾茶捧给余鲁材，两眼含情脉脉地注视着恋人，唱起一首凄婉的山歌：

十指尖尖捧茶杯，送郎一去几时回？
路上野花郎休采，家中还有一枝梅！

当时余鲁材指天发誓，要与她永结同心，地久天长。可彩云噘起小嘴："我不信天长地久，它太虚空，我要的是实实在在，能看得见的爱情，要的是眼前的欢悦！"

为了安慰恋人，他拉起美如芙蓉的心上人的双手，满怀爱怜地唱出一首歌：

十月采花采芙蓉，芙蓉花开白蓬蓬；
芙蓉开花要结籽，十月怀胎扑通通，
呀，扑通通！

听到"结籽""怀胎"两个词，彩云羞得满脸通红地跑了。那轻盈的脚步，美丽的身影，看得余鲁材的心都醉了……

回忆起这些情节，余鲁材浑身伤痛骤减。

"听说抚台已派大兵征剿，你把各方首领名字告诉我，我也好及时通知他们早些逃走。"

听了彩云的话语，看到她泪光晶莹的眼睛，余鲁材爱怜地用手揩拭去她的泪水，对他耳语："你要对今晚的明月发誓，我才告诉你。"

听说要起誓，彩云愣了一下，显得有点儿不情愿，但她还是起了誓："我若泄露秘密，雷打火烧，不得——"

没等说完，余鲁材早用手掌一把捂住她的嘴，嗔怪道："莫赌这么重的咒。"接着便附耳彩云，吐露了真言。

余鲁材没想到，他这一说令不少闹粮首领命丧黄泉。

第四章

大兵进剿湖窦镇

一

梅乌龙听到浙江抚台已调动绍兴、宁波、温州、海门四镇人马，不日将征剿天台“西乡反”的消息，急忙召集各方首领计议：大兵压境，很难抗拒，不如隐匿起来，暂避其锋。他布置“三陈”选取精壮兵丁，操练人马，伺机出击，若抵挡不住，即向张家桐象鼻山退却。

这天，梅武举听说大军把家乡湖窦镇围得铁桶一般，并挂图悬赏缉拿自己，便迅速捆扎打扮停当。他内穿短褂短裤，外罩长衫，一副读书人模样。

征剿大军总指挥王统领虽派一帮得力将领日夜搜捕，但梅乌龙仿佛销声匿迹一般不见了踪影。

这天傍晚，梅乌龙部署好张家桐、黄水一带防守方略，沿山绕了一大圈，来到原配夫人赖氏家所在的赖家村。赖氏因病去世已数年，除每年正月他差遣儿女来拜年外，平时很少来这里，岳父母也已去世，只有已到中年的内弟和过门已一年腆着个大肚子的弟媳。

当晚，走了百多里山路，浑身疲惫的梅乌龙潜进岳父家内弟去平镇卖树未归，弟媳见他来到，又惊又喜。他跟弟媳说了声：“我在这里宿一夜，有情况通知我。”便上到阁楼，放心地倒头便睡。

他满以为这里是个风平浪静的避风港，谁知下面却是暗礁和急流险滩。

他这一睡，竟睡出一场大祸。

深夜，他睡得正香，忽听得窸窸窣窣如老鼠打架般的声音由远而近灌进耳鼓，接着是一个女子的声音，好像是说：“就在楼上。”

他一个鲤鱼打挺蹦起身。刚穿上长衫、登山鞋，便见火把通明，从楼梯上噔噔噔早蹿上四个彪形大汉。

还没等他们来到楼上，只听扑扑两声，两巡捕已中弹骨碌碌滚下楼，另两个刚蹿上楼梯口还未站稳，早被梅乌龙飞起一腿扫下楼，倒在地上动弹不得。

梅乌龙飞身而下，只见外面一帮人蜂拥而入。这是一帮把总和千总。

梅乌龙见人多势众，忙抄起厅堂大门杠，左抡右劈一阵横扫，将五六个人撂倒在地。然后将大门杠往后一撞，便把从后面扑上来的百总脑门撞裂，往前一拨，将千总开山斧拨落。

这时人如潮水涌上，大门杠已无空间施展。梅乌龙将大杠往前一挡，阻遏住人流，转身往楼上蹿去。刚到楼梯口，发现整条楼梯上已聚满了追捕的人。

梅乌龙怒吼一声，如半天起一个霹雳。他用力掇起楼梯往外一送，楼梯上的人个个儿如螃蟹直甩脚，口中哇哇直叫，只听轰的一声，楼梯倒下，数十人被砸倒在地。

梅乌龙转身跃进阁楼，刚抄起三节棍，三个军官已顺墙壁飞身上楼。

“反贼何处逃?”总指挥王统领一声吆喝，率副将李司等将梅乌龙围在核心。

梅武举因酣战多时，左臂受伤，体力渐渐不支。此刻，刀、槊、挡三件兵器一齐出击，企图将梅乌龙击杀。

在这千钧一发之际，忽听一阵雷声由下而上隆隆响起，雷声中，一条乌龙呼啸着飞出窗口，射向大天井的竹园里。

王统领见梅乌龙用怪招、绝招（名为“乌龙出洞”）逃脱，又惊又恼。他沿窗墙飞身而下，率兵将追捕。他见梅乌龙猿猴般在竹林顶部攀援，便下令放箭。霎时，箭如飞蝗。

但梅乌龙左手向后环抱毛竹，轻松地舞起三节棍，将箭纷纷拂落尘埃。

王统领看到兵士们箭壶里的箭都用光了，也没伤竹上人一根毫毛，顿时气得发疯。他立刻下令砍倒毛竹。

毛竹一棵棵砍倒，梅乌龙仍从这棵纵到那棵，来去自如。

但毛竹越来越少，偌大的竹园眼看只剩下最后一棵。

梅乌龙刚纵到一棵大毛竹上，还未抱稳，王统领已举起大砍刀怒吼一声，用尽平生之力一刀挥去。

只听哗啦啦一声，毛竹倒了。众兵将一拥而上。

但梅乌龙却在毛竹倾斜就要倒地之际，手捧毛竹哧溜一声，像松鼠一般滑出围墙外。他飞身点地，正想拔腿而跑，猛听一阵呐喊，已被墙外伏兵的罗网网住。

此刻，梅乌龙方才醒悟：是内弟媳出卖了他。

天已大亮，戴上镣铐的梅乌龙被押解着从赖宅旁经过。他忽看到二楼窗口探出眉开眼笑的内弟媳，她为得到百两银子的奖赏而兴奋。

梅乌龙不禁怒火中烧，破口大骂："你这臭婆娘不得好死！"

他刚骂了两句，忽听窗口响起一个声音："你这应遭天诛地灭的婆娘，谁要你这昧心钱！"

骂声刚落，那打扮得娇滴滴的婆娘，便被丈夫从窗口扔下。只听得"哎呀"一声惊叫，这婆娘便一命呜呼！

此刻，窗口那男子捶胸顿足，抱头大哭："我前世作了什么孽呀，要受此报应！"众乡亲看他悲痛欲绝，便上去把他劝走了。

梅武举被眼前这一幕惊呆了，他向内弟的阁楼投去深情的一瞥，他既对内弟大义灭亲肃然起敬，又为内弟中年丧妻，为一个小生命没出世便夭折而感到深深的悲哀。

二

张家桐孟湖岭脚船埠头，约下午三点多钟。

一场秋天的洪水冲走了横架在孟湖溪上的木桥，人们只好靠船和竹排来往过渡。

听到大兵前来征剿的消息，陈邦先刚把张家桐精壮带上象鼻山，把队伍托付给叶万邦，便急急下山。他准备去屯兵较少的平镇，为村民采买油盐、火引和灯芯一类日用品。

天阴沉着，下着毛毛细雨。陈邦先穿着蓑衣，将斗笠压得低低的遮住额头。

如今的孟湖岭已不同往常。

征剿的兵士一队队来往穿梭，渡口盘查得很严。他来到孟湖桥南岸溪边，拿起撑排杆，正解缆放排，准备将竹排撑往大溪，猛听一个军官厉声喝问：“去哪里？停排检查！”

陈邦先嘴里说“哦，晓得晓得”，手里却活计不停。只要将排掉过头，冲出百十步就到大溪了，那时我就自由了，他想。军官见状一挥手，六七个官兵涌到排上，为首一个一把掀掉陈邦先的斗笠，盯着他：“嘀，这家伙好生面熟，真像我们要捉拿的人！”

还没等他下令抓人，陈邦先已抄起撑杆一杆将这班人扫落水里。

岸上官兵听到喊声，见缉捕的要犯欲撑排逃走，连忙放箭，一个还开枪射击，可陈邦先早如一只鸬鹚，潜入水里不见了。

顿时，岸上官兵忙作一团，征剿头领立即下令：“沿溪岸搜索，务必擒获反贼！”

顺流漂了二十多里的陈邦先借着苍茫的暮色，带着满身疲惫和难耐的饥饿，从上庞桥头高可没顶、白花飘飘的芦苇荡中偷偷溜上岸。

他刚从溪滩地里挖了颗红薯吞下肚，便被巡逻的官兵发现了，只得又跳入始丰溪。

一霎间，他看到两岸火把飞舞，官兵如蚂蚁般从村庄里涌出，木船、竹排从不远处追来。

他慌忙游进毛狗洞。洞成之字形，洞中急流汹涌。他穿过二里长的险洞，想游入灵江。一入江，官兵就很难捉拿了，他盘算着。

但他刚游近洞口，就见外面水光如同白昼，有几个官兵在热烈交谈：“这回我们在毛狗洞布下了天罗地网，任凭什么‘鸬鹚’，也要插翅难逃了。”

听了这话，陈邦先方知出江的希望已经破灭，只得折回洞里。

此时，在水中泡了大半天的他，身上冷得发抖，被石头碰伤、被茅干划破的伤口疼痛难忍。他攀上一块岩石，脱下衣裤拧干水，重新穿上，想稍微休息一阵。

突然，阵阵烟雾直往里直灌。

他立即意识到：官兵已在洞口烧起大火。

待不多时，洞里便浓烟滚滚。

他咳嗽不止，觉得胸间憋闷得难受。

“不能在这里等死！全村人还等我买东西回去呢。”求生的欲望和乡亲们焦急等待的面容，重新鼓起他的斗志和勇气，他一个猛子扎下水，咬紧牙关，鱼似的游回上洞口，随后一个鸬鹚抓鱼潜入深水，箭般射进了大溪。

等他浮出水面，火光和喧闹已离得很远了。他深深地呼吸着飘拂在田野上、带着庄稼成熟季节所特有的沁人心脾的香甜的空气，便自由自在地向着对岸一个魂牵梦绕的地方游去。

谁知这一去，却遭遇了危险。

平镇岩头背。一个低矮的小四合院。这是个一边临溪，高高建于岩背之上的小院子。

笃笃笃，门口响起轻而急促的敲门声。

“早不来，迟不来，哪个死鬼深更半夜才来，害得老娘倒了困趣！”听到叩门声，一个中年妇女烦恼地来到大门旁探望。

“是我，兰花。”陈邦先压低嗓门。

大门里那女人先是一愣，接着急忙开门，又急急闩上。

进了房间，叫兰花的女子一把从床上拖起睡眼惺忪的丈夫：“懒坯，百事不管，只晓得困觉、搓麻将！快到门口看着点儿，有人来了告诉一声。”

懒虫丈夫披了件夹衣，趿着拖鞋，用指甲抠着大大的眼屎到门外去了。

屋里没点灯。大灶的火旺旺的，小灶炭火也红红的。换了干衣的陈邦先在灶旁烤着火。

看到兰花跑进跑出，忙上忙下，边做饭菜边烧火炖酒，一股暖意不禁漾上他的心头。那储满笑意的眼睛，那闪亮的脸庞，那轻盈的脚步，使陈邦先仿佛看到了恋人的少女时代。

兰花忙完灶上活，来到灶旁，挨着陈邦先烧火。借着灶口火焰的亮光，他发现兰花虽不到四十岁，但头上白发绺绺，脸上皱纹纵横，俨然一个老太婆了。生活艰难催人老啊！陈邦先在心头叹息道。

兰花是陈邦先青年时代的恋人。

陈邦先练得一身好水性，是撑排好手。两人你慕我爱，十七八岁便相恋了。

兰花日日等，夜夜盼，盼陈邦先早点儿与之订婚。

可在这苛捐杂税多如牛毛的年代，在这贫穷的山区，凭撑排和父亲种田地，连养活一家六口都很难，要攒钱娶亲比登天还难，于是一直拖到陈邦先二十七八岁，家里还是风扫地月当灯，一贫如洗。

最后，年已二十五岁的老姑娘，拗不过成天骂骂咧咧的父亲，含泪嫁到平镇。

谁知所嫁丈夫是个二流子，好吃懒做，不种田地，不做生意，成天不是搓麻将赌博便是困觉，一家五口生活重担全压在兰花一人肩上。没办法，她只得开个小饭馆，开始接纳那些在始丰溪上飘荡，特别是那些穿越毛狗洞，从鬼门关上闯过来的心力交瘁的撑排人。

陈邦先每逢撑排运木料到府或是回来，常在此过夜，只是近年娶了老婆才来得少了。

开始，兰花丈夫——那个二流子骂骂咧咧，后来被兰花痛骂了一顿："一个大男人要女人养活，真不害臊！好，从今往后，你挣钱养活我，让老娘也过过舒心日子！"

几句话戳到他的痛处，从此二流子只好不闻不问，睁只眼闭只眼了。

米饭熟了，将军鱼熟了，还有一壶滚热的家酿糯米酒。

闻到鱼、酒的香味，门外那二流子跑进屋，馋涎欲滴地拿起筷子就想动手。不料，拿筷子的手刚伸出，便被另一双筷子重重地敲得连忙缩回："去去去，馋鬼，没你份儿！这是待客的。你要吃，明天自己去捉！"

二流子神色怏怏地走了。

"吃呀，放开肚皮吃呀！"兰花提起酒壶，给昔日的恋人斟上满满一碗，然后又给自己倒了一碗，"我们今生不能成夫妻，只好下世再婚配。

来，我们喝碗交杯酒!”说着，她举碗喝了两口，递给恋人，再端过恋人的大半碗，一饮而尽。顿时，苍白的面孔有了血色，两腮的酒窝重新显出了魅力。

陈邦先已经好久没吃到一顿安稳饭了。如今看到好酒好菜，又有情人相陪，便开怀痛饮，狼吞虎咽地大吃。不一会儿，鱼剩下一副骨架，酒光了，一升米饭连黄黄的锅巴也片甲不留。

兰花叫丈夫睡外屋，自己和陈邦先进了里屋。

喝了酒，热血沸腾的陈邦先，在暖烘烘、温馨的被窝里，在情人无比温存、令人销魂的怀抱里，牵出了一个又一个彩虹般的美好回忆。

她第一次与他相识，是从一支歌开始的。

陈邦先撑着木排，从狭窄湍急的流云峡一进入宽阔的河面，便亮开嗓门：

水上漂漂赚大钱，
裤裆刮裂用线连，
头上草帽剩半边，
脚踏草鞋四索穿。
水底捞月实可怜，
爬上水岸无铜钿好买盐。

唱到这里，他长叹了一口气，然后幽默地模仿戏台上小丑的腔调：

撑竿烂，三餐饭；
撑竿燥，直烤烤。
撑竿竹是条龙，越甩越是穷……

兰花被他的勤劳勇敢和凄惨生活所感动，也为他粗犷有味的歌声而打动，从此，她经常到河边埠头来，默默地关心着他的命运。每当见到他出排运货从外面大江大海安全归来，她才放心地回家。有一次，陈邦先出海好多天没回来，她左等右等，总是等不到那古铜色脸膛、有一身强健肌肉的青年出现，她心头扑扑直跳，于是伤心地唱起一支渔歌：

天公大雨勿要落，我夫柯鱼在海角。
等到我夫回溪转，决坝大雨任你落！

她手搭凉篷，望眼欲穿地望着东方那苍茫的暮色，焦虑的心情溢于言表：

大雨滴滴落屋檐，夫君捕鱼在海边。
船小无篷难遮雨，一夜风雨我难眠。

兰花更加动情，她喊了声“邦先哥”，歌声更加悲伤：

一只船儿红秧秧，扯篷起锚出外洋。
船驶三面尖刀篷，夫遇风浪我断肠。

心上人的竹排迟迟没有出现。她唱不下去了，眼泪禁不住涌了出来，一颗热泪便挂在她的腮帮上……

陈邦先因为在临海港等回程货物，耽搁了时间，故回来得迟了。

当他又一次穿过惊涛拍岩、暗礁林立、被称为死亡地带的毛狗洞，终于来到兰花村前的河边，听到这支委婉缠绵无限牵挂自己的歌时，一直蒙在鼓里的陈邦先，顿时感动得热泪盈眶。他做梦也没想到，居然有个聪明美丽的姑娘，会关心着他这个在溪河江海上漂泊，命运如浮萍的穷撑排人！于是，他把竹排飞快地撑到水埠头，借着夜色的掩护，将清纯可爱如空谷幽兰般的兰花姑娘一把揽进宽大的怀里……

久别重逢，加上婚姻的不幸，生活的艰难，东躲西藏连续半个月的颠沛流离，使他们如新婚夫妇般热烈如火，缠绵难分。陈邦先紧紧地抱住心爱的女人，与她融为一体；而她则像久旱逢甘露般欢呼着迎接他。他带着她，在江河湖海中畅游，在水草丰茂牛羊成群的大草原中徜徉，他们一次又一次登上风光无限的五岳名山，她也一次又一次地发出了无比欢愉的呢喃……

他们像鱼渴望水、水欢迎鱼般尽情地欢悦着，他们忘记了别人忘记了烦恼忘记了世界也忘记了周围的一切。陈邦先以为自己来到了世外桃源，谁知这里却是一个陷阱，他根本没想到，有一场灾难正向他们步步逼近，这真应了一句中国古话，叫作乐极生悲。

他俩沉入甜蜜的温柔乡不能自拔，整宿整宿，兰花都死死搂住恋人不松手，吻他、摸他、亲他，唯恐失去他……

忽然，陈邦先做了个噩梦，梦见自己被强盗绑架，怎么也挣脱不了。他想喊，突然啪的一声，嘴巴上重重地挨了一巴掌。这下，他醒过来了。原来，他和兰花连同被褥一起都被官兵用绳索像捆粽子一般捆缚成一团。

“死鬼，你死后到阴间要下地狱，要磨人粉！”见到二流子丈夫在官兵面前低三下四的哈巴狗模样，兰花厌恶地咒骂起来。

可那二流子早拿起赏银，笑眯眯地到外面酒店和赌局中寻欢作乐去了。

众人都像看猢狲戏一般，看着这对大逆不道的通奸男女。

鄙夷的目光，“烂婊子”“骚货”等种种不堪入耳的污秽话，众目睽睽之下的难堪以及肉体上的疼痛，这些，她都已经无所谓。此刻，她既不惊慌，也毫无羞色，反而露出了甜蜜而幸福的笑容。她的手臂紧紧环住情人的脖子，将脸和恋人的脸紧贴着，一副心满意足的样子。一会儿，她竟合上眼睛，均匀地呼吸着。

人们见她的睡态是那么美丽、安详、圣洁，活脱脱一幅观音菩萨的图画。

看来，她已陶醉在一个无比美妙的仙境之中……

三

王统领率征剿大兵，往闹粮劲旅“三陈”核心地张家桐进发。

大军过始丰溪、岭根村，只见一道险岭横挡面前。一条陡峭的石阶路，如天梯从中间把山岭隔断为两半。

这岭叫孟湖岭。相传当年大诗人孟浩然爬上山顶下不来，靠樵夫相助，腰系绳索方才下山。这岭左如狮右如象，还有两挂瀑布分别从狮口象鼻里喷涌出来，倾泻到两块大岩上，溅起了雷鸣谷应般的喧响。这响声与呼呼大风相应和，发出了狮吼狼嗥般的可怕声音。

“好景致，好个龙腾虎跃的地方。这是什么地方?”李司问王统领。当他得知这就是唐代诗人孟浩然曾游历过的名胜时，不禁心中大喜。他坐在马上，回望旌旗飘扬，心想，大诗人当年独自一人千里迢迢步行到此处，可谓风餐露宿历尽辛苦。吾如今率领千军万马来此进剿，自己比孟浩然不知风光荣耀多少倍！想到这里，他不禁吼出当年汉高祖的《大风歌》:

大风起兮神采飞扬，安得猛士兮守四方……

他边吼边命令队伍迅速过岭，赶往张家桐剿灭闹粮人。

正当他踌躇满志地率军向岭头进军时，猛听得“猪娘炮”轰隆响起，紧接着从岭头和狮象岭上滚下一排排大石头，顿时鬼哭狼嚎响成一片。

李司还没弄清是怎么回事，后背早被一块石头砸中，顿时跌下马来。

王统领见出师不利，大将受伤，不禁恼羞成怒，下令分兵三支：一支佯攻中路，两支从侧翼包抄上去。等官兵费了九牛二虎之力攻上岭头，早已不见了人影。

过了孟湖桥，他催动大军迅速四面包围了张家桐，却发现处处院子冷冷清清，除老弱病残外，精壮早已无影无踪。

他吩咐人马住进各家各户休息，一边派出各路哨马四处探听搜索。

他正在一大户人家享受“五虎擒羊”美食（即用麦粉皮包着腊肉、猪肝、油烙豆腐、鸡蛋糕和肉糕，中间放豆面小炒）和“鸡子灌麦饼”，忽听得哨马报告：“闹粮头目徐维闲已削发躲到象鼻山寺院里当了和尚，那个使劲儿敲木鱼的就是。”

得到这个消息，王统领心中大喜：擒获反贼徐维闲在此一举！

他走出村子，只见村前横亘一道高数百丈，绵延四五里的石壁。那上面或白或黄形如蜂窝，嶙峋峥嵘，不可攀越，唯有村前一条陡峭如天梯般的小径可通山顶寺院。

他怕有埋伏，遂叫几个官兵在前面探路。走了一段路，见有个打柴人挑着柴担从山上下来，一问，说是寺里正在做水陆道场。

王统领大喜，吩咐快快上山擒拿徐维闲。当他走到半山腰，见到了张牙舞爪的嶙峋怪石，地势十分凶险时，不禁大笑：“这帮毛贼，到底少见识，要是在山头设下埋伏，我辈老命休矣！”

话音刚落，猛听晴空里响起滚滚雷声，他下意识地抬头一望，数十块岩石挟带着雷声如条条飞龙狂奔而下。

他大惊失色拔腿就跑，只恨爹娘少生两条腿。他刚跑进一个院子，转身一看，一块方形巨石只在山脚一停便呼啸而来。

“我的妈呀！”他一边狂呼一边使出平生绝技，一蹲一纵来了个猿猴攀树，纵上屋顶一棵大树。只听轰隆隆一声巨响，烟尘弥漫。等到烟尘消散，一看，那巨石穿过墙壁，像一把锋利的巨刀拦腰切进屋子，两名官兵当场被拦腰切断，数名被砸伤。

此刻他方晓得自己中了村民诡计。他歇斯底里地发作起来，命令大兵四面出击，但除中间这条上山小径外，其余都是刀劈斧削的绝壁，令人望而止步。兵马从中间往上强攻了两天，除了丢下几十具尸体，伤了上百人外，毫无收获。他苦思冥想，一筹莫展。

一天，闷闷不乐的王统领带着数名官兵来到明岩寺，看见藏珍楼里有座光芒四射的玲珑宝塔。他对方丈道：“师父，这宝塔可以给我作个留念吗?”

方丈明知这是镇寺之宝，哪能给！但看到他腰佩尚方宝剑，又带着班如狼似虎的随从，哪敢说半个“不”字，只能乖乖地将宝贝奉上。

王统领刚走出寺门，忽然一阵歌声从对面高岩上响起：

吃饭像荒山崩土，走路像犯人解府；
做事像老牛推磨，说话像病人叹苦。

那歌声流露出几多满足几分无奈。

听这歌，他知道唱的是本地的“懒惰人”。

接着，那歌又变了，变成了男人赞美老婆的颂歌：

老婆宝贝肉，老婆篱柴竹；
老婆玉皇大帝，老婆山神老土地……

这人在对老婆尽情赞美之后，随着一声无可奈何的叹息，发出了呜呜呜的哭声。

他在唱过哭过之后，便手拉过绳索顺着高崖往下滑溜。

原来这是年过三十六，还没娶上老婆的“光棍汉”陈邦照。

闹粮队伍已在山上坚持月余，环境恶劣，饥饿、寒冷和疾病威胁着大家，自由惯了的陈邦照受不了这般苦和拘束，便偷偷一走了之。

那衣衫褴褛的“独自人”刚溜到山脚，就被几个官兵绑着押到统领面前。

“你是闹粮党头目，罪该杀头!”

一句话惊得陈邦照魂飞魄散。“不不不，我是上山掏乌药、拾岩衣的，卖了换点儿米度日。”他磕头如捣蒜，“求大人开恩饶命。”

“这条山路通哪里？是否通象鼻山顶？”见陈邦照点点头，便说，“你给我们带路，我不但饶你性命，还要奖赏你银子。”说着，抽出宝剑往山上一指：“走，前头带路！”

在利诱威胁面前，陈邦照乖乖地做了带路人。

这是个月黑风高的夜晚。日夜担惊受怕、缺吃少穿、极度疲倦的闹粮队伍正沉入梦境，突然背后喊杀连天，官兵如潮水般涌上山来。

闹粮队伍除一小部分随叶万邦逃到黄水里面的深山——歧石山外，其余都被捉住。

王统领命令一支精兵火速前往歧石山，务必要将闹粮党斩草除根。

官兵没将闹粮人五花大绑，只将他们的锁骨（俗称“灯盏箍”）用索穿起锁成一条长龙，然后，便将闹粮人驻扎的七十二座茅棚点上火一把烧光。

顿时，呻吟声、咒骂声不绝于耳，血腥味、焦煳肉味令人作呕。

时已傍晚，数里长的象鼻岭上烈焰腾空，如一条火龙呼啸盘旋；那噼噼啪啪的响声和咒天骂地的呼喊，就像是凛冽寒风中的愤怒抗议和绝望的呼声！

四

农历十一月初三辰时，余鲁材突然自杀。关于他自杀的原因，众说纷纭，扑朔迷离。

初二中午，大牢里的余鲁材正端起饭碗，吃那人可倒影、只放了点儿烂腌菜的粥。忽听牢监的通道上响起一串哗啷啷的脚镣声，忙端碗到铁栅门旁一看，不禁大吃一惊：梅乌龙、陈邦先，还有徐维闲、陈方地、沈修征、王行善等一帮闹粮头领一个个被押解进来。接着，被分别关进一间间牢房。其中陈邦先与自己同关一间。

久别重逢，除了狱中相见的悲凉，一股亲密的友情漫上余鲁材的心头。他朝陈邦先投去友善的目光，谁知对方却对他怒目而视。

“为啥闹粮头领差不多都被一网打尽？难道官府知道得这么清楚？”余鲁材急不可耐地问。

“这要问你！”陈邦先冷笑着摔过一句话，“你别装糊涂，你自己干的缺德事难道还不清楚？”接着，他骂出一句话：“你这个叛徒！”

“你别血口喷人！我虽为文弱书生，但我骨头不软！”余鲁材怒目圆睁。

看到镣铐加身的余鲁材怒发冲冠两眼喷火的样子，陈邦先想到余鲁材虽为书生，但铁骨铮铮从未软过，于是态度和缓起来。

“到底是谁泄露了机密？”他俩一个个排查下去。余老先生德高望重，年过花甲，早已置之生死于度外，况且早已赶往京城告状。另一个就是同样被打入大牢的王作新，要是他告密，就不会用酷刑对待他了……告密者到底是谁？两个人陷入了深思。

忽然，余鲁材好像突然醒悟过来似的问：“我未过门的妻子彩云现在哪里？”

“别提这贱货了！”提起彩云，陈邦先不禁骂出声来，“这女人自你被押府牢后，不久就做了知县丁澍良的小老婆。她，就是被闹粮队伍赤身裸体游街的婊子货！”

“啊，想不到会是她！”余鲁材失声叫了起来，引得狱卒匆匆跑过来，但看到没什么别的举动，便警告一声，匆匆走了。

看到陈邦先惊讶的神色，余鲁材忙将彩云来府衙大牢探望自己的事和盘托出。

此刻，两人方才知道上了这美女蛇的当。余鲁材叫苦不迭。

“事已至此，公子不必过于自责。”陈邦先好言相劝。

“都是我瞎了眼睛，看错了这小贱人，害得大伙受苦受难。”余鲁材扪住双眼呜呜地哭泣起来。

这天夜里，余鲁材躺在床上翻来覆去，整夜睡不着觉。是我有眼无珠，看错了这个小婊子，把秘密泄漏给了她，结果害了这么多人！今后我还有什么脸面见人？还不如死了好！不，不能死，年纪轻轻，以后还有许多大事要干，况且我死了，爷爷奶奶会痛不欲生。他忽而沉默不语，眼神呆滞，如同痴傻；忽而心情激动，痛哭流涕。

陈邦先在旁劝解了很久，余鲁材情绪才好了一些。

十一月初三这一天，天刚蒙蒙亮，陈邦先便被押走审问了。不一会儿，皮鞭抽打声和犯人痛楚的呻吟声，一阵阵传入余鲁材耳鼓，他心如刀绞。

天，阴沉沉的，天空上聚集着如铅块般的死气沉沉的乌云。在呼呼北风的裹挟下，一朵朵晶莹美丽的雪花被无情地蹂躏，撕扯成粉末状飘下来。

狱卒来查房了。颧骨高耸、眼睛深陷、因彻夜未眠眼圈发黑的余鲁材取出夹袄里以备急用的一块银子，捋下长衫上两个玉坠，镇定地对中年狱卒头目说："大伯，我一夜没睡，头脑乱得很，这块银子托您买点儿大烟，玉坠留给您换壶酒喝。"

约摸半个时辰，大烟买到。余鲁材按了一点儿在烟斗上吸了一会儿，五脏六腑顿时舒畅起来。昨夜想好的主意，此刻在他的脑海里更加鲜明，就像从远处驶来，越驶越近的一只小船：此番闹粮，烧县堂、杀十八个兵勇、控告府台令官府恨之入骨，必定要处死一批人。我是首犯，必死无疑，与其临刑受辱，尸首不全，不如饮药自裁，保全尸首。再说我一死，或许能震动六邑童生，引起抚台重视，减轻对闹粮人的处罚，减轻百姓的赋税……况且今天这个日子，严雪纷飞，我死后必有大雪覆盖，这正应了大才子曹雪芹"质本洁来还洁去，休将污淖陷渠沟"的纯洁境界。

想到这里，他拿起官府勒令他交代口供的毛笔，饱蘸墨汁，用尽平生之力，在纸上写了十几个遒劲的大字："孔言成仁孟曰取义，惟其义尽晟以仁至。天台义士余鲁材。"

他无限深情地看看难友们的牢房，默默地说："诸位大哥，我先走一步了。”说过，一口吞下那块大烟，霎时，他觉得身轻如羽毛，向天空冉冉升去……

余鲁材没自杀成。一者因银子少买的烟土少，加之狱卒发现得早，用解药化解了。这样一颗耀眼的星星，在行将陨落之际没有落下，而是在天幕上又多运行了五天，换句话说，余鲁材在人世间又多活了短短的五天。

然而正是这五天，又引出一段千古佳话，又撒下一把不灭的火种。这火种经过一段时间的酝酿，又燃烧蔓延成一场冲天大火。

丁知县、徐知府两个大贪官就是被这场大火烧垮台的。

天台湖窦镇之东，横亘着一座莽莽苍苍的枫林。这历经数百年风雨的树林，在寒风和严霜的侵蚀、打击下，却变得如火海般通红透亮，耀眼夺目。在两棵巍然挺立的巨枫间，搭起一个高约两丈的戏台。

诛杀天台闹粮党头目的刑场就设在这里。

戏台前方一块宽阔的空地上，掘了两行平脖深的土坑。

正交上午巳时，只听得鸣锣喝道，旗牌执事前导，接着是肩枪胯刀、威风凛凛，伴着“嚓嚓”脚步声开过来的足有三百人的官兵，刑场上一片肃杀气氛。

十三名五花大绑的罪犯被二十六名刽子手押解着。

后面是得意洋洋、摇头晃脑的知县丁澍良，接着是道貌岸然的知府徐士銮，两人骑着马威风凛凛地走过来，后面是李司率大队人马来到。刑场周围兵丁林立，戒备森严。

戏台前面两角，各押着一个戴着脚镣手铐的犯人，左角是陈邦先，右角为梅乌龙。戏台前的一排土坑中，每个都推下一个闹粮案的首领。

知府徐士銮宣布了刑部对闹粮党头目的斩首判决，接着刽子手开始行刑。

第一个是梅乌龙。由于他长得高大健壮，且武艺超群，故派了台州府大名鼎鼎的“快一刀”（亦称“快刀浪”）行刑。

“快一刀”取出锋利而寒光凛凛的宝刀，在手中掂了掂，笑着对梅武举道：“你这条龙，如今要送命在我手里了。要是在我砍一刀后，能回头看我一眼，就算你英雄好汉！”

这人砍头从来都是一刀过关，毫不含糊。他不仅仅限于把头砍掉，而是砍得很艺术很富有诗意。

人们乍一看到他，都不相信他会有如此大的能耐。

此人生得矮而瘦，像三寸丁谷树皮武大郎。他的个子与天神般魁梧的梅乌龙恰成鲜明对照：“快一刀”只到梅乌龙腋下，要是在行刑时，梅乌龙突然放出一个响屁，必定会像炸弹般在“快一刀”嘴边炸响。

但人不可貌相。看过“快一刀”杀人场面的人，都知道此君砍头的技术已是炉火纯青，高超非凡，不管什么样难砍的头，到他手下都变得如划豆腐般容易。

有人亲眼看到，有一次，他奉命砍一名高大魁梧如门神般的海盗。那五大三粗、铁塔般的强盗见刽子手只及自己肚脐眼高，就嘲笑他：“今天你的牌子可要栽在我手里了，绰号可要彻底改一改，改成‘慢三刀’或是‘钝五刀’吧!”

谁知话音刚落，突然，一个令人眼花缭乱、快如闪电的动作过后，还没等人们看清是怎么回事，早见那强盗头颅里一道血柱冲出，那头就像草帽般飘然而下了。

令人稀奇的是，那头不是直接落地，而是像草帽般冉冉而飘，然后呈一条美丽的弧线落下。看那被斩首之人颈部，齐刷刷一刀，绝无犬牙交错之状。

人们惊奇万分，不知他砍头时用的什么削铁如泥、杀人不见血的祖传宝刀，但人们分明看到那刀砍头后也是鲜血淋漓，方知他亮刀砍头前那个卓越超群不同凡响的“助跑”动作并非可有可无糊弄人的花架子，而是有着特殊的重大意义。

原来，斩首的号枪或号炮一响，“快一刀”的两脚先在原地上下弹跳了三下，然后腾的一声跃起，平地升高三五尺，紧接着整个身体猛地旋转一周，随着一声“看刀”的霹雳般的吼声，全身力气和精神气一齐涌向那口寒光闪闪的快刀，于是只有六七斤重的小小的头颅便像一颗小小的木珠般轻而易举地被劈飞了。

他用此法无坚不摧、无敌不克、无往不胜、屡试不爽。无数的人头在他那神出鬼没的快刀下乖乖地飘落。有人曾问他：“万一失手怎么办？”但他坚定地摇了摇头：“没有万一，除非我得了大病起不来。”

了解他的人知道他此话毫不夸张，因为有一次，有人亲眼看见他用此法把碗口粗的一棵硬树齐刷刷地砍了，而且那树也像波浪般起伏了一阵才飘然落地呢。

闲话少说，言归正传。话说“快一刀”向梅乌龙讲出那话的目的，无非是在这场闻名全省的行刑中显显威风，并想借此机会扬名全省，以便往省衙门调。他知道，任何人到了他的手下，都是一刀解决。我一刀就劈下脑袋，还能回头个屁！“快一刀”刚说完，便做了个潇洒的弹跳动作，然后腾空，旋转一周，奋力一刀砍去。

他看到一颗头颅飞得无影无踪。惊疑间，定睛一看，梅乌龙的头虽被砍断，却没落下，只听一个响屁从梅乌龙体内蹦出，如雷声直劈“快一刀”面门，而那头颅则猛地向后转动了一百八十度，吹胡子瞪眼睛怒发直竖死死盯住“快一刀”，吓得他魂飞天外，伏地直拜连连求饶。

直到带兵的李司补了一刀头才砍掉，只见鲜血如高压水龙直往枫树上喷。那高大的身躯仍巍然挺立，兀自不倒。李司踢了一脚，才如大树般轰然倒下。

第二个轮到余鲁材。他被从一辆高高的囚车上带下来。他面目肿胀，其中一只眼睛已经肿得没有了缝隙。他被带到戏台的右角，就是刚才梅乌龙被砍头的地方，戏台地板上洋洋洒洒都是血。

丁澍良心里很得意，杀人场上无英雄，平时看起来很刚强的人，一到砍头时节就脓包草包软蛋了，准会面如土色、两膝发抖、尿流屎出、瘫软在地。我看你余鲁材今天还硬不！

他看了一眼余鲁材，只见他露出了怒不可遏和鄙夷不屑的神态，没有出现他预想的那种场面，不禁暗暗有点儿吃惊：“这个文弱书生却有如此胆量，真没想到!”不过他准备杀杀余鲁材的锐气。

“余鲁材，你知罪吗?”知县丁澍良狞笑着问，“一个知书达理的人怎么偏偏犯了王法?”

“我没犯法！犯法的是你们这些贪官、狗官!”

虽然挨了骂，但丁澍良却没像往常那样勃然大怒，他知道面前这后生的性命捏在自己手里，他想借此机会抖抖县太爷的威风，要要面前这只受了重伤的猴子，出出被余鲁材控告的一股恶气，也想用杀头逼对方屈服。

“余鲁材，你今年多大岁数?你家里大人多大年纪?”丁澍良斜着眼睛，拨弄着八字胡问。

可是令他意想不到的是，鲁材的回答却使老丁搬起石头砸了自己的脚，陷入十分尴尬的境地。

“我年过六十花甲，父亲四十整，祖父二十零。”

“胡说八道！你是发昏发疯了吧。”丁澍良遭到愚弄不禁吼了起来，“你难道腿部下大上小，小腿比大腿粗，比你父亲、祖父年纪都大?”

“这有什么稀罕?我们天台还不是县官比府台、比朝廷大，要不，为何朝廷没加粮天台却私自加?”

余鲁材一席话如一包石灰甩过来，呛得丁知县哑口无言，气得他胡子直抖，整个人从太师椅上蹦了起来。

台下观众顿时轰的一声爆发出阵阵笑声。这笑声是一种极度的嘲弄，笑声中还夹杂着“狗官”“贪官”“瘟官”一类怒骂。

丁澍良不禁恼羞成怒，正想吩咐差役，给这个死到临头嘴巴还如此之硬的不识好歹的家伙左右开弓扇几十个巴掌，揍得他开不了口还不了嘴，不料，却被知府用眼光制止住了。

“唉，青春年华死得可惜呀!”知府徐士銮摇摇头，连连叹息着，满怀同情地说，“本该是金榜题名，说不定能高中三鼎甲招驸马做大官的旷世奇才，却因一念之差成了阶下囚，断送了锦绣前程。”接着他语重心长地劝说余鲁材：“人生在世，最高目标，无非是享受荣华富贵。今天你只要肯悔过，我不但可以保全你性命，还可让你无罪出狱，恢复秀才功名，并保举你当拔贡，直接赴京城参加会试。”

说着，便命衙役拿过文房四宝。

“你只要在纸上声明：‘闹粮是错，系受人指使，以后改过’就行了。”徐知府笑着说，“这对于你这个下笔千言一挥而就的文曲星，不是太轻而易举了吗？你想想就这么几个字，不但可以挽回一条性命，还可以借此平步青云，享受荣华富贵，真可谓‘一字千金’。我看你是个难得奇才，才怜惜你，保全你。古人云：机不可失，时不再来，这是最后的机会，你要慎重考虑。”

余鲁材的眼前顿时绽开了一幅幅锦绣图画，他想起高中三鼎甲赴琼林宴的欢乐，想起“春风得意马蹄疾，一日看尽长安花”的得意，想起招驸马或相府招亲的荣华富贵，想起做了大官鸣锣开道的显赫和回家省亲的无限荣耀与风光。

但他还想了更多更多，他想起司马迁《史记》上一句名言：人固有一死，或重于泰山，或轻于鸿毛。他仿佛听到民族英雄文天祥那掷地有声、流传千古的呼喊：人生自古谁无死，留取丹心照汗青。

“好，我写。”他接过纸笔，一挥而就，然后把笔掷向丁知县面孔，一阵狂笑。知府接过一看，上有几句话：

千古一奇冤，天台闹粮人。
杀我余鲁材，还有后来人。
今生不遂愿，阴间斩仇人！

徐士銮顿时气得浑身发抖，他歇斯底里地连声喊着：“快，快，拉出去砍了！”

轮到陈邦先。

“你死到临头，还有何话可说？”徐知府喝问。

“你不要高兴得太早，你自己也死到临头了。”陈邦先嘿嘿冷笑了几声道，“当年准备刺杀你的人，至今你还把他当作座上宾呢！”

徐知府悚然一惊，面色煞白。他要陈邦先说出那人名字就饶他一死。

“天机不可泄露，不能说，只能写。”陈邦先道。

于是徐知府马上令兵士打开枷锁，叫师爷给他一支笔。只见陈邦先把纸藏在手心，一挥而就，折起递上。

徐知府正伸手去接，陈邦先左手拨开师爷，用那受尽酷刑、血肉模糊的右手使尽力气一拳打向徐知府。顿时徐知府颈骨折断，哭号不止。

李司和偏将数人冲上将陈邦先重新上枷，立即斩决。徐知府送往府衙治疗，虽保住了性命，但颈骨从此歪着了，成了“荡头”，无时无刻都摇晃不止。

处决了台上几人后，一声令下，台下那土坑里的闹粮首领一齐被砍头。只见十一个头颅如同十一支水箭般一齐朝天喷发。被强迫前来“看杀头”的百姓全都捂上了眼睛。

时已黄昏。杀人场上燃起了熊熊大火。

那噼噼啪啪如同呻吟如同呼喊如同怒吼的声音，听得人们毛骨悚然。

在呼呼北风的劲吹下，一股令人作呕的血腥味、刺鼻的糊焦味在小镇的大街小巷以及旷野中不断扩散。这火越燃越旺，直到把尸首纵横、鲜血流淌、惨不忍睹的屠杀场变成灰黑一片。它渐渐与彤云密布暗黑下来的天空连成了一个漆黑而可怕的夜晚。

从此，这树林就经常闹鬼神。平常百姓，鬼神并不怎么难为他们；要是官员到此，轻者遭盘问、遭恐吓、遭咒骂、遭捉弄，重者挨耳光，被吊打。于是，官员们对这枫林谈之色变。这是后话暂且不提。

“便宜了叶万邦这小子！”徐知府恨恨地对新任统领李司道，“以后抓住他碎尸万段！”

“这人是洪秀全托生，神出鬼没，很难抓到他。”李司无可奈何地哀叹。

原来征剿黄水歧石山的数千官兵始终没能抓住叶万邦。

叶万邦带领人马，以台州、金华、绍兴三府五县交界、方圆百里的大雷山为中心，忽东忽西，南北驰骋，频频出击，搞得官兵疲于奔命，焦头烂额，最后只得无功而返。

为向抚台交差，李司只好物色百姓中酷肖叶万邦者斩首上报完事。

征剿大军将要回省缴令。开拔前夕，在天台城关南门召开声势浩大的宣判大会。有四十个闹粮者被处决，几百人被判刑。至于被抓去打成残废、伤筋断骨者，不可胜数。监狱、水牢人满为患，又新增监狱两处。

为躲避抓捕，闹粮者的家属、亲戚、朋友纷纷出逃。于是天台境内大片土地荒芜，鸡鸣狗吠的声音很难听到了。天地间流动的是沉重压抑、令人窒息的血腥空气。

尾声

一

时隔半年，正逢光绪元年，浙江举行乡试。钦差大臣、礼部范侍郎来杭城主考。

乡试结束，在考官批阅试卷期间，爆出一大新闻：此次考试，人杰地灵的天台竟无一人参考。不但如此，台州府所属临海、黄岩、仙居、三门、温岭、宁海六县秀才在试卷中，都夹着一份给主考官的呈告。其意略云：

天台知县丁澍良目无王法，胆大包天，竟敢违抗《大清律例》私加钱粮，鱼肉百姓，侵吞白银五万两。如此贪官不杀不足以平民愤！

台州知府徐士銮为虎作伥，拷打忠良，草菅人命，天怒人怨。若非贪官瘟官，焉得如此庇护丁澍良？余鲁材祖孙和王作新，不顾安危，为民请命，上顺天意，下得民心。如此忠良，反遭迫害，受尽牢狱之苦，令人扼腕！英俊余鲁材蒙冤受屈，含恨而死，众闹粮首领血溅枫林，其冤若不昭雪，岂不飞雪六月，雷震隆冬。望大主考青天老爷，挟尚方宝剑，审天大冤情，上报圣上，下慰黎民，万民称颂，青史留名……

翻阅六县秀才试卷，大主考范侍郎感到事态严重，迅速飞报朝廷。请得皇上圣旨，重审天台闹粮案。于是，丁澍良、徐士銮贪赃枉法、侵吞巨额钱粮款一案终于水落石出，报刑部结案，终于判决：丁澍良充军三千里，府台削职回家转，秉钖出牢恢复原功名，余鲁材恢复名誉。罚张华地、陈允中、余迪青几劣绅重造县堂。

判决下达，百姓个个称快，家家户户张灯结彩，鸣放鞭炮庆贺。

二

丁澍良戴着枷锁，被兵士押着上路。

他一走出县衙，就见百姓人山人海，喧声如潮。

“来看，快来看呀，瘟官来了！”人们潮水般涌到这里像看猢狲戏般围着他。喊声、骂声、讽刺挖苦声、爽朗的笑声和欢快的口哨声，交织成一片喧闹、沸腾的海洋。

“老丁，你是步步高升，要放府台了吧！”

“你怎么不雇个挑夫挑银子？这么小气干吗，难道五万两银子还不够你花！”

“丁知县，你有这么多太太和姘头，怎么不带几个路上解解闷？要知道，你去的地方荒凉冷落得像深山里的坟墓，一年到头连女人味也闻不到呀！”

“要把这家伙阉掉，不然，他到哪里都会不老实!”

“好呀，老天有眼，这狗官也有今日这下场!”

人们骂着，讽刺着，把乌七八糟的脏水一齐泼向他，有的还用唾沫啐他，但被解差喝住了。

过了大街，拐过一个弯，就是一座高高的石牌坊。他一眼望去，就见牌坊上有一副每字足有斗大的黑体对联。

左联：削去树（澍）皮还白地

右联：鱼肉良民是瘟官

横联：罪该万死

他知道对联中藏着自己的名字——“澍良”两字。这对联是挖苦、讽刺自己挖地三尺，是个瘟官，还咒骂自己罪该万死!

这对联带给他的最大感觉是心惊肉跳。他分明觉得，这粗粗的黑体大字就像是人死时停尸间的挽联、挽幛；而自己就是将要走向死亡之门的人。

他忽感到脚步变得沉重起来，如同脚上系着大石头。

他失魂落魄地走着，他想推迟接近这死亡之门的时间（他甚至奢望绕个大圈，不通过这门）。他只稍稍偏离“航向”，便被解差训斥了一顿：“你是疯子吗（怪他偏离方向），你是死人吗？你不会走得直些、快些!”

解差边训边用手推了一下他的肩头。他踉跄了几步，差点儿跌倒。他没有办法，他只得忍气吞声。落毛凤凰不如鸡，虎落平阳被犬欺啊!他心中悲苦地叹了一口气，泪水不禁盈满了眼眶。

他硬着头皮往前走。忽然，他发现自己所经过的地方，人们都点起一束束火红的香；还在家门口烧起一个个稻草团。啊，这是当地人祭奠死人的风俗。每当灵柩抬过自家屋前，人们总要点香烧草团祭死人以消除晦气。看来，天台人对我恨之入骨天天咒我死啊！他想。我贪污这么多银子干吗？弄得现在官做不成又受万人咒骂，这又是何必啊!

眼看北门就要到了。一出城门，就可早点儿上路，早点儿脱离天台这是非之地了，他想。他刚走出城门，只见万头攒动，人们高喊：“瘟官滚出去!”随着喊声，许多人拿着锄头、铁耙要揍死他，吓得他面如土色、磕头如鸡啄米，亏得县衙派出的几十个官兵拦住人群他才脱险。

丁澍良艰难地走着，就像走在绑赴刑场的路上。

他觉得这路简直比他捐县官发迹前那次爬过的路还要长！那次，他偷运了人家削好放在山上的木材，被当地人抓住揍得半死，昏迷过去。等他醒来，口渴难当，疼痛难忍。他知道，唯一能救他命，最省钱的良药就是人尿。于是他挣扎着爬到附近的尿桶旁，喝了一肚子尿，然后在夜幕的掩护下艰难地爬回了家。

县尉看到丁澍良民愤如此之大，怕天台百姓活活揍死他不好向上司交代，就吩咐解差先把他偷藏在一个庵堂的天井里，准备等到夜里神不知鬼不觉地押走。谁想这一藏，他又吃了一次苦头。

原来，他在路上已经憋不住尿了，一到庵里，慌忙解裤带直冲茅厕。

谁知他刚踏进门槛，便听得一声：“抓流氓!”没等他弄清是怎么回事，背上早重重挨了一木杠，差点儿把他打下粪缸。原来里面有个尼姑在解手，把他当流氓了。

他虽痛得龇牙咧嘴，但没等解完手，便逃命般冲了出来，弄得一手屎……

第二天一早，丁澍良见自己已走出天台地界，顿时长长松了一口气。这时，他才觉得肚子饿，实在饿得慌——从昨天中午开始，已有三餐没吃了。

时已六月，日头一从地平线上升起就火辣辣的。连惊带吓的丁澍良又饥又渴。

前面不远处就是一个露天小吃店。那豆浆的豆香味，火烤饼的葱香味，苔饼和羊脚蹄（一种用面粉做成羊蹄状烤得松脆的风味小吃）的香甜味，还有盛在瓷甑里那白药酒（一种用熟糯米经拌“白药”发酵的甜酒酿）的清香味，一齐钻进鼻孔。他不禁馋涎欲滴。

一到店旁，他就叫解差停下来，说买点儿白药酒和羊脚蹄充饥解渴。他刚拿出银子，就被李解差啪的一声打落在地：“摆什么阔气，还想吃白药酒！你以为自己还是县太爷吗？你现在是犯人，得老老实实服从管理！”说着一把夺走了银子。两行浊泪霎时从老丁那凹陷的眼眶里涌出，然后顺着他虚肿的脸庞流了下来。

“流什么臊尿，你是死了爹娘，还是死了儿女？”李解差的话如刺刀般直穿他的心脏。他不能分辩，更不能还口，他只得忍气吞声往前赶路。

田野上，人们弓腰曲背在田里忙着拔草，烈日烤得他们焦躁不安，忽见大路上走来两个解差一个犯人，便产生了很大兴趣。

“这人也怪可怜的，为哪件事坐牢、充军？看这两个解差怪凶的，连点心也不让他买。”

“可怜什么，胖乎乎、肉墩墩的，一看就是有钱人！一定是强奸良家妇女犯了事。”听了一个中年人的话，解差老张捂嘴暗笑。

“这酒糟鼻像根红蜡烛，谁人肯嫁？只好去偷，去抢！”听了一个瘸子的议论，张解差准备刺刺他，于是扳起面孔道：“你以为都像你这瘸子一样没人嫁！人家——好福气，老婆姘头一大堆！”

瘸子不信：“你说什么笑话，这酒糟大红鼻女人看一眼都恶心，哪个愿被他搂住睡觉？”

解差恼火了：“人家是县太爷！”看到瘸子和众人一脸的疑惑，张解差有板有眼道：“这人就是天台知县丁澍良，天台闹粮火烧县堂就是反他。”

听了这话，人们纷纷从田里站起来，围了过来，他们看着，议论着。

“你贪污这么多钱做什么用？你大概连自己和全家人的坟墓都准备好了吧！”

“你娶四房太太，轧七个姘头，能照顾得过来吗？真是老骚猪！”

田野上荡起一阵阵笑声。

田埂上急匆匆走来一个妇女，刚到田头就如芦苇般扑倒，大哭起来。突然，一个男子从远处飞身跑来，到了老丁面前，说：“老丁，听说你饿了，我给你准备了一块好点心。”

老丁听说有人给他送好吃的东西，感动得热泪盈眶：想不到我老丁落难还有人救助，真是天无绝人之路！

他张开大口，立刻一团和着水草的污泥塞进了他的嘴里。

两解差见到老丁满嘴泥巴，真是哭笑不得，都觉得这玩笑开得太过分了。李解差责备道：“不管怎么说，人家是失势的人，你这样搞他何必呢！”谁知塞泥巴的中年男子怒形于色：“没把他揍死就算我良心好的了，就是这瘟官把我姐逼得家破人亡啊！”

他边说边把牙齿咬得咯咯响，没诉几句便语声哽咽了：“这个浑蛋说我岳父窝藏天台闹粮党，把他抓去，打他吊他，结果被活活折磨死了……”

老丁感到十分委屈。他吐出泥巴，并连呕了一阵，哭丧着脸分辩道：“全县这么多事难道都要我一个人负责？再说剿闹粮党是府里省里下达的命令，不是我的主张。”

话一出口，那男子就发起火来：“不是你下达命令，谁敢抓人？不是你这狗官加粮贪污巨款，哪会出现闹粮党？”

一席话如鞭子劈头盖脸地抽过来，老丁哑口无言地垂下了头。

“狗官，你在天台作了多少孽啊，真是杀头有余！”有人吼道。正在这时，一个女人披头散发，呼天抢地地跑来，要用木槌揍他。

一听说这就是天台加粮的大贪官，人们哇哇叫着，纷纷拿起锄头、铁耙、扁担要揍他。

解差见势不妙，怕闹出人命，于是喝了声：“人家犯罪自有王法治他，你们不得乱来！”便慌慌张张地把犯人押走了。

老丁边走，田里泥巴边不断往他身上砸来。

人们纷纷把他当成一个靶子来打。有的打到后脑勺上，有的打到胸前。有一块打得相当准确，竟啪的一声砸到他的脸上。这块泥团足有秤砣大小，立刻打得他满面污泥、头脑发昏、睁眼不得。

他只觉一股酸涩的泥水在他右眼扩散、蔓延，难受得要死。

但无论多么难受，他也不能停下。他闭住右眼，尽力睁开左眼，想躲避泥巴，但躲到东东来，避到西西来，尽管他像癫子般东蹦西跳，但哪里躲避得脱？那泥巴从四面八方如蝗虫般飞来，把他身上砸得如老鼠皮一般。亏得解差喝住，众人方才收敛一些。

夜幕降临的时候，老丁终于狼狈地来到一条溪边。他不敢到老百姓家讨水洗，他怕再遇到冤家对头。他知道这旷野安全些，他双脚一踏进水里，便急忙把脸和头一下插入水中。他洗脸、洗眼睛，再把被泥巴粘住结成块的头发放水里浸泡，等泥巴泡化才慢慢洗去。

他用汗巾揩了脸和头发，便一屁股坐在溪边起不来了。此刻，他觉得精神完全崩溃了。他呜呜咽咽地哭，边哭边声音嘶哑地叫："我贪污这么多银子干吗？又不能带进棺材！弄得现在人财两空，妻离子散！"

他越哭越伤心，后来竟揪住自己的头发哭。

"老丁，你现在后悔也迟了！"张解差说。

"是啊是啊，现在再哭也没用了。"老丁边哭边喃喃地、痴痴地说，"可我心里难受啊！"说着，又捶胸顿足号啕大哭起来。这哭声如鬼哭狼嚎，在荒野上飘散，在谷地里回响。两解差看到溪边那累累荒坟中跳动闪烁的鬼火，不禁毛骨悚然。

"别他妈的像死了爹娘似的穷号！你怕人家不知道你在这里吗？小心老百姓听见了用锄头砸烂你的脑壳！"李解差见老丁没完没了地哭，不禁吼了一句。

哭号声像洪水突然被大坝拦住似的一下子断了。老丁手扪眼睛咬住嘴唇不出声了。

"老丁，你现在就是哭死也没用，还是想开点儿吧。"张解差看他胸口起伏，老是哭不出声，怕万一出事不好交差，就极力开导。

老丁被押着上路了，哭声小了，变成了呜咽声——像一个将死病人的悲泣。

月亮出来了。"快走！我们要赶到前面镇上住宿。"李解差吩咐。

“我去的地方，天寒地冻、荒凉冷落。我现在有命出去，不知以后有无性命回来!”老丁望着被乌云包裹的灰暗的远方绝望地说。

“真有天地之别啊!”张解差看着老丁那深陷的两眼和呆滞如死的目光，无限感慨。

趁经过一座桥时，突然，“咚”的一声，老丁跳入了深潭。

他死了。等尸体浮起来，已是第二天。

三

春夜明亮的月光，透过窗格筛到厢房里。一个云鬓散乱的青年女子，长夜无眠。这女子就是彩云。

时已一更，万籁俱寂。蓦地一支家乡的《寡妇叹》在她的耳际飘过：

一更一点是黄昏，
万物有根人无根，
百草都有逢春日，
怎奈我夫勿还魂。

可以说，此刻彩云的心里是悔恨交加，羞愧难言。她的眼前有两个面孔在闪现，一个是浓眉大眼、相貌堂堂的心上人余鲁材；另一个是老鼠眼、大红鼻、身材矮胖的知县丁澍良。

余鲁材的目光满含幽怨和责备。这目光如刺刀一般，无情地刺向自己，使她觉得无地自容。是的，出卖青梅竹马的恋人，诱使他泄密，是卑鄙的。

呸，都是那个官流氓!这时，她觉得有一只罪恶的手扭开自己胸前的衣钮，伸进对襟的“小眠衫”里，摸自己的奶。

她分明记得，那次余鲁材去告状音讯全无，自己到县衙打听消息，不料被这只色狼缠住了。当时自己挣脱了那只魔爪，但狗官威胁的话语使自己骑虎难下：“余鲁材已坐牢在府，性命掌握在我手里。你要是顺从我，我就将他放出来；要不，他只有死路一条！”

都怪自己当时耳根软轻信了他！她想。那次，被流氓知县摸了奶子后，他就将自己带回家里，给自己绫罗绸缎，给金戒指、金手镯，并用甜言蜜语诱惑自己：“你若跟着我能穿绸吃油，享尽荣华富贵；若跟那无法无天的穷秀才，受穷不用说，还要天天为他提心吊胆。他的罪很重，看样子要杀头。跟我还是跟他，一个天一个地，你自己挑。”

唉，都怪自己受了这话的蛊惑，做了这流氓坯的第五房县奶奶。想到这里，她觉得身上一阵燥热。于是，那夜自己被闹粮大军赤裸游天台四城门的情景又出现在眼前。

那夜，闹粮队伍攻进县衙，丁知县从卧室窗户跳出，他们把自己从被窝里拖出，游了四门。那夜，火把通明，县堂烈火熊熊，自己赤身裸体一丝不挂被人们七手八脚高举头顶，从成千上万狂呼的人面前通过，像做猢狲戏般被耍弄。自己耸动的双乳和女人隐蔽的下身暴露无遗，羞得自己恨不得去死。

可是后来老丁回来，又叫手下人剥光了自己衣服，边骂自己是婊子是贱货，边用藤条抽得自己身上青一条紫一条，然后一脚踢开了自己。现在，余鲁材平反昭雪，自己既不能算义士余鲁材的亲人，又被丁知县像丢破鞋般抛弃，弄得年纪轻轻就守活寡。

想到这里，她心里好不懊悔、悲伤。此刻已是三更，她拉开帐子躺到床上，一首民谣又在心头泛起：

三更三点正好言，
金钗拔落镜架前，
十指拉开青纱帐，
帐里没有我夫转少年。

她翻来覆去不能入睡。她轻轻拉开房间门，缓步走到小天井里。月光如银，青苔遍地。花圃里的花，沾满露水。

她不禁想起与余鲁材离别的那个夜晚。

“一个天井，两个人，真孤单。”彩云羞答答地说。

“很快就不孤单了。”余鲁材诡秘地笑笑，“等我中举，你过了门，我们生四个儿女，就热闹了。”说到这里，余鲁材把心上人拉到身边，亲吻她。

“你坏，你坏!”彩云绯红了脸，从余鲁材怀里挣脱出去，云朵似的飞出了大门……

小天井里，石凳、鲜花依然。可昔日甜蜜的生活，那与余鲁材同桌读书、吃饭、谈天、讲故事、相依相偎的日子，却永难复返了。想到这里，她五内俱焚，悲痛欲绝。

夜寒了，冷风中夹带着毛毛细雨。

她回到房间。眠床上摆着一对枕头，上面是鸳鸯戏水的图案。躺上床，席上冰凉。此刻，她又听到那首《寡妇叹》的歌谣：

> 四更四点露水草头青，
> 席上被下冷如冰；
> 双人枕头独自困，
> 单人枕头上铜青（铜器长久未用生出的铜锈）。

此刻，她筋疲力尽，神思恍惚。她在床上躺了一会儿，便听得鸟音阵阵。原来，天已蒙蒙亮。

> 五更五点天开光，
> 鸟雀飞过凑成双；
> 百鸟都能成双对，
> 只有奴单身只影守空房。

这歌声在她的耳旁盘旋不停，在她的心头萦绕不绝。她在床头橱里拿出一个金属制的九连环，这是余鲁材制的测智力的玩具。

她记得自己和余鲁材常用这个玩耍。她用指头解它，可那九连环做得十分精巧，自己费了很大劲总是解不开。想到这里，她觉得九连环已预示了自己与余鲁材两人的婚姻结局。忽地一首山歌，从遥远的天际飘来：

阿哥送我九连环，
九呀九连环，
尖尖十指解开难，
呀，解开难！
拿把剪刀剪，
剪也剪不断。
相思好比九连环，
解不开，剪不断，
都怨我与阿哥隔重山！

是的，是我毁了阿哥，是我把他推上了绝路！我的罪孽深重，只有到阴间才能洗刷得清！想到这里，悔恨、痛苦、忧愤一齐涌上心头。猛地，她一把捋下手上的金戒指，叫了声“哥哥，哥哥，你等等我”，便将它一把塞进口里。

一朵鲜花，还未尽情开放，便枯萎了。

四

在大西乡的大街小巷，人们经常可以看到，有一个头发长长如山精般的老人，佝偻着背，拄着拐棒，端个破碗，不往地咳嗽着在行乞。

“公，婆，向您讨点儿东西吃，可怜可怜我!”每逢走到一家，只要他“笃笃”的拐棒声一响，男女老少就知道他来了，就不理他，取笑他，咒骂他，有的甚至故意放出恶狗来咬他。这时，他就涕泪纵横，边咳嗽边念“阿弥陀佛”。好夕讨到一碗半碗剩汤冷饭，肚里感觉不那么饿了，他就念起“讨饭调”（他还常用这讨点儿施舍）。这调子随季节变化而转换，依看到情景不同而变化，看到中秋明月他就唱：

中秋明月亮堂堂，
穷人个个心发慌；
只怕上司加钱粮，
四处躲债去流浪！

看到弹被絮老司（师傅），听到那“笃笃登”的弹花声，他就唱：

笃笃登——
被絮老司没被睏。
笃笃嘀——
被絮老司盖蓑衣。
笃笃弹——
被絮老司盖被爿（破被）

若是他吃到了什么好东西，或是冷天喝了杯燉得滚热的天台家酿糯米酒，他准会拿起讨饭棒，打一路棒花（只听风声呼呼但不见人影，引得孩子们围观呐喊）吼几句京剧：“想当初，西乡反，我举大旗冲锋在前；杀官兵、烧县党，火焰冲天——”

嗓音如劈竹一般，能叫人热血沸腾，豪气倍增。然而等到酒气一过，头脑清醒过来，看着那漫天飞舞的雪花，所唱的“讨饭调”又低落悲伤起来：

年终好比鬼门关，
穷人担心又吊胆；
讨账进门如狼虎，
卖儿卖囡去讨饭！

这人，就是当年闹粮时扛大旗竹冲在前头的陈邦照。

那年官兵来张家桐清剿，他被官兵捉住后经不起威逼利诱，做了官兵的向导，使官兵攻上象鼻山，火烧了七十二茅棚……

从此，村人都骂他叛徒。在一片唾骂声中，妻子改嫁，女儿和女婿一起远走高飞不知去向。从此，贫病交加的他，只得以讨饭为生。

冬日的夕阳，惨淡无力地照着山区一条狭窄的街道。随着“笃笃”的拐棒声，一曲幽怨的《拐棒经》，在几乎被污泥、垃圾和猪尿牛粪覆盖的鹅卵石街道上飘散：

我说拐棒经，拐棒走路笃笃声，
拐棒不喜人，上高落低帮我行，
心想老婆亲，共条棉被不同心，
心想囡囡亲，长大是别人，
想来想去还是拐棒亲：
别人看我不中意，我全靠拐棒过老世。

唱着唱着，他想起昔日闹粮叱咤风云、受人赞颂的辉煌，看看如今沦为乞丐三天两头饿肚，并且受人耻笑、谩骂的凄惶，不禁眼泪鼻涕一齐涌出，沾湿了茅草般的胡须……

农历十一月初三——余鲁材忌日那天，人们看见他把别人施舍给他的一个熟红薯丢进溪水里，然后在垃圾堆里拣臭虫吃，并吃得津津有味。看到他光着屁股，在人来人往的孟湖岭桥头来往招摇，毫不觉得羞耻，才知道他已经疯癫了。